L'amour venin

Sophie Schallingher

L'amour venin

Toute ressemblance avec des personnes ou des faits réels ne pourrait être que pure coïncidence.

À Gilberte,
qui sait pourquoi...

À Michou,
pour qui ce livre est une promesse...

et

Avec tout mon amour
... pour toujours
à Henri,
qui a cru en moi...

Pour Mélanie, Liette et Natalie,
Pierrot et Miche,
dont la tendresse,
l'affection, la patience
et les encouragements
m'auront été d'un grand réconfort.

Remerciements

Que Huguette Laurent trouve ici l'expression de ma fidèle reconnaissance et de ma profonde gratitude pour m'avoir aidée à recueillir la documentation nécessaire à la rédaction de cet ouvrage.

«Les enfants sont hautains, dédaigneux, colères, intéressés, volages, timides, intempérants, menteurs, dissimulés: ils rient et pleurent facilement…
ils ne veulent point souffrir de mal et aiment en faire: ce sont déjà des hommes.»

La Bruyère

«L'enfant est un pervers polymorphe.»

Freud

«La pureté est le pouvoir de contempler la souillure.»

Simone Weil

Chapitre 1

Simon O'Brien descendit du bus au coin des rues Sherbrooke et Claremont. Ébloui par les rayons du soleil, il plissa les yeux en rajustant d'un geste automatique et nerveux la monture de ses verres qui glissait sur son nez.

Il trépignait d'impatience et dut attendre un moment sur le trottoir, avant de pouvoir traverser, que le lourd véhicule soit passé devant lui. Pris aussitôt dans un tourbillon de poussière et de vapeur d'essence, il bloqua instinctivement sa respiration et se détourna légèrement, arrondissant les épaules comme pour mieux se protéger.

Lorsqu'il ouvrit à nouveau la bouche pour aspirer une longue goulée d'air, il eut l'impression d'avaler du plomb fondu... L'air de cette torride journée de juin était lourd, compact, chargé d'une humidité écrasante.

Bien que suffoquant de chaleur, mais pressé, surexcité,

Simon s'engagea au pas de course dans la rue Sherbrooke tout en défaisant d'une main agacée son noeud de cravate qui lui donnait soudain l'impression de l'étrangler. Il se sentait mal à l'aise, coincé dans ses vêtements trempés de sueur dont les fibres mouillées lui collaient à la peau en épousant parfaitement sa corpulente rondeur.

Il s'obligea à ralentir la cadence de ses pas avant même d'être arrivé sur l'autre trottoir.

On se calme... On se calme! se grondait-il intérieurement en songeant que, par des chaleurs pareilles, il avait intérêt à ménager son petit cœur de soixante-deux ans.

Tout en marchant sur la rue Claremont, il sortit un mouchoir de sa poche et s'épongea méthodiquement le front et la tête, faisant glisser le bout de tissu du haut de son crâne dégarni jusque sur sa nuque, là où subsistaient les vestiges d'une impressionnante crinière de lion sous la forme d'une luxuriante couronne de cheveux blancs et floconneux.

Une lueur de tristesse assombrit un moment son regard. Qu'est-ce qu'il en avait séduit des filles dans sa jeunesse avec sa chevelure épaisse et rousse; il s'était même laissé pousser la barbe pendant un certain temps — ce qui lui avait valu le surnom de Barbe-Rousse —, camouflant ainsi les traits énergiques et réguliers de son visage où l'on ne voyait plus que ses yeux dont le bleu azur était devenu encore plus lumineux.

Fils d'un pasteur irlandais du sud des États-Unis, Simon avait appris très tôt la discipline du corps et de l'esprit. Il avait hérité de son père une volonté irréductible de même que quelques marques de ceinture au bas du dos. Sa mère, elle, n'avait eu le temps de lui léguer — elle était morte en le mettant au monde — que le rouge flamboyant de ses cheveux... Peut-être aussi une parcelle de son imagination romanesque.

Il avait quitté son père à quatorze ans, à la suite d'une mémorable raclée. Ayant trouvé un emploi dans une manufacture de vêtements, il y travaillait le soir et les week-ends, arrivant tout juste à vivoter et à payer ses études secondaires à la fin desquelles il en avait tellement marre de son patelin qu'il était parti, sur un coup de tête, pour la Californie. Après deux ans de patience, de privations et d'efforts, il avait réussi — en cumulant trois emplois! — à mettre suffisamment d'argent de côté pour s'inscrire à l'université dont il était sorti, au bout de quelques années, avec un doctorat en chimie, un autre en zoologie et une parfaite maîtrise de la langue française... Il voulait vivre en France, enseigner à Paris; un poste offert à l'Université de Montréal l'avait décidé à émigrer plutôt au Canada.

Installé depuis plus de trente ans au Québec, il avait fini par en accepter le côté rude du climat et des gens sans jamais vraiment s'y adapter; il n'avait pas d'amis et pestait chaque année contre le froid polaire des hivers interminables, contre le climat tropical des étés trop brefs. Mais il s'était accroché, saison après saison, parce que finalement sa vie lui plaisait comme elle était; il vivait comme un moine, libre d'attaches affectives et de liens familiaux, ayant ainsi la possibilité de consacrer toutes ses heures de liberté à son laboratoire et à ses recherches.

Simon pressa de nouveau le pas. Aucune discipline au monde n'aurait pu en ce jour contrôler son excitation. Il traversa l'avenue Winchester sans trop prendre garde aux voitures, se voyant déjà dans son laboratoire. Il se déplaçait avec grâce et agilité, ayant le pied incroyablement léger pour un homme de son poids.

La matinée avait été longue, étouffante. Il régnait une chaleur d'enfer dans l'amphithéâtre où il avait donné son cours d'entomologie. Comme pour fêter la fin de ce dernier trimestre, les climatiseurs étaient tombés en panne. Probablement la surchauffe... Le thermomètre n'était pas descendu en dessous de 30 °C depuis plus de cinq jours.

Il avait été tenté plus d'une fois — c'était surtout l'été que ça le prenait... — de donner sa démission à l'Université de Montréal. Mais il adorait enseigner d'une part, et savait bien qu'il ne partirait que lorsqu'on le mettrait à la porte; d'autre part, il avait besoin de cet emploi qui lui assurait non seulement des revenus plus que confortables — et très appréciables vu les sommes extravagantes qu'il engloutissait dans son laboratoire — mais lui laissait aussi suffisamment de temps libre pour ses recherches.

Arrivé à la rue Somerville, il traversa la chaussée en diagonale et fonça vers un perron dont il grimpa les marches d'une traite, manquant de s'affaler sur la porte d'entrée, à bout de souffle et d'énergie.

Il chercha fébrilement son trousseau de clés tout en s'épongeant de nouveau la figure et s'énerva un moment sur la serrure avant de pouvoir enfin pousser la porte qu'il referma d'un coup de pied.

Il faisait plutôt sombre dans le vestibule mais Simon ne se donna pas la peine d'allumer. Il jeta plus qu'il ne déposa ses clés sur le secrétaire qui trônait dans l'entrée, piqua un sprint dans le couloir et traversa d'une seule enjambée l'office minuscule qui menait à la cuisine.

Le frigo contenait une bouteille d'eau minérale déjà bien entamée. Il but à même le goulot et remit la bouteille vide au réfrigérateur... Distraction. Il était comme ça, Simon. Terriblement distrait. Comme si sa distraction avait été, en quelque sorte, proportionnelle à son poids: énorme. Ça lui compliquait parfois la vie, surtout les mercredis, jours fatidiques où se pointait Imelda, sa femme de ménage. Elle ne manquait évidemment jamais de découvrir «la» distraction du jour et s'en servait généralement comme prétexte pour se lancer dans un délire verbal qui démarrait habituellement, et curieusement, par une phrase ressemblant davantage à une conclusion qu'à un préambule... Quelque chose du genre: «Heureusement que vous conduisez pas de voiture, vous...»

Simon haussait les épaules et s'enfermait dans ses réflexions, évitant par là même la suite du procès qu'Imelda lui faisait.

Il se bricola un petit sandwich en vitesse, laissant la cuisine dans un état indescriptible... La pauvre Imelda rangerait le lendemain en lui faisant un autre de ses procès.

Puis, revenant dans l'office, il ouvrit doucement la porte qui conduisait vers le sous-sol. Sa main effleura l'interrupteur et la cage d'escalier sortit de la pénombre où elle était plongée.

Simon inspira et expira à fond, essayant de calmer son cœur dont les battements désordonnés retentissaient dans sa poitrine. L'excitation faisait ressortir ses taches de rousseur. Il essuya la paume de ses mains sur son pantalon et sentit au travers du mince tissu le tremblement de ses jambes.

Il s'obligea à descendre lentement la douzaine de marches devant lui en s'appuyant de la main droite sur le mur qui longeait l'escalier.

Au bas des marches, il y avait un petit sas et deux portes: une à gauche, donnant sur la partie de la cave non aménagée où se trouvait la chaudière — de même que toutes ces choses inutiles qu'on ne se décide jamais à jeter —, et une autre à droite, vers laquelle Simon se dirigea.

C'était une porte blindée, identique en tous points à celle de la salle des coffres d'une banque, à l'exception peut-être de la couleur: une épaisse couche de laque rouge en recouvrait le métal, lui donnant un aspect à la fois chaud et inquiétant.

Simon s'était donné beaucoup de mal pour en trouver la combinaison. Il fallait qu'il puisse la retenir assez facilement mais que personne par contre n'arrive à la deviner. Il avait donc choisi les deux premiers chiffres de sa date de naissance qu'il avait fait suivre de ceux correspondant au nombre de portes que contenait la maison. Il lui arrivait cependant assez fréquemment, vu sa distraction, d'être obligé de refaire le tour des étages en comptant à nouveau toutes les portes afin de pouvoir ouvrir celle de son laboratoire.

Il prit une bouchée de son sandwich, essaya, sans succès, de la mâcher au lieu de l'avaler tout rond et jeta finalement le reste dans une poubelle entre les deux portes.

Après s'être frotté les mains sur son pantalon, il remonta d'un doigt tremblant les verres cerclés de métal doré qui avaient de nouveau atterri sur le bout de son nez. Pendant qu'il s'acharnait sur le minuscule cadran pour former la combinaison, il laissa échapper un sourd gémissement... Une crampe terrible lui vrillait les entrailles. L'excitation avait fait place insidieusement à l'angoisse... La peur de l'échec, sans doute.

Aujourd'hui, pensa Simon en prenant une profonde inspiration. Aujourd'hui je vais enfin savoir!

Le front collé contre la porte, il regardait sa main qui reposait sur la poignée. Il n'osait pas ouvrir.

Il ferma les yeux. Des images défilaient en accéléré dans sa tête: des instantanés de lui, de sa chambre d'étudiant-ouvrier, de sa table de travail où il s'endormait parfois à l'aube. Et puis le jour de la remise des diplômes. Et le laboratoire, les recherches, les mini-succès, les mini-échecs. Toute une vie consacrée à l'étude et à la recherche sur le monde des araignées... Une passion! Dévorante, exigeante, consumante. À qui il avait tout donné et qui lui avait tout pris: son temps, son argent, ses émotions,... toute sa vie! Une passion qui avait pris la place de la femme et des enfants qu'il aurait pu avoir. Une passion qui l'avait comblé, et qui le rendait à moitié fou aujourd'hui.

Simon ouvrit les yeux. Depuis le début de la semaine, il sentait qu'il arrivait au terme de ses recherches. Et depuis la veille, il savait qu'aujourd'hui était le jour J. La réussite ou l'échec. L'aboutissement de sa vie. Il en avait la certitude: son destin se trouvait là, derrière cette porte.

Il murmura une courte prière entre ses lèvres, saisit la poignée de ses deux mains et tira la lourde porte blindée vers lui.

* *
*

Le laboratoire de Simon O'Brien était une vaste pièce qui respirait la propreté et la clarté.

Le long des quatre murs passés à la chaux s'alignaient, à mi-hauteur, des tables en bois laquées d'un blanc légèrement bleuté qui reposaient sur des socles habillés pour la plupart de portes et de tiroirs également blancs, le tout ressemblant étrangement à des éléments de cuisine.

Un ordinateur avec écran et imprimante, de même qu'une centrifugeuse et divers appareils d'expérimentation occupaient l'une des tables, celle qui longeait le mur gauche jouxtant la porte d'entrée.

Accrochés au-dessus de l'ordinateur et meublant le mur jusqu'au plafond, des rayonnages vitrés abritaient quelques logiciels, de nombreuses disquettes et des livres de référence, dont une édition de luxe du livre en deux tomes de Mme M. Phisalix, *Animaux venimeux et venins,* publié à Paris en 1922. Sous la table, les tablettes d'une étagère assez étroite supportaient les rames de papier perforé pour l'imprimante.

Sur le mur contigu, une fenêtre beaucoup plus large que haute surplombait une des tables où s'agitaient des souris blanches dans une cage et des cobayes dans une autre... Coincé entre les deux, un bassin coiffé d'un dôme en verre percé d'innombrables trous — genre passoire — et rempli d'une eau plutôt trouble où s'ébattaient joyeusement une dizaine de grenouilles.

À droite de la fenêtre, Simon avait installé d'autres rayonnages, y entassant des bocaux pleins d'insectes de toutes sortes — vivants pour la plupart — tels que mouches, guêpes, papillons, fourmis, etc.

Contre le mur du fond, des cages en verre de tailles différentes remplissaient la surface de la plus longue des tables. Ces cages gardaient prisonnières des pensionnaires terrifiantes, toutes réputées pour leurs morsures incroyablement dangereuses, voire mortelles. En fait, Simon avait acquis tout au long de ses années de recherche — et après maintes aventures — les plus beaux spécimens du monde des araignées dont un entomologiste puisse rêver:

Une énorme mygale d'Amérique du Sud dont le corps à lui seul mesurait un peu plus de 10 cm de longueur et dont l'envergure totale, pattes étendues, dépassait les 20 cm; un couple superbe de tarentules des Pouilles (Italie); une mygale maçonne du sud des États-Unis; une mygale chasseresse, plus petite que sa cousine mais encore plus malfaisante qu'un serpent à sonnettes, de nombreuses atrax — l'une d'elles avait déjà tué un homme en Australie —, un couple de *Lycosa raptoria* ainsi que quelques ctènes ramenées du Brésil et des *Loxosceles laeta* ramenées, elles, du Pérou.

Le plus étonnant de cette collection était constitué par les différents spécimens du type *Latrodectus*, que ce soit la veuve noire d'Amérique, la katipo de Nouvelle-Zélande ou la malmignatte d'Europe et de Russie méridionale.

Tous les couples vivaient dans des cages séparées et n'étaient réunis que pour de brèves périodes, les femelles ayant de trop fortes tendances à considérer leur mâle, dès l'accouplement terminé, non plus comme un compagnon mais comme une proie que leur instinct carnassier, de même que leurs tendances cannibales, poussait à dévorer... Ce qu'elles faisaient d'ailleurs vivement et sans vergogne.

Sur la dernière table, le long du mur de droite, une grande cage métallique donnait asile à un chimpanzé répondant au nom de Napoléon. Un gigantesque réfrigérateur à deux portes séparait la table des araignées de celle du singe.

Enfin, au centre de la pièce, trônait un bloc contenant de nombreux tiroirs et un évier en acier inoxydable.

Des feuilles de notes jonchaient le dessus du meuble,

voisinant avec certains objets — ou les camouflant parfois — tels que microscope, bec Bunsen et boîtes en plastique transparent contenant pinces, mandrins, aiguilles, seringues, loupe binoculaire, micromètre oculaire, microscalpel, tubes de verre à fond plat ou concave de diamètres différents, etc.

Une cage en verre, une seule, de taille moyenne était posée à côté de l'évier. Dans cette cage vivait une bête magnifique que Simon avait baptisée «Géna» — abréviation de génétique arachnoïdienne.

Mesurant environ 5 cm de long, répartis sur un céphalothorax tout noir et quatre paires de pattes très fines armées de trois griffes chacune, l'animal ressemblait étonnamment à la célèbre veuve noire américaine, quoique beaucoup plus grande. Et contrairement à sa parente, elle n'avait qu'une seule tache rouge sur le dos, brillant sur le noir velouté de son corps comme un phare dans la nuit... Une tache en forme de coeur.

C'était une araignée admirable, unique et, pour Simon, certainement le plus beau joyau de toute sa collection... Son enfant, car il l'avait créée après maintes manipulations délicates et fort dangereuses, ayant recours entre autres à l'insémination artificielle — les araignées de souches différentes éprouvent instinctivement de l'aversion les unes pour les autres et ne s'accouplent jamais entre elles.

La mère de Géna n'était autre que la redoutable katipo, inséminée avec le sperme d'un mâle lui-même hybride et mutant, digne rejeton d'une mygale chasseresse d'Amérique centrale et d'une ctène du Brésil... Trois familles différentes d'araignées ayant pourtant quelque chose en commun: un venin à effet neurotoxique (agissant principalement sur le système nerveux central périphérique et sur le système sympathique), se différenciant en cela du venin à effet ictérohémolytique (diminution considérable des globules rouges, lésions hépatiques et rénales profondes) des *Loxosceles laeta* et de celui à effet nécrotique (plaies gangréneuses) des *Lycosa raptoria*.

Il espérait, à travers Géna, réaliser son rêve le plus cher: un sérum polyvalent, capable de contrer les effets de tout poison neurotoxique, quelle que soit l'araignée qui l'ait inoculé, faisant ainsi un pas de géant dans la sérothérapie qui butait sans arrêt sur la spécificité variable des sérums; l'injection d'un sérum préparé à partir d'une espèce donnée se révélait tout à fait inutile, voire contre-indiquée, dans le cas d'empoisonnement par une autre espèce, l'action neurotrope du type mygale étant par exemple beaucoup plus narcosante et stupéfiante que celle du type *Latrodectus* (veuve noire, malmignatte, katipo), convulsivante et tétanisante.

Géna était née en juillet, deux ans plus tôt.

Moins de quatre jours après la ponte et le tissage du cocon, Simon l'avait enlevée à sa mère. Il l'avait dépouillée de son enveloppe et installée dans un verre de montre qu'il avait ensuite déposé sur une rondelle de liège, laquelle flottait sur de l'eau à l'intérieur d'une boîte en verre avec couvercle. Chaque jour, il avait retiré ce dernier afin de renouveler l'air et chasser l'humidité. Enfin, seize jours plus tard, la première mue effectuée, la petite araignée avait essayé de sortir de sa prison, capable déjà de tuer un moineau en quelques minutes.

Simon avait analysé le venin de «son enfant». Travaillant avec les appareils supersophistiqués du laboratoire de l'université, il avait utilisé les méthodes traditionnelles d'électrophorèse et de chromatographie sur papier et sur gel, les tests d'absorption aux ultraviolets, l'hydrolyse et diverses réactions de caractérisation chimique, mais s'était également servi des différentes méthodes, moins traditionnelles, de fractionnement des protéines utilisées dans l'étude du venin des serpents, soit l'ultracentrifugation et l'ultrafiltration.

Le résultat de ces analyses l'avait d'abord stupéfait, puis effrayé. Bien que n'étant pas arrivé à déterminer comment cela avait pu se produire (Était-ce uniquement le mélange des gènes...? Pour en avoir confirmation, il lui faudrait renouveler son expérience, et encore...), il savait qu'il avait créé un animal dont le venin était l'un des plus toxiques qui puisse exister: un complexe basique formé par l'association de trois polyamines — où la spermine jouait un rôle prépondérant —, de plusieurs acides phénoliques, d'acides aminés libres, de sérotonine (responsable de la douleur) et d'au moins sept composants protéiques caractérisés par leur mobilité électrophorétique qui constituait un poison neurotoxique extrêmement violent, foudroyant, comparable à celui du terrible mamba noir d'Afrique. Géna était une tueuse... D'humeur plus agressive encore qu'une ctène, si on la lâchait dans la nature, elle occirait un homme en moins de quinze minutes.

Après avoir surmonté les premiers moments de panique — s'étant dit finalement qu'il n'y avait aucune chance pour que Géna sorte un jour de l'enceinte du laboratoire —, il s'était aussitôt attelé à la création de son sérum polyvalent. Travaillant à ce projet sans relâche, jour et nuit, en dehors de ses heures de cours, il avait commencé par injecter de faibles quantités du sang de Géna à un cobaye dans le but de l'immuniser avant de lui inoculer une dose mortelle de venin: le cobaye était mort, beaucoup plus en raison des effets toxiques du sang que de ceux du venin lui-même. Il avait alors essayé de neutraliser les toxines du venin de son araignée sans en altérer cependant les propriétés antigéniques, réalisant ainsi un anavenin avec lequel il avait vacciné un autre cobaye qui avait résisté cette fois à l'injection du venin... Simon avait enfin son animal producteur de sérum.

Quatre mois plus tôt, abordant la phase clinique, il avait injecté à Napoléon un échantillon de son sérum après avoir laissé le singe en contact avec l'araignée qui l'avait mordu en moins de deux.

Napoléon avait mal réagi au sérum. Simon avait cru le perdre, tant le singe avait été malade. Pendant plus de quinze jours, l'animal était resté dans un état de torpeur et d'asthénie profonde, souffrant d'une sévère paralysie des muscles respiratoires et d'une intoxication du foie et des reins.

Simon avait patiemment attendu que Napoléon recouvre la santé avant d'expérimenter son sérum pour la seconde fois... Avec succès! Il avait tout d'abord fait mordre le singe par une ctène puis, une semaine plus tard, par une mygale. Napoléon était complètement traumatisé mais il en était sorti vivant.

Il lui fallait maintenant tester son sérum sur un être humain suffisamment confiant et enthousiaste pour subir ladite expérience. Le premier — et le seul — candidat en liste n'était autre que lui-même.

S'il survivait à l'aventure — ce dont il était fermement convaincu —, Simon aurait non seulement atteint son but, mais encore pourrait-il annoncer au monde entier sa découverte extraordinaire. Ce serait l'événement du siècle. On lui décernerait sûrement le prix Nobel, rien de moins.

* *
*

Lorsque Simon pénétra dans son laboratoire, un ingénieux mécanisme relié à l'ouverture de la porte déclencha le système d'éclairage. Tous les néons agrippés aux poutres du plafond s'allumèrent d'un seul coup, en un synchronisme parfait. La porte blindée tourna lentement sur ses gonds et se referma en un bruit sourd et feutré.

Le blanc des tables luisait doucement sous la lumière bleutée des néons. Simon enleva sa veste et sa cravate, les accrocha à la patère et enfila une blouse blanche absolument impeccable par-dessus sa chemise à manches courtes.

Il régnait une chaleur étouffante dans la pièce.

Maudit! jura intérieurement Simon, soupçonnant une défectuosité du système combiné de climatisation-filtration-aération.

Ayant vérifié ses appareils et constaté la panne, il frappa le métal du plat de la main en s'exclamant d'une voix bourrue:

— Saloperie de merde de mécanique!

Il se dirigea vers la fenêtre et remonta d'un coup sec le store qui l'occultait, poussant ensuite le panneau coulissant vers la gauche. Un trou presque aussi gros qu'une balle de ping-pong perçait le moustiquaire dans un des coins inférieurs. Simon hocha comiquement la tête, claquant sa langue entre ses dents, signe chez lui d'un état intérieur particulièrement bouleversé.

Il avait horreur des petites tracasseries de la vie quotidienne. Surtout quand elles s'en prenaient à son laboratoire. Il nota mentalement la réparation à effectuer et pensa aussitôt à M. Legault, se disant que le bonhomme pourrait tout aussi bien s'occuper de la fenêtre que du système de climatisation.

M. Legault était non seulement l'homme à tout faire du quartier mais il était aussi, et surtout, d'une discrétion à toute épreuve. Il était discret... sourd et muet. Son handicap avait séduit Simon qui s'était empressé de s'adresser à lui chaque fois qu'il s'agissait de problèmes concernant son laboratoire. Il tenait en effet à sa tranquillité d'esprit et considérait comme primordial que personne ne soit au courant de ce qu'il trafiquait dans le sous-sol de sa maison. Jamais aucun mortel n'y avait mis les pieds en dehors de lui-même ou de M. Legault. Pas même Imelda.

Simon fit le tour de la pièce pour s'assurer que rien d'autre ne clochait.

En passant devant les cages d'araignées, il s'arrêta un moment pour observer une *Lycosa raptoria* brésilienne qui l'avait mordu au poignet quelques semaines plus tôt. Au souvenir de la vive douleur ressentie, il haleta légèrement. Il se rappelait fort bien la petite papule cerclée d'une auréole rouge qui était apparue après la morsure. Une nécrose de la plaie avait suivi, mettant à nu les chairs jusqu'à l'os. L'escarre formée avait mis plus d'un mois avant de tomber. L'ulcération, maintenant en voie de cicatrisation, lui laissait une articulation à demi paralysée.

Il frotta légèrement son poignet et, se détournant de l'araignée, il s'approcha de Napoléon qui sautait dans tous les sens en émettant des cris stridents depuis qu'il l'avait vu entrer dans la pièce.

— Alors, mon gros, lui susurra-t-il tendrement. Ça boume?

Ouvrant l'un des tiroirs qui se trouvaient sous la cage, il y prit quelques cacahuètes qu'il tendit au singe.

— Tu m'as l'air particulièrement en forme, toi, aujourd'hui, lui dit-il en lui gratouillant le sommet du crâne pour le calmer.

Napoléon, délaissant les cacahuètes, attrapa la main qui le caressait et s'y frotta la tête, paraissant y trouver un plaisir extrême.

— Ça va, arrête, bougonna Simon en retirant sa main tout doucement. Tu vas me casser le seul bon poignet qui me reste.

Napoléon lâcha quelques cris de protestation tout en s'agrippant aux barreaux de sa cage. Il suivit des yeux son maître jusqu'au bloc central et, d'un seul coup, s'en désintéressa. Il s'accroupit pour ramasser les cacahuètes éparpillées autour de ses pieds, puis se laissa rouler sur le dos pour atterrir d'une pirouette élégante dans l'un des coins où il se mit aussitôt à déguster ses petites friandises.

Simon était penché sur Géna.

— Tu es vraiment la plus belle chose que j'aie vu sur cette terre, murmura-t-il à l'araignée qui l'observait attentivement de ses quatre paires d'yeux situés sur deux lignes.

— ...Et la plus terrible aussi, acheva-t-il dans un souffle.

L'angoisse lui vrilla de nouveau les entrailles lorsqu'il pensa à ce qui lui restait à faire.

Il était allé trop loin maintenant. Il ne pouvait plus reculer...

Chapitre 2

Quelques mètres à peine à l'est du domicile de Simon O'Brien, il y avait, au coin des rues Somerville et Prince Albert, une maison dont le jardin était entièrement clôturé par une magnifique haie de cèdres qui ne faisait pas moins de 90 cm d'épaisseur sur environ 1,80 m de hauteur.

Une masse de boucles brunes, qui encadrait un petit visage dont les traits fins contrastaient avec le menton carré très volontaire, émergea brusquement de la haie.

À l'abri des conifères, la fillette guettait, semblant attendre ou plutôt redouter quelque chose.

Elle jeta de brefs coups d'œil aux abords immédiats de la haie avant d'étudier minutieusement le reste du terrain. Rien ne bougeait. À peine rassurée, elle se mit à observer la maison, et plus particulièrement la porte-patio. Son regard se fit soudain plus aigu, lui donnant l'allure d'un fauve à l'affût; les paupières à demi fermées filtraient l'éclat des deux petites pierres vert émeraude où l'émail noir de la pupille ne formait plus qu'une minuscule pointe perçant au travers des cils épais et recourbés.

Rien ne bougeait non plus derrière la porte. L'enfant sortit prudemment de sa cachette et, refrénant son envie de courir pour ne pas attirer l'attention, elle s'obligea à marcher lentement, d'un pas qu'elle croyait nonchalant. Elle essayait de se composer un air décontracté, genre promeneuse innocente, comme elle l'avait déjà vu faire à la télévision. En réalité, elle avait les fesses tellement serrées de trouille que sa démarche saccadée n'évoquait en rien la grâce et la souplesse d'une Blanche Neige déambulant dans la forêt que la naïveté de ses cinq ans lui donnait l'impression d'imiter. On aurait dit plutôt un John Wayne miniature tout juste descendu de cheval et arpentant courageusement la rue principale au devant d'un ennemi.

Elle jeta un dernier regard vers la maison avant de s'asseoir près de la pataugeoire en forme de grenouille où elle avait laissé ses Barbies. Parfaitement consciente d'avoir fait une bêtise, elle ne pouvait s'empêcher de se sentir coupable. D'ailleurs, elle s'était déjà fait attraper une fois par sa mère qui l'avait punie, bien entendu, et lui avait fait, en plus, un long discours sur les haies de cèdres qui ne sont pas là pour répondre aux besoins des petites filles, même quand ceux-ci sont naturels et extrêmement urgents.

Contrairement à ce que sa mère pouvait penser, et bien que ce soit réellement amusant, voire excitant, de faire des choses qui étaient défendues, elle ne le faisait pas vraiment exprès; quand elle sentait venir l'envie et qu'elle ne voulait pas abandonner son jeu, elle se retenait jusqu'à l'extrême limite. Et alors là, les toilettes étant devenues forcément «inatteignables», elle n'avait pas d'autre choix que de trouver, au plus vite, un endroit propice dans le jardin. La haie de cèdres, c'était vraiment la meilleure cachette: personne ne pouvait la voir baisser sa culotte. Personne sauf sa mère, évidemment, qui voyait toujours tout et qui savait toujours tout. Enfin presque...

Ayant décidé finalement que sa mère ne s'était rendu compte de rien, elle se détendit et entreprit de déshabiller sa poupée. Une ombre ne tarda pas à obscurcir son regard, révélant la tristesse qui venait de l'envahir tout à coup. Sa solitude lui pesait aujourd'hui plus que les autres jours. Elle s'ennuyait.

Elle aurait aimé avoir un frère, ou une sœur, avec qui partager ses jeux. Ou un chien, peut-être. Ah! qu'est-ce qu'elle aurait aimé avoir un chien! Mais rien à faire! Sa mère ne voulait pas en entendre parler. Elle lui répondait invariablement: «Quand tu auras l'âge de raison, ma chérie. Pas avant!» Pour une petite fille de cinq ans, l'âge de raison semblait être à des années-lumière.

L'enfant se laissa absorber par de sombres pensées. Accroupie sur l'herbe, le visage fermé, elle habillait et déshabillait inlassablement sa poupée, ses gestes devenant de plus en plus brusques au fur et à mesure que la colère, née d'une frustration plus obsédante que jamais, s'installait en elle.

Elle jeta un regard plein de rancune vers la maison et poussa un long soupir. Changeant brusquement de position, elle s'étendit à plat ventre et installa sa Barbie devant elle, en équilibre précaire sur la tête et les mains.

— J'avais un chat avant..., lui confia-t-elle soudain d'une voix pleine de tristesse. C'était... Ça fait longtemps, parce que j'étais très petite. J'avais juste trois ans... Il était drôle, mon chat...

Comme ahurie par ces confidences inattendues, la Barbie tomba à la renverse. La fillette la ramassa et l'installa cette fois face vers le sol, en appui sur le bout des doigts; elle continua à lui raconter son histoire, lui déclarant qu'elle adorait ce chat, qu'elle lui avait appris à faire des bonds de dix mille mètres...

— Et puis un jour, s'exclama-t-elle, les yeux agrandis

par l'émotion, maman a vu le chat voler devant sa figure. Il est tombé sur le beau plat de cristal du salon comme une patate. Il a tout cassé... Alors, elle a pas aimé ça, tu comprends... Elle criait, criait,... elle était très fâchée après moi et après le minou aussi...

Une grosse mouche bleue venait d'interrompre subitement son monologue en bourdonnant autour de sa tête.

L'enfant leva les yeux, la repéra, puis tenta de la chasser du revers de la main. La mouche, obstinée, revint et se posa sur son avant-bras. D'un geste brusque et impatient, la fillette la chassa de nouveau. Peine perdue. L'insecte, attiré par l'odeur légèrement sucrée de sa peau, continuait à tourner autour d'elle, cherchant inlassablement sur cet objet mouvant un endroit où se poser.

Excédée par ce harcèlement, la petite fille murmura d'une voix menaçante:

— Saleté de mouche!... Fiche-moi la paix! Va-t'en!

Comme pour se moquer, la mouche vint se poser sur le bout de son nez. L'enfant poussa un cri en agitant la main devant sa figure. La mouche s'envola, restant cependant à proximité de ce qui lui apparaissait comme une promesse de festin.

Alors la petite fille enleva doucement une de ses sandales et attendit ensuite patiemment que l'insecte se pose à nouveau. La mouche, ignorante du danger, arrêta cette fois sa course folle sur le ventre de la Barbie. La fillette abaissa aussitôt son arme d'un coup sec et rapide.

— Tiens, saloperie! proféra-t-elle à l'adresse de l'insecte sur un ton rageur.

Elle releva sa sandale et se pencha sur le corps de la Barbie pour s'assurer que la mouche était bien morte.

La mort n'était pas une idée abstraite pour elle. On était mort quand on avait cessé de bouger pour toujours. Tout simplement. Un jour, elle mourrait elle aussi. Quand elle serait très, très vieille. Un jour, elle ne pourrait plus bouger, ni manger, ni boire,... elle ne pourrait plus rire ni courir. Ce jour-là, elle serait morte. Sa mère lui avait expliqué tout ça, quand elle était allée voir son grand-père au salon funéraire. Elle s'en rappelait très bien, parce que c'était juste après que sa mère lui ait enlevé le chat pour la punir.

L'enfant ferma les yeux pour mieux chercher parmi ses souvenirs le grand-père «de la dernière fois». L'image qu'elle en avait gardée était claire et nette: il ne bougeait plus. Il était froid et dur comme un bout de bois. Elle l'avait embrassé sur la joue et il n'avait pas souri comme il le faisait toujours, avant. C'est comme ça qu'elle avait su qu'il était mort.

La mouche ne bougeait plus. Elle était morte. Son petit cadavre s'éparpillait en une bouillie jaunâtre, écœurante, dégoulinante, sur le corps de la Barbie.

— Yaaark! s'exclama la fillette après avoir observé l'infect magma en plissant le nez de dégoût.

Elle empoigna la poupée par les pieds et s'empressa de la plonger dans la piscine pour la nettoyer. La Barbie, imperturbable, se laissa baigner et enfiler ensuite docilement un maillot.

Une voix féminine provenant de la maison appela:

— Amélie?... Le dîner* est prêt!

Pour toute réponse, Amélie leva les yeux vers la porte-patio derrière laquelle une jeune femme brune lui faisait signe de la main.

— Alors!... Tu viens? insista la voix.

— Oui, maman. Je viens! Je viens!

Amélie abandonna la blonde poupée sur un nid de fourmis et courut vers la maison.

* En Amérique du Nord, le déjeuner ou petit déjeuner correspond au repas du matin; le dîner, au repas du midi; et le souper, pris entre 17 et 19 heures, au repas du soir.

* *
*

Assise à la table de la cuisine, les coudes de chaque côté de son assiette et le menton appuyé sur ses mains jointes, Elizabeth observait sa fille.

La même morphologie, les mêmes traits, les mêmes cheveux. Une reproduction miniature d'elle-même. Sauf les yeux. Plus grands, plus allongés vers les tempes. Et d'une couleur extraordinaire. Où était-elle allée les chercher, se demandait-elle en regardant la fillette. Les yeux d'Olivier étaient bleus, les siens aussi... Ceux des grands-parents aussi. Peut-être une lointaine ancêtre, alors?

Elle sentit naître en elle une bouffée de tendresse pour ce petit bout de femme.

Elle est vraiment superbe, ma fille, songea Elizabeth. Tout à fait réussie. Le caractère n'est pas facile, c'est vrai. Et le mot est faible. Mais je l'aime comme elle est. De la tête aux pieds. À l'intérieur comme à l'extérieur.

Un bruit de métal contre la porcelaine la tira de ses réflexions.

— Amélie chérie, dit-elle en souriant. (Ses doigts repoussèrent doucement les boucles brunes de sa fille, dégageant les immenses yeux verts.) Tu chipotes dans ton assiette, on dirait, non?

— J'aime pas ça! déclara l'enfant d'un air théâtralement dégoûté.

À petits coups saccadés, elle repoussait de sa fourchette tous les morceaux de brocoli qui coiffaient son steak.

— Tu dis n'importe quoi, rétorqua Elizabeth. Tu n'en as jamais mangé, alors...

— Si! l'interrompit Amélie sans lever les yeux. Je sais, moi, que je déteste les saletés de brocolis.

Elizabeth posa ses mains à plat sur la table et continua d'une voix patiente:

— Écoute, ma poulette... Fais au moins l'effort d'en goûter un petit morceau. Après, si tu n'aimes pas, tu pourras les laisser dans ton assiette. D'accord?

Amélie choisit le plus petit morceau qu'elle pouvait trouver et le glissa sur le bord de sa lèvre inférieure.

— Yaark! s'exclama-t-elle aussitôt en le recrachant sur la nappe.

Elizabeth la regarda et poussa un soupir d'énervement.

— Bon! Ça va! Ça va! (Elle ramassa le morceau minuscule et le déposa sur l'assiette.) Ne te rends pas malade surtout, hein!

Elle allongea les bras sur la table, le buste appuyé contre le bois dur, et se mit le nez au-dessus des brocolis en essayant d'imiter l'expression de dégoût de sa fille, louchant exprès pour accentuer l'effet de grimace.

— Yyaaaark! fit-elle d'une voix moqueuse.

Il y eut un moment de silence. Puis Amélie laissa tomber bruyamment sa fourchette. Un vent d'orage soufflait dans les grands yeux verts qui tournèrent à l'aigue-marine.

— T'es la plus méchante maman du monde, lança-t-elle soudain, furieuse, en tapant sur la table.

Elizabeth sursauta, surprise comme elle l'était toujours par les réactions excessives de sa fille. Elle se redressa puis se laissa aller contre le dossier de sa chaise en protestant:

— C'était pour rire, Amélie, voyons... Tu n'as vraiment aucun sens de l'humour.

La fillette ne releva pas la remarque de sa mère. Elle reprit simplement sa fourchette et commença à pousser les morceaux de steak sur le bord de l'assiette, tout contre les brocolis, soulignant ainsi de façon non équivoque son intention de ne plus rien manger.

Elizabeth réfléchissait au moyen de ramener la bonne humeur qui régnait au début du repas. Tout en observant le manège de sa fille, elle porta une main à son cou et replaça machinalement une mèche de cheveux qui, échappée de sa queue de cheval, collait à sa peau moite de sueur.

Il fait vraiment trop chaud pour se disputer, se dit-elle en poussant un long soupir.

Elle se sentait tout étourdie — sûrement le fait d'avoir louché — et plus ou moins en panne d'inspiration; aussi ne résista-t-elle que très mollement, pour la forme en fait, à la tentation de jouer les maîtres chanteurs.

Je suis vraiment une ignoble-décadente-maman-manipulatrice, pensa-t-elle en riant intérieurement.

Elle toussa pour s'éclaircir la voix et suggéra, insidieusement:

— Amélie... à ta place, je me dépêcherais de finir mon dîner. Tu traînes tellement que tu n'auras plus le temps de jouer avec Diane.

— Diane!? fit l'enfant, étonnée.

— J'attends que tu aies fini de manger pour appeler sa mère. (Elizabeth croisait les doigts sous la table, priant pour que Carole soit chez elle et accepte de lui amener sa fille.) Alors, dépêche-toi...

— Est-ce qu'elle pourra souper avec nous? l'interrompit Amélie d'une voix pleine d'excitation.

Elizabeth considéra les yeux verts brillants de malice, se demandant laquelle des deux manipulait l'autre.

C'est pas vrai! On lui donne une main... il lui faut tout le bras!

— Je ne sais pas, répondit-elle prudemment.

Puis, appuyant un doigt sur le petit menton volontaire:

— Je vais essayer de m'organiser, ajouta-t-elle, sur un ton délibérément évasif. Allez, mange maintenant. Vite.

Amélie acheva d'avaler sa viande sans plus se faire prier, heureuse à l'idée de retrouver bientôt sa copine.

La sonnerie du téléphone vibra, claire et stridente.

Elizabeth quitta la table, s'installa au comptoir et décrocha le combiné.

— Allô!... Bien! Et toi?... Non. On finissait de dîner. Tu viens faire un tour?... D'accord, je t'attends. À tout de suite.

Elle raccrocha et revint vers la table pour débarrasser.

— C'était qui? demanda Amélie.

— Gilberte.

— Quelle Gilberte?

— Mais enfin, Amélie... Gilberte Dufort! Tu en connais beaucoup des Gilberte, toi?

Amélie écarquilla les yeux puis répondit:

— Non... Juste une.

Elle se leva et s'approcha de sa mère qui remplissait le lave-vaisselle.

— Maman, j'ai fini de manger.

Elizabeth fut sur le point de rétorquer: «Et alors...?» Elle résista à l'envie de taquiner l'enfant et lui dit simplement:

— D'accord, je l'appelle... mais pas avant que tu ne m'aies donné un bisou.

Amélie entoura de ses bras les hanches étroites de sa mère, collant sa tête sur le ventre dont elle sentait la chaleur au travers des vêtements.

Elizabeth la serra contre elle, désireuse de profiter au maximum de ce précieux et trop rare moment pendant lequel l'enfant se laissait aller à la tendresse.

Elle se pencha, respira l'odeur de chaton que dégageait la masse de cheveux en désordre et y frotta sa joue un moment avant d'y déposer un long baiser.

* *
*

Simon O'Brien s'approcha du réfrigérateur. Il dut ouvrir successivement les deux portes de l'appareil parce qu'il ne se rappelait plus dans quel compartiment il avait rangé les éprouvettes contenant le sérum antivenimeux.

Quand il se pencha pour prélever un des minces tubes de verre, il sentit une douleur très vive au creux de son estomac. Il respira profondément et la douleur s'atténua aussitôt, lui laissant un goût de cendre dans la bouche.

Il était mal à l'aise, vaguement inquiet. En marchant vers le bloc central, il essayait de se rassurer. C'est le sandwich qui ne passe pas, se dit-il en déposant d'une main tremblante son éprouvette sur un support de bois.

Un silence inhabituel régnait dans le laboratoire.

Simon rcleva les manches de sa blouse blanche et jeta un coup d'œil sur Napoléon qui dormait sagement dans son coin. Il envia un moment la quiétude du singe; il aurait voulu dormir lui aussi, ne plus sentir cette sourde angoisse qui l'oppressait et lui serrait la gorge.

Fermant les yeux, il respira de nouveau profondément. L'étau de sa gorge se desserra et le tremblement de ses mains se fit plus léger.

Ça va aller. Encore un petit effort. Tu ne vas pas abandonner maintenant...

Il alluma d'abord le bec Bunsen et le coiffa d'un trépied métallique sur lequel il déposa un récipient rempli d'eau. Il immergea ensuite les quelques instruments qu'il devait stériliser.

Le silence fut soudainement rompu par les violentes stridulations de l'énorme mygale... Elle était affamée. Les grenouilles, semblant avoir compris que la monstrueuse carnivore réclamait sa proie, se lancèrent instantanément dans un grand concert de lamentations, une sorte de chant funèbre en hommage à la future victime.

Réveillé brutalement par les coassements affolés, Napoléon se rua sur les barreaux de sa cage. La tête renversée vers l'arrière, les yeux à demi révulsés, il hurlait comme un dément.

Simon regarda le singe, puis les grenouilles, puis le singe de nouveau. Perplexe, il essayait de comprendre la folie qui semblait s'être emparée de ses pensionnaires. Le bruit infernal lui martelait les tympans et il fut sur le point de se mettre à hurler lui aussi.

Maîtrisant difficilement son propre énervement, il s'approcha de la cage du singe, prit une banane dans l'un des tiroirs du dessous et la tendit à l'animal dans l'espoir de le calmer. Mais Napoléon ne voulait rien savoir; se tenant aux barreaux d'une main et se cachant les yeux derrière l'autre, il bondissait sur place tout en émettant une série de cris aigus.

Simon essayait simultanément de dégager la main agrippée aux barreaux et d'y glisser le fruit. La manœuvre était plus complexe qu'il ne l'aurait cru et ne fit que l'énerver davantage. En nage, les lunettes sur le bout du nez, il se mit à fulminer intérieurement, considérant qu'il avait autre chose à faire que de se battre avec ce stupide animal.

— Bon Dieu!... Y en a marre! s'exclama-t-il soudain d'une voix furieuse. Espèce de... d'enfant de gorille... Tu vas la prendre ta banane, oui ou merde?

Il cessa aussitôt de lutter avec le singe et recula d'un pas, l'air déconcerté et légèrement penaud; il lui arrivait rarement d'élever la voix et il se sentait un peu ridicule de s'être laissé emporter.

C'est cette chaleur, se dit-il. Ça rendrait fou n'importe qui.

Napoléon sentait le trouble du vieil homme. Immobile, silencieux, il l'observait. Puis, d'un geste brusque et imprévu, il projeta ses mains au travers des barreaux et s'empara vivement de la banane, en mimant pour Simon une sorte de sourire — la plus belle grimace, en fait, de tout son répertoire. Sans plus attendre, il se mit en devoir d'éplucher l'objet de sa soudaine convoitise.

Abandonnant le singe à sa collation, Simon se dirigea vers la fenêtre. Une brise légère et tiède effleura son visage couvert de sueur lorsqu'il se pencha au-dessus du bassin des grenouilles. Il souleva le globe de verre, attrapa habilement une rainette qu'il lança ensuite à l'araignée responsable du mini-séisme.

La mygale se jeta voracement sur sa proie. Après lui avoir brisé la nuque entre ses mandibules, elle lui déchira le corps tout en l'inondant abondamment de sucs digestifs. Elle n'aurait plus ensuite qu'à absorber la bouillie ainsi obtenue, ne rejetant qu'une petite boulette informe composée d'éléments ne pouvant être digérés.

La tête de la grenouille pendait, inerte, grotesque, souillée d'une bave dégoûtante.

Simon revint vers le bloc central. Son visage était d'une pâleur extrême. Il regarda le récipient où l'eau commençait à bouillir et se rendit compte soudain qu'il ne le voyait pas très nettement: le contour de l'ustensile lui semblait flou, comme dédoublé. Il cligna des yeux et sa vision s'accommoda aussitôt. Cela ne l'inquiétait pas outre mesure... Son esprit était déjà occupé par les préparatifs qu'il devait terminer.

Avec une longue pince dont la tête reposait déjà au fond de l'eau bouillante, il saisit une aiguille stérilisée et l'ajusta à une seringue qu'il remplit ensuite de sérum antivenimeux. Il appuya doucement sur le piston tout en donnant de petits coups du plat de l'ongle sur la seringue afin d'en chasser les bulles d'air.

Il déposa ensuite le tout précautionneusement près de l'évier, sur un linge également stérilisé.

— Allons-y, dit-il soudain en introduisant sa main gauche dans le repaire de Géna.

Ventre à terre, l'araignée l'observait au travers des parois de verre depuis un bon moment déjà. Elle s'approcha lentement de la main de Simon; arrivée aux doigts, elle les tâta délicatement du bout de ses pattes griffues.

Simon, les yeux clos, attendait et redoutait à la fois la morsure de Géna. Il avait les doigts tellement engourdis qu'il sentait à peine les tâtonnements de l'araignée.

Allez, vas-y. Mords... Qu'on en finisse, priait-il silencieusement.

Après quelques secondes d'attente, intrigué, impatient, il ne put s'empêcher d'ouvrir l'œil pour voir ce qu'elle faisait. Son regard se posa sur l'animal qui s'était logé dans la paume de sa main et semblait dormir, ne manifestant ni peur ni agressivité. Tel un père attentif et aimant, Simon s'inquiéta du comportement inexplicable de «son» enfant: Géna aurait dû attaquer déjà. Elle devait attaquer.

Il chercha à l'encourager de la voix.

— Allons, Géna... Qu'est-ce que tu attends? (Ayant introduit son autre main dans la cage, il chatouillait du bout des doigts le petit ventre globuleux.) Mords, ma fille. Allez!... Vas-y!

Géna émit quelques stridulations à peine perceptibles et caressa la peau de l'entomologiste du bout de ses griffes.

Simon fut pris d'un vertige. Atterré, il réalisait soudain qu'il n'avait jamais envisagé la possibilité que l'araignée refuse de le mordre.

Bon sang! C'est pas possible! Elle va me foutre en l'air toute mon expérience!

— Allez, Géna, marmonna-t-il entre ses dents. Sois une bonne fille et fais ce qu'on te demande.

Hébété, hagard, il poussa le petit corps noir du bout de l'index à plusieurs reprises, tout en essayant de rassembler ses esprits; il savait que Géna était capable de reconnaître sa voix, son odeur, ses vibrations. Mais se pouvait-il que, l'ayant «reconnu», elle refrène volontairement son agressivité naturelle?

Simon repoussa cette idée de toutes ses forces: il s'agissait d'une araignée... Pas d'un chien ou d'un chat.

Je deviens complètement fou, se dit-il.

Géna avait l'air d'apprécier les bousculades du vieux professeur et ne cherchait pas à s'y dérober. Sous l'effet d'une poussée un peu plus violente, elle se retrouva le dos collé à la paume de Simon, battant l'air de ses huit longues pattes.

— Géna, reprit-il d'une voix douce, ne me laisse pas tomber maintenant... (Saisissant doucement l'araignée par le milieu du corps, il la remit sur ses pattes.) Je t'en prie...

L'araignée se mit en mouvement, escaladant la paume de Simon pour atterrir sur le poignet où les veines ressortaient comme des lacets sous l'effet de la tension qu'il subissait.

— C'est ça, ma douce, chantonna Simon. Tu y es maintenant. Vas-y. Je suis...

Il n'eut pas le temps de finir sa phrase. Il sentit une forte douleur lui traverser le bras et, persuadé — à tort — que Géna venait d'enfoncer ses crochets venimeux dans sa chair, il s'empressa de mettre la main sur la seringue.

La tête vide, il s'aperçut tout à coup qu'il avait du mal à respirer. Son cœur battait la chamade, donnant de grands coups sourds et désordonnés dans sa poitrine oppressée. La sueur lui coulait dans les yeux. Ses jambes tremblaient sous lui. La seringue lui échappa des mains avant même que l'aiguille n'eût percé sa peau... Un collapsus cardio-vasculaire venait de le foudroyer, l'emmenant aux portes de la mort aussi brutalement et aussi rapidement qu'aurait pu le faire le venin de son araignée.

Simon vacilla et s'écroula brusquement, après avoir balayé de ses bras la surface du bloc central.

La cage de Géna se brisa en touchant le sol; le bec Bunsen se retrouva suspendu dans le vide, retenu par le fil qui l'alimentait en gaz. La flamme — que Simon avait oublié d'éteindre — lécha aussitôt la peinture qu'elle fit bientôt fondre et s'attaqua ensuite au bois tendre qui ne sut résister très longtemps.

De petites flammes naissaient pour mourir et laisser la

place à d'autres. La fumée commençait à envahir le laboratoire.

Simon, face contre terre, fit un effort pour relever la tête.

Ses mains et ses pieds devenaient bleus par manque d'oxygène. Il haletait, cherchant désespérément son souffle, n'ayant déjà plus toute sa connaissance.

Dans un effort inouï, il parvint à rouler sur lui-même et se tourna sur le dos. Il avait horriblement froid et ne sentait plus ses jambes et ses bras. Il vit les flammes gagner le plafond et ferma les yeux. Il savait qu'il allait mourir.

Ses lèvres esquissèrent un sourire; il s'imaginait en train de raconter à un congrès d'entomologistes qu'il n'avait pu expérimenter son sérum sur lui parce que son araignée avait refusé de le mordre.

C'était tellement con de mourir comme ça, si près du but... de mourir d'impatience, d'énervement.

S'il avait pu, Simon se serait laissé aller pour la première fois de sa vie à la formidable envie de rire qu'il sentait monter en lui. Mais il n'en eut pas le temps. Il sombra dans le coma, comme un corps lesté en eaux profondes, juste avant que les flammes n'arrivent jusqu'à lui.

Chapitre 3

Elizabeth était confortablement allongée sur un transat, à l'ombre d'un érable centenaire dont la base de l'énorme tronc était ceinturée par les dalles de ciment du patio où elle s'était installée avec Gilberte qui venait d'arriver.

Levant une main pour protéger ses yeux du soleil, elle examina le ciel pendant quelques minutes, cherchant vainement un nuage porteur de pluie dans cet immense plafond bleu qui lui apparaissait comme barbouillé de lait. Prise de vertige, ayant tout à coup la désagréable impression de flotter dans l'espace en étant irrémédiablement aspirée vers le haut, elle ferma les yeux presque aussitôt.

Elle respira profondément et, joignant les mains derrière sa tête, elle s'étira longuement, langoureusement. Des mèches de cheveux mouillées par la sueur, plaquées par endroit contre la peau de son cou, lui collaient désagréablement aux doigts.

— Quelle chaleur! souffla-t-elle en se redressant légèrement.

Elle tendit la main vers la table basse qui séparait son transat de celui de Gilberte. D'un geste sûr, elle attrapa sa tasse de thé par le dessus, dédaignant volontairement la poignée qu'elle qualifiait de «piège à doigts», la ramena doucement vers elle et la porta à ses lèvres des deux mains comme s'il s'agissait d'un bol.

Amélie et Diane barbotaient joyeusement dans leur grenouille-pataugeoire, à grand renfort de cris, de rires et d'éclaboussements.

Elle leur jeta un coup d'œil en buvant une gorgée et les envia de pouvoir se plonger dans l'eau jusqu'au cou. Tentée un moment par la vision d'une bonne douche tiède-froide, elle se ravisa immédiatement, jugeant que l'effort serait disproportionné au bien-être momentané que lui procureraient ces quelques minutes d'aspersion. À vrai dire, elle n'avait pas le courage de se lever, pas même celui de sortir un pied de son transat.

Elle avala une autre gorgée du liquide froid parfumé au citron et sentit de nouveau les nausées l'envahir. Elle reposa sa tasse en grimaçant de dégoût.

— Ça ne va pas fort, on dirait, fit Gilberte qui l'observait depuis un bon moment déjà. Liza... qu'est-ce que tu me caches, encore?

Elizabeth sourit et tourna la tête vers la jeune femme.

— Devine...

— Attends... (Elle se mordit la lèvre inférieure en fixant sur Elizabeth ses prunelles rieuses, brillantes d'excitation.) Tu divorces!... Ton Architecte t'a fait une grosse vacherie, c'est ça?

Elizabeth éclata de rire, ayant parié intérieurement que Gilberte ne raterait pas une si bonne occasion de casser du sucre sur le dos d'Olivier. Elle réalisa soudain que, d'aussi loin qu'elle puisse se souvenir, jamais Gilberte n'avait parlé autrement d'Olivier qu'en l'appelant «l'Architecte». Même quand elle s'adressait à lui, elle l'appelait comme ça. Quant à lui, il la surnommait «la Punaise». Ils donnaient tout le temps l'impression de se détester — incapables l'un comme l'autre de se voir ou de se parler sans se houspiller systématiquement —, mais en réalité ils s'adoraient et se partageaient durement son affection, l'un et l'autre entiers, fidèles et tenaces.

Elle avait rencontré Gilberte bien avant Olivier. Elles se connaissaient en fait depuis l'école primaire, inséparables depuis le jour où elle avait décidé de partager sa collation avec cette petite Haïtienne dont la peau café au lait et les cheveux crépus intriguaient les enfants, l'exposant à leurs brimades et à leurs railleries. Même quand Elizabeth était partie vivre en Europe pendant quelques années, elles étaient restées en contact. Elles s'écrivaient régulièrement chaque semaine, Elizabeth racontant avec humour les menus détails de sa vie en Belgique et Gilberte relatant avec ironie ses péripéties dans l'univers de la publicité où elle était arrivée, au bout de quelques années d'obstination, à se tailler une place de directrice de projets.

Gilberte profita de l'éclat de rire d'Elizabeth pour s'empresser d'ajouter d'une voix insidieuse:

— Tu vas invoquer la cruauté mentale ou physique? Le harcèlement sexuel, peut-être?

— Tu gèles, ma chère. Tu nages sous les banquises.

— Bon! s'exclama Gilberte d'un ton faussement déçu. Je garde cette hypothèse en réserve pour une autre fois... Donc, si ce n'est pas l'Architecte, c'est ta fille qui t'a fait une vacherie.

— Pourquoi tiens-tu absolument à ce que ce soit quelqu'un qui m'ait fait une *vacherie*? Tu gèles encore.

— Un petit problème de santé, alors?

— Tu brûles!

— Mmmm... Mis à part le grain de beauté que tu as sur le front, un début de cellulite sur la fesse gauche... (Elle avait levé ses mains devant sa figure et faisait semblant d'examiner

Elizabeth au travers d'une lorgnette.) et tes cent soixante-douze centimètres qui te donnent un petit côté «Watutsi», franchement je ne vois pas ce qui cloche chez toi.

— Merci! Je reconnais bien là ta sollicitude maternelle, rétorqua Elizabeth avec un demi-sourire.

Gilberte tendait la main vers sa tasse de thé. Elle prit le temps de boire avant de répondre, profitant de ce bref moment de silence pour scruter le visage d'Elizabeth, s'inquiétant tout à coup des ombres mauves qui soulignaient les yeux de la jeune femme.

— Tu as l'air bizarre, déclara-t-elle en reposant sa tasse sur la table.

— Je me sens *bizarre*, figure-toi! (Elizabeth repoussa une mèche de cheveux qui lui tombait dans les yeux et poussa un long soupir.) J'ai tout le temps mal au coeur. Je dois couver une saloperic quelconque... un nouveau virus...

— Je vois, fit Gilberte en souriant de toutes ses dents.

— Quoi? Qu'est-ce que tu vois? demanda Elizabeth, se tournant sur le côté et s'appuyant sur un coude pour mieux sonder les prunelles sombres qui la fixaient avec tendresse.

— Ben, je vois, quoi! C'est le genre de virus que l'on couve pendant neuf mois... Ça s'appelle un bébé, je crois.

— Un bébé! s'exclama Elizabeth en se levant d'un bond. (Son regard enregistra le sourire moqueur de Gilberte et cela eut le don de l'exaspérer.) Et tu trouves ça drôle, en plus! ajouta-t-elle un peu sèchement.

Les mains sur les hanches, elle fit quelques pas pour s'éloigner de Gilberte. L'esprit en ébullition, elle luttait contre cette idée qu'elle trouvait tout à fait aberrante... Enceinte! Comment est-ce qu'une chose pareille pouvait lui arriver? À elle!... Elle ne pouvait pas être enceinte. Elle *ne voulait* pas être enceinte.

Complètement absorbée par ses réflexions, elle se mit à marcher de long en large sur la pelouse, passant et repassant devant Gilberte qui la regardait faire en riant doucement.

Au quatrième passage, elle s'arrêta brusquement aux pieds de la petite Haïtienne, la dévisagea un moment, puis lança d'une voix un peu rauque:

— C'est complètement idiot! Et puis, d'abord, c'est impossible... Pas avec un stérilet!

Voyant qu'Elizabeth allait se remettre à marcher, Gilberte se redressa vivement, l'attrapa par le poignet et la poussa d'une secousse sur son transat en s'exclamant:

— Assieds-toi une minute, bon sang! Tu me donnes le tournis.

Sous la poussée, Elizabeth se laissa lourdement tomber sur la chaise longue, le regard accroché à l'œil noir qui la sondait maintenant avec défi.

— Ce n'est pas parce que c'est idiot que c'est forcément impossible, ajouta Gilberte qui, vexée, maîtrisait parfaitement sa voix malgré l'énervement qui la gagnait à son tour. Les exceptions, ça existe, tu sais...

Elizabeth ne releva pas la remarque. Les coudes sur les genoux, les mains jointes sous le menton, elle baissa simplement les yeux pendant quelques minutes, semblant s'abîmer dans la contemplation de ses pieds.

Elle venait de prendre conscience de la relativité de son argument et se rappelait soudain avec inquiétude tous les articles de revues médicales faisant état de statistiques, de probabilités...

Elle songeait avec amertume que la venue d'un autre enfant chamboulerait complètement sa vie, l'obligeant, entre autres, à faire une croix sur ses projets de retourner sur le marché du travail à court terme.

Et Olivier?... se demanda-t-elle. Comment prendra-t-il la chose lui qui, pas plus tard que la semaine dernière, me disait encore que ce serait de la folie d'avoir un autre enfant?

Une fourmi qui tentait d'escalader son gros orteil la tira de ses réflexions. D'une chiquenaude, elle se débarrassa de l'insecte en s'exclamant d'un ton à la fois catastrophé et révolté:

— Et merde!... Je ne veux pas être enceinte!... Pas maintenant!

— Ce n'est pas à moi que tu dois dire ça, lança Gilberte en souriant de nouveau. Tiens, au fait, j'avais raison... Je me doutais bien que l'Architecte t'avait fait une vacherie!

Elizabeth la fusilla du regard.

— C'est malin! explosa-t-elle en se relevant brusquement. Tu crois peut-être que...

Elle n'acheva pas sa phrase. Son visage pâlit soudain, comme vidé de son sang. Ayant levé les yeux par hasard, elle venait d'apercevoir une fumée épaisse et grise qui montait vers le ciel.

* *
*

La brise qui entrait par la fenêtre ouverte avivait le feu et l'incitait à gagner du terrain. Une flamme plus hardie que les autres s'échappa du peloton groupé sur le bloc central pour attaquer la poutre du plafond juste au-dessus. Une autre vint la rejoindre. En quelques secondes, une légion de petites flammes rampaient le long de la poutre en direction de l'ordinateur.

Les rayonnages en bois n'opposèrent qu'une faible résistance à la première vague d'assaut. Se faufilant le long des tablettes, les flammes s'en prirent aussitôt aux livres de Simon, les débusquant les uns après les autres, n'épargnant aucune victime, ne faisant aucun prisonnier, ne laissant que des cendres.

Elles se laissèrent ensuite glisser sur la table, un petit groupe restant sur place pour s'occuper de l'ordinateur, tandis que les autres s'engouffraient dans les armoires du dessous et s'emparaient d'un stock de munitions — les rames de papier — avec une facilité incroyable.

Immobile sur le corps de Simon, terrifiée, Géna ne savait où aller. Elle sentait le danger, l'urgence de fuir. Elle devait trouver une porte de sortie au plus vite.

Comme celle de la plupart de ses congénères, la vue de Géna était plutôt faible; de ce fait, la plus grande partie des informations relatives à son environnement lui était transmise par des organes sensoriels mécanorécepteurs et chimiorécepteurs, ceux-ci assurant la communication entre le monde extérieur et sa fibre nerveuse par l'intermédiaire de longs poils fins et mobiles disséminés tout le long de chacune de ses pattes.

Le céphalothorax relevé, les pattes antérieures dressées, elle tâtait l'air fébrilement. Elle perçut tout à coup la brise venant de la fenêtre et fonça aussitôt droit devant elle, abandonnant Simon dont les pieds venaient d'être attaqués par les flammes.

Elle trouva le socle sous la fenêtre et se mit à l'escalader sans attendre, se dirigeant ensuite vers le mur après s'être glissée entre le bassin des grenouilles et la cage des cobayes. Préoccupés par leur propre survie, ceux-ci couinaient et couraient dans leur cage, indifférents à sa présence.

Elle s'arrêta un moment sur le bord de la fenêtre, le temps de sonder prudemment le moustiquaire à l'aide de ses deux pattes mâchoires situées de chaque côté de sa tête et encadrant ses chélicères — sorte de crochets contenant la glande à venin.

S'engageant sur le grillage, elle se mit à en faire le tour en cherchant nerveusement une issue. Elle trouva enfin la déchirure et y pénétra la tête la première, mais fut soudain bloquée dans son élan par une de ses pattes antérieures droites coincée dans le fin réseau de fils métalliques. Complètement affolée, elle s'appuya sur ses autres pattes, tirant et poussant son corps vers l'avant, essayant de se libérer du piège qui la retenait.

À travers l'épaisse fumée qui s'échappait par la fenêtre et commençait peu à peu à l'asphyxier, Géna lançait des stridulations d'effroi vers Simon, comme s'il avait pu la sauver. Mais l'entomologiste était déjà mort. Son pantalon et sa chemise venaient de s'enflammer. Sa peau, d'abord rougie, se mit à gonfler démesurément sous l'effet de la chaleur. Des gaz s'échappant par tous les orifices de son corps le faisaient bouger comme s'il avait été doué de vie. Son cadavre se liquéfia puis se carbonisa.

À l'autre bout de la pièce, le feu avait contourné la porte blindée, et s'attaquait déjà à la table qui supportait la cage du singe.

Napoléon était à moitié fou de terreur. Il criait et gémissait en secouant les barreaux de toutes ses forces. Bientôt épuisé, toussant et crachant sous l'effet de la fumée qui envahissait ses poumons, il se réfugia au fond de sa cage; il s'accroupit, les mains sur les yeux, lorgnant néanmoins les flammes qui rampaient le long de la table et avançaient inexorablement vers lui. Une étincelle ayant touché sa fourrure, il se leva d'un bond et s'agrippa aux barreaux rendus brûlants par la chaleur. Sous la douleur, il lâcha prise d'un seul coup et roula sur la paille qui tapissait le sol de sa cage. Une brindille prit feu, puis une autre... Le paillis s'embrasa brusquement, comme dans un souffle, et l'enfer se referma sur Napoléon.

Toujours prisonnière du moustiquaire, Géna venait de se résigner à l'autotomie, ou auto-amputation, de son membre piégé. Elle savait que sa survie en dépendait.

Elle se contorsionna et, à l'aide de ses pattes mâchoires et de ses crochets, elle attrapa sa patte ambulatoire juste audessus du tibia et la trancha d'un seul coup, net et précis.

Enfin libérée, elle tomba dans le vide en laissant derrière elle un fil de soie — un fil de sécurité — qui allait lui permettre de contrôler sa chute et d'arriver saine et sauve dans le jardin.

Un liquide incolore coulait de sa blessure en un mince filet. La perte d'hémolymphe était légère et l'hémostase serait rapide. L'instinct l'avait guidée dans son opération: l'amputation de sa patte à un niveau autre que celui de l'articulation aurait pu la tuer en provoquant une hémorragie fatale.

Géna s'éloigna du mur de la maison et courut vers un bosquet d'arbustes sous les branches desquels elle se mit à couvert. À plat ventre dans l'herbe, elle essayait de comprendre son environnement. Tout était si nouveau pour elle... Comment ne pas s'émerveiller de pouvoir approcher les choses sans se buter la tête contre un mur de verre?

Au bout d'un moment, elle se risqua hors de son abri.

Elle sentait la faim lui tirailler l'estomac. Dressée sur ses pattes arrière, elle tâtait l'air pour choisir la bonne direction.

Aussi redoutable pour l'homme que le cobra royal, l'araignée venait de partir à la recherche d'une proie.

La bête était libre,... livrée à elle-même,... lâchée sur la ville!

* *
*

Elizabeth porta une main à sa bouche.

Le feu! Gilberte... le feu! Oh, mon Dieu ! Non!

Elle voulait crier, mais aucun son ne sortit de sa gorge nouée. La peur déformait ses traits, agrandissait la pupille de ses yeux au point d'en masquer presque entièrement le bleu profond.

Une petite voix intérieure émergeant de son subconscient se mit à résonner dans sa tête: *Mamie! Mamie!...*

Debout, face à Gilberte qui l'observait d'un regard exprimant à la fois l'inquiétude et la curiosité, elle vacilla légèrement.

— Liza... Qu'est-ce que tu as? s'enquit Gilberte en se levant d'un bond pour la soutenir avant qu'elle ne s'écroule.

Elle l'aida à se rasseoir et l'entendit alors gémir d'une voix à peine audible:

— ... Le feu!

— Quoi, le feu? demanda-t-elle en regardant, inquiète, autour d'elle. (Mue par une impulsion subite, elle leva les yeux et aperçut à son tour la fumée dans le ciel.) Seigneur Dieu! Le feu!

Comment se fait-il que les pompiers ne soient pas encore là? Personne ne les a donc prévenus?

Empoignant le bras d'Elizabeth, elle ajouta d'une voix alarmée:

— C'est tout près d'ici! Liza, il faut alerter les pompiers! Vite!

La peau sous ses mains était froide et moite, tendue à l'extrême sur des muscles presque tétanisés, ce qui lui donna soudain l'impression de tenir un morceau de bois. Considérant les doigts d'Elizabeth agrippés comme des serres au transat, Gilberte comprit qu'elle n'arriverait jamais à la faire bouger. Autant essayer de déraciner un arbre.

Elle relâcha brusquement son étreinte et fonça vers la cuisine, non sans jeter un regard affolé sur les flammes qui s'échappaient à présent vers le ciel en suivant les traces sinueuses de la fumée.

Hypnotisée un moment par le mouvement des flammes, Elizabeth se mit à geindre doucement en se balançant d'avant en arrière; elle ferma les yeux, essayant de refouler les images insoutenables qui surgissaient tout à coup de son passé, des images qui revenaient la hanter après des années de répit et d'oubli.

Elle avait cinq ans. Sa mère l'avait laissée pour quelques jours avec ses grands-parents maternels qui s'étaient réfugiés dans les Laurentides, fuyant la canicule et le bruit de la ville.

Le chalet en bois rond était niché, à flanc de montagne, dans un écrin de verdure. Un ruisseau serpentait à l'orée de la forêt, attirant Elizabeth qui y passait des heures à traquer les écrevisses.

C'est là qu'elle se trouvait, les pieds dans l'eau glaciale, quand elle avait tout à coup entendu des cris. Instinctivement, elle s'était mise à courir vers le chalet. Des flammes s'en échappaient par les fenêtres et montaient vers le toit. Le visage noirci par la fumée, son grand-père essayait de défoncer la porte à l'aide d'un madrier et hurlait comme un dément:

— Martha! Martha! Martha!

Elizabeth était très jeune, mais pas assez pour ne pas comprendre que sa grand-mère se trouvait à l'intérieur de cette fournaise. Terrifiée, elle regardait le feu ronger les murs de la petite maison de bois. Il fallait que sa grand-mère sorte de là... Pourquoi est-ce qu'elle ne sortait pas? Peut-être qu'elle n'entendait pas...?

Elle avait joint ses cris à ceux de son grand-père:

— Mamie! Mamie...!

Quand les voisins, trop éloignés, étaient enfin arrivés sur les lieux, ils avaient trouvé un vieil homme et une fillette cramponnés l'un à l'autre, hagards et désespérés; accroupis, les yeux fixés sur les décombres du chalet qui venait de s'effondrer, ils donnaient sans le vouloir l'effroyable illusion de contempler un gigantesque feu de camp...

La sirène stridente des camions de pompiers retentit dans la rue, la sortant brutalement du cauchemar qu'elle revivait.

Quelques minutes plus tard, debout sur le perron, Gilberte et les enfants à ses côtés, Elizabeth assistait passivement à l'agitation qui secouait la rue.

Elle avait rassemblé quelques affaires en toute hâte, les fourrant pêle-mêle dans deux valises qu'elle avait laissées au pied de l'escalier, dans le hall d'entrée, s'attendant à tout moment à recevoir un ordre d'évacuation des pompiers ou de la police... Sept maisons seulement séparaient la sienne de celle qui flambait à l'autre bout de la rue.

Les policiers avaient bouclé tout le quartier et empêchaient les gens d'y pénétrer avec leur voiture, refoulant sans ménagement, à grands coups de gueule et de sifflet, l'attroupement de badauds qui gênait les manœuvres.

Les pompiers avaient réussi à maîtriser l'incendie mais n'avaient pu cependant empêcher les flammes de s'attaquer à la maison adjacente.

Certains d'entre eux venaient d'atteindre le deuxième étage au moyen d'échelles accrochées sur le bord des fenêtres. Des jets d'eau puissants avaient précédé leur ascension. Armés de haches, ils finirent de dégager les fenêtres de leurs vitres, celles-ci ayant pour la plupart explosé sous l'effet de la chaleur et des jets d'eau combinés.

Elizabeth aperçut tout à coup la mère de Diane qui sortait en trombe de la foule en train de se rassembler à nouveau sur le trottoir; échevelée, effarée, elle était d'une pâleur extrême.

La jeune femme traversa la rue en courant, escalada les quelques marches du perron à toute vitesse et tomba à genoux sur le palier en attrapant sa fille dans ses bras. Gémissant, tremblant de tout son corps, elle la serrait convulsivement contre elle, faisant pleuvoir sur la tête de la fillette une avalanche de baisers brefs et incroyablement bruyants.

Jugeant la scène d'un œil critique depuis que Carole Cormier avait atterri sur le perron avec la grâce d'un boulet de canon, Gilberte en avait sommairement conclu que: premièrement, elle n'aimait pas beaucoup cette femme et deuxièmement, elle la trouvait franchement hystérique.

Elle en était à se demander avec ironie lequel des deux constats découlait de l'autre lorsqu'elle vit Carole lever les yeux vers Elizabeth et balbutier entre deux hoquets, riant et pleurant à la fois:

— Si tu savais...! J'ai eu tellement peur. J'ai cru que...

Et merde! grommela Gilberte intérieurement. Elle est capable de nous faire une crise de nerfs.

— Allez... Elle va bien, ta fille, quoi! l'interrompit-elle brusquement. (Elle marchait vers Carole, une lueur d'avertissement dans le regard démentant la douceur de sa voix.) Ta fille *va bien*. Tout le monde *va bien*... Alors, on se calme maintenant, d'accord?

Elle empoigna fermement la jeune femme par le coude et l'aida à se relever en ajoutant:

— On devrait rentrer et se boire un bon petit remontant. (Elle jeta un coup d'oeil interrogatif à Elizabeth qui n'avait pas bronché.) Tu dois bien avoir quelque chose qui ressemble à du scotch ou à du cognac, non?

Elizabeth acquiesça d'un signe de tête.

Elles pénétrèrent toutes les trois dans la maison en entraînant Amélie et Diane malgré leurs protestations. Le spectacle de la rue était plus que divertissant pour les deux petites filles qui n'avaient jamais vu autant de remue-ménage en une seule journée.

Carole trébucha sur les valises qui encombraient l'entrée.

— Maudit! Qu'est-ce que... (Elle se tourna vers Elizabeth.) Vous partez en vacances? demanda-t-elle mi-figue, mi-raisin.

Elizabeth répondit d'un haussement d'épaules.

— Tu n'as pas l'air de te rendre compte que le feu était juste à côté, rétorqua Gilberte en les poussant dans le salon. On aurait pu être obligées de quitter la maison. (Elle souriait, perfide et moqueuse.) Alors... tu aurais laissé brûler ton contrat de mariage et tes petites culottes, toi? ajouta-t-elle en leur servant un verre de scotch... la bouteille de cognac étant vide.

Elizabeth sentit une sorte de fourmillement la parcourir et elle laissa échapper un petit rire nerveux.

— Non... Bien sûr que non, enchaîna Carole en considérant les énormes bagages d'un air sceptique.

Le ricanement d'Elizabeth se mua aussitôt en un immense éclat de rire auquel se joignit spontanément celui de la petite Haïtienne.

Embarrassée, confuse, Carole dévisagea alternativement les deux jeunes femmes, s'installa dans le fauteuil et déposa son verre sur la table basse après en avoir vidé près de la moitié d'un coup.

— Je ne vois pas ce qu'il y a de drôle là-dedans, protesta-t-elle d'une voix aigre après un moment d'hésitation.

Gilberte se mit à rire à gorge déployée et se laissa aller le dos contre un mur, le frappant du plat de la main comme pour marquer chacune de ses respirations.

Elizabeth, pliée en deux, riait aux larmes. Avisant le divan, elle se dirigea vers lui, devinant qu'elle ne tarderait pas à s'écrouler si elle n'allait pas s'asseoir. Les coudes sur les genoux, la tête entre les mains, elle hurlait de rire chaque fois que son regard se posait sur les valises ou sur Carole qui venait de s'esclaffer à son tour, incapable de résister plus longtemps au fou rire contagieux.

Olivier De Blieck fit une entrée remarquée au milieu de l'hilarité générale. Il était tellement grand — 1,92 m — qu'il pouvait difficilement passer inaperçu... Et très bel homme, en plus. Elizabeth disait de lui en riant qu'il était beau comme un voilier. Elle n'avait pas tout à fait tort: il en avait en tout cas l'allure et la force, la grâce et la souplesse dans le mouvement; à trente-deux ans, il pouvait s'enorgueillir d'un corps mince et musclé d'adolescent. Des cheveux blonds, presque blancs, des yeux d'un bleu saisissant et un léger accent trahissaient ses origines flamandes et, quand il souriait, une rangée de dents blanches et parfaites éclairait son visage généralement trop sérieux.

Il ne souriait pas lorsqu'il déposa son attaché-case à ses pieds.

Il avait eu une journée épuisante au bureau. Ayant dû abandonner sa voiture aux limites du quartier, il avait fait le reste du trajet à pied, maudissant la police, les pompiers et l'humanité tout entière. Il avait chaud, il avait faim et, surtout, il n'avait pas du tout envie de rire.

Amélie se jeta sur lui sans crier gare.

— Papa! Papa!... Tu vas faire le pique-nique avec nous? demanda-t-elle en lui tendant les bras.

Olivier la souleva et lui plaqua un baiser sonore sur la joue tout en jetant un regard incrédule sur les deux valises. Il déposa Amélie et se dirigea vers Elizabeth qui essayait de récupérer son souffle.

— Ma chérie, dit-il, une main désignant négligemment les bagages derrière lui, j'espère que tu n'as pas l'intention de pique-niquer en dehors de la ville?

Carole ne put retenir un rugissement — une sorte de rire sinistre pareil à celui d'une hyène — qui entraîna aussitôt Elizabeth et Gilberte dans une nouvelle crise de fou rire.

Olivier les regarda l'une après l'autre, légèrement agacé.

Il fit quelques pas dans la pièce, les mains derrière le dos, attendant impatiemment que les rires se calment, sentant peu à peu la colère le gagner.

— Nom de Dieu!... Qu'est-ce qui se passe ici? explosa-t-il soudain en levant les bras en l'air, comme s'il avait voulu désigner l'espace autour de lui qu'il qualifiait intérieurement, pour le moment, de «foutue baraque». Est-ce que quelqu'un pourrait avoir l'obligeance de me le dire! ajouta-t-il en s'arrêtant brusquement devant Elizabeth.

Ses yeux avaient pris la couleur froide et menaçante de l'acier.

— Alors? rugit-il en la toisant de toute sa hauteur.

— Ne t'énerve pas comme ça, mon amour, répondit Elizabeth entre deux hoquets. Attends que je t'explique...

Elle se tassa, manifestement pour lui faire de la place sur le divan, et leva la tête vers lui.

— Assieds-toi mon chéri, reprit-elle en essayant de maîtriser son fou rire. Sinon je vais attraper un torticolis.

De guerre lasse, Olivier se laissa tomber à côté d'elle.

Elizabeth se lança aussitôt dans une série d'explications ponctuées par de gracieux mouvements de mains et par de brefs hochements de tête. Elle parla longuement de l'incendie, des gens dans la rue, de la peur qu'elle avait ressentie et elle fondit subitement en larmes.

Olivier mit ses bras autour de ses épaules et l'attira contre lui, regrettant déjà de s'être laissé emporter.

— Chhhhhut... C'est fini. Allons, chérie... Calme-toi, dit-il en caressant doucement ses cheveux. Je suis là.

Les sanglots se muèrent en sourds gémissements. Elizabeth se dégagea et se moucha bruyamment.

Olivier prit sa tête entre ses mains. De ses pouces, il essuya les larmes qui coulaient encore le long de ses joues. Il se pencha sur ses lèvres et les effleura d'un tendre baiser.

Elizabeth détourna la tête, cherchant son souffle.

Elle avait le visage en sueur, les traits crispés. Elle sentit tout à coup un long frisson la parcourir et s'agrippa à Olivier de toutes ses forces, juste avant que la vague de plaisir ne la submerge.

Elle eut l'impression que tout son corps allait exploser. Elle criait, criait, mais n'entendait pas ses cris. Elle n'eut même pas conscience de la main d'Olivier qui se posait sur sa bouche.

Puis ce fut la descente vertigineuse.

Olivier, épuisé, sombra presque tout de suite dans un sommeil profond, un air de béatitude largement étalé sur la figure.

Elizabeth s'endormit longtemps après, conservant dans son sommeil le visage qu'elle avait eu pendant l'amour: traits tendus, bouche à demi ouverte... Prête à mordre, prête à lutter, ignorant pourtant encore tout du combat qu'elle allait devoir mener.

Chapitre 4

À l'aube de son premier jour de liberté, Géna se trouvait au centre d'une vaste toile à mailles irrégulières, entrecroisées, sur laquelle elle se tenait en position renversée, face ventrale tournée vers le haut.

Elle était réveillée depuis longtemps. En fait, elle avait très peu dormi au cours de cette nuit-là... Une nuit d'ailleurs assez éprouvante, peuplée de cauchemars et sans cesse troublée par les nombreuses vibrations d'un univers qui lui était totalement étranger et qui la terrifiait.

Elle attendit patiemment que le soleil ait dissipé les derniers nuages de brume qui l'entouraient. L'air était doux, léger, et ne semblait receler aucune menace. Une brise parfumée la berçait gentiment, et elle finit par s'assoupir sans s'en rendre compte.

L'aboiement d'un chien au loin lui glaça soudain le sang,

la tirant brusquement d'une sorte de torpeur qui s'était insidieusement emparée d'elle. Elle resta d'abord figée, tous les sens en alerte. Puis, après un long moment d'attente, rassurée, elle se décida enfin à changer de position. Elle dut secouer ses pattes engourdies avant de se mettre en mouvement, se dirigeant alors vers le bord inférieur de sa toile. Une fois réinstallée de l'autre côté, bien au centre, elle s'étira longuement, voluptueusement, heureuse de sentir les chauds rayons du soleil sur son dos.

La douleur provenant de sa blessure avait complètement disparu. Bien que traumatisée sur le coup par l'amputation de sa patte, elle s'était déjà remise du choc, surmontant bravement son léger handicap sans savoir pourtant qu'il n'était que provisoire. En fait, un processus de régénération allait se déclencher automatiquement lors de sa prochaine mue, et il n'en faudrait pas plus d'une ou deux pour que sa patte sectionnée soit entièrement reconstituée.

Une crampe lui vrilla subitement les entrailles et lui rappela douloureusement qu'elle n'avait pas mangé depuis deux jours. Affamée, mais se sentant encore trop lasse pour partir à la chasse, elle souhaitait ardemment qu'une proie vienne bientôt s'engluer dans sa toile.

Pour une araignée ayant toujours vécu en captivité, l'obligation de s'alimenter par ses propres moyens était plutôt consternante, voire décourageante. La veille, après sa fuite du laboratoire, elle avait erré en vain pendant des heures à la recherche de nourriture. À bout de forces, elle s'était retrouvée au pied d'une rocaille où, après quelques minutes d'hésitation, elle avait finalement décidé de s'installer pour la nuit. Elle en avait d'abord prudemment fait le tour avant de choisir un renfoncement entre les deux plus grosses pierres de la base pour y tisser sa toile.

Une vibration de l'air la fit soudain se ramasser sur elle-même. Géna connaissait bien ce bruit. Elle le connaissait pour l'avoir entendu des centaines de fois dans le laboratoire de

Simon. Elle resta aux aguets tout en finissant d'étancher sa soif à même les fils de soie où s'était déposée la rosée du matin.

Il y eut une autre vibration, très proche cette fois, suivie d'une secousse qui ébranla les fils qu'elle venait de saisir entre les griffes de ses pattes antérieures: une mouche s'était posée sur le bord supérieur de sa toile et se débattait déjà comme une folle, ne faisant que s'enfoncer davantage dans la soie collante.

Géna s'agita et se remua de deux ou trois centimètres en direction de l'insecte qui, terrorisé, cessa aussitôt de bouger. L'araignée s'arrêta elle aussi; saisissant alors vivement les fils le long desquels elle venait de s'avancer, elle leur imprima une légère traction dans l'intention de provoquer une réaction. Au bord de l'hystérie, la mouche se mit à battre frénétiquement des ailes, ne réussissant cependant à se dégager d'un fil que pour être retenue par un autre, traversant ainsi la toile dans toute sa hauteur, de chute en chute, pour se retrouver finalement dans le bas, à nouveau piégée, immobilisée.

Voulant s'assurer que l'insecte était réellement prisonnier, Géna tira de nouveau sur les fils, ce qui déclencha aussitôt plusieurs battements d'ailes désespérés et inutiles: la victime était tout à fait enlisée cette fois et ne risquait donc plus de s'envoler. Géna attendit un moment, se laissant aller à son exultation, nullement inquiète des fortes secousses infligées à sa toile.

Dans un violent et brusque effort, la mouche fit une dernière tentative pour se dégager. Géna n'attendait que ça. Elle se précipita sur elle, la mordit cruellement à la nuque et s'empressa ensuite de la ligoter à l'aide de fils de soie qu'elle fabriquait au fur et à mesure.

La mouche ne lutta que quelques secondes, le temps que le poison gagne ses centres nerveux et la paralyse totalement. Géna acheva consciencieusement de l'emmailloter; s'attachant ensuite son fardeau par un fil qu'elle tenait d'une patte, elle regagna le centre de sa toile.

Se penchant au-dessus de sa proie, elle commença par l'inonder d'une abondante émission de liquide digestif qui venait, d'une part, de ses glandes maxillaires et, d'autre part, d'une sorte de régurgitation intestinale très riche en enzymes dont l'action liquéfiait les tissus, les réduisant à l'état de bouillie alimentaire. Cette bouillie fluide serait ensuite filtrée par les poils tapissant son palais qui retiendraient les particules trop volumineuses ou les éléments ne pouvant être digérés.

Géna ne rejeta qu'une toute petite boulette informe d'éléments indigestes. Rassasiée, elle étira ses longues pattes et sombra enfin dans un profond sommeil.

* *
*

Elizabeth ouvrit les yeux, réveillée par un rayon de soleil qui dansait sur son visage et qui, au hasard de ses mouvements, tantôt roussissait quelques mèches de ses cheveux, tantôt adoucissait les ombres mauves qui teintaient ses paupières.

Elle s'étira puis se colla contre Olivier qui referma aussitôt ses bras sur elle. Nichant sa tête au creux de l'épaule offerte, elle décida de s'attarder un moment encore dans la chaude et caressante douceur du lit et referma les yeux.

Une angoisse née d'un cauchemar qu'elle avait fait cette nuit-là, et qui l'avait fortement secouée, s'insinua de nouveau en elle, ravivant les images de son rêve.

Plongée dans les ténèbres, elle se tenait debout, seule, devant la maison en flammes de ses grands-parents. Une voix plaintive l'appelait... Ce n'était pas la voix de sa grand-mère qu'elle entendait, c'était celle d'Amélie! Voulant courir au secours de l'enfant, elle s'apercevait tout à coup que son corps était comme ficelé, des épaules jusqu'au bout des pieds, enveloppé à la manière d'une momie par une sorte de tissu filandreux et très résistant. Elle était paralysée, totalement incapable de bouger ou de crier! Sa fille brûlait dans cet enfer et elle ne pouvait rien faire d'autre qu'écouter ses gémissements. C'était insupportable d'angoisse, déchirant, hallucinant... Ça ne pouvait être qu'un mauvais rêve. Elle allait se réveiller. Il fallait qu'elle se réveille!... Les cris continuaient, de plus en plus faibles. Sa fille était en train de mourir! Elle voulait hurler pour ne plus entendre, pour ne pas savoir, hurler son désespoir, son impuissance, mais ne réussissait qu'à pleurer doucement. Et voilà que la fillette sortait tout à coup de la maison en flammes. Son corps était entièrement nu et noirci par la fumée. Elle se mettait à marcher lentement vers elle, les bras tendus, ses magnifiques yeux verts habités d'une lueur étrange, presque animale. Sur sa poitrine apparaissait soudain une sorte de déchirure laissant entrevoir le cœur, rouge et palpitant, comme si une main invisible avait troué d'un seul coup la cage thoracique de la petite fille...

...Horrifiée, elle s'évanouissait puis se retrouvait couchée sur une table, les jambes dans des étriers, des lumières scialytiques aveuglantes lui blessant les yeux. Une voix lui parvenait au travers des brumes de l'anesthésie: «Restez calme, madame, respirez à fond. C'est presque terminé...» Elle avait mal à hurler. Qu'est-ce qui se passait? Pourquoi avait-elle l'impression d'avoir les entrailles déchirées? Elle sentait des doigts malhabiles lui étirer les parois du vagin. La douleur devenait intolérable. Elle ouvrait la bouche sur un profond hurlement lorsque la voix lui disait: «Ça y est! C'est fini! La tête nous a donné du mal, mais elle est passée maintenant.» Les coudes pliés, les mains maculées de sang qui dégoulinait le long de ses avant-bras, un chirurgien se penchait vers elle en souriant et lui murmurait tout doucement: «C'était une belle petite fille!» Elle tâtait son ventre rebondi et comprenait soudain qu'on venait d'y remettre sa fille...

Elizabeth ouvrit brusquement les yeux sous l'effet d'une violente nausée; elle bondit hors du lit et se précipita vers la salle de bain.

Agenouillée sur la céramique froide devant les toilettes dont elle avait relevé le siège, elle s'appuya des bras sur la cuvette et posa sa tête sur ses mains jointes. Elle sentit aussitôt la sueur qui couvrait son front couler le long de ses doigts.

Un frisson s'emparant de sa colonne vertébrale la secoua, juste avant que son estomac ne se contracte à nouveau. Elle resta un long moment ainsi penchée, crachant et vomissant, éprouvant l'incroyable sensation non pas de se vider l'estomac mais plutôt de se vider de l'intérieur, d'expulser par la bouche tous les organes de son corps les uns après les autres.

Elle attendit patiemment que les spasmes s'arrêtent complètement avant de se relever, péniblement, en prenant appui sur les bords de la cuvette. Elle tira la chasse et s'assit ensuite sur un petit tabouret, face au lavabo. Son visage dans la glace lui parut d'une pâleur de cire, sans doute accentuée par les cernes sombres qui soulignaient ses paupières et faisaient paraître ses yeux plus bleus.

Elle se sentait fatiguée, épuisée, avant même d'avoir commencé sa journée. La tête lui tournait un peu. Elle porta les mains à son front en se disant qu'une semaine ou deux de vacances à l'extérieur de la ville lui feraient le plus grand bien; puis, sans transition, elle pensa qu'il fallait absolument qu'elle appelle son gynécologue pour prendre un rendez-vous. Bien que se doutant déjà du diagnostic — elle avait quand même quelques semaines de retard!... —, elle se surprit à espérer que le médecin lui découvre de préférence une petite maladie tout à fait banale.

Songeuse, préoccupée, elle se leva, se débarrassa promptement de sa robe de nuit trempée de sueur et se regarda une dernière fois dans la glace. Pendant quelques minutes, elle examina minutieusement son ventre et ses seins, cherchant un signe extérieur qui aurait pu étayer l'hypothèse d'une grossesse... Rien!

Si ça se trouve, se dit-elle en souriant à son reflet, je ne suis pas plus enceinte qu'un bâton de hockey!

D'une pirouette élégante, elle se détourna du miroir. Elle se pencha vers la baignoire, ouvrit les robinets et les régla pour avoir une eau un peu plus chaude que tiède. Après avoir caché ses cheveux sous un bonnet de plastique, elle pénétra sous la douche et laissa le jet d'eau couler sur sa nuque pendant quelques longues et savoureuses minutes, après quoi elle se savonna rapidement et se rinça sous l'eau chaude puis sous l'eau froide.

Quand elle fut séchée et habillée, elle brossa vigoureusement ses cheveux qui tombaient en cascade sur ses épaules. Elle se sentait tout à coup ragaillardie, en forme pour attaquer cette journée qui commençait.

Il était à peine 7 heures du matin.

* *
*

La chambre d'Amélie ressemblait à s'y méprendre à la page d'un catalogue de Laura Ashley: murs tapissés d'un joli papier peint dont le motif — petites fleurs vertes sur fond blanc — se retrouvait également sur les taies et la douillette, sur la nappe qui recouvrait la table ronde à côté du lit et sur les rideaux bonne femme qui habillaient la fenêtre. Tous les meubles et accessoires qui décoraient la chambre, de même que les draps et le jupon du lit, le plafond, les portes et les boiseries, étaient blancs. Seule exception à la règle, le plancher dont les lattes de bois franc avaient été enduites d'une légère couche de teinture d'un vert un peu plus soutenu que celui du papier peint avant d'être vitrifiées.

Elizabeth ouvrit doucement la porte. Voyant que sa fille ne dormait pas, elle se dirigea aussitôt vers le grand lit qui trônait au milieu de la pièce.

Amélie regardait les images d'une bande dessinée, sa tête et ses épaules émergeant à peine de la douillette.

La jeune femme se pencha pour déposer un baiser sur la tête de l'enfant en déclarant d'une voix pleine de bonne humeur:

— Bonjour toi!

Amélie détourna les yeux de son livre et lui tendit les bras en souriant. Encerclant le cou de sa mère, elle essayait de l'attirer vers elle. Elizabeth se laissa aller et se retrouva à moitié couchée sur la petite fille qui enfouit aussitôt son visage au creux de son cou. Le parfum qui se dégageait de son corps avait l'air de ravir l'enfant.

— Tu sens bon, maman, dit-elle en reniflant sa peau à la manière d'un chiot.

— Parce que je viens de prendre ma douche, rétorqua Elizabeth dans un sourire. Si tu allais prendre la tienne, tu sentirais bon toi aussi.

— Oh, maman...! s'écria Amélie plaintivement. Tu veux toujours que j'aille me laver.

— Au moins une fois par jour, oui! Allez... sois gentille, Amélie. Viens faire ta toilette.

Elle l'embrassa sur la joue après s'être libérée en douceur de son étreinte puis se leva. Voyant que l'enfant n'avait manifestement aucune envie de bouger, elle attrapa la douillette à pleine main et la tira jusqu'au pied du lit en ajoutant d'une voix malicieuse et enjouée:

— Allez... hop!... À la douche, les canards!

Amélie fit la grimace en sortant de son lit et se dirigea d'un pas traînant vers la salle de bain.

Elizabeth la suivit des yeux et sourit; elle savait que sa fille détestait prendre sa douche — de l'eau qui vous rentre partout dans le nez et dans les yeux... Yaaark! —, et détestait encore plus qu'on lui dise tout le temps quoi faire, qu'on lui organise sa vie.

Après avoir refait le lit, elle rejoignit la fillette qui avait, entre temps, enlevé son pyjama et l'attendait pour régler les robinets. Un air boudeur et mauvais assombrissait son petit visage volontaire.

À peine installée sous les jets d'eau tiède, Amélie se mit à tousser et à cracher tout en murmurant des insanités du genre: «... saleté de douche! C'est pas juste!... Méchants parents qui obligent les enfants...»

Assise sur le tabouret, Elizabeth l'écoutait à peine. Elle ne voulait pas intervenir, sachant que cela ne ferait qu'envenimer la situation. Amélie réagissait toujours comme ça quand on l'astreignait à faire quelque chose qu'elle n'avait pas envie de faire; elle râlait, argumentait, manifestant clairement, et parfois même violemment, son désir d'indépendance. Elle était incapable d'obéir spontanément, incapable d'accepter avec souplesse la moindre discipline, la moindre contrariété.

Elizabeth se rappela une scène qui la fit sourire malgré elle.

Un jour qu'elle lui demandait pour la troisième fois de ranger ses jouets, Amélie — qui n'avait que trois ans à l'époque! — l'avait d'abord regardée quelques minutes sans rien dire, les yeux brillants de rage. Puis, bien campée sur ses petites jambes, elle avait brusquement ramené ses bras devant elle; les coudes pliés, les paumes dirigées vers le haut, elle s'était mise à agiter ses mains en crispant et en recourbant ses doigts comme les griffes d'un oiseau de proie tout en hurlant:

— Maman!... Tu me serres les nerfs! Laisse-moi vivre ma vie comme j'ai envie!

Prise au dépourvu par la scène de sa fille et ne pouvant en ignorer le côté comique, elle s'était laissée aller au fou rire qui l'avait saisie. Furieuse, indignée, Amélie s'était enfermée dans sa chambre, et il lui avait fallu bien sûr beaucoup de patience, de cajoleries et de tendresse — ainsi que bon nombre de promesses — pour se réconcilier avec sa fille.

Elizabeth, perdue dans ses pensées, se disait que leurs bagarres, bien que de plus en plus fréquentes et violentes, n'avaient pas encore de conséquences fâcheuses. Ça arrivait subitement, ça explosait puis ça se calmait. Ce n'était pas pour le présent qu'elle s'inquiétait mais pour l'avenir. Elle envisageait parfois avec angoisse l'adolescence d'Amélie, anticipant un affrontement dont elles ne pourraient sortir, l'une ou l'autre, ou peut-être les deux, sans être profondément blessées... Un affrontement qui les pousserait malgré elles à claquer une porte intérieure de façon irrémédiable.

Depuis le jour où Amélie avait su parler, leurs relations s'étaient progressivement teintées d'un rapport de force qui était à présent permanent. Jour après jour, la fillette semblait vérifier le terrain, testant et mesurant sa propre force à celle de sa mère, guettant ses moindres faiblesses, utilisant ses plus petites failles, profitant de chaque occasion où elle baissait la garde. Elizabeth savait que ces occasions-là n'étaient pas encore assez nombreuses au goût d'Amélie; sa fille vivait dans l'attente *du jour*, de ce moment béni entre tous où elle pourrait enfin imposer sa volonté.

Rompant brusquement le fil de ses pensées, Amélie sortit de la douche. Elizabeth ferma les robinets et l'aida à se sécher. Après lui avoir donné ses vêtements, elle lui dit:

— Tu t'habilles, tu brosses tes dents et tu me retrouves ensuite à la cuisine. D'accord?

L'enfant acquiesça silencieusement.

Elizabeth referma la porte derrière elle et se dirigea vers

l'escalier menant au rez-de-chaussée. Elle sourit de nouveau à la vue des deux valises toujours à la même place dans le hall d'entrée. Elle entra au salon pour ouvrir les lourdes tentures de laine et fit de même dans la salle à dîner. Elle passa ensuite dans la cuisine ensoleillée, mit le café en route et prépara le petit déjeuner.

Bien que refusant l'idée d'être enceinte, elle se surprit tout à coup en train d'imaginer de quelle façon elle s'y prendrait pour annoncer à son mari la venue prochaine d'un autre héritier.

Elle décida de ne plus y penser, essayant de se convaincre qu'elle se tracassait sûrement pour rien encore une fois. Elle ne put cependant s'empêcher de conclure que l'arrivée d'un petit frère, ou d'une petite sœur, bousculerait un équilibre précaire en chamboulant l'univers exclusif de la «douce et tendre» Amélie.

Chapitre 5

Géna se réveilla brusquement... Une violente secousse venait d'ébranler les fils de sa toile. Elle ramena instinctivement ses longues pattes plus près de son corps puis s'obligea à demeurer immobile dans l'attente d'une seconde secousse.

Au bout d'un moment, comme rien ne se produisait, elle se décida à tirer sur les fils, supposant à tort qu'une proie s'y était enlisée. À peine les avait-elle saisis entre ses griffes qu'un souffle chaud passa soudain au-dessus de sa carapace chitineuse. C'était une sensation nouvelle, étrange, qui l'effraya et la dérouta complètement. Ramassée sur elle-même, n'osant plus faire le moindre mouvement, elle se fiait uniquement à ses organes sensoriels. Elle sentit de nouveau le souffle chaud le long de son corps et crut discerner, cette fois, une masse sombre s'approchant tout doucement de sa toile. Elle banda aussitôt ses muscles.

Dressée sur ses pattes postérieures, les chélicères pointées vers l'avant, Géna vit la masse fondre sur elle. Sans hésiter, elle planta brutalement ses crochets, injectant son venin dans cette chose froide et humide qui se collait à son ventre.

Sous le coup de la vive douleur, le berger allemand dont Géna venait de mordre le museau poussa un terrible hurlement. Il frotta énergiquement sa truffe dans l'herbe puis se mit à courir en rond comme un fou. Il gémissait, haletait, tombait puis se relevait pour reprendre sa course effrénée à l'intérieur du jardin où Géna avait élu domicile.

La douleur de la morsure s'était déjà estompée quand la paralysie s'empara de ses pattes. Il s'arrêta soudain de courir et s'écroula dans l'herbe. La gueule grande ouverte, la langue pendante — qui dégouttait d'une salive épaisse et blanchâtre —, il faisait des efforts désespérés pour amener l'air jusqu'à ses poumons. Mais la paralysie avait sournoisement atteint les muscles de sa cage thoracique et commençait à bloquer peu à peu le mécanisme de sa respiration. Le sang appauvri en oxygène n'irriguant plus adéquatement les cellules de son cerveau, le chien sombra dans le coma et mourut.

À travers sa myopie, Géna avait suivi la course du berger allemand. Dès qu'elle sentit s'éteindre les vibrations émanant du chien, elle quitta sa toile pour chercher un coin plus tranquille. Partant à l'aventure, elle passa sous une palissade, puis traversa jardins et clôtures sans s'arrêter jusqu'à ce qu'elle arrive à la lisière d'une haie de cèdres. L'endroit lui plaisait tellement qu'elle s'immobilisa quelques minutes, le temps d'étudier les possibilités de s'y abriter.

Ayant conclu sans doute qu'elle ne trouverait pas mieux, elle s'était glissée à l'intérieur de la haie et avait commencé à y tisser une grande toile au centre de laquelle elle s'installa ensuite confortablement. Épuisée, légèrement engourdie, elle s'étira et se laissa ensuite aller au sommeil qui la gagnait. Son rythme cardiaque se modifia et adopta une allure beaucoup plus lente, préparant tout doucement son corps à une mue régénératrice.

* *
*

Amélie acheva son verre de lait d'une traite et se leva d'un bond en repoussant sa chaise bruyamment.

— J'ai fini! lança-t-elle à l'adresse de sa mère en désignant les restes de son petit déjeuner d'un air victorieux comme s'il s'agissait d'une épreuve gagnée haut la main. Je peux aller dehors maintenant?

Elizabeth hocha la tête en guise d'accord. Elle suivit distraitement la fillette des yeux jusqu'à ce qu'elle ait disparu dans le jardin puis replongea dans ses pensées en grignotant sa tartine du bout des lèvres.

Olivier lisait son journal tout en buvant son café. Jetant un coup d'œil à sa femme qu'il trouvait inhabituellement silencieuse, il surprit la tristesse de son regard et s'en inquiéta. Les événements de la veille l'avaient probablement secouée beaucoup plus qu'elle ne voulait l'admettre. Il connaissait les pénibles circonstances entourant la mort de sa grand-mère de même que celles qui avaient provoqué, cinq ans plus tard, la tragique disparition de sa mère (sa voiture était allée percuter contre un camion chargé de produits chimiques hautement inflammables...). C'est par son beau-père qu'il avait appris la vérité, Elizabeth ayant toujours refusé d'en parler, faisant comme s'il n'y avait jamais eu de femmes dans son univers d'enfant.

Craignant que l'incendie n'ait remué de terribles souvenirs, il sondait l'expression de son visage et cherchait malgré lui à se rassurer. Elizabeth ne semblait même pas se rendre compte qu'il l'observait. Elle lui parut fragile tout à coup et lointaine, complètement enfermée dans ses pensées, totalement absente.

Ému, inquiet, ne sachant trop quoi dire pour rompre ce silence qui devenait intolérable en s'éternisant, il déposa son journal, se pencha et prit sa main entre les siennes en murmurant:

— À quoi penses-tu?

Il eut l'impression de se couler dans les eaux troubles d'un lac souterrain quand Elizabeth, émergeant difficilement de ses réflexions, posa sur lui un regard sombre et brumeux.

— À toi, répliqua-t-elle avec un demi-sourire.

Ça va de soi, se dit Olivier en détournant les yeux, convaincu qu'elle lui avait répondu la première chose qui lui passait par la tête.

Pourtant, contrairement à ce qu'il croyait, c'était bien à lui qu'elle pensait en se demandant s'il regrettait parfois d'avoir émigré au Québec.

Ils s'étaient connus en Belgique où Elizabeth vivait depuis deux ans déjà dans le cadre d'un échange d'étudiants. Inscrite à l'Académie royale des Beaux-Arts de Mons, elle y faisait un stage en dessin; Olivier fréquentait le même établissement, section architecture. Le hasard — ou le destin? — les avait fait se bousculer un jour à la sortie de leurs cours. Cette rencontre, assez banale au départ, avait cependant quelque chose d'original: c'était lui qui avait laissé échapper tous ses livres et c'était elle qui l'avait aidé à les ramasser. L'année où Olivier avait terminé ses études, ils s'étaient installés à Bruxelles et y avaient vécu quelque temps, le temps en fait de se marier et de faire un enfant. C'était peu après la naissance d'Amélie qu'Olivier avait décidé de quitter la Belgique pour tenter sa chance au Québec... Le rêve américain! Ils s'étaient retrouvés à l'aéroport de Mirabel avec cinq valises, un enfant de seize mois sur les bras et de quoi subsister pendant quelques semaines. Olivier avait eu du mal à s'adapter au début, surtout sur le plan de la communication: les gens parlaient la même langue mais les mots n'avaient pas la même signification. Elizabeth, quant à elle, se sentait étrangère dans son propre pays: elle avait, en quelque sorte, trahi la tribu en épousant un Européen et ses relations avec les gens s'en ressentaient. Fille unique, n'ayant plus de famille depuis que son père était mort, elle n'avait pas d'amis non plus en dehors de Gilberte. L'amitié semblait avoir au Québec un langage particulier qu'ils n'étaient arrivés à déchiffrer ni l'un ni l'autre.

— J'aimerais savoir pourquoi le fait de penser à moi te donne un air aussi sombre, déclara Olivier après un long silence.

Elizabeth s'était levée pour débarrasser la table. Elle lui jeta un regard moqueur et répondit aussitôt:

— Parce que ça me fait de la peine de voir en un brillant architecte un futur chômeur.

— Quoi? Qu'est-ce que tu racontes...

— Tu n'as pas l'air de te rendre compte de l'heure qu'il est, mon amour. (Elle consulta sa montre et prit un air très sérieux.) Il te reste à peine trois minutes pour enlever ton peignoir, mettre ton costume et sauter dans ta voiture. Tu vas être en retard, c'est sûr!

— Et alors?

— On va te foutre à la porte comme un gros fainéant que tu es.

Olivier s'était levé à son tour. Il éclata de rire et la prit dans ses bras.

— Tu virerais un brillant architecte pour quelques minutes de retard? demanda-t-il d'une voix doucereuse.

— Sans hésitation! affirma-t-elle en souriant.

— Méchante! s'exclama-t-il en la soulevant de terre à bout de bras comme s'il s'agissait d'un enfant.

Elizabeth poussa un cri.

— Olivier! Espèce de brute! Pose-moi par terre immédiatement.

— Non, Madame. (Il la pressa contre lui en enfouissant son visage dans le cou d'Elizabeth.) Je te tiens et je te garde, ajouta-t-il en l'embrassant sous l'oreille.

— Tu me serres trop fort, dit-elle en tentant de le repousser.

— Je vais t'attacher à moi. Comme ça, on ne se quittera plus.

Elizabeth pouffa de rire.

— Tu aurais l'air de quoi avec une fille accrochée à ton cou toute la journée.

— Eh bien... je pourrais expliquer que je me fais soigner pour une excroissance maligne.

— ... Avec des cheveux, des yeux et une bouche?

— Je rcconnais bien là ton esprit logique, déclara Olivier, hilare. Tu as raison... Pourquoi se compliquer la vie? Je pourrais dire simplement que tu es tout à fait folle de moi, non?

— Tout à fait, chéri, répondit-elle en lui plaquant un baiser sonore sur les lèvres.

Il prit le temps de lui rendre son baiser, tendrement, amoureusement, s'attardant sur les lèvres qu'il connaissait si bien comme s'il les goûtait pour la première fois.

Dieu que je l'aime cette femme, songea-t-il en desserrant tout doucement son étreinte.

La sonnette de la porte d'entrée vint brusquement interrompre la magie de leur tête à tête. Elizabeth attendit qu'Olivier ait disparu dans le tournant de l'escalier pour ouvrir la porte d'un geste autoritaire, bien décidée à se débarrasser vite fait de ce qu'elle croyait être un colporteur.

— Salut!... Surprise, hein? fit Gilberte en l'attrapant par le cou pour lui faire la bise.

— Non, penses-tu... J'ai l'habitude de voir défiler la foule ici très tôt le matin, rétorqua Elizabeth avec une tendre ironie en refermant la porte. Qu'est-ce qui t'arrive?

— J'ai oublié ma mallette, hier soir,... dans le feu de l'action, si j'ose dire.

Elle pénétra dans le salon et fouilla la pièce du regard.

— Je crois que je l'ai laissée... Ah! Voilà! s'exclama-t-elle en brandissant en l'air l'objet de ses recherches après l'avoir récupéré derrière le divan.

Elle fit mine de repartir avant même qu'Elizabeth ait pu lui offrir un café puis s'arrêta, indécise.

— Dis donc, il est déjà parti l'Architecte?

— Non, il s'habille. Pourquoi?

— Super! (Elle déposa sa mallette par terre pour l'ouvrir et en sortit un atomiseur métallique qu'elle tendit à Elizabeth.) Tiens! Demande-lui d'essayer ça. C'est un nouveau déodorant pour homme dont je fais la promotion. J'aimerais savoir ce qu'il en pense.

Elizabeth, un brin sceptique, prit la bouteille sur laquelle le nom *Scottish Spring* figurait en lettres vertes sur fond jaune citron et se dirigea vers l'escalier en lui rétorquant:

— Je trouve personnellement que tu prends beaucoup de risques, insinua-t-elle d'un ton faussement inquiet. Si jamais tu entends un hurlement, tu mets les bouts, d'accord?

Elle redescendit quelques minutes plus tard suivie d'un Olivier dont le regard à lui seul exprimait toute la réprobation du monde pour le produit qu'il venait d'expérimenter.

— Alors? s'enquit Gilberte d'un air innocent en prenant la bouteille que lui tendait Olivier.

— Tu es sûre que c'est du déodorant, ton *Scottish Spring?* On dirait du musc concentré. En tout cas, ça en a l'odeur et la consistance... Très collant, ton truc!

Il prit son attaché-case dans l'entrée, embrassa Elizabeth et fit la bise à Gilberte.

— À ta place, lui lança-t-il, perfide, la main sur la poignée de la porte, je changerais le nom pour quelque chose de plus évocateur, style: *Arabian Summer* par exemple, et j'en vanterais la qualité avec un slogan du genre: *Un nuage* *d'*Arabian Summer *le matin et vous aurez les dessous de bras bien coiffés toute la journée!*

La porte se referma sur un: «Salut, Punaise!»

Elizabeth éclata de rire pendant que Gilberte grondait à voix basse, mi-furieuse, mi-amusée:

— Espèce de salaud!... Un jour, je le coincerai celui-là, parole de Punaise!

Elle jeta plus qu'elle ne rangea l'article dans sa mallette, embrassa Elizabeth et s'en alla à son tour.

Une fois seule, la jeune femme s'empara du téléphone, appela au bureau de son gynécologue et demanda à lui parler. Elle connaissait le docteur Déry depuis son enfance… Non seulement parce qu'il l'avait mise au monde mais aussi parce qu'il était devenu par la suite un ami de ses parents. La conversation ne dura que quelques minutes, le temps pour Elizabeth de lui confier ses angoisses. Il la rassura et lui proposa de passer vers la fin de l'après-midi, si ça lui convenait. Elle s'empressa d'accepter.

* *
*

La pièce était juste assez grande pour contenir le bureau d'acajou, le fauteuil et les deux chaises. Au-delà des rideaux blancs se trouvait la table d'examen sur laquelle Elizabeth était couchée.

Les yeux fixés au plafond, elle s'obligeait à prendre de profondes respirations en essayant de se détendre, de penser à autre chose, d'oublier surtout le sentiment d'humiliation qui la submergeait tout à coup en songeant à ce corps qu'elle contraignait, encore une fois, à subir passivement ce qu'elle n'avait jamais pu s'empêcher de ressentir autrement que comme un viol de son intégrité physique, de son moi intérieur.

Elle répondit docilement aux nombreuses questions que lui posait le docteur Déry, cherchant à déceler dans la voix du vieux médecin une confirmation du diagnostic qu'elle redoutait. Quand il lui annonça qu'il devait lui enlever son stérilet, elle ferma les yeux et serra les dents, retenant de justesse l'interrogation qui lui brûlait les lèvres. À quoi bon d'ailleurs lui demander pourquoi. Ne venait-il pas de lui donner, en quelques mots, la certitude que ses craintes étaient fondées? Son cœur dérapa quelque peu et elle eut soudain l'impression qu'un anneau de glace lui enserrait la tête. Cette phrase tombait brutalement comme une sanction, balayant d'un coup tous les arguments sur lesquels elle s'était appuyée jusqu'au dernier moment pour étouffer son angoisse et bâillonner son intuition.

L'examen terminé, le docteur Déry enleva ses gants d'un geste lent et gracieux et les jeta dans un récipient en acier inoxydable.

— Tu peux te rhabiller, annonça-t-il d'une voix bienveillante.

Il tira les rideaux derrière lui, la laissant seule, désemparée. Elizabeth resta un moment encore assise sur la table, les mains agrippées aux montants métalliques, fixant le bout de ses pieds à la manière d'un enfant pris en flagrant délit de mensonge. Du revers de la main, elle essuya une larme qui coulait le long de sa joue.

Elle le rejoignit quelques minutes plus tard, à peine ressaisie, les yeux secs mais les jambes tremblantes et les mains moites.

— Assieds-toi, dit-il en lui désignant une chaise sans lever les yeux.

L'air préoccupé, le vieil homme inscrivait des notes dans le dossier qui s'étalait devant lui. Son bras gauche en appui sur la surface de bois sombre, il soutenait du bout des doigts son front extraordinairement large, incroyablement ridé et irrégulièrement marqué de taches brunes.

Il régnait dans la pièce un tel silence qu'Elizabeth pouvait entendre le tic-tac de sa Swatch. Ce qui commençait à l'énerver prodigieusement. Elle toussa discrètement pour essayer d'attirer l'attention de son vis-à-vis, mais ne réussit même pas à lui soutirer un frémissement de paupière.

Espèce de vieille momie! Tu vas me faire attendre encore longtemps comme ça?

Elle le regardait intensément et sentit naître tout à coup l'irrésistible envie de lui pousser le bras, certaine de voir sa belle tête blanche tomber sur la table et rouler comme une grosse bille jusqu'à ses genoux.

Se mordant les lèvres pour réprimer le petit rire nerveux qui lui chatouillait la gorge, elle s'agita sur sa chaise, croisa et décroisa les jambes. Puis, n'en pouvant plus de cette attente, elle se pencha soudain vers lui et s'enquit d'une voix légèrement enrouée:

— Je suis enceinte... de combien de temps?

— D'environ huit ou neuf semaines, répondit le docteur Déry en relevant la tête. (Il enleva ses lunettes et regarda Elizabeth en souriant.) Je dois avouer que ça me surprend...

— Et moi donc! fit-elle en détournant son regard, serrant entre ses genoux ses longs doigts fuselés animés d'un irrépressible tremblement.

— ... mais l'échographie que tu devrais passer la semaine prochaine confirmera mon diagnostic, j'en suis sûr.

Incapable de rester en place, Elizabeth se leva et s'approcha de la fenêtre.

Je le savais...! Je le savais! Je le savais!

Maîtrisant le désir fou qu'elle avait d'ouvrir la fenêtre pour crier, pour cracher le goût de cendre qu'elle avait dans la bouche, elle s'appuya contre le chambranle en se tournant vers lui et déclara en soupirant:

— Je croyais être à l'abri de... de ce genre d'accident.

Il y avait comme un reproche dans sa voix.

Le docteur Déry se laissa aller contre le dossier de son fauteuil et répondit prudemment en l'observant du coin de l'œil:

— En principe, tu l'étais... Tu n'avais que cinq pour cent de chances d'être enceinte. Avoue que c'est peu.

— Vous appelez ça une chance, vous? protesta-t-elle.

Sans relever l'ironie de sa remarque, il continua, imperturbable:

— Aucune méthode n'est tout à fait sûre, Elizabeth. Pas même la pilule. Il y a toujours des exceptions...

— J'espère au moins que c'est digne de figurer dans les records Guinness, l'interrompit-elle, un sourire sarcastique sur les lèvres. On peut dire que ça me réjouit le cœur, docteur, de savoir que je suis un cas rare.

Elle revint s'asseoir puis, se frottant les mains l'une contre l'autre, ajouta sur un ton mi-amer, mi-moqueur:

— Olivier le pensait déjà mais je ne crois pas qu'il appréciera que je le sois à ce point.

— Elizabeth, tu dramatises. Je connais ton mari et je suis certain qu'il sera heureux d'apprendre la nouvelle.

— Je n'en suis pas aussi sûre que vous, docteur.

— Tu verras... Peut-être qu'il rechignera un peu au début mais il s'y fera.

Elizabeth fut sur le point de lui parler d'avortement mais elle se ravisa. Non seulement elle savait qu'il s'y refuserait mais, en plus, elle risquait de le choquer profondément. Dans l'esprit du docteur Déry, elle en était convaincue, il n'y avait place pour aucune raison valable pouvant justifier l'interruption de sa grossesse. Il ne pouvait déjà pas admettre que les femmes décident arbitrairement d'avoir, ou non, un enfant, alors...

Elle l'écouta d'une oreille distraite lui conseiller de prendre beaucoup de repos, d'éviter de se fatiguer inutilement et surtout d'être très prudente.

— ...Ayant porté un stérilet, tu es plus fragile qu'une

autre. Il y a des risques de fausse couche non négligeables. Bien... Je te revois dans un mois, ajouta-t-il en l'accompagnant à la porte. Ma secrétaire te téléphonera au début de la semaine pour l'échographie.

Elizabeth se retrouva dans la rue sans trop savoir comment. Encore sous le choc de la nouvelle, elle avait besoin de marcher un peu, de prendre l'air, de mettre de l'ordre dans sa tête et dans son cœur. Aussi descendit-elle à pied la rue Saint-Denis, de Sherbrooke jusqu'au boulevard de Maisonneuve, après quoi elle héla un taxi et se fit reconduire chez elle.

Chapitre 6

Elle escalada lentement les quelques marches du perron en fouillant fébrilement la vaste poche en coton qui lui servait de sac à main.

Et merde! jurait-elle intérieurement. Où est-ce que j'ai encore fourré ces putains de clés!

Elizabeth allait se résoudre à sonner quand la porte s'ouvrit brusquement sur Rosa Brisebois.

Dire de la bonne femme qu'elle était moche n'eût été qu'un doux euphémisme! Mesurant environ 1,50 m — sur 75 cm de large! —, elle n'avait d'humain que ses pieds, ses mains et ses petits yeux noirs, brillants, enfouis dans ses grosses joues d'obèse. Sa tête légèrement aplatie et presque aussi large que ses épaules lui donnait un aspect particulier, à la fois rond et carré, qui sollicitait généralement l'imagination des gens. Le jour où Olivier l'avait vue pour la première fois, dans une robe en plus d'un rouge aussi flamboyant que la teinture de ses cheveux, il l'avait regardée stoïquement, sans rire, en se demandant comment cet objet hétéroclite avait pu atterrir dans son salon. «Qu'est-ce que c'est que ce truc? s'était-il exclamé après le départ de Rosa. Non mais,... tu l'as vue? Incroyable! Installe une fois ta petite grosse en rouge au coin de la rue, je te parie ce que tu veux... les gens vont chercher la poignée en la prenant pour une boîte aux lettres.»

Malgré sa laideur, Rosa Brisebois avait un succès fou auprès des mamans en mal de gardienne d'enfant. Un psychologue en aurait conclu que c'était probablement à cause de ses bras en forme de battoirs. Enfin bref, elle s'occupait d'Amélie depuis plus d'un an déjà, et c'était un véritable record compte tenu du fait qu'elle avait tenu le coup environ trois mois de plus que les autres.

De voir surgir subitement la masse compacte de cette femme alors qu'elle ne s'y attendait pas fit sursauter Elizabeth.

— Oh, Rosa! s'exclama-t-elle, surprise. C'est gentil à vous... Merci!

En passant devant elle, elle remarqua la froideur inhabituelle de son regard et devina instinctivement la raison pour laquelle elle semblait guetter son arrivée: elle avait sûrement des choses désagréables à lui apprendre sur le comportement de sa fille chérie.

Il régnait dans la maison une atmosphère lourde, chargée d'une électricité presque palpable. Elizabeth se débarrassa de son sac et de ses chaussures dans l'entrée, prêtant une oreille distraite à la musique qui lui parvenait du salon. Elle reconnut le générique du journal télévisé de Radio-Canada et jeta machinalement un regard à sa montre. Il était 18 h 58.

En la voyant pénétrer dans la pièce, Amélie, qui était affalée devant le poste de télé, se leva d'un bond et se précipita vers elle. Elizabeth l'embrassa puis releva d'un doigt le petit menton volontaire. Elle scruta les grands yeux verts qui avaient manifestement pleuré et hasarda d'une voix douce:

— Tu as fait des bêtises?

— C'est pas moi, c'est elle! s'écria Amélie en pointant son index sur Rosa. Elle a mangé toute ma palette de chocolat!

La coupable piqua un fard terrible et s'enfonça davantage dans le fauteuil où elle s'était silencieusement glissée. Elle attendit qu'Elizabeth se soit assise sur le divan en face d'elle pour répliquer:

— Faites pas attention à ce qu'elle dit, madame De Blieck. Vous savez bien comment elle est, votre fille... Faut toujours qu'elle fasse des drames avec tout.

Prévoyant une vive riposte du genre: «Menteuse! C'est toi qui fais des drames...», Elizabeth lorgna aussitôt du côté d'Amélie. La fillette, qui s'était accroupie entre temps devant la télévision, ne se retourna pas, ne releva même pas la tête, donnant l'impression de n'avoir rien entendu et de ne s'intéresser nullement d'ailleurs à ce qui pouvait se passer ou se dire derrière elle. Elle était totalement absorbée par les images de ce qui semblait être un documentaire sur les handicapés.

— Qu'est-ce qui s'est passé? chuchota Elizabeth en ramenant son regard vers Rosa.

— J'avais acheté du chocolat que je voulais donner à la p'tite après le souper, expliqua Rosa en agitant ses mains épaisses et courtes. Mais j'ai eu un p'tit creux dans l'après-midi et... ben... (Elle rougit de nouveau puis haussa les épaules, indignée soudain qu'on fasse toute une histoire pour si peu.) Oh, je s'rais ressortie en acheter d'autre, c'est sûr, mais j'ai dû punir votre fille. Elle était trop méchante. D'ailleurs, je voulais vous dire que... Faut que vous sachiez que je ne peux plus la garder, madame, acheva-t-elle d'une traite, sa voix tremblant d'émotion. C'est une trop grande responsabilité pour une femme de mon âge. Elle écoute pas,... elle en fait toujours à sa tête...

Catastrophée, Elizabeth songeait qu'il ne serait pas facile de trouver une autre gardienne. Il fallait absolument qu'elle essaie d'arranger les choses. Considérant que Rosa serait plus maniable si l'objet de ses blâmes disparaissait de sa vue, Elizabeth se pencha vers sa fille en déclarant:

— Amélie, j'aimerais que tu montes dans ta chambre et que tu te prépares pour la nuit. Je viendrai te voir dans quelques minutes.

— Oh, maman...

— Tu dis au revoir et tu montes, Amélie. Tout de suite!

La fillette devina au ton cinglant de sa mère qu'elle ne pourrait pas insister sans risques. Elle salua Rosa à contrecœur, d'une manière brève, sèche et lointaine, après quoi elle disparut de la pièce en courant.

— Bon, reprit Elizabeth sur un ton plus doux, si vous me racontiez maintenant ce qu'elle a fait.

— C'est pas tellement c'qu'elle a fait mais c'qu'elle a dit, rétorqua Rosa.

Elizabeth se sentit rassurée, pensant naïvement que sa fille ne pouvait avoir dit quoi que ce soit d'irrécupérable.

— Voyons, Rosa... Amélie n'est qu'une petite fille, un bébé qui...

— Elle m'a dit un tas d'horreurs! (Se penchant vivement vers Elizabeth, elle l'avait interrompue d'une voix dure signifiant que bébé ou pas, Amélie n'avait pas d'excuse à ses yeux.) Elle a dit que... que j'étais une vieille peau, une saleté pleine de plis et... Je ne sais pas si je pourrai vous répéter ça... Oh, madame! Elle m'a traitée de... (N'y tenant plus, elle se mit à pleurer.) de grosse charogne, acheva-t-elle en sanglotant.

Elizabeth faillit s'étrangler en avalant sa salive de travers.

Aïe! Ouïe!... Les carottes sont cuites! s'exclama-t-elle intérieurement en cachant son visage derrière ses mains pour mieux dissimuler l'envie de rire qui la faisait faussement tousser.

— Je suis désolée, Rosa. Je ne sais pas ce qui lui a pris...

Elle le savait très bien mais n'avait aucune envie d'affronter la psychologie sommaire de la bonne femme. De toute façon, les choses étaient vraiment irrécupérables.

Elle aida Rosa à s'extraire du fauteuil et la raccompagna à la porte en la priant d'accepter ses excuses. Elle l'assura de sa compréhension encore une fois et faillit presque la pousser dehors d'énervement parce qu'elle ne voulait pas partir sans une lettre de recommandation.

— Je vous l'enverrai demain par express, promit Elizabeth en refermant la porte sur le regard plein de reconnaissance que lui adressait Rosa.

Elle s'appuya un moment contre le panneau de bois, l'air songeur, et leva les yeux vers l'escalier qui menait aux chambres de l'étage.

Allons-y, se dit-elle en poussant un soupir de lassitude. La journée n'est pas encore finie.

Amélie ne dormait pas. Elle attendait sa mère.

— Est-ce que tu te rends compte de ce que tu as fait? lui demanda Elizabeth en s'asseyant au bord du lit. Tu as été tellement méchante avec Rosa qu'elle ne veut plus venir te garder.

— Elle avait qu'à pas manger mon chocolat! rétorqua Amélie sur un ton de révolte. C'est rien qu'une...

Elle ferma les yeux, cherchant manifestement dans son vocabulaire le mot juste pour exprimer sa pensée. N'en trouvant pas dans le sien, elle pigea dans celui de son père et reprit avec aplomb:

— ... une enfoirée!

Elizabeth sourit involontairement. Au fond d'elle-même, elle ne pouvait s'empêcher de donner raison à sa fille.

— Amélie!... Rosa a eu tort de manger ton chocolat, c'est vrai. Mais ça n'excuse pas ta grossièreté à son égard.

La fillette regardait le bout de ses doigts, donnant nettement l'impression que le sujet ne l'intéressait pas du tout.

— Maman... Comment ils font, les handicapés aux bras, pour se gratter?

Elizabeth soupira:

— Je n'en sais rien, Amélie... Nous parlions de Rosa, non? Qu'est-ce que les handicapés viennent faire là-dedans? (Elle voulait relancer le sujet sur Rosa mais sentait bien qu'elle n'arriverait à rien d'autre qu'à s'énerver. Il fallait clore le débat.) En tout cas, ajouta-t-elle en la menaçant de l'index, la prochaine fois que je te surprends à dire des horreurs à quelqu'un...

Amélie, nullement effrayée par la menace, s'empara du doigt en riant et changea de nouveau le sujet de la conversation en demandant:

— Tu me racontes une histoire?

— Une petite alors,... parce qu'il est déjà très tard.

Elle se lança dans une version fort pittoresque mais extrêmement succinte du *Petit Chaperon rouge* après quoi elle borda la fillette et l'embrassa.

— Bonne nuit, ma poulette, murmura-t-elle en se dirigeant vers la porte.

— Maman?... Si je disais encore des horreurs, ce serait quoi la punition? lui cria Amélie du fond de son lit.

Comme spécialiste du coq-à-l'âne, on ne fait pas mieux, pensa Elizabeth avant de répondre:

— Plus de chocolat! Pendant un certain temps, du moins.

— Pendant combien de temps?

— Je ne sais pas, rétorqua Elizabeth prudemment. Faut que je réfléchisse, lui lança-t-elle en s'éloignant rapidement de la chambre.

Elle préférait rester évasive, persuadée que sa fille ne manquerait pas d'évaluer le rapport réciproque entre la longueur de la punition et la grosseur de la bêtise.

Quelle petite peste, songeait-elle en descendant l'escalier.

* *
*

La radio de la cuisine diffusait l'un des grands succès de Stevie Wonder, *I just called to say I love you,* qu'Elizabeth fredonnait tout en se confectionnant un sandwich au fromage. La porte-patio était ouverte, laissant pénétrer dans la pièce une brise lourde d'humidité, comme si le jardin avait voulu se défaire de toute la chaleur accumulée dans sa verdure depuis le lever du jour en la soufflant doucement, insidieusement, à travers le moustiquaire.

Elle avait tellement chaud qu'elle ne s'était pas senti le courage d'allumer la cuisinière. De toute façon, quand elle devait manger seule, elle ne cuisinait pratiquement jamais; en général, elle se contentait de grignoter quelque chose sur le coin de la table.

Cessant tout à coup de fredonner, elle tendit l'oreille, certaine d'avoir entendu du bruit dans l'entrée. Reconnaissant le tintement caractéristique du trousseau de clés d'Olivier — il le jetait toujours en l'air deux ou trois fois après avoir refermé la porte —, elle s'empressa de préparer un autre sandwich, convaincue qu'il devait être aussi affamé qu'elle.

Il entra en coup de vent dans la cuisine. Les cheveux en bataille, l'œil brillant, il lui sourit en desserrant sa cravate.

— Excuse-moi, chérie. Je ne pensais pas arriver si tard. La princesse est déjà au lit? demanda-t-il en l'embrassant.

Elizabeth acquiesça de la tête et ajouta:

— Remarque... tu ne l'as ratée que de quelques minutes. Et à une demi-heure près, tu me ratais moi aussi. Je tombe de sommeil.

— Déjà!

— Il n'y a pas d'heure pour les braves, mon cher,

répliqua-t-elle en saisissant les assiettes sur lesquelles elle avait disposé les sandwichs.

Olivier la coinça avant qu'elle n'arrive à la table et la fit reculer jusqu'à ce qu'elle ait le dos plaqué au réfrigérateur. Appuyant alors ses larges mains sur le meuble, de part et d'autre de la tête d'Elizabeth, il se pencha vers elle et l'embrassa longuement sur tout le visage en pressant doucement son corps contre le sien. Elizabeth, les bras tendus, essayait tant bien que mal de tenir ses assiettes bien droites. Quand il avança insidieusement une jambe entre les siennes, elle comprit qu'il lui fallait intervenir de toute urgence avant que les sandwichs ne finissent sur le plancher.

— Olivier... écoute, chéri,... protesta-t-elle d'une voix douce.

Elle n'eut pas le temps de finir sa phrase. Un frisson la secoua, parcourant sa colonne vertébrale de haut en bas, révélant le désir qu'elle sentait monter en elle. Olivier s'en rendit compte. Accentuant légèrement la pression de sa jambe, il s'attarda encore un moment à caresser son cou jusqu'au creux de son épaule puis recula soudain, comme pour mieux la contempler. Un léger sourire relevait à peine le coin de ses lèvres et une petite lueur de contentement dansait dans ses yeux.

Pendant quelques secondes, Elizabeth soutint son regard sans broncher, malgré l'agacement qu'elle ressentait à lire sur son visage cet air de satisfaction, voire de triomphe, qu'il affichait naïvement. Elle éprouvait tout à coup l'irrésistible envie de lui casser sa baraque, de lui faire perdre de sa superbe. C'était tellement facile. Elle n'avait en fait qu'à lâcher sournoisement la première vacherie qui lui venait à l'esprit.

Tu te fais des idées, mon amour. C'est la fraîcheur du métal passant au travers de ma robe qui me file des frissons... pas toi.

Elle refoula la pensée sarcastique qui lui était venue et poussa un soupir en déclarant simplement de sa voix douce et mélodieuse:

— Les sandwichs se dessèchent, mon amour.

— Oh! Et moi qui meurs de faim, protesta-t-il pour la forme en l'embrassant de nouveau dans le cou.

— Je te trouve plutôt entreprenant pour un mourant, rétorqua Elizabeth

Elle se dégagea d'un tour de rein, se glissa habilement sous ses bras et déposa les assiettes sur la table.

— Le souper de Monsieur est servi.

Il s'installa docilement sur la chaise qu'elle lui désignait, en face d'elle, et attendit d'avoir presque fini de manger avant de préciser d'un ton plutôt narquois et chargé de sous-entendus:

— Très franchement, j'avoue que j'aurais volontiers commencé par le dessert.

— Hum... Ta maman a sûrement dû t'apprendre que ça ne se fait pas, Olivier. (Du bout des doigts, elle ramassait les miettes de pain dans son assiette et les portait à sa bouche une par une, essayant de conserver l'air protocolaire qu'elle s'était composé.) En plus, c'est très mauvais pour la digestion de commencer par le dessert.

Olivier éclata de rire.

— Tu n'es qu'une horrible conservatrice, ma chérie.

— Et toi, le plus grand des béotiens que je connaisse.

— De par la taille, ça ne fait pas l'ombre d'un doute, répliqua-t-il aussitôt, faisant allusion aux quelques 20 cm qu'il avait de plus qu'elle. (Il se pencha brusquement au-dessus de la table, l'œil brillant et moqueur.) C'est de ta faute, ma chérie, si je ne pense qu'à ça, plaida-t-il. J'ai tout le temps envie de toi. Je t'aime trop... Ça me rend fou.

— J'admets que c'est une excuse tout à fait valable, conclut Elizabeth en se levant pour débarrasser la table.

En passant près d'Olivier, elle déposa un baiser sur le bout de son nez et murmura:

— Moi aussi, je t'aime.

* *
*

Une fois la cuisine rangée, ils étaient montés directement dans leur chambre.

— J'ai trop chaud, se plaignit Elizabeth en se mettant au lit. Chéri, tu veux bien mettre le ventilateur en marche.

— Tout ce que tu voudras, mon amour, répondit Olivier en clignant des yeux, un sourire béat sur les lèvres.

— Dis donc, toi... tu te fous de moi ou quoi?

— Bien sûr que non, voyons.

— Alors, qu'est-ce que tu as à me regarder comme ça en rigolant?

— D'abord je ne rigole pas, je souris... Nuance, fit-il en s'étendant à côté d'elle. (Couché sur le dos, les mains jointes sous la nuque, il sifflota quelques notes en explorant le plafond d'un œil distrait.) Et j'ajouterai que c'est tout à fait normal de sourire quand on est heureux.

Intriguée, Elizabeth se tourna vers lui pour mieux scruter son visage, se demandant soudain si son euphorie avait quelque chose à voir avec elle. Avait-il deviné qu'elle était enceinte? Quelqu'un — Le docteur Déry sans doute... Qui d'autre...? — l'aurait-il déjà informé de son état?

Elle fut sur le point de lui lancer: «C'est le fait de savoir qu'on a fait un autre bébé qui te rend si heureux?», mais se ravisa à la dernière minute, estimant qu'il était plus prudent de tâter le terrain avant d'aborder le sujet de front.

— Et ça t'a pris comme ça, tout d'un coup? s'enquit-elle, mine de rien.

— Exactement! C'est ça le bonheur, ma chérie. Ça vous tombe dessus, *bang*, sans prévenir.

— Je vois... Serait-ce trop te demander de m'expliquer pourquoi il t'est tombé dessus précisément aujourd'hui?

Olivier brûlait d'envie de lui apprendre la nouvelle qu'il taisait en fait depuis son arrivée, mais ne pouvant résister au désir de la taquiner, il rétorqua:

— Je te trouve bien indiscrète pour une femme qui ne partage ma vie que depuis soixante-quatorze mois.

— Olivier! s'impatienta Elizabeth. Cesse de tricoter et dis-moi!

N'y tenant plus, il projeta brusquement ses longs bras vers le plafond en s'écriant:

— Ça y est! On l'a!

— Quoi?

— Le contrat! Ce fameux hôpital dont je t'ai tant parlé... C'est nous qui avons le contrat, annonça-t-il tout fier.

— Toutes mes félicitations, dit-elle sans grand enthousiasme.

— C'est tout l'effet que ça te fait? Mais tu ne te rends pas compte, chérie. C'est un énorme projet... (Dans son excitation, il avait sauté hors du lit et s'était mis à en faire le tour à grands pas, créant ainsi l'illusion que la chambre avait soudain rapetissé de moitié.) Un projet fabuleux! Et attends... ce n'est pas tout. On m'a proposé ce matin un statut d'associé. Normal! C'est moi qui l'ai décroché ce contrat après tout. Je rencontre les ingénieurs la semaine prochaine et...

— J'espère qu'il sera fini à temps, ton hôpital, l'interrompit Elizabeth, profitant de l'occasion inespérée qu'il lui offrait pour amener la conversation sur le sujet qui lui tenait à cœur.

— À temps? Mais pourquoi... De quoi parles-tu? bredouilla-t-il, inquiet soudain.

Elizabeth prit son courage à deux mains.

— Je parle de notre bébé... Je suis enceinte de deux mois, lâcha-t-elle en détournant involontairement le regard.

Olivier eut l'impression de recevoir un coup de massue sur le crâne. Il laissa retomber son grand corps sur le lit.

Elle me charrie. Elle ne peut pas être enceinte, c'est impossible!

Il roula sur le côté, la regarda et sut tout de suite que c'était tout à fait possible. Perplexe, il hésita quelques secondes et finalement demanda:

— Depuis quand le sais-tu?

— J'ai vu le docteur Déry aujourd'hui, répondit-elle.

Elizabeth lui fit le résumé de la consultation, de ses questions et des réponses obtenues.

— Voilà. Tu en sais autant que moi, maintenant, acheva-t-elle d'une voix morne, maîtrisant difficilement une brusque envie de pleurer.

Il y eut un moment de silence, puis Olivier enchaîna:

— Tu en fais une tête, ma chérie. On dirait que tu viens de m'annoncer une catastrophe.

— À ton avis...?

Elle avait mis ses mains sur ses yeux pour dissimuler les larmes qui venaient de les envahir.

— Elizabeth!... Comment peux-tu dire une chose pareille! s'exclama-t-il, surpris.

Il réalisa soudain qu'elle réagissait comme si elle avait eu peur de lui avouer qu'elle était enceinte. Pourquoi? Que craignait-elle? Était-il possible qu'elle se soit imaginé une seconde qu'il ne serait pas heureux d'avoir un autre enfant? Uniquement parce qu'il arrivait comme ça, sans que sa venue ait été au préalable souhaitée, décidée et méticuleusement planifiée? Son cœur se serra. Il s'en voulait de n'avoir pas su lui donner suffisamment confiance en lui pour qu'elle n'ait jamais à craindre de lui avouer quoi que ce fût, et surtout pas le fait qu'elle portait un enfant, son enfant.

Saisissant doucement mais fermement ses poignets, il l'attira vers lui et la prit dans ses bras.

— Si tu veux tout savoir, je pense que c'est une bonne chose que ce bébé arrive sans nous demander notre avis. À vouloir attendre le bon moment, il est probable que nous ne l'aurions jamais fait, ce deuxième enfant. Alors,... je suis content. Je dirais même que je suis très heureux. Et toi?

— Si tu l'es, je le suis aussi, déclara-t-elle, soulagée, réalisant à son tour que son angoisse était liée en grande partie à l'anticipation d'une réaction négative d'Olivier. La vie chamboulée, les projets de travail remis à plus tard ne comptaient pas vraiment. Moins qu'elle ne l'aurait cru, en tout cas.

— Alors, c'est vrai? murmura-t-il. On va avoir un bébé?

— On le dirait bien.

— C'est pour quand?

— Pour le mois de janvier.

— Tu crois que ce sera un garçon?

— Ça, c'est ton rayon, mon amour. D'après ce que je sais, c'est l'homme qui détermine le sexe du bébé.

— C'est chouette de me dire ça après... Je me suis peut-être gouré dans les chromosomes au point de nous refaire une fille.

— Je suis sûre que dans ta grande inconscience, tu as fait le bon choix, le rassura-t-elle, moqueuse.

Il l'embrassa tendrement sur le front.

— Si on faisait la fête, maintenant? proposa-t-il d'une voix langoureuse.

— On n'a pas de champagne, précisa Elizabeth, pragmatique.

— J'ai une bien meilleure idée, fit-il en éteignant les lumières.

Il s'allongea sur elle et l'entraîna dans une prodigieuse fête des sens, inventant pour elle, dans une explosion de tendresse, des caresses d'une incomparable douceur, éveillant au plus profond de sa chair un désir d'une insoutenable intensité.

Chapitre 7

Elizabeth tournait en rond dans la maison, incapable de se décider à entreprendre une quelconque activité. La matinée était déjà bien avancée et, bien que ce fut samedi, Olivier était parti tôt le matin pour le bureau en prétendant n'en avoir que pour une heure ou deux.

Elle s'était imaginé la veille qu'ils pourraient passer le week-end en dehors de la ville. Il faisait tellement chaud. Un peu d'air frais leur aurait fait le plus grand bien à tous les trois. Mais elle avait dû renoncer à ses projets, Olivier ayant trop de travail. Déçue, elle s'était entendu promettre que ce n'était que partie remise. Pour le week-end suivant.

Le téléphone n'avait sonné qu'une seule fois. Vers 11 heures. C'était Carole Cormier. En reconnaissant la voix de celle qu'elle avait baptisée «la commère de Westmount», Elizabeth avait eu du mal à cacher son agacement. La jeune femme ne l'appelait en général que pour lui rapporter les derniers potins du quartier — insignifiants la plupart du temps — dont elle n'avait que faire, particulièrement ce jour-là. Elle se sentait patraque, impatiente, et se disait qu'il faisait beaucoup trop chaud pour écouter les inepties de Carole.

Bref, bien que n'étant pas d'humeur à écouter des ragots, pas plus qu'à soutenir ce genre de conversation qu'elle qualifiait de «mémèring» — probablement parce que les rares fois où elle s'était prêtée à ce jeu, elle avait toujours eu l'impression d'avoir au moins vingt ans de plus —, elle avait cependant trouvé la force d'écouter poliment ce que Carole avait à lui annoncer: les Bilodeau avaient retrouvé leur berger allemand raide mort en plein milieu de leur jardin, le mercredi avant-midi.

L'autopsie exigée par les Bilodeau n'avait révélé aucune anomalie. Pas de blessure apparente, pas de traces de produits chimiques dans le système digestif, pas de maladie évidente. Pas même le ver du cœur. L'animal semblait être mort d'étouffement. Pourtant, aucun objet ayant pu provoquer une obstruction n'avait été découvert dans les voies respiratoires. Il n'y avait pas non plus de marques de strangulation autour du cou. Le rapport du vétérinaire se terminait sur la conclusion suivante: «Mort probable par défaillance cardio-respiratoire. Causes inconnues.»

Amélie avait suivi la conversation et profité de l'occasion pour relancer une vieille polémique. Elle voulait un chien... Pourquoi n'en avait-elle pas... C'était pas juste, etc.

La discussion s'était envenimée. Elizabeth avait perdu patience et expédié la fillette au jardin après lui avoir administré une claque légère, mais retentissante, sur les fesses.

Appuyée maintenant contre le chambranle de la porte-patio, elle observait Amélie qui s'était réfugiée sous le premier arbre venu: l'érable centenaire. Il faut dire qu'il n'y avait pas un très grand choix d'arbres dans ce jardin. En fait, il n'y en avait que deux. L'autre était un majestueux pin d'Écosse qui faisait la fierté d'Olivier parce que c'était le seul de cette espèce dans tout le quartier. Résistant au climat rigoureux, à la pollution de la ville, à la foudre et aux employés de l'Hydro-Québec qui voulaient toujours lui couper la tête, il avait réussi à atteindre plus de 20 m de haut. Il étalait sans gêne ses branches à l'écorce rougeâtre autour de lui, empiétant même sur le terrain du voisin qui ne s'en plaignait pas, trop heureux de profiter des petites pommes écailleuses qui tombaient sur sa pelouse et lui servaient de paillis pour ses plates-bandes.

Elizabeth avait souvent parlé d'amputer le pin de ses trois premières branches sous prétexte que ça le rendrait plus vigoureux. Olivier s'y opposant de toutes ses forces — il n'était pas question qu'on touche à son arbre —, elle avait fini par lui préciser un jour, hors d'elle, qu'en réalité elle n'en avait rien à foutre de la vigueur de son arbre et que si elle voulait les couper ces branches, c'est qu'elle les trouvait dangereuses. S'attachant pratiquement à la naissance du tronc, elles étaient trop facilement accessibles pour un enfant. «Bon sang! Tu ne vois pas en plus qu'elles s'élèvent au moins à quatre mètres du sol, ces putains de branches!» s'était-elle exclamée, excédée. Ce à quoi il avait rétorqué, s'entêtant dans sa mauvaise foi et à bout d'arguments: «Et alors? Ma fille n'est pas un singe, que je sache! Si ça t'inquiète tellement, tu n'as qu'à lui faire la leçon au lieu de m'asticoter. Il n'est pas question que je défigure mon arbre!»

Cette discussion avait eu lieu deux ans auparavant, en 1984. L'année où un petit garçon de la rue s'était brisé le cou en tombant d'une échelle. Bon... c'était une échelle, pas un arbre, d'accord. Mais c'était bien la preuve, en avait conclu Elizabeth, que les enfants ne savaient plus quoi inventer pour se démolir la figure et qu'il fallait éviter de laisser à leur portée quoi que ce soit qui leur donne la possibilité d'exercer leur talent de casse-cou... Ils s'ingéniaient déjà assez comme ça à collectionner les bleus et les bosses, à se casser les bras, les jambes ou le cou, à se faire saigner ou à se défigurer, prenant plaisir, semblait-il, à inventer toutes sortes de jeux débiles où ils pouvaient abîmer la perfection de ce petit corps, que leurs parents avaient eu tant de plaisir à procréer et que leur mère avait eu tant de mal à porter et à expulser sain et sauf, sans qu'on leur facilite en plus les choses!

Depuis lors, ils n'en avaient plus jamais parlé. Mais chaque fois qu'Elizabeth s'absorbait dans la contemplation de cet arbre, elle sentait toujours au bout d'un moment comme une sourde appréhension lui serrer le cœur. La plupart du temps, elle détournait les yeux, gênée, incapable de s'expliquer ce qu'elle ressentait et pourquoi...

Elizabeth n'apercevait que le dos d'Amélie, mais il ne lui était pas vraiment indispensable de voir son visage ou d'entendre sa voix pour être convaincue que la fillette râlait comme un pou... Elle avait horreur de recevoir la fessée. À l'heure qu'il est, se dit-elle, cette gamine doit me détester plus que tout au monde.

Elle regrettait de s'être laissée emporter et essayait de comprendre d'où lui venait cette fébrilité qui l'habitait depuis qu'elle s'était levée. Était-ce uniquement le poids de la chaleur humide qui l'énervait à ce point? Le coup de fil de Carole n'avait fait qu'amplifier, inexplicablement, sa nervosité. Ce n'était pas seulement la voix aiguë de la jeune femme qui l'avait fait se crisper sur sa chaise, bien qu'il était indéniable que cette voix l'exaspérait. Non. Il y avait autre chose. L'histoire de ce chien l'avait troublée et agacée. Oui... *agacée!* Parce qu'elle avait ressenti quelque chose qui ressemblait à de la peur en apprenant la mort de cet animal et, pour une raison obscure, elle s'était sentie concernée. C'était d'autant plus agaçant qu'elle ne le connaissait même pas en plus, ce chien. Alors, pourquoi sa mort la touchait-elle autant?

Elizabeth essayait de justifier ses craintes sans y arriver. Pas plus qu'elle n'arrivait d'ailleurs à excuser sa réaction — qu'elle trouvait bêtement agressive — envers sa fille.

Se détournant de la fenêtre, elle se dirigea vers le réfrigérateur en se demandant pour quelles raisons son cher mari n'était pas encore revenu.

Il aurait quand même pu téléphoner, bougonna-t-elle, ne serait-ce que pour me prévenir que son «heure ou deux» de travail avait des chances de se prolonger jusqu'à la fin de l'après-midi.

Après avoir ouvert la porte du frigo d'un geste nerveux, elle se mit à en examiner le contenu en soupirant. Il était plein à craquer — elle avait fait les courses la veille — et il y avait de quoi préparer un repas gargantuesque. Elle se désintéressa des nombreuses victuailles et porta la main directement vers les œufs, ayant la très nette impression que son estomac se révolterait si elle essayait de lui faire accepter autre chose qu'une simple omelette. Un sourire vint soudain égayer son air morose. Amélie, songeait-elle, détestait les «*saletés*» d'omelettes. Elle préférait, comme elle disait, les œufs «grouillés».

Elle décida de faire plaisir à la fillette, moitié pour se faire pardonner, moitié pour l'empêcher de bouder toute la journée. Elle s'empara du paquet de bacon et en détacha trois tranches qu'elle mit à griller dans une poêle. Elle en utilisa une deuxième pour cuire son omelette et une autre encore dans laquelle elle «grouilla» l'œuf d'Amélie. Énergiquement.

En fait, Elizabeth n'avait pas vraiment la tête à ce qu'elle faisait. Elle s'était imperceptiblement replongée dans ses sombres pensées. Elle imaginait le berger allemand, mort, et cette image réveilla de nouveau une crainte irraisonnée, incompréhensible, inexplicable.

Elle avait beau se traiter d'idiote, se dire qu'elle se faisait des idées, qu'il serait préférable d'oublier cette histoire, cela ne changeait rien à l'angoisse profonde et viscérale qu'elle éprouvait.

Elle ne comprenait pas que cette peur qui l'étreignait émanait du danger qu'elle avait inconsciemment pressenti. Son intuition lui avait seulement laissé entrevoir qu'il y avait une sorte de lien entre sa destinée et la mort brutale de ce chien.

Comment aurait-elle pu comprendre d'ailleurs ce lien étrange et ténu qu'elle percevait. Il aurait fallu qu'elle connaisse l'existence de l'araignée et le rôle effroyable qu'elle allait tenir dans sa vie. Il aurait fallu qu'elle connaisse déjà son avenir...

* *
*

S'apercevant que sa mère ne la surveillait plus, Amélie se précipita vers la haie de cèdres. Elle était tellement en colère qu'elle n'avait pas d'autres pensées que celles de se venger, de faire une vraie bêtise. Comme ça, au moins, elle n'aurait pas reçu une claque pour rien.

Elle s'engouffra dans le mur de conifères. Certaine d'être à l'abri des regards, elle baissa sa culotte d'un geste rageur tout en s'accroupissant, décidée à uriner tout ce qu'elle pouvait en signe de protestation.

Elle n'avait pas vraiment envie, aussi dut-elle faire des efforts méritoires de persuasion pour en arriver à soulager sa vessie de quelques gouttes. Satisfaite, elle se releva et remonta prestement sa culotte. C'est alors qu'elle *la* vit... une chose noire reposant au centre d'un réseau de fils délicats suspendus entre deux troncs de cèdre.

Amélie s'approcha de la toile, fascinée. Ses yeux verts s'étaient démesurément agrandis. Elle n'avait jamais vu d'araignée comme celle-là. Celles qu'elle avait l'habitude de poursuivre parfois n'étaient pas plus grosses que le bout de son petit doigt. Mais celle-là!

Elle s'agenouilla, se pencha au-dessus de la toile pour mieux voir et ne put retenir une exclamation de ravissement en découvrant sur le corps noir comme de l'encre une tache rouge en forme de cœur qui brillait, tel un énorme rubis finement ciselé.

L'araignée, couchée à plat ventre au milieu de sa toile, ne bougeait pas. Amélie souffla légèrement dessus, espérant une réaction. Rien... pas un mouvement. Elle attendit quelques secondes puis souffla de nouveau. Toujours rien.

En examinant l'araignée plus attentivement, elle s'aperçut qu'une de ses pattes était coupée à mi-hauteur. Du bout de l'index, tout doucement, elle toucha le membre amputé... Aucune réaction.

Comme elle ignorait presque tout des araignées, la fillette ne pouvait pas deviner que sa trouvaille subissait un processus de mue tout à fait normal qui la faisait dormir d'un profond sommeil léthargique, à la limite du coma.

Convaincue que l'araignée était morte, Amélie tendit la main, la prit délicatement par le milieu du corps et la souleva à hauteur de ses yeux.

C'est doux comme mon ours en peluche, pensa-t-elle en passant son doigt sur le dos velouté. C'est la plus belle chose que...

Amélie retira vivement son doigt. L'araignée avait remué ses pattes. Un mouvement à peine perceptible mais qui n'avait cependant pas échappé à son regard attentif.

Elle a bougé! se dit-elle, stupéfaite.

Donc, elle n'était pas morte... Cette constatation l'étonnait mais ne l'effrayait pas. C'était plus la surprise que la peur qui lui avait fait retirer son doigt. Elle tenait toujours l'araignée dans sa main et continuait à l'observer en songeant que dans la mesure où elle était vivante, c'était quand même bizarre qu'elle ne bouge pas plus que ça. Même qu'elle avait l'air assez mal en point. Peut-être finalement qu'elle était en train de mourir à cause de sa patte coupée.

Son cœur déborda de pitié pour l'animal blessé.

— Pauvre petite bête, soupira-t-elle en approchant de nouveau son doigt pour la caresser. N'aie pas peur. Je ne vais pas te faire de mal. Je vais prendre soin de toi...

Amélie hésitait, cherchant un nom qui aurait pu convenir à *son* araignée. Les yeux à demi fermés, elle réfléchissait intensément, rejetant au fur et à mesure tous les prénoms qui lui venaient à l'esprit. Elle ne les trouvait pas assez beaux... Son visage s'éclaira soudain d'un sourire et elle s'exclama:

— Nellie!... Oui, c'est ça. Je vais t'appeler Nellie. C'est joli et c'est doux,... comme toi.

Amélie leva son autre main pour y déposer le petit corps noir et impassible.

— Je vais m'occuper de toi, ma Nellie, lui dit-elle d'une voix débordante de tendresse.

Elle avait envie de courir vers sa mère pour lui montrer l'araignée mais elle se ravisa.

— Si maman te voit, expliqua-t-elle à Nellie, elle voudra pas que je te garde. C'est juste parce que j'ai pas encore l'âge de raison... tu comprends. Alors, on va rien lui dire... Faut pas qu'elle sache.

Nellie, lovée dans la paume de la fillette, restait immobile. Au travers de son brouillard comateux pourtant, elle percevait la voix d'Amélie — la seconde voix humaine de toute son existence. Cette «musique», quoique légèrement différente de celle de Simon, lui faisait cependant le même effet: apaisant, sécurisant et réconfortant. À aucun moment elle ne s'était sentie aussi bien depuis qu'elle avait quitté le laboratoire en flammes.

Le front plissé par un considérable effort de concentration, Amélie réfléchissait à la manière la plus sûre de cacher Nellie dans la maison, de la garder auprès d'elle sans que sa mère s'en aperçoive.

Elle se leva brusquement en déclarant, énigmatique:

— J'ai une belle cachette pour toi, ma Nellie.

D'un geste décidé elle fit glisser l'araignée dans la poche de sa robe, puis elle sortit prudemment de la haie de cèdres. Après avoir vérifié — comme elle le faisait toujours — que sa mère ne surveillait pas le jardin, elle marcha doucement vers la maison en couvrant d'une main son précieux fardeau.

La bête avait trouvé un nouveau gîte, un nouveau protecteur et une nouvelle identité... Un vrai nom. Géna-Nellie pouvait désormais reprendre des forces et se régénérer en toute sécurité.

* *
*

Allongée sur le parquet de sa chambre, le menton en appui sur ses mains jointes, Amélie souriait.

Sous ses yeux brillants de plaisir, éclairé par un rayon de lune, luisait doucement dans l'obscurité de la pièce le toit rouge d'une petite maison de poupée que son père avait fabriquée pour elle.

C'était un jouet magnifique, une habile reproduction miniature d'une maison canadienne dont la structure composée de petites pièces de bois mesurait 27 cm de long sur 15 cm de large. Un toit en pente, avec une poignée sur le dessus — hétéroclite bien sûr mais ô combien pratique, voire indispensable — coiffait les murs. Un œil-de-bœuf pratiqué dans le haut d'un des murs latéraux permettait l'aération de la maison quand celle-ci était complètement fermée, c'est-à-dire quand le mur de façade sur lequel étaient peintes deux fenêtres et une porte se trouvait en position «normale». Il était en effet possible d'abaisser ce mur, créant ainsi une large ouverture, en rabattant simplement sur lui-même le toit avant qui était garni de charnières en son milieu. Pour cette raison, Olivier avait dû sacrifier les lucarnes et la galerie qui se trouvent habituellement sur le devant de ce type de maisons. Il n'avait pas fait non plus de cheminée. La version officielle voulait qu'il ait été incapable de trouver les matériaux appropriés... Il n'aurait jamais avoué évidemment qu'il avait craqué devant l'ampleur de la tâche, la montagne de minutie et de temps qu'exigeait à elle seule la réalisation de cette cheminée.

Ce jouet d'enfant servait, depuis plusieurs jours déjà, de repaire à Nellie. Au sortir de sa période de mue, elle s'était empressée d'y tisser une grande toile, tapissant deux murs d'équerre et une partie du sol de son étrange abri.

Amélie l'approvisionnait régulièrement en eau et en proies fraîches, telles que mouches, fourmis, papillons et sauterelles bien grasses.

Nellie était heureuse de sa nouvelle vie. Elle dépendait entièrement de la fillette, comme de Simon autrefois, et lui vouait le même attachement que celui qui l'avait liée au vieil entomologiste.

Tous les jours, Amélie la laissait sortir de sa cage et Nellie en profitait pour explorer la chambre de la petite fille. Quand elle s'aventurait trop près de la porte, Amélie la rattrapait en lui expliquant gentiment qu'elle ne devait pas s'éloigner.

Elle la berçait au creux de sa main, caressant d'un doigt expert le petit ventre globuleux. Elle lui chantait des comptines, lui confiait ses chagrins et ses joies. Nellie s'enivrait de la chaleur de sa voix, de l'odeur sucrée de sa peau.

Le soir parfois, après que sa mère fut venue lui souhaiter une bonne nuit, Amélie sortait de son lit et enlevait ses vêtements. Alors, nue comme un ver, elle se couchait par terre sur le dos, déposait Nellie sur son nombril et laissait la petite araignée découvrir son corps. Le mouvement des pattes griffues sur sa peau faisait naître de longs et délicieux frissons dont l'enfant raffolait.

Amélie aurait connu un bonheur parfait s'il n'y avait eu cette crainte permanente qui la tourmentait de voir un jour sa mère découvrir Nellie et les séparer. Parce que sa mère lui enlèverait Nellie, la fillette en était convaincue. Aussi était-elle continuellement sur ses gardes quand elle laissait l'araignée vagabonder sur le plancher. Elle restait toujours à proximité pour mieux l'attraper et la dissimuler en cas de besoin. Elle ne sortait jamais de sa chambre sans avoir remis Nellie dans la petite maison et vérifié que cette dernière était bien fermée. Et le soir, elle attendait toujours que sa mère soit venue la border et soit redescendue au rez-de-chaussée avant de jouer avec Nellie.

Elle caressa une dernière fois la carapace chitineuse de l'araignée qui venait de réintégrer son abri et remonta le panneau de bois en murmurant:

— Bonne nuit, ma Nellie. Dors bien.

Elle rabaissait le toit lorsqu'un bruit furtif près de la porte attira soudain son attention. Elle leva la tête et ne put retenir une sorte de gémissement en voyant la porte s'ouvrir doucement et la tête de sa mère apparaître dans l'encadrement.

Elizabeth était montée se coucher plus tôt que d'habitude et, mue par une impulsion subite, elle s'était dirigée vers la chambre de sa fille, pleinement consciente de s'abandonner sans l'ombre d'une résistance à ce qu'Olivier appelait malicieusement «le vieux réflexe atavique d'une mère» qui lui permettait, selon lui, par une alchimie bizarre et complexe, de se rassurer et de se réconforter par la simple contemplation de sa progéniture plongée dans le sommeil du juste, calme, confiante et paisible.

— Qu'est-ce que tu fais, chérie? demanda Elizabeth en pénétrant dans la chambre, étonnée de trouver sa fille hors du lit. Tu devrais dormir depuis longtemps, non? (Elle s'était agenouillée à côté d'Amélie et regardait attentivement le visage de l'enfant où les yeux lui paraissaient soudain trop grands.) Qu'est-ce que tu as? Tu ne te sens pas bien? ajouta-t-elle d'une voix légèrement inquiète en appuyant sa main sur le front qu'elle trouva frais mais étrangement humide.

Amélie la regarda mais ne répondit pas.

Encore sous le coup de la surprise, et de la frayeur aussi, que sa mère lui avait causée en pénétrant dans sa chambre alors qu'elle ne s'y attendait pas — manquant ainsi de découvrir Nellie —, la fillette était comme statufiée, incapable de bouger ou d'ouvrir la bouche.

Elizabeth la prit par la main et l'aida à se relever en disant:

— Allez, viens. Il faut dormir maintenant.

Elle la coucha, lui fit promettre de ne plus se lever, l'embrassa ensuite tendrement sur la joue et quitta finalement la chambre en refermant doucement la porte derrière elle.

Ni la mère ni l'enfant ne s'étaient doutées un seul instant qu'Elizabeth venait de frôler la mort. Il aurait suffi, simplement, qu'elle tende la main vers la petite maison et que, par jeu, curiosité ou hasard, elle en soulève la partie avant du toit.

Nellie, tapie derrière le mur mobile, s'était dressée sur ses pattes postérieures dès qu'elle avait senti les vibrations étrangères — tout ce qui n'était pas Amélie était étranger, donc ennemi. Les crochets pointés vers l'avant, elle avait attendu... agressive, frémissante, prête à mordre.

Chapitre 8

Le mois de juillet tirait à sa fin, plus chaud encore que ne l'avait été le mois de juin. La ville cuisait sous le soleil ardent pendant que la campagne voyait ses champs se dessécher. Durant les dix-neuf derniers jours, il n'était pas tombé plus de 2 cm de pluie.

Cette mini-sécheresse qui semblait vouloir s'installer sur le Québec avait incité les autorités municipales, entre autres, à renouveler les joyeuses restrictions qui étaient de rigueur en pareil cas et qui visaient particulièrement l'arrosage des jardins.

Les banlieusards étaient certainement les plus touchés par la situation: contraints de contempler, impuissants et désespérés, l'ictère grandissant de leur pelouse qui prenait peu à peu la couleur d'un jaune d'œuf, acculés à de folles dépenses — sans parler d'une gymnastique éreintante — pour maintenir le taux de chlore indispensable dans leur piscine, ils étaient obligés en plus de faire bouillir leur eau avant de la consommer.

Accablée par la chaleur infernale, étouffante, oppressante, Elizabeth maugréait contre tout et rien: la température, évidemment, les nausées matinales, le travail d'Olivier, les bêtises d'Amélie, mais surtout contre cette fatigue immense qui l'envahissait par moments, la terrassait, ne lui laissait pas même la force de bouger le petit doigt. Elle ne se rappelait pas avoir été aussi fatiguée, ni aussi maussade, pendant sa première grossesse.

Après avoir récupéré le ventilateur portatif dans sa chambre, elle s'était réfugiée au salon, seul endroit où régnait pour le moment — dans son esprit seulement — une relative fraîcheur à cause des nombreux arbres en façade qui créaient une sorte de pénombre dans la pièce en protégeant les fenêtres contre les rayons du soleil.

Un roman de Stephen King sur les genoux, elle essayait de se concentrer sur sa lecture mais ne pouvait y arriver. Pourtant, elle adorait cet auteur et elle ne commençait jamais un de ses romans sans être immédiatement et totalement, pour ne pas dire irrémédiablement, captivée par son histoire à un point tel qu'il fallait presque un pied-de-biche pour l'en sortir.

De guerre lasse, après avoir lu trois fois le même paragraphe, elle abandonna finalement le livre et laissa son esprit vagabonder. Peut-être, ce faisant, parviendrait-elle à préciser et à s'expliquer cette étrange sensation de malaise qui la troublait en ce lundi après-midi qui n'avait pourtant, en apparence, rien de spécial.

Ses pensées la ramenèrent, sans raison particulière, à une conversation qu'elle avait eue avec Amélie, quelques semaines plus tôt, au sujet du petit frère, ou de la petite sœur, qui allait bientôt arriver. La fillette avait posé des tas de questions sur la fabrication des bébés auxquelles Elizabeth avait succintement répondu tout en s'étonnant quand même un peu de voir sa fille montrer plus d'intérêt pour le côté «cuisine» que pour l'événement en tant que tel. Elle qui se plaignait toujours d'être seule... Pourquoi ne paraissait-elle pas plus excitée à l'idée de voir enfin sa solitude comblée?

Bizarre, se dit Elizabeth en songeant, d'une part, à la réaction d'Amélie et, d'autre part, au caractère de la fillette qui s'était sensiblement modifié au cours des dernières semaines. Elle d'habitude si expansive, si bruyante, si bavarde, était devenue petit à petit plus... sage. Plus réservée, plus sérieuse, plus secrète. Elle s'enfermait de plus en plus souvent dans sa chambre — qu'elle rangeait elle-même maintenant — et y passait de longues heures à jouer, à bavarder avec ses poupées.

Parfois, quand Elizabeth montait à l'étage sur la pointe des pieds pour espionner sa fille en douce, dans le but louable de s'assurer qu'elle ne faisait pas de bêtises, il lui arrivait de rester quelques minutes à écouter, attendrie, au travers de la porte les bavardages d'Amélie dans lesquels un prénom revenait très souvent.

Nellie... Nellie... Un joli prénom, pensa Elizabeth... Qui serait parfait pour le bébé, s'il s'agissait d'une fille, évidemment. En tout cas, se dit-elle encore en songeant de nouveau au changement de caractère d'Amélie et en s'inquiétant soudain pour sa santé, j'espère qu'elle n'est pas en train de couver une maladie... une saloperie de virus.

La sonnette de la porte d'entrée la tirant brutalement de ses réflexions, elle se leva d'un bond, surprise, et alla ouvrir la porte.

Le visage congestionné, les yeux larmoyants, Carole Cormier fit irruption dans l'entrée en poussant devant elle sa fille Diane.

— Je m'excuse de venir comme ça à l'improviste, fit-elle, mais... (Elle semblait très énervée, et les mots sortaient de sa bouche telles les balles d'une mitraillette.) je viens d'apprendre que mon père a eu une attaque. Il est à l'hôpital. Faut que j'y aille tout de suite. Peux-tu me garder Diane?

Elizabeth n'avait pas entrouvert les lèvres que Carole était déjà sur le trottoir et se précipitait dans sa voiture en criant:

— Je t'appellerai dès que je le pourrai!

Elle la regarda partir puis son regard se posa, légèrement embarrassé, sur le visage de la petite fille dont les yeux hésitaient manifestement entre le sourire et les larmes.

— Bien, dit-elle à l'enfant. Je crois qu'on va devoir passer quelques heures ensemble... Je suis certaine qu'Amélie sera ravie de te voir, ajouta-t-elle en la conduisant à la cuisine, réalisant tout à coup en s'entendant parler que sa voix manquait étonnamment de chaleur.

Elizabeth abhorrait la routine, mais n'aimait pas non plus les surprises ni les changements à moins qu'elle ne les ait elle-même programmés. Comme sa fille d'ailleurs, elle avait horreur qu'on lui organise sa vie. Elle détestait avoir le sentiment qu'on disposait impunément de son temps et de sa personne. Et c'était tout à fait l'impression qu'elle avait en ce moment. Ne pouvant s'empêcher d'en être énervée, elle regrettait cependant de le faire sentir à la fillette qui n'était en rien responsable de ce qui se passait.

Elle installa la petite devant un verre de lait et des biscuits en lui disant, d'une voix qu'elle essaya de rendre plus douce:

— Je vais aller chercher Amélie. Ne bouge pas de là, ma puce... Je reviens tout de suite.

Elle quitta la cuisine et se dirigea vers l'escalier au pied duquel elle s'arrêta pour appeler sa fille. Au troisième appel, n'obtenant toujours pas de réponse, elle empoigna la rampe en jurant intérieurement et monta.

La porte de la chambre était fermée. Elizabeth l'ouvrit d'un coup sec en s'exclamant, à bout de souffle:

— Est-ce que tu ne peux pas répondre quand je t'appelle!

Assise en tailleur sur son lit, Amélie lui tournait le dos et semblait jouer avec ses poupées qu'elle avait disposées en rang d'oignons sur les oreillers.

Nellie, qui reposait entre les genoux écartés de la fillette, se dressa aussitôt. Elizabeth ne pouvait pas la voir mais *elle* avait perçu sa présence.

Amélie n'avait pas entendu sa mère arriver. Complètement paniquée, elle ramena spontanément ses mains en cône au-dessus de Nellie et tourna vivement la tête vers Elizabeth. De surprise, son visage avait soudain pris la teinte d'une cerise.

— Quoi? souffla-t-elle d'une voix à peine audible.

Elizabeth, appuyée contre le chambranle, la main encore sur la poignée de la porte, était trop énervée, trop essoufflée, pour prêter attention à la mine coupable de sa fille.

— Ta copine Diane est en bas, déclara-t-elle un peu sèchement.

Son regard fit le tour de la pièce avant de revenir se poser sur Amélie qui n'avait toujours pas bougé.

— Alors?... Tu n'as pas entendu ce que je t'ai dit? grommela-t-elle. Diane t'attend pour jouer... Grouille-toi!

Puis, ne pouvant s'en empêcher, elle ajouta, sarcastique:

— Ça ne te ferait pas de mal de quitter *une fois* cette chambre qui finit par sentir le fauve... Allez, bon sang! enchaîna-t-elle d'un ton irrité. Remue-toi un peu!

— Je viens, maman.

Ne voyant pas comment faire autrement, Amélie glissa subrepticement Nellie dans la poche de sa robe. Puis, gardant la main fermée sur sa protégée, elle sauta prestement à bas du lit et courut vers sa mère.

Il était temps. Elizabeth commençait tout juste à se poser des questions sur le manque apparent d'enthousiasme de sa fille qui habituellement bondissait de joie à l'idée de voir sa petite copine.

* *
*

Les enfants ayant terminé leur collation, Elizabeth les envoya au jardin.

La sonnerie du téléphone résonna dans la cuisine. Elizabeth décrocha le récepteur et esquissa un sourire en reconnaissant la voix de Gilberte.

— Comment vas-tu? lui demanda-t-elle d'une voix où filtraient sa fatigue et son ennui.

— Ça va, ça va, chantonna Gilberte. Et toi?... À t'entendre, on croirait que tu portes le poids du monde sur tes épaules. Qu'est-ce qui t'arrive?

— Rien... Rien de particulier, en tout cas, si ce n'est que cette grossesse m'épuise. Je suis tout le temps fatiguée et pourtant j'ai l'impression de ne rien faire de mes journées... Je dois être trop vieille pour faire des bébés.

— Que le ciel me tombe sur la tête et me rende sourde! s'exclama aussitôt Gilberte, ironique. Quelle connerie! Non mais... Liza, tu débloques, ou quoi? Trop vieille... Pfft... Si tu étais là, à côté de moi, je crois que je te foutrais une raclée. (Elle pouffa de rire.) Écoute, je reviens sur ce que je viens de dire, d'accord? Premièrement, j'admets que tu es trop vieille, en tout cas pour la fessée, et deuxièmement, je viens juste de me rappeler que tu es beaucoup plus grande que moi, alors...

Son rire en cascade déferlait dans l'écouteur. Elizabeth imaginait sans peine le beau visage ambré renversé vers l'arrière, le cou gracile offert, et la bouche admirable grande ouverte sur les petites dents, luisantes, de carnassier.

Elle éclata de rire à son tour et enchaîna:

— Alors, tu craques...

— Évidemment que je craque. Normal. Bien... Si on parlait un peu sérieusement, maintenant. Je pense qu'une petite sortie entre femmes te ferait le plus grand bien. Qu'est-ce que tu en dis? On pourrait aller au cinéma, au restaurant... De quoi as-tu envie?

— Je n'en sais rien.

— Bon, on décidera ça plus tard. Je peux être chez toi vers six heures ce soir.

— Demain, plutôt. Ce soir, c'est impossible. Olivier travaille et je suis en panne de gardienne, précisa Elizabeth.

— Comment... Tu n'as pas encore remplacé Rosa? s'étonna Gilberte.

— C'est plus facile à dire qu'à faire, figure-toi, rétorqua Elizabeth.

Elles bavardèrent encore un moment puis Elizabeth raccrocha, après avoir promis de trouver une gardienne pour le lendemain soir.

Le téléphone, à peine raccroché, sonna de nouveau. C'était Olivier.

— Je ne travaille pas ce soir, annonça-t-il d'un ton joyeux. En fait, si on ne me retient pas, je devrais être à la maison dans une dizaine de minutes. À tout de suite!

Elizabeth n'avait même pas eu le temps de lui mentionner sa conversation avec Gilberte. Puisqu'il ne travaillait pas ce soir... De toute façon, avant de faire quelque projet que ce soit, il valait mieux attendre qu'il soit arrivé. D'ici là, elle allait se rafraîchir la figure et s'habiller pour qu'il ne la trouve pas encore en pyjama en plein après-midi.

Elle s'approcha de la porte-patio pour jeter un coup d'œil sur les filles qui avaient l'air de bien s'amuser.

— Amélie! cria-t-elle au travers du moustiquaire. Si tu as besoin de moi, je serai en haut... Je n'en ai que pour quelques minutes, d'accord?

La fillette lui fit signe qu'elle avait compris. Elizabeth

quitta la cuisine en se disant qu'il n'y avait pas de mal à les laisser seules un moment. Elles ne risquaient rien. La piscine était à moitié vide... le jardin clôturé... Qu'aurait-il pu leur arriver?

* *
*

Les deux fillettes étaient assises à la table du jardin, sous le parasol grand ouvert. Elles s'étaient entortillées dans de gigantesques serviettes-éponges bariolées qu'elles avaient nouées sous leurs bras. Ainsi affublées de ce qu'elles s'imaginaient être de merveilleuses robes longues, elles jouaient aux «madames-chic-qui-prennent-le-thé» avec un minuscule service en véritable porcelaine que Gilberte avait offert à Amélie pour son cinquième anniversaire.

En entendant sa mère annoncer qu'elle quittait la cuisine, Amélie poussa un soupir de soulagement.

Depuis qu'elle était dehors, elle mourait d'envie de partager son secret avec Diane et n'avait qu'une idée en tête: se cacher dans la haie de cèdres afin de pouvoir lui montrer Nellie. Elle attendait, fébrile, impatiente, le bon moment. Si sa mère pouvait s'absenter... Juste quelques minutes, juste le temps de courir jusqu'à la haie. Tant qu'elle resterait dans la cuisine, à deux pas du jardin, ce serait trop risqué. Elle entendait tout, elle voyait tout.

Les yeux brillants d'excitation, elle se leva et dénoua rapidement la serviette qu'elle laissa tomber par terre.

— Chut! fit-elle à Diane qui l'interrogeait du regard. Attends! Je vais voir...

Elle se dirigea vers la porte-patio, vérifia au travers du

moustiquaire que sa mère avait bien quitté la pièce, puis revint, souriante, vers Diane.

— Enlève ton truc, lui dit-elle en désignant du doigt la fausse robe, et viens avec moi!

— Où ça?... Pourquoi? demanda la fillette qui ne faisait jamais quoi que ce soit dans la vie sans poser trente-six mille questions, ce qui avait le don d'exaspérer tout le monde, y compris l'autoritaire Amélie.

— Viens, je te dis!

Voyant que son amie ne la suivrait pas sans avoir obtenu au moins une explication, elle poussa un soupir, légèrement agacée, et ajouta:

— Je veux te montrer quelque chose d'extraordinaire... quelque chose que t'as jamais vu!

— Quoi?

— Si tu veux voir, menaça Amélie qui commençait à s'énerver pour de bon, tu viens avec moi. Sinon tu verras rien.

L'argument était de taille. Diane se décida enfin à la suivre au fond du jardin. Amélie s'engouffra la première dans la haie de cèdres et se rendit compte très vite qu'elles ne pourraient pas s'y installer toutes les deux. Les troncs étaient beaucoup trop rapprochés les uns des autres pour qu'elles puissent s'asseoir, ou même se tenir debout, l'une à côté de l'autre.

Déçue, elle sortit brusquement de la haie en bousculant au passage sa petite copine qui la serrait de très près. De nature assez douillette, la fillette protesta aussitôt en poussant une série de gémissements aigus, tel un bébé phoque effrayé.

— Chut! Tais-toi! bougonna Amélie. Ma mère va finir par t'entendre. (Les mains sur les hanches, elle scrutait le jardin à la recherche d'un autre endroit pour les dissimuler.) Mais tais-toi donc, maudite criarde! ajouta-t-elle soudain d'une voix excédée en se tournant vers Diane qui continuait à se lamenter. Tu veux que je te la montre ma surprise, oui ou non? Alors, arrête de crier! Sinon...

Diane lui jeta un regard mauvais mais se tut.

— C'est quoi ta surprise? demanda-t-elle au bout d'un moment en suivant Amélie qui marchait à présent vers le pin d'Écosse.

— Tu sauras après qu'on aura grimpé là-dessus!

Amélie désignait du doigt l'une des branches basses de l'arbre au pied duquel elle s'était arrêtée.

Son esprit intrépide — et peut-être un certain sens de la mise en scène dramatique — lui avait subitement donné l'idée de grimper dans cet arbre. Elle s'était convaincue que là-haut, elle aurait toujours le temps de cacher Nellie si jamais sa mère surgissait à l'improviste.

Elle avait intentionnellement choisi la plus grosse et la moins élevée des trois branches à leur portée... Pas à cause de sa solidité apparente, ni parce qu'elle semblait plus facile à atteindre, mais surtout parce que c'était, elle le savait, la seule qu'on ne pouvait pas voir quand on regardait par la porte-patio. Son père était monté dessus un jour pour attraper un chat qui s'y était réfugié et, comme sa mère l'avait obligée à rester dans la cuisine avec elle, elle avait essayé de voir ce qui se passait au travers du moustiquaire. Elle n'avait rien vu. Pas même son père.

Elle ignorait totalement que son choix s'était aussi arrêté sur la plus dangereuse des trois... la seule à enjamber la haie de cèdres et, dissimulée derrière celle-ci, la grille en fer forgé qui clôturait le jardin du voisin.

— Pourquoi? geignit Diane en scrutant d'un œil perplexe et inquiet l'énorme branche vers laquelle Amélie la poussait.

Les choses devenaient trop compliquées pour elle. Enfant sage et tranquille, elle n'aurait jamais pensé toute seule à monter dans un arbre. Cette idée la surprenait et lui faisait un peu peur aussi.

Amélie dut la convaincre que sa «surprise» était en réalité un «secret»... Qu'elle ne voulait le partager avec personne d'autre... Que, de toute façon, si elle ne grimpait pas immédiatement, elle ne lui montrerait rien du tout.

Anxieuse mais dévorée de curiosité, Diane obtempéra.

Une fois qu'elles furent assises à califourchon sur la branche, l'une en face de l'autre, Amélie fit promettre à sa compagne de garder le secret, de ne jamais en parler à personne.

— Tu promets, oui ou non? insista-t-elle.

— Ben oui, je promets, répondit vivement Diane qui sentait comme une hésitation dans la voix d'Amélie et qui craignait qu'elle ne change d'avis.

Amélie plongea cérémonieusement la main dans sa poche.

— Maintenant, tu vas fermer tes yeux... dur, dur, dit-elle à la fillette qui regardait fixement la poche de sa robe, et tu les ouvres pas avant que je te le dise.

Contrairement à son réflexe habituel, Diane ne posa aucune question. Elle plissa docilement les yeux aussi fort qu'elle le pouvait.

Satisfaite, Amélie sourit en ajoutant:

— Donne-moi ta main... sans ouvrir tes yeux.

Terriblement excitée, Diane s'exécuta en exhalant un léger gloussement.

Elle sentit d'abord quelque chose de doux et de très léger sur la surface de sa paume. Puis, brusquement, une douleur fulgurante, atroce, lui traversa la main et se prolongea jusque dans le haut de son bras.

Désorientée, apeurée par cette odeur qui lui était étrangère, Nellie venait de planter brutalement ses crochets venimeux dans la chair tendre de la fillette.

Ouvrant les yeux, Diane poussa un cri en secouant instinctivement sa main. Son mouvement brusque déséquilibra Nellie qui tomba sur le bord de la branche et, après avoir vainement tenté de s'agripper à l'écorce rugueuse, glissa dans le vide en laissant derrière elle un fil de sécurité.

Le regard de la fillette se posa, incrédule, horrifié, sur cette... cette chose toute noire qui lui avait fait si mal et qui remontait tout doucement le long d'un fil vers elle. Elle poussa cette fois un hurlement.

Affolée, ne comprenant pas encore ce qui s'était passé, Amélie se pencha pour récupérer Nellie au plus vite. Elle tendit la main à l'animal qui, arrivé à hauteur de son pied, s'était arrêté et l'encouragea de la voix:

— Allez, viens Nellie. Viens... N'aie pas peur.

Nellie toucha le bout de ses doigts et s'y accrocha.

Diane pleurait sans bruit en pressant contre ses lèvres la morsure dont la douleur s'était atténuée pour ne laisser qu'un léger picotement. Terrifiée, tassée sur elle-même, elle regarda Amélie ramasser *la chose* et la remettre dans sa poche.

— C'est une... une araignée? C'est... à toi? fit-elle en levant sur Amélie, qui acquiesçait silencieusement, un regard exprimant toute la répulsion qu'elle pouvait ressentir.

Sa voix était hésitante, légèrement haletante. Le poison qui se répandait dans son organisme à une vitesse fulgurante obligeait ses muscles thoraciques à se contracter, ce qui rendait sa respiration de plus en plus difficile.

Elle fit un effort pour avaler — quelque chose semblait obstruer sa gorge —, grimaça et continua:

— Elle... est méchante… Elle... elle m'a... mordue...

Amélie écarquillait les yeux de surprise. Elle ne savait pas que Nellie pouvait mordre. Cette découverte la laissait songeuse. Légèrement perplexe. Comme un enfant qui apprend que son chien vient de mordre quelqu'un.

— Je veux... veux descendre, acheva Diane faiblement. Laisse-moi... passer... Vais... le dire à ta... ta mère.

— Non! s'écria Amélie, effrayée par cette idée. T'as promis de jamais rien dire... T'as pas le droit!

Son cœur bondissait dans sa poitrine. Elle pensait à ce qui arriverait si Diane racontait tout à sa mère... Elle savait qu'on lui enlèverait Nellie... Elle devinait qu'on la tuerait comme on tue les chiens méchants qui mordent les gens. Non, il ne fallait pas que sa mère sache!

— Je veux pas que tu lui dises! protesta-t-elle encore d'une voix plaintive. Je veux pas!

Désespérée, terriblement angoissée, Amélie se mit à pleurer. Elle regrettait amèrement d'avoir partagé son secret avec Diane, mais c'était trop tard maintenant. Elle ne voyait pas comment elle aurait pu l'empêcher d'aller tout raconter, pas plus qu'elle ne voyait comment faire pour protéger Nellie.

Diane tremblait de tout son corps. Cramponnée à la branche, elle respirait avidement en émettant des râles effrayants. Sa figure était devenue anormalement pâle et le pourtour de ses lèvres commençait à prendre une inquiétante couleur bleue.

Croyant qu'elle lui jouait la comédie, qu'elle faisait exprès les «drôles de bruits» qui sortaient de sa bouche juste pour l'embêter, Amélie s'exclama d'une voix agacée:

— Arrête! C'est pas drôle!

Elle essuya ses yeux du revers de la main, renifla bruyamment puis, comme Diane continuait à faire du bruit, elle la toisa d'un regard méprisant et lança, furieuse cette fois:

— Arrête, que je te dis! Ça m'énerve!... Pourquoi tu fais ça?

Elle n'obtint aucune réponse.

Elle vit simplement Diane se pencher tout doucement vers l'arrière puis, soudain, basculer dans le vide.

Il y eut un son mat, une sorte de craquement étouffé.

Sous les yeux épouvantés d'Amélie, le corps de la petite fille venait de s'empaler sur la grille.

Les barreaux en forme de flèches, effilés et pointus, avaient pénétré la peau en plusieurs endroits avec une facilité déconcertante. Une des pointes, s'étant frayé un passage au travers des côtes, avait perforé un poumon. Une autre avait percé le flanc droit de part en part, ravageant sur son passage la chair et les muscles, créant un énorme trou par où le corps commençait à se vider de son sang. Une autre encore, fatale celle-là, avait d'abord glissé sur les os de la base du crâne pour s'enfoncer ensuite dans la nuque, traversant le bulbe rachidien et la gorge pour ressortir par la bouche grande ouverte, après avoir arraché une partie de la langue, cassé quatre dents de la mâchoire supérieure et fendu la lèvre jusqu'au nez.

Le regard de la fillette, largement ouvert sur le ciel, reflétait non pas la terreur, ni même la douleur, mais plutôt la surprise. Il y avait au fond de ses prunelles dorées comme une lueur d'incompréhension.

Le cœur battant à tout rompre, Amélie fixait la pointe qui sortait de la bouche de Diane. Elle lâcha un hurlement strident et se mit à reculer sur la branche en se poussant avec les mains jusqu'à ce que son dos vienne cogner contre le tronc. Hurlant et gémissant à la fois, elle dégringola en bas de l'arbre et se mit à courir vers la maison.

Alertée par les cris d'Amélic, Elizabeth venait de dévaler l'escalier lorsqu'elle se trouva face à Olivier qui poussait la porte d'entrée. Ils n'échangèrent qu'un regard avant de foncer tous les deux vers la cuisine.

Amélie avait trébuché sur les dalles du patio et allait s'étaler de tout son long lorsque sa mère la saisit d'une main ferme.

— Maman!... Maman! criait-elle en sanglotant. Diane... Diane est tombée!

Elizabeth s'agenouilla et la prit dans ses bras.

— Chut... Calme-toi, fit-elle en la serrant contre elle. (Son regard fouillait le jardin. Ne voyant la petite fille nulle part, elle fut prise d'une sourde angoisse.) Où est-elle? Où est-ce qu'elle est tombée? ajouta-t-elle d'une voix anxieuse.

Amélie la regarda un moment sans rien dire puis elle se tourna lentement et, pointant du doigt le pin d'Écosse, elle murmura:

— Là-bas.

Elizabeth se leva d'un bond et courut derrière Olivier qui se dirigeait déjà vers l'arbre.

Oh, mon Dieu... non, pas ça, gémissait-elle intérieurement. Mon Dieu, je vous en prie...

Elle vit Olivier s'arrêter brusquement.

Il venait d'apercevoir le corps mutilé qui reposait moitié sur la grille et moitié sur la haie. Pétrifié d'horreur il fixait la flèche de fer qui sortait de la bouche de l'enfant, telle une énorme, monstrueuse langue noire qui pointait vers le ciel dans une ultime grimace à la vie, à l'éternel, au néant.

Il pivota sur lui-même et revint sur ses pas. Son visage était d'une pâleur épouvantable.

— Elizabeth... chérie, je crois qu'il vaudrait mieux que tu n'ailles pas plus loin, articula-t-il péniblement en la prenant par les épaules. (Il avait comme un goût de cendre dans la bouche et une terrible envie de vomir.) Ce... ce n'est pas beau à voir.

Elizabeth soutint son regard quelques secondes. Elle n'était pas certaine de comprendre. Elle ne *voulait* pas comprendre. Puis elle détourna la tête et regarda presque malgré elle vers la haie en se disant que ce n'était pas possible... Ses yeux effleurèrent quelque chose... un pied minuscule qui dépassait à peine de la ligne des conifères.

Tentant désespérément de repousser l'image insoutenable qui s'était glissée dans son cerveau, elle se tourna de nouveau vers Olivier. Il y avait dans le regard de son mari une réalité tout aussi insoutenable: elle ne pouvait rien faire pour sauver Diane. Personne n'y pouvait plus rien.

Anéantie par un immense sentiment d'impuissance, elle s'abandonna contre la poitrine d'Olivier en pleurant.

Une douleur intense, déchirante, lui vrillant le ventre la fit soudain se plier en deux. Son esprit vacilla et sombra dans une mer noire. Elle s'affala lentement dans l'herbe, comme si elle avait voulu se coucher pour dormir, pour oublier.

Chapitre 9

Des bruits lui parvenaient de loin, de très loin, comme au travers d'un mur d'ouate.

Elle sentait une douce pression sur son poignet. Elle était bien... n'avait mal nulle part... ne pensait à rien.

Les bruits se rapprochaient, déchirant peu à peu les parois de son cocon ouaté. Elle bougea les doigts, doucement, un à un. Un imperceptible frémissement parcourut ses paupières. Du bout de la langue, elle humecta ses lèvres qui lui semblaient avoir doublé de volume. Avec une infinie lenteur, comme à regret, elle ouvrit les yeux.

Le décor familier de sa chambre la rassura. Elle poussa un soupir de soulagement et tourna la tête vers la table de nuit. La lampe de chevet éclairait des mains très larges, très belles. Les mains du docteur Déry.

Le regard bienveillant du vieux médecin se posa sur les

yeux sombres d'Elizabeth, lui enveloppant le cœur et l'esprit d'un baume apaisant. Il lui sourit.

— Comment te sens-tu? demanda-t-il d'une voix chaleureuse, réconfortante.

Encore sous l'effet du calmant administré plus tôt, Elizabeth avait du mal à rassembler ses idées.

— Bien,... je crois, répondit-elle. Quelle heure est-il?

— Sept heures et demie du soir. Tu as dormi pendant plus de trois heures.

— Le bébé?

— Tout va bien. Il est toujours là, bien au chaud dans sa petite coquille. (Il s'assit au bord du lit en prenant la main d'Elizabeth entre les siennes.) Il faut te ménager, fillette, si tu veux que cet enfant arrive à terme. Tu n'es pas très solide... Trop pâle, trop maigre. Ce n'est bon ni pour toi, ni pour lui, ajouta-t-il en pointant son index sur le ventre de la jeune femme.

— Amélie... Où est-elle? s'enquit-elle soudainement d'une voix angoissée. L'avez-vous...

— Oui, je l'ai vue, l'interrompit-il avec douceur. Elle va très bien. Ne t'en fais pas. Elle dort en ce moment. C'est étrange, reprit-il pensif. Le choc qu'elle a subi ne semble lui avoir laissé aucune trace. Elle s'est comportée tout à fait normalement... Comme si rien ne s'était passé. Elle a mangé et joué calmement dans sa chambre avant de s'endormir paisiblement. Les enfants ont beaucoup plus de résistance qu'on ne le croit... En tout cas, elle est beaucoup plus solide que toi, dit-il en lui tapotant légèrement la main.

— Elle... elle vous a parlé? Est-ce que vous savez ce qui s'est passé... comment c'est arrivé? insista Elizabeth.

— Très franchement, j'avoue que je ne sais pas grand-chose. Je ne voulais pas lui poser de questions, tu comprends, et... En fait, on ne peut pas dire qu'elle ait été très bavarde sur le sujet. Elle m'a dit que Diane voulait grimper dans l'arbre... Elle m'a raconté une vague histoire de chat perdu sur une branche... (Il ferma les yeux comme pour mieux se rappeler, puis haussa les épaules.) La fillette a dû faire un faux mouvement, perdre l'équilibre... Probable qu'elle n'a pas eu le temps de se rendre compte de ce qui lui arrivait. Du moins, je l'espère, acheva-t-il dans un murmure.

Elizabeth, tel un animal blessé, poussa un gémissement. Le souvenir d'une impression de malaise, d'une sensation d'imminente catastrophe, venait de surgir du fond de sa mémoire et avec lui s'installait en elle, lourd, implacable, un effroyable sentiment de culpabilité.

La petite fille sur la branche...

Dans l'arbre...

Dans cet *arbre!*

Cette sourde appréhension qui lui serrait le cœur chaque fois qu'elle regardait le pin d'Écosse... Elle savait. Elle avait toujours su...

Pourquoi n'avait-elle pas été capable d'empêcher ce qu'elle savait devoir arriver?

Elle sentit monter en elle un cri, fort et puissant. Sa gorge se gonfla, sa bouche s'ouvrit, mais aucun son ne vint. Seulement un profond soupir... Un soupir qui n'exhalait qu'une infime parcelle de son accablement, de sa souffrance intérieure.

Elle leva les yeux vers le docteur Déry et elle sut, en plongeant son regard dans le sien, qu'il avait deviné le trouble qui l'agitait.

— Ça ne sert à rien de te faire des reproches, la gronda-t-il gentiment. C'est arrivé parce que ça devait arriver. C'est comme ça qu'il faut que tu voies les choses. (Il porta une main à son front puis se frotta les yeux comme pour chasser une grande fatigue.) De toute façon, tu ne peux rien y changer... Alors, il vaut mieux essayer d'oublier. (Il lui tapota la main une dernière fois et se leva.) Bon... il faut que j'y aille maintenant. La mère de Diane est en bas, dans un état épouvantable. Perdre son père et sa fille unique dans la même journée...

Elizabeth ne prononça pas un mot, pas même un au revoir. La boule qu'elle avait au fond de la gorge prenait tellement de place qu'il n'y en avait plus pour laisser passer sa voix. Elle le regarda marcher vers la porte et l'ouvrir sur Olivier qui était là, adossé contre le mur du couloir.

Sur le palier, les deux hommes échangèrent quelques mots à voix basse. Olivier hochait la tête tout en jetant de brefs coups d'œil vers Elizabeth. Puis, il serra la main tendue du médecin, referma la porte derrière lui et s'avança vers le lit.

S'appuyant sur ses mains posées de part et d'autre des épaules de la jeune femme, il se pencha sur elle et effleura son front d'un baiser chargé de toute la tendresse qu'il avait pour elle.

Ce fut comme s'il venait d'ouvrir une porte sur la détresse d'Elizabeth.

Son corps qui luttait contre les larmes, tel un fragile barrage essayant de retenir des eaux agitées, se mit à trembler. Les muscles de son visage se contractèrent... et le barrage céda, brutalement. Agrippée aux épaules d'Olivier comme un naufragé à une bouée, emportée par une lame de fond puissante, dévastatrice, Elizabeth laissa enfin éclater les sanglots qui l'étouffaient. De sa gorge tendue montaient de longs et douloureux gémissements, des plaintes déchirantes dont l'intensité n'avait d'égale que cette intolérable sensation de solitude et d'impuissance qui l'avait envahie.

* *
*

Elizabeth avait décidé de se rendre au salon funéraire du quartier où les corps du père et de la fille de Carole étaient exposés depuis deux jours déjà.

Connaissant ses intentions, Olivier avait essayé de la raisonner, de la dissuader d'aller là-bas. Ils en avaient encore parlé le matin, pendant le petit déjeuner. À bout d'arguments, voyant bien qu'il n'arriverait pas à la faire changer d'idée, il s'était un peu énervé et lui avait déclaré, juste avant de partir: «Tu te sens coupable? Bon, d'accord. Et après?... Très franchement, je ne vois pas en quoi le fait de te pointer au salon pourrait y changer quelque chose. Mais si c'est ce que tu crois, alors, vas-y. Je ne peux pas t'en empêcher. Si tu veux mon avis... (La main sur la poignée de la porte, il l'affrontait du regard, furieux. Puis, levant brusquement les yeux au plafond, il avait poussé comme un soupir de résignation et, d'une manière inattendue, esquissé un sourire légèrement moqueur.) eh bien, je te le donnerai quand tu me l'auras demandé, avait-il ajouté d'une voix radoucie, l'œil brillant de malice. Et tu n'en feras rien, n'est-ce pas? Tu es la plus entêtée et la plus fanatique des têtes de mule que je connaisse... et que j'aime comme un fou!» avait-il conclu en l'embrassant sur le front.

Elle l'avait regardé partir en songeant qu'il avait raison sur un point. Non, deux: c'était vrai qu'elle avait une tête de mule et c'était vrai aussi qu'il l'aimait. Quant à savoir pourquoi elle voulait aller là-bas... Un sentiment indéfinissable, un besoin irrépressible, l'y poussait malgré elle. Elle se sentait *obligée* de revoir Carole, d'affronter la mère de cette enfant qu'elle croyait n'avoir pas su protéger. Il avait probablement encore raison en prétendant que cette mort dont elle s'appropriait la responsabilité la culpabilisait tellement qu'elle éprouvait le besoin — parfaitement illogique et très certainement caractériel, comme il le lui avait dit — d'y toucher, de la voir en face. Comme si elle voulait se convaincre qu'elle n'avait pas rêvé, que ce cauchemar était bien réel.

C'est vrai que c'est idiot, se disait-elle en marchant en direction du salon funéraire. Je ne vois pas non plus ce que ça va changer, mais c'est plus fort que moi. Alors...

En pénétrant dans l'établissement, Elizabeth fut prise d'une nausée et crut qu'elle allait défaillir. L'air était irrespirable, lourdement chargé du parfum trop sucré des fleurs.

La seule pièce occupée était la première à gauche en entrant. Elle s'y dirigea à pas lents, vérifia pour la forme le nom de famille inscrit sur l'écriteau et respira profondément avant d'y entrer.

Il faisait frais et sombre dans le salon et les gens se parlaient tout bas, comme on le fait quand on a peur de réveiller quelqu'un. Leurs murmures formaient une longue et sourde litanie, une prière lugubre et sans fin.

Elizabeth s'approcha des cercueils et s'agenouilla devant celui qui contenait la dépouille de Diane Cormier; la petite caisse de bois blanc était fermée — l'embaumeur n'avait pu camoufler la blessure de la lèvre — et disparaissait sous les couronnes et les gerbes de fleurs au milicu desquelles émergeait une photo en couleurs de l'enfant. Elle contempla un moment les longues boucles blondes, le sourire à fossettes et les grands yeux dorés, pleins de soleil et de vie. C'était insoutenable. Elle réprima un sanglot et quitta brusquement le prie-Dieu.

Assise dans l'un des divans bas longeant le mur près des cercueils, Carole Cormier avait l'air prostrée, indifférente à ce qui se passait autour d'elle.

Elizabeth se glissa à ses côtés et lui prit doucement la main.

La jeune femme cilla deux ou trois fois avant de fixer cette main qui tenait la sienne; puis, remontant le long du bras, lentement, craintivement, son regard contourna l'épaule, effleura les lèvres, rencontra l'autre regard assombri par les larmes, s'y arrêta quelques secondes et parut s'animer soudain d'une lueur hostile. Sortant subitement de sa torpeur, Carole retira sa main et recula vivement, comme si elle venait d'être mordue par un serpent

— Tu n'as rien à faire ici. Va-t'en! gronda-t-elle d'une voix basse et dure.

Embarrassée, légèrement déconcertée, Elizabeth baissa les yeux.

— Carole, balbutia-t-elle, je...

Les mots se bousculaient dans sa tête. Elle hésitait, ne sachant plus trop quoi dire. Que pouvait-elle répliquer à cette femme meurtrie, blessée, qui, en deux phrases d'une banale simplicité, venait de lui jeter à la figure tant de ressentiment et de haine?

Carole ne lui laissa pas le temps de rassembler ses idées. Dans un mouvement imprévisible, elle la gifla à toute volée en hurlant:

— Sors d'ici!... Va-t'en!

Des gens se précipitèrent pour entourer Carole et l'entraînèrent aussitôt vers le fond de la pièce en lui murmurant des paroles apaisantes.

Complètement abasourdie, Elizabeth se leva aussitôt et se retrouva dehors sans trop savoir comment elle y était arrivée. Elle resta un bon moment sur le perron de l'immeuble, tremblant de la tête aux pieds, incapable d'analyser, et encore moins de comprendre, ce qui s'était passé.

Quelqu'un sortit du salon funéraire et la bouscula avant de s'engouffrer dans une voiture rangée le long du trottoir. Tout en jetant un regard méprisant à l'homme qui l'avait tirée assez brutalement de sa paralysie et qui, maintenant, la dévisageait derrière son pare-brise, Elizabeth descendit les marches de l'escalier puis se mit à marcher lentement vers son domicile.

Elle avait du mal à retrouver son calme. Trop d'émotions et de pensées contradictoires l'agitaient.

Curieusement, l'agressivité de Carole l'avait en partie libérée de son sentiment de culpabilité, de même qu'on se sent un peu moins coupable quand on reçoit une punition pour une faute qu'on a commise. Malgré la gifle et la douleur toujours aussi vive, elle ne ressentait ni amertume, ni désir de vengeance. Elle se demandait simplement comment elle aurait elle-même réagi... Elle n'en savait rien mais supposait qu'elle aurait été capable, elle aussi, des gestes les plus fous.

Perdue dans ses réflexions, tête baissée, elle avançait en suivant une ligne imaginaire au milieu du trottoir. Elle fit le trajet du salon funéraire à sa maison sans y prêter attention, ses pas la menant automatiquement et instinctivement dans la bonne direction. Quand elle leva les yeux, elle était à trois mètres de chez elle.

Un homme se tenait sur le palier, devant sa porte, et appuyait sur la sonnette.

Elizabeth s'empressa de gravir les quelques marches de l'escalier tout en observant d'un œil surpris, intrigué, l'homme qui venait de se tourner vers elle en l'entendant arriver.

De taille plutôt moyenne, il devait avoir dans les cinquante ans et paraissait souffrir de la chaleur sous son costume gris acier — assorti à la couleur de ses yeux — qui dissimulait à peine sa carrure de joueur de hockey.

Il esquissa un sourire — c'est du moins l'impression qu'Elizabeth eut en voyant frémir l'énorme moustache poivre et sel qui lui cachait presque toute la bouche — et s'inclina légèrement.

— Madame De Blieck? demanda-t-il d'une voix grave et basse.

— Oui...

L'homme plongea la main à l'intérieur de sa veste et en sortit une pochette noire contenant une carte d'identité et un écusson.

— Je suis l'inspecteur Santini. Puis-je entrer un moment... j'aurais quelques questions à vous poser.

Elizabeth avala sa salive d'un coup en clignant des yeux, comme si elle avait voulu faire passer une pilule amère. Elle ouvrit la porte sans dire un mot, trop occupée à lutter contre la désagréable et soudaine sensation que l'univers entier lui tombait sur la tête pendant que le sol s'effondrait sous ses pieds.

* *
*

Un rayon de soleil qui traversait la porte-patio plongeait dans les prunelles grises de Gabriel Santini, accentuant leurs reflets métalliques.

Gilberte, qui était venue garder Amélie dès le matin, avait préparé du café qu'elle versait précautionneusement dans les trois tasses. Elle déposa le récipient en verre sur sa plaque chauffante puis, revenue sur ses pas, elle exerça une légère pression de la main sur l'épaule d'Elizabeth — qu'elle sentait crispée, tendue — avant de se rasseoir.

L'atmosphère de la pièce était lourde, oppressante. Le choc des petites cuillères contre la porcelaine rompit brutalement le silence. Ce fut comme un signal de départ.

— Je ne comprends pas, inspecteur, dit soudainement Elizabeth, le visage baissé, les yeux rivés à sa tasse de café.

Elle releva la tête, observa un moment Amélie qui jouait dans le jardin, puis se tourna vers l'homme assis à côté d'elle.

— Je croyais que c'était un accident... C'est un accident, n'est-ce pas?

C'était plus une affirmation qu'une question. L'homme resta quelques instants silencieux. Ayant pris le temps de choisir ses mots, il toussa comme pour s'éclaircir la voix et finit par répondre:

— Je ne dis pas le contraire, madame De Blieck. (Il porta une main à sa bouche et se mit à triturer le bout de sa moustache en le roulant entre le pouce et l'index — une habitude, voire un tic nerveux, qu'il répétait chaque fois qu'il se sentait gêné ou embarrassé.) Je dis seulement que je suis obligé d'enquêter. C'est comme ça que ça se passe quand on a affaire à un accident mortel. C'est la routine, vous comprenez?

Elizabeth, sceptique, attendait la suite.

— Je n'ai que quelques questions à vous poser, reprit-il en lâchant sa moustache. Vous verrez, ce sera vite fini. (Il posa ses avant-bras sur la table et se pencha vers Elizabeth en souriant.) Le plus simple en fait serait peut-être que vous me disiez ce que vous savez,... tout ce que vous pouvez vous rappeler, même le plus petit détail, même les choses qui vous semblent sans importance. (Il sortit un carnet de notes et un crayon de sa poche.) Allez-y, je vous écoute.

Elizabeth lui raconta tout ce dont elle se souvenait, d'une façon méthodique, chronologique, allant au devant de toutes les précisions qu'il aurait pu exiger. Il l'écouta avec attention, sans lui couper la parole une seule fois.

Quand elle eut fini, il s'appuya contre le dossier de sa chaise en rangeant son carnet et son crayon puis hasarda d'une voix prudente:

— Si vous n'y voyez pas d'inconvénient, j'aimerais parler quelques minutes avec votre fille.

— Mais... j'y vois plein d'inconvénients! s'exclama Elizabeth choquée par la demande. C'est un bébé, inspecteur! Une petite fille de cinq ans! Comment pouvez-vous avoir l'idée saugrenue d'interroger un bébé?... Vous allez me la traumatiser à vie, cette enfant, continua-t-elle d'une voix agressive qui révélait l'imminence d'une explosion de colère. Non, je ne veux pas. Je ne permettrai pas que...

— Calmez-vous, madame De Blieck, l'interrompit-il gentiment, surpris par la violence du ton d'Elizabeth. Vous n'avez aucune raison de vous mettre dans des états pareils. Vous n'avez pas à vous inquiéter... J'ai l'habitude des enfants. Je suis moi-même père de trois enfants. Je vous assure que je ne voudrais en aucun cas traumatiser votre fille.

— Dans ce cas, je ne vois franchement pas comment vous allez vous y prendre, lança Elizabeth sèchement.

Elle se leva et se mit à arpenter la cuisine d'un pas lourd et saccadé en ajoutant:

— Le seul fait de la questionner sur ce qui s'est passé...

— Je sais, la coupa-t-il en baissant les yeux, admettant intérieurement qu'elle avait raison. Mais vous devez comprendre, madame, que votre fille est le seul témoin oculaire que nous ayons dans cette affaire. Je vous en prie... Je vous promets que tout se passera très bien.

Elizabeth hésitait, persuadée que l'inspecteur pourrait facilement s'arranger pour parler avec Amélie sans qu'elle le sache.

Elle jeta un coup d'œil à Gilberte qui n'avait pas ouvert la bouche depuis le début de l'entretien. Elle espérait un signe, un mot d'approbation. Mais Gilberte ne broncha pas. Elle regarda de nouveau l'inspecteur qui attendait patiemment et lut dans ses yeux gris une sorte de détermination... Aucun argument ne le ferait changer d'avis. Elle haussa les épaules en se détournant puis se dirigea vers la porte pour appeler la fillette. Son regard se posa par hasard sur le pin d'Écosse dont Olivier avait coupé les trois branches basses la veille, après en avoir obtenu l'autorisation du service de police, et elle eut un serrement de cœur en songeant qu'il devait regretter amèrement, maintenant, de ne pas l'avoir fait plus tôt.

Quand Amélie pénétra dans la cuisine, elle se trouva face à trois paires d'yeux inquisiteurs. Sensible aux atmosphères, elle devina instinctivement qu'on allait lui parler de choses très désagréables.

Elle attrapa une de ses mèches bouclées entre ses doigts et se mit à la triturer nerveusement, épiant du coin de l'œil, tel un petit animal farouche, l'homme qu'elle ne connaissait pas.

— Viens ma poulette, dit Elizabeth en entourant d'un bras les frêles épaules de sa fille. Je voudrais te présenter un monsieur très gentil... (Elle la poussait devant elle, vers l'inspecteur.) qui aimerait beaucoup parler avec toi.

Gabriel Santini prit la main d'Amélie, l'attira doucement, la souleva puis l'installa confortablement sur ses genoux.

— Quel âge as-tu ma belle fille? lui demanda-t-il en souriant.

— J'ai cinq ans, fit Amélie. Et vous?

L'inspecteur éclata de rire, aussitôt imité par Gilberte.

Elizabeth ébaucha à peine un sourire, trop tendue pour savourer entièrement le comique de la situation.

Amélie, elle, ne riait pas du tout. Le visage grave, sérieux, elle observait les trois adultes sans comprendre ce qui se passait. Elle sentit cependant que l'ambiance venait de changer.

Les rires s'atténuèrent et l'inspecteur reprit:

— Écoute, Amélie, je vais te confier un grand secret. Il n'y a que ta maman et son amie qui soient au courant. Mais il faut me promettre d'abord que tu ne le diras jamais à personne. D'accord?

Amélie, intriguée et curieuse, acquiesça.

— Voilà, reprit-il, je suis... hum... (Il hésitait à prononcer les mots «policier» ou «inspecteur» qui lui semblaient un peu trop effrayants pour une petite fille de cinq ans.) Disons que je suis une sorte d'espion. Tu vois... Tu sais ce que c'est un espion, n'est-ce pas?

Le terme utilisé par l'homme évoquait pour Amélie des images très précises: celles d'un film de James Bond qu'elle avait vu à la télé.

— C'est un monsieur qui court tout le temps, répondit-elle avec sérieux. Il veut toujours attraper les saletés de bandits pour taper dessus, et... (Elle mordilla le bout de son pouce, momentanément à court d'idées.) Et puis, il joue avec des vraies Barbies, lui, acheva-t-elle tout à coup sur une moue légèrement méprisante en pensant à ses blondes poupées sans vie qui l'attendaient dans le jardin.

Gabriel leva les yeux au plafond, essayant de maîtriser le rire qui lui chatouillait la gorge. Il avait du mal à s'imaginer dans la peau du personnage que l'enfant venait de décrire.

— Ça, c'est un espion très spécial, précisa-t-il, et moi,... eh bien j'avoue que je suis un espion tout à fait ordinaire. (Content de lui, considérant qu'il ne s'en sortait pas si mal, il sourit et fit un clin d'œil à la fillette qui le dévorait du regard.) Le seul travail que j'ai à faire, c'est essayer de savoir, quand un accident arrive à une petite fille ou à un petit garçon, comment il est arrivé, cet accident, et pourquoi... Tu comprends?

Inquiète soudain, Amélie se trémoussa sur les genoux de l'inspecteur tout en fixant un point vague perdu quelque part dans l'énorme moustache grise.

Sentant la nervosité de l'enfant, il ajouta doucement:

— J'ai besoin que tu m'aides, Amélie. Tu veux bien m'aider, n'est-ce pas?

Amélie baissa les yeux.

— Tu te rappelles, continua-t-il, l'autre jour quand tu jouais avec Diane dans le jardin?... Le jour où elle est tombée de l'arbre? Amélie, je suis sûr que tu te souviens bien... J'aimerais que tu me dises comment c'est arrivé.

— Quoi? fit Amélie qui ne comprenait pas le sens de la question.

— Eh bien, tu as dis à ta maman que Diane était montée dans l'arbre pour attraper un chat. C'est bien ça?

— Oui.

— Très bien. Est-ce qu'elle était debout ou assise sur la branche?

— Assise.

— Et toi, reprit-il, tu étais assise aussi sur la branche avec elle?

— Non, répondit Amélie en triturant ses doigts. Je... j'étais en bas.

Elle jeta un coup d'œil vers Elizabeth et ajouta:

— Maman ne veut pas que je monte dans les arbres.

L'inspecteur avait perçu une légère hésitation dans la voix de la fillette. Il observa attentivement le petit visage fermé, les yeux magnifiques bordés de longs cils recourbés.

Une ombre légère, mauve, teintait les paupières supérieures, faisant paraître les yeux plus grands, plus verts. Une veine palpitait sur le cou long et gracile, accentuant la fragilité apparente de l'enfant.

Dieu qu'elle est belle, cette gamine! pensa-t-il, soudain attendri par les cinq ans d'Amélie. Il hésitait à poursuivre l'entretien, à évoquer les images terribles tapies dans la mémoire de cette petite fille.

— Inspecteur, lança Elizabeth plaintivement, est-ce que vous ne croyez pas que ça suffit maintenant?

Gabriel se mit à triturer sa moustache et détourna son regard de l'enfant pour le poser sur la mère, notant au passage l'extraordinaire similitude de leurs traits.

— Une dernière question et ce sera tout, répondit-il après un moment de silence.

Il fouilla dans la poche extérieure de sa veste et en tira une enveloppe qui contenait des photos du pin d'Écosse prises au polaroïd par les policiers le jour de l'accident. Il en choisit une en s'assurant que l'on y voyait très bien l'arbre et la haie de cèdres, mais pas le corps de la victime, et la présenta à Amélie en lui demandant de lui montrer sur quelle branche s'était assise Diane. En fait il le savait déjà — les autres branches surplombant la haie étaient inaccessibles pour un enfant de cet âge et de cette taille — mais voulait se l'entendre confirmer.

— Et le chat? fit-il de sa belle voix grave et modulée. Il était sur la même branche?

Amélie se trémoussa de nouveau et acquiesça silencieusement de la tête.

— Inspecteur...! intervint Elizabeth d'un ton signifiant clairement qu'elle ne le laisserait pas poser d'autres questions.

Il la regarda, se mordilla les lèvres puis déclara:

— Bon, d'accord... Je crois que ça suffit.

Saisissant Amélie sous les aisselles, il la souleva sans effort et la déposa à côté de lui.

— Merci, jeune fille, dit-il en lui caressant la joue. Tu m'as beaucoup aidé.

Les prunelles de la fillette lui parurent tout à coup s'agrandir démesurément. Il y avait dans le regard qu'elle posait sur lui une intensité incroyable, une sorte de lueur interrogative qu'il n'arrivait pas à s'expliquer. Il crut percevoir comme un frisson parcourant le corps d'Amélie — une sorte de minuscule décharge électrique — juste avant qu'elle ne baisse les yeux et demande d'une voix étrangement grave:

— Est-ce que vous allez revenir?

Gabriel Santini se sentit soudain mal à l'aise, ayant la désagréable impression que la question apparemment anodine cachait en filigrane une inquiétante menace.

Je deviens complètement sénile, se dit-il en scrutant les traits candides et rassurants du fin minois qui n'avait rien perdu encore de sa rondeur de bébé.

— Non, répondit-il. Je ne crois pas que je reviendrai.

Le regard qu'il soutenait refléta aussitôt un soulagement qui le surprit et il sut que la fillette dissimulait quelque chose. Mais quoi? Qu'avait-elle à cacher? Il devinait que le secret — si secret il y avait — était profondément enfoui derrière le petit front buté et qu'elle se laisserait couper bras et jambes plutôt que de révéler quoi que ce soit. Il se dégageait d'elle une détermination et une volonté peu communes chez une enfant de cet âge.

L'idée que ce «secret» avait peut-être un lien avec la mort de la petite Diane lui effleura l'esprit... Quelque chose dans cet accident lui paraissait quand même bizarre: premièrement, d'après la position du corps sur la grille et la distance entre cette grille et la branche sur laquelle était assise la victime, celle-ci était vraisemblablement tombée de dos; deuxièmement, elle se trouvait sur la seconde moitié de la branche et le chat qu'elle cherchait devait logiquement se trouver, lui, tout au bout de cette branche. Or, quand une personne, adulte ou non, peu importe, monte dans un arbre et progresse sur une branche, surtout si elle le fait dans le but de s'emparer de quelque chose qui se trouve à l'autre extrémité, elle avance généralement, que ce soit debout ou assise, en tournant le dos au tronc et revient sur ses pas de la même façon... Pourquoi Diane Cormier était-elle, elle, face au tronc, et non l'inverse?

Ne sachant que penser, il jeta un dernier regard intrigué et songeur vers Amélie qui ne le quittait pas des yeux et se leva pour prendre congé.

Elizabeth le raccompagna à la porte. Sur le point de sortir, il lui dit:

— Votre fille est une enfant très particulière, madame De Blieck. Réceptive, vive et très intelligente... Veillez bien sur elle. (Il pensait plutôt: surveillez-la bien. Il lui sourit et lui tendit la main.) Merci encore, ajouta-t-il, d'avoir bien voulu me recevoir.

Avant de monter dans la vieille Ford grise qui était garée devant la maison, il se retourna et lui sourit à nouveau en inclinant légèrement la tête.

Elizabeth referma la porte et y appuya un moment son dos. Elle luttait contre une migraine terrible et ne comprenait rien à l'avertissement — car c'était bien un avertissement, et non un simple conseil, elle en était sûre — que l'inspecteur venait de lui donner. Elle ferma les yeux et pressa du bout des doigts le creux de sa nuque d'où irradiait une douleur lancinante.

Ouvrant les yeux avec peine, elle vit Amélie gravir l'escalier menant à l'étage. L'enfant s'arrêta à mi-hauteur, se tourna vers elle et répondit à sa question non formulée:

— Je vais jouer dans ma chambre, maman. Ne t'inquiète pas.

Pourquoi est-ce que je m'inquiéterais? se demanda Elizabeth en suivant du regard la petite tête brune.

Elle ne reçut pas de réponse... Elle sentit seulement un petit pincement à l'intérieur suivi d'un goût âcre dans la bouche. Elle ne le savait pas encore mais la peur venait de s'installer en elle sournoisement, insidieusement, comme un virus qui allait grandir, se développer au point de l'habiter totalement et... irrémédiablement.

Chapitre 10

Elle avait allumé la lampe suspendue au-dessus de la table de la cuisine. La lumière effleurant les traits tirés de son visage accentuait l'ombre bleue sous ses yeux — résultat d'une longue nuit sans sommeil — et révélait, indiscrète, la fine égratignure que les ongles de Carole avaient laissée sur sa tempe gauche.

Elle prit une bouchée de son œuf à la coque en jetant un coup d'œil du côté de la porte-patio. Un violent orage avait éclaté pendant la nuit et la pluie continuait à tomber, drue, serrée, formant devant les vitres un rideau opaque de perles grises. Elle poussa un soupir — elle avait horreur des journées pluvieuses — et détourna les yeux, non sans avoir noté au passage la présence saugrenue d'un minuscule maillot de bain que l'optimiste Amélie avait laissé par terre, près de la porte, avant de quitter la pièce pour retourner jouer dans sa chambre.

D'un geste sec et nerveux, Olivier replia soudain son journal et l'abandonna sur la chaise à côté de lui. Il n'arrivait pas à se concentrer sur sa lecture. Depuis qu'il était descendu pour prendre son petit déjeuner, c'est à peine si Elizabeth avait ouvert la bouche. Or, d'habitude, il parcourait les nouvelles du matin tout en bavardant avec elle... Un genre de rituel quotidien auquel il s'était accoutumé, dont il n'aurait su se passer, et qui le troublait maintenant par son absence. Il était en fait de ces êtres rares, exceptionnels, totalement fonctionnels dès le saut du lit, pour qui cette forme de gymnastique matinale éreintante du cerveau sert en quelque sorte de démarreur... Ça le mettait, comme il disait, en train pour la journée. Il avait toujours prétendu qu'il était parfaitement capable de suivre les deux activités — lire attentivement et discuter intelligemment — en même temps. Et c'était vrai... Cherchant à le confondre, Elizabeth lui tendait sans arrêt des pièges énormes dans lesquels il ne tombait jamais.

Il scruta le visage familier qu'il trouvait anormalement pâle et s'inquiéta des cernes qui le marquaient. Pris de remords en songeant que depuis «l'accident» il n'avait consacré que très peu de temps à sa femme et que ces quatre derniers jours avaient dû être un enfer pour elle, il se pencha et posa sa main sur la sienne en demandant:

— Ça ne va pas?... Tu n'as pas l'air dans ton assiette.

Elizabeth le regarda, esquissa un sourire puis, après une légère pression des doigts, libéra sa main et porta sa tasse à ses lèvres en rétorquant:

— Parce que *je ne suis pas* dans mon assiette, mon amour. (Elle avait articulé lentement, sur un ton mi-amer, mi-ironique, dissimulant la forte envie qu'elle avait eue de crier plutôt: «Non mais, qu'est-ce que tu crois!» Elle avala une gorgée de café pour faire passer le cri qui lui était resté dans la gorge.) N'importe qui d'un peu normal ne le serait pas non plus après ce qui s'est passé ici, ajouta-t-elle en redéposant sa tasse d'un geste un peu brusque. Tu ne crois pas?

Décontenancé par cette riposte à laquelle il ne s'attendait pas, Olivier hocha la tête et sourit, penaud.

Les coudes appuyés sur la table, le menton sur ses mains jointes, Elizabeth se mordillait les lèvres en le regardant. Elle hésitait à reprendre la conversation, éprouvant d'une part le besoin de lui parler de sa visite au salon funéraire et plus encore de celle de l'inspecteur Santini, mais estimant d'autre part que le moment ne s'y prêtait pas: il était sur le point de partir pour le bureau. Depuis la veille, où il était rentré tellement tard qu'elle dormait déjà profondément, elle attendait le moment propice qui lui permettrait de se décharger de son fardeau. Et cette attente commençait à lui vriller les nerfs.

— Tu vas y aller? s'enquit Olivier après un moment de silence.

Il avait saisi son regard préoccupé et croyait tout naturellement qu'elle songeait à l'enterrement qui devait avoir lieu dans la matinée.

— Où ça? fit-elle, déconcertée par la question.

Puis, devinant subitement à quoi il faisait allusion, elle reprit:

— Ah, à l'enterrement?... Non, je ne crois pas. (Elle ne se sentait pas de taille à affronter Carole de nouveau.) Je n'ai pas l'impression que ma présence y serait très appréciée, acheva-t-elle d'une voix rauque, cassée, altérée par la fatigue.

Elle porta une main à ses yeux, pinça la fine arête de son nez entre le pouce et l'index. Une larme glissa sous son pouce et roula sur sa joue jusqu'au coin de sa bouche.

Olivier la regarda, embarrassé et surpris, essuyer sa joue du revers de la main. Les chagrins d'Elizabeth le désarçonnaient, le bouleversaient, le troublaient parfois au point de paralyser son esprit: il lui arrivait alors d'éprouver une terrible envie de frapper sur les murs, comme si le fait d'enfoncer son poing dans le plâtre avait pu le «soulager» de la peine d'Elizabeth. Jamais il n'aurait pensé cependant à frapper quelqu'un, pas plus d'ailleurs qu'à se demander, ne serait-ce qu'une seconde, s'il avait quelque chose à voir dans ces chagrins.

Ne sachant que faire, il lui saisit la main et l'obligea à venir s'asseoir sur ses genoux. Elle se laissa aller contre son épaule et continua à pleurer, doucement, sans bruit, s'abandonnant totalement entre ses bras. Il la tint serrée contre lui un long moment, la berçant, lui caressant les cheveux, lui murmurant des paroles tendres pour mieux l'apaiser.

— Tu sais ce qu'on va faire? déclara-t-il, mû par une subite impulsion. On va s'offrir un week-end dans les Laurentides.

Convaincu que la déprime de sa femme ne résisterait pas à un changement d'air, il savourait cette idée, reconnaissant intérieurement qu'un moment de détente ne lui ferait pas de mal à lui non plus. Il travaillait comme une bête depuis plus d'un mois, sans jamais dételer, sans jamais prendre un seul week-end de congé, et il ressentait tout à coup la nécessité de décrocher, de faire le vide, et, par-dessus tout, de se rapprocher d'Elizabeth. Il lui semblait qu'une éternité s'était écoulée depuis leur dernier tête à tête, depuis leur dernier fou rire.

— Quand? fit-elle en se redressant et en essuyant ses yeux.

Il y avait dans son regard un tel mélange de scepticisme et de stupéfaction qu'Olivier éclata de rire en rétorquant:

— Tout de suite! Enfin, presque... Tu me donnes juste une heure ou deux pour aller au bureau signer quelques paperasses et leur dire de ne pas m'attendre avant lundi matin.

— Tu es sérieux?

— Je suis *très* sérieux.

— Vraiment, vraiment?

— Vraiment, vraiment.

Elizabeth, oubliant déjà sa fatigue et son chagrin, poussa un cri de joie.

L'attrapant spontanément par le cou, elle couvrit son visage de baisers vifs et légers avant de lui glisser à l'oreille:

— J'avais presque oublié...

— Quoi?

— Combien tu peux être génial quand tu veux.

— Ô ciel! s'exclama-t-il d'un air faussement angoissé en levant les yeux au plafond. Elle avait presque oublié, qu'elle dit! Serait-ce que mon charme irrésistible n'a plus d'effet sur elle?

Posant ses larges mains sur les épaules d'Elizabeth, il approcha son visage du sien en plongeant son regard dans les prunelles bleues qui maintenant pétillaient de malice.

— On dirait que mes actions sont plutôt à la baisse ces temps-ci, non?

— Plutôt, oui. (Elle éclata de rire et caressa la joue d'Olivier en un geste tendre et rassurant.) Ne t'inquiète pas comme ça, mon amour. Il n'y a rien de grave, rien en tout cas qu'un long week-end dans les Laurentides ne puisse arranger.

— Fiou! soupira-t-il comme soulagé d'une énorme inquiétude.

Elizabeth se leva.

— Bon! allez... Si on veut partir un jour, dit-elle en s'emparant de la main d'Olivier et en tirant dessus, faudrait penser à s'activer un peu. Alors, amarre tes chaussures, comme ils disent à Moncton, et saute dans ta voiture. Plus vite tu seras parti, plus vite tu seras revenu.

— Ça, c'est d'une logique imparable! approuva-t-il en se levant.

* *
*

Ils avaient finalement quitté la ville vers 11 heures. Olivier avait expédié ses histoires de bureau en moins d'une heure, mais il leur avait fallu plus d'une demi-heure, malgré le sens aigu d'organisation d'Elizabeth, pour charger la voiture et fermer la maison, et ils avaient encore perdu au moins quinze minutes à cause d'un accident à l'embranchement de l'autoroute Décarie et du Métropolitain Est.

Il y avait peu de véhicules sur la 15 Nord. Probablement à cause du mauvais temps, et peut-être aussi parce qu'il était encore tôt en ce premier vendredi du mois d'août. Le trafic ne commencerait véritablement que vers la fin de l'après-midi, charriant en un flot compact et nerveux les banlieusards harassés et les «week-endistes» excités auxquels allaient inévitablement se joindre un nombre astronomique de voyageurs angoissés à l'idée d'arriver en retard à Mirabel et de manquer leur avion.

La pluie tombait toujours, cinglant les vitres de la voiture avec violence. La visibilité était plus que mauvaise — vraiment nulle en fait, les essuie-glace, même au maximum de leur vitesse, n'arrivaient pas à dégager convenablement le pare-brise.

Les deux mains agrippées au volant, la tête légèrement penchée vers l'avant, Olivier conduisait lentement, prudemment, surveillant sans arrêt la circulation d'un œil vif et inquiet. Il n'aimait déjà pas conduire en temps normal, a fortiori encore moins quand il pleuvait et que la chaussée devenait glissante, dangereuse. Ça le rendait nerveux, impatient, voire irascible.

Troublant brusquement la bienheureuse quiétude dans laquelle Elizabeth s'était laissée glisser, il se mit soudain à jurer contre un automobiliste qui venait de lui couper la route en déboîtant sans prévenir de la file de droite:

— Espèce d'enfoiré! Et les clignotants alors, ça sert à quoi, connard?... Sont en option sur ta bagnole, ou quoi! (Furieux, il se tourna vers Elizabeth, la prenant à témoin malgré elle.) Nom de Dieu, quel con, celui-là! Tu as vu ça? Incroyable! Faudrait avoir des yeux tout le tour de la tête maintenant... et encore!

Elizabeth s'abstint volontairement de tout commentaire, sachant par expérience qu'il valait mieux ne pas s'en mêler. Elle avait remarqué qu'en évitant d'intervenir, non seulement Olivier se calmait plus vite mais elle échappait en plus au risque de lui servir d'exutoire. Ses colères ne duraient en principe que quelques minutes dont il jouissait pleinement cependant en lâchant une quantité phénoménale de vacheries (qu'il oubliait tout de suite après, bien sûr) qui s'adressaient, en particulier, à l'objet de sa colère et, en général, à tous ceux qui lui donnaient leur avis, qu'il le leur ait demandé ou pas. Penser qu'on puisse être à l'abri de ses foudres simplement parce qu'on était d'accord avec lui n'était qu'une douce illusion: selon les jours et selon le degré ou l'importance de sa colère, soit on se voyait accusé de «tiédeur», soit on se faisait carrément jeter à la figure un «Tu te fous de ma gueule, ou quoi?» Quoi qu'il dise et quoi qu'il fasse, la première règle à observer pour se soustraire à ses sarcasmes était évidemment de garder sa bouche obstinément fermée.

Comme sa femme l'avait prévu, la fureur d'Olivier tomba d'un seul coup. Avisant un panneau qui indiquait: Porte du Nord — Sortie 52 — 3 km, il suggéra d'une voix tout à fait pondérée de s'y arrêter le temps de se restaurer, ce qui lui permettrait en plus, précisa-t-il, de détendre son petit corps menacé de catalepsie. Il signala son intention de se ranger à droite et commença à ralentir avant d'emprunter la bretelle de sortie sur laquelle il s'engagea à moins de trente-cinq kilomètres à l'heure.

Il n'eut aucune difficulté à trouver une place face à la porte du restaurant: sur l'immense parking qui était au moins deux fois plus grand qu'un terrain de football, il n'y avait pas plus d'une vingtaine de véhicules. Après avoir mis la voiture au point mort et serré le frein à main, il coupa le moteur et s'assura qu'il avait éteint les phares avant de sortir. Galant, il ouvrit la portière côté passager et aida Elizabeth à descendre.

Amélie courait déjà vers le restaurant. Elle se faufila derrière un jeune couple qui venait de pousser la lourde porte et s'arrêta net devant les distributeurs de friandises alignés dans l'entrée. Repoussant d'un geste nerveux la mèche de cheveux mouillés qui lui tombait sur les yeux, elle examina d'un œil d'expert les différentes sortes de chewing-gums qui s'offraient derrière une vitre marquée d'innombrables et — pour la plupart — minuscules empreintes digitales. Elle repéra très rapidement la couleur synonyme pour elle de la saveur qu'elle préférait, se précipita ensuite vers sa mère qui venait d'arriver et s'accrocha à son bras pour demander en minaudant:

— Maman, tu me donnes des sous?

— Ah non, Amélie! protesta Elizabeth en lorgnant les appareils du coin de l'oeil. Est-ce qu'on n'avait pas décidé que tu n'aurais droit aux bonbons qu'une fois par semaine seulement? Ta journée, c'était hier, non? Alors? Tu ne crois pas que tu exagères un peu?... Tu veux perdre toutes tes dents, ou quoi?

Elle essayait de justifier son refus mais au fond d'elle-même, elle reconnut honnêtement qu'elle s'en faisait moins pour les dents de sa fille que pour les cendriers arrière de la voiture qu'elle n'avait pas envie de retrouver bourrés d'une pâte élastique et gluante. Prise de remords soudain devant le petit visage déçu, elle fut sur le point de changer d'avis. Mais avant même d'avoir pu ouvrir la bouche, elle sentit la pressior sur son bras se relâcher puis elle vit la fillette courir vers la cafétéria.

Ils choisirent une table à l'écart, près des fenêtres, et s'empressèrent d'avaler leur sandwich; Olivier ne voulait pas s'attarder car ils avaient encore une longue route à faire avant d'arriver à destination.

Pendant qu'ils buvaient leur café, Amélie s'éclipsa quelques minutes sous prétexte d'aller aux toilettes. Quand elle revint, l'une de ses joues était gonflée d'une rondeur qui parut familière à Elizabeth.

— Ouvre ta bouche, dit-elle à l'enfant en lui saisissant fermement le menton entre le pouce et l'index.

Amélie s'exécuta de mauvaise grâce, incapable de dissimuler l'énorme boule de gomme bleue qui s'était déplacée et trônait maintenant au milieu de sa langue.

— Combien tu en as là-dedans? fit Elizabeth, légèrement déconcertée.

Amélie ne répondit pas. Elle montra simplement le paquet vide qu'elle avait gardé au creux de sa main.

— Qui t'a donné ça? continua Elizabeth, curieuse de savoir comment sa fille s'était procuré le chewing-gum tant convoité.

— J'ai demandé des sous à une madame et elle me les a donnés, lâcha Amélie en haussant les épaules.

— Ça, c'est trop fort!

Furieuse, Elizabeth avait élevé la voix sans s'en rendre compte. Olivier lui posa discrètement la main sur le bras pour lui faire comprendre de baisser le ton. Elle se pencha vers lui et reprit en chuchotant:

— Non mais, est-ce que tu réalises que ta fille s'est conduite comme... comme une mendiante?

Elle disait toujours «ta fille» quand elle parlait avec Olivier des bêtises d'Amélie.

— Ça prouve qu'elle sait se débrouiller toute seule pour obtenir ce qu'elle veut, rétorqua-t-il en souriant. Bon! Allons-y maintenant. On a assez traîné.

Il se leva et empoigna Amélie qui, mal à l'aise, se tortillait sur sa chaise. L'élevant à la hauteur de son visage, il la secoua gentiment.

— Petit bandit! lança-t-il en faisant semblant de bougonner. Si jamais je t'y reprends...

Nullement effrayée, Amélie posa ses mains à plat sur les joues d'Olivier, l'attira vers elle et lui plaqua un baiser sonore et mouillé sur le bout du nez en murmurant d'une voix irrésistible:

— Je t'aime, papa.

Parfaitement consciente du pouvoir qu'elle avait sur son père, elle savait d'instinct comment — et quand — user de ce pouvoir. En fait, elle connaissait les règles du jeu «charmer», avant même de connaître le mot et d'en apprécier la signification.

— Moi aussi je t'aime, mon poussin, fit Olivier, ravi, ému, en lui rendant son baiser.

* *
*

Lorsqu'ils se remirent en route, la pluie avait cessé. Le ciel était encore brouillé, nuageux, mais plus ils avançaient vers le nord, plus les éclaircies étaient fréquentes. À la sortie de Sainte-Agathe, les nuages avaient presque entièrement disparu et une vapeur dense s'élevait des montagnes.

Quand ils s'arrêtèrent à Saint-Jovite afin d'acheter les provisions nécessaires pour le week-end, le ciel était complètement dégagé. Ils firent une halte à la société des alcools, puis au supermarché. Amélie ayant subitement envie d'«une frite», Olivier se gara devant une baraque affichant pompeusement: Chez Jo-Louis, Le Roi de la Patate; l'enseigne était presque aussi large que la façade qui menaçait de s'écrouler.

Lorsqu'ils repartirent, ils prirent la 323 Sud, en direction de Brébeuf. Plus de trente-trois kilomètres les séparaient encore de leur destination finale: Vendée.

Vingt-cinq minutes plus tard, ils s'engagèrent dans un chemin de terre rocailleux qui descendait en pente abrupte, sur une distance d'environ cent cinquante mètres, vers la rivière Maskinongé.

Le chalet paraissait tout petit, comme écrasé par les conifères géants — presque exclusivement des cèdres et des sapins — qui l'encerclaient. Une galerie ornée de croix de Saint-André longeait la façade (côté rivière) et les murs latéraux de cette massive construction en bois rond surmontée d'un toit en tôle galvanisée triste et gris. Un seul étage composait le corps de ce bâtiment érigé par le père d'Elizabeth trente ans plus tôt.

Olivier stationna la voiture sur un terre-plein contre lequel s'adossait un escalier en ciment, haut de sept marches, dominant un petit sentier. Il ouvrit le coffre et commença à en vider le contenu, transportant bagages et provisions le long de l'étroit chemin qui s'étendait sur une quinzaine de mètres jusqu'à la galerie.

Tenant d'une main sa maison de poupée — la maison de Nellie — et de l'autre une blonde Barbie dont les longs cheveux traînaient dans l'herbe, Amélie suivait sa mère.

Elizabeth ouvrit la porte et frissonna avant même d'en avoir franchi le seuil. C'était la première fois qu'elle revenait à Vendée depuis la mort de son père. Elle éprouvait une sensation bizarre, paradoxale, le sentiment étrange d'entrer chez elle tout en violant l'intimité de quelqu'un d'autre... de ce père qu'elle sentait à la fois terriblement présent et cruellement absent.

Il faisait tellement sombre et humide dans la pièce qu'on se serait cru à la tombée du jour plutôt qu'en début d'après-midi. Se penchant pour allumer la lampe suspendue au-dessus de la table, Elizabeth jeta un coup d'œil par la fenêtre et découvrit aussitôt le responsable de cette pénombre qui obscurcissait la cuisine. Il y avait, juste en face, un cèdre immense qui interceptait et filtrait de façon très énergique les rayons du soleil. Elle sourit en songeant à la difficile bataille qu'elle devrait livrer pour décider Olivier à émonder le conifère de quelques branches, à défaut de l'amener à le raser complètement... Autant chercher à le convaincre de s'amputer d'un bras.

Frissonnant de nouveau, elle s'approcha du poêle à bois — son père n'avait jamais voulu d'une cuisinière électrique dans le chalet — dans l'intention de faire un feu pour chasser l'humidité au plus vite. Elle le bourra de papier journal et de petites bûches qu'elle tira d'une niche en brique au ras du sol. Elle ouvrit ensuite toutes les clés avant de craquer une allumette qu'elle jeta sur le papier après avoir enflammé celui-ci en trois endroits différents. S'étant assurée que le feu était bien pris, elle entreprit une rapide inspection des autres pièces.

Elle poussa la porte de la salle de bain attenante à la cuisine et dut se faufiler entre l'énorme baignoire en fonte émaillée d'un côté, le lavabo et la toilette de l'autre, pour atteindre la minuscule fenêtre à guillotine qui trouait le mur du fond. Après en avoir fait glisser le châssis vers le haut, elle passa dans le salon, caressant au passage les meubles en bois que son père avait lui-même fabriqués avec beaucoup d'habileté. Là aussi, elle releva les châssis puis elle s'arrêta un moment devant le foyer en pierre des champs qui occupait tout un angle. Un objet sur le manteau de la cheminée avait attiré son attention. C'était un cadre ovale en porcelaine rouge, contenant une photo... Deux femmes et une petite fille: sa mère, sa grand-mère maternelle et elle-même. Elle prit le cadre entre ses mains et le retourna machinalement. Une date avait été inscrite au dos: 6 juillet 1961. C'était la dernière photo de sa grand-mère, prise tout juste sept jours avant sa mort. Respirant un bon coup pour faire passer la boule qui lui était brusquement montée dans la gorge, elle remit le cadre en place et se dirigea vers la pièce du fond.

La porte s'ouvrait sur un gigantesque lit en bois rond. Une commode, une petite table de nuit et un poêle à combustion lente complétaient le mobilier de la chambre.

Elizabeth alla vers la fenêtre et, après l'avoir ouverte,

effleura du bout des doigts la commode qui était en dessous. Là, comme ailleurs, aucune trace de poussière. Mme Garnier avait bien entretenu le chalet, à l'intérieur comme à l'extérieur — la pelouse semblait avoir été récemment tondue. Pour la très modique somme de cinq cents dollars par année, la vieille femme venait deux fois par mois astiquer les meubles, laver et cirer les planchers, nettoyer les fenêtres et les sanitaires. Elle coupait l'eau en hiver, baissait le chauffage au printemps et s'occupait avec son mari de tous les petits problèmes d'entretien. Engagée par le père d'Elizabeth, il y aurait bientôt dix ans que Mme Garnier accomplissait impeccablement sa tâche.

Songeant qu'elle profiterait de sa journée du lendemain — s'il faisait beau — pour lui rendre une petite visite, elle marcha vers le lit et s'assit un moment, laissant son regard errer sur la rivière et, loin derrière, sur la montagne qui la surplombait. Il se dégageait de ce paysage un tel calme, une telle sérénité qu'elle en éprouva aussitôt une sorte d'apaisement, d'harmonie intérieure. Elle ferma les yeux à demi et se laissa tranquillement emporter par le mouvement des vagues, bercée par la douce impression de se trouver à bord d'un bateau.

— Qu'est-ce que tu fais, maman? murmura soudain Amélie à son oreille.

Elizabeth sursauta. Elle n'avait pas entendu la fillette arriver.

— Rien... je réfléchissais, chuchota-t-elle à l'enfant qui l'observait curieusement.

— Pourquoi tu parles tout bas? reprit Amélie d'une voix presque inaudible.

— C'est pour mieux t'embêter mon enfant, répondit Elizabeth en prenant brusquement une grosse voix.

D'un geste inattendu, elle attrapa Amélie par la taille et la renversa sur le lit. Enfouissant son visage dans le cou de sa fille, elle se mit à la mordiller en ajoutant:

— Et c'est pour mieux te manger!

Amélie criait tout en se débattant. Elizabeth la relâcha, ayant peur d'attraper un mauvais coup dans le ventre. La fillette se releva d'un bond. Des larmes sillonnaient son petit visage.

— T'es la plus méchante maman du monde! lança-t-elle entre deux sanglots.

Elizabeth se redressa, complètement ahurie.

— Amélie, c'était un jeu, voyons... Je ne t'ai pas mordue si fort que ça, quand même. Qu'est-ce qui t'arrive?

— Tu voulais me manger!... Je vais le dire à papa! cria-t-elle en se dirigeant vers la porte d'un air décidé.

Elizabeth bondit hors du lit et la rattrapa.

— Attends une seconde, dit-elle en la retenant par le bras. Tu ne vas pas me dire que tu as cru sérieusement que... que j'allais te manger?

Amélie ne répondit pas. Elle dégagea simplement son bras d'une secousse en levant les yeux vers sa mère.

Ne pouvant se méprendre sur le regard éloquent de sa fille, Elizabeth était à la fois choquée et horrifiée.

— Mais enfin, chérie, dit-elle en s'agenouillant devant elle, comment peux-tu croire une chose pareille? Tu sais bien que les mamans ne mangent pas les enfants. J'ai dit ça pour rire!

— Je trouve pas ça drôle, rétorqua Amélie d'un air mauvais.

— Bon d'accord... D'accord, reprit Elizabeth. Je te promets que je ne le dirai plus jamais... même pour rire. (Elle lui tendit les bras.) On fait la paix, maintenant?

Dédaignant ostensiblement le geste de sa mère, Amélie baissa les yeux et se mit à contempler le bout de ses pieds.

Le cœur d'Elizabeth se serra. Réprimant difficilement une soudaine envie de pleurer, elle se releva et se dirigea vers la porte en lançant à la petite fille qui restait plantée au milieu de la chambre:

— Quand tu auras envie de faire la paix, tu n'auras qu'à venir me trouver. J'attendrai...

En la voyant arriver dans la cuisine, Olivier devina, à son air bizarre, que quelque chose la troublait et demanda:

— Qu'est-ce que tu as?

— Rien... Je t'expliquerai plus tard, fit-elle en détournant les yeux.

Olivier n'insista pas. Ils finirent de ranger les provisions après quoi Elizabeth l'envoya dehors en promettant de le rejoindre dès qu'elle aurait mis le café en route.

Le feu ronronnait gaiement dans le poêle et une douce et confortable chaleur avait remplacé l'humidité qui régnait dans la pièce.

Elizabeth régla les clés pour diminuer l'intensité du feu. Elle déposa la cafetière sur les plaques d'acier chauffées puis, contrairement à sa promesse, s'installa à la table de la cuisine pour réfléchir.

Elle essayait en vain de repousser les sombres pensées qui l'assaillaient. La réaction d'Amélie l'avait profondément blessée. Le fait qu'elle se soit crue en danger, menacée par sa propre mère, l'accablait, dépassait même son entendement. Cette idée lui était, en fait, insupportable. Un sentiment écrasant de culpabilité la poussait à se reprocher de ne pas avoir su lui donner confiance en elle, de ne pas lui avoir appris que les mots ont parfois un sens bien différent de celui qu'on leur donne habituellement. Elle n'avait pas su, apparemment, développer son sens de l'humour, ni lui apprendre que dans la vie il ne faut pas toujours prendre les choses au premier degré... Elle avait dû laisser filer une maille quelque part dans la vie d'Amélie.

Une feuille de papier apparut subrepticement sous ses yeux. Avant même qu'Elizabeth n'ait eu le temps de la rattraper, Amélie s'était enfuie par la porte de la cuisine. La feuille était pliée en deux. Sur le dessus était inscrit en gros caractères cubiques: À MAMAN. Intriguée, Elizabeth la déplia. Un énorme cœur avec de grands yeux verts et une bouche démesurée lui souriait. Un cœur avec plein de petites fleurs tout autour.

Considérant le dessin comme une sorte de cessez-le-feu, comme une promesse de paix — la paix ne serait vraiment effective que lorsque sa fille aurait accepté de venir l'embrasser — elle ferma les yeux et sourit en poussant un profond soupir de soulagement.

Chapitre 11

Olivier s'était installé à la table de pique-nique, au bord de la rivière, et fumait tranquillement sa pipe en observant rêveusement les milliers de petites vagues qui venaient griffer la surface de l'eau. Il ne fumait pour ainsi dire jamais en ville, mais dès qu'il arrivait à la campagne, il éprouvait immanquablement l'irrésistible envie de s'entourer des volutes bleuâtres qu'il tirait de sa grosse pipe — une superbe bouffarde en racine de bruyère que le père d'Elizabeth lui avait offerte. Il en bourrait le fourneau d'un fort tabac norvégien dont il adorait l'arôme sucré et dont il humait la fumée avec délectation, s'en remplissant les narines jusqu'au cerveau. Il la répandait avec une telle largesse autour de lui que n'importe quel autochtone en aurait conclu en l'observant qu'il faisait vraiment de très gros efforts pour éloigner tous les insectes de son environnement immédiat. Et il n'aurait pas eu tout à fait tort...

C'est en tout cas la pensée qui effleura l'esprit d'Elizabeth quand elle déposa devant lui un plateau supportant leurs tasses de café. Elle n'avait rien pris pour Amélie, la fillette étant venue la trouver dans la cuisine cinq minutes auparavant pour l'embrasser — enfin! — et lui demander un verre de jus de pomme qu'elle avait avalé d'un trait avant de retourner jouer dehors.

— Ça y est? lança-t-elle d'une voix ironique, le tirant brusquement de sa rêverie. Tu les as eus?

— Quoi? fit-il mollement en levant un regard brumeux vers elle.

— Les moustiques!... Y a une tonne de cadavres asphyxiés autour de toi! (Elle se pencha et, d'une chiquenaude, débarrassa la table d'un insecte dont le corps reposait près du coude d'Olivier.) Dur combat à ce que je vois: Chrétien 53 et Moustiques... 4, ajouta-t-elle après avoir dénombré les traces de piqûre qu'il avait sur la figure et sur les bras. Bravo, mon amour! Tu t'es battu comme un chef. Ça devait pas être triste à voir.

Elle fit le tour de la table sous le regard amusé d'Olivier qui, feignant l'indifférence, rétorqua:

— La pluie de vos sarcasmes, madame, n'atteint pas le parapluie de mon équanimité!

Elizabeth éclata de rire.

— Très joli! s'exclama-t-elle en s'asseyant à côté de lui. C'est de toi, ou tu cites?

— Disons que j'interprète.

Elle avait glissé ses mains sous le bras d'Olivier. La tête légèrement inclinée vers l'arrière, le menton en appui sur ce bras qu'elle encerclait et tenait serré contre elle, elle le regardait, sondant avec tendresse ce visage qu'elle connaissait si bien. Un sourire accroché aux lèvres, elle s'abîma un moment dans les eaux limpides de son regard, s'y baignant avec délices, s'abreuvant avidement de cette sérénité, de cette force tranquille qui en jaillissait, avant de murmurer:

— Je t'aime.

— Quoi?

— Je... t'ai...me!

Olivier sourit.

— Ça faisait au moins dix jours que tu ne me l'avais pas dit, précisa-t-il d'une voix espiègle en tirant le plateau vers lui. Je commençais à m'inquiéter sérieusement.

Il lui tendit son café dont elle avala la moitié avant de le reposer sur la table. Puis, lui tournant le dos, elle s'appuya confortablement contre lui en enchaînant:

— Mon père m'a toujours dit qu'une femme devait laisser mariner son mari de temps en temps... Pour lui faire les pieds, qu'il disait.

— Parce que ton père a toujours cru que tu épouserais un bœuf! Pas un homme! (Il sentit aussitôt les doigts d'Elizabeth lui pincer l'intérieur de la cuisse et lâcha un cri.) Arrête! Ça fait mal! s'exclama-t-il en lui saisissant la main. Je suis très sensible de là.

Elizabeth riait franchement.

— Tu es très sensible de partout, mon amour.

Olivier ouvrit la bouche, comme pour répondre, se mordit aussitôt les lèvres, trop bien éduqué pour lâcher la repartie salace qui lui chatouillait le bout de la langue. Il déposa lentement sa pipe sur la table, acheva son café et referma ses bras autour d'Elizabeth en poussant un soupir de satisfaction. Ils restèrent longtemps ainsi, sans bouger, sans parler. Les yeux mi-clos, ils goûtaient pleinement les rayons du soleil sur leur visage, savouraient la brise légère venant du sud qui se coulait entre les arbres pour leur apporter les multiples et diverses odeurs dont l'air était chargé; fleurs, feu de bois, bois mouillé, toutes ces fragrances s'entremêlant et se différenciant à la fois, étouffant, sans parvenir toutefois à l'éliminer complètement, l'entêtant parfum du tabac norvégien. Aux murmures de la rivière se mêlait le gazouillis des oiseaux parfois brusquement interrompu par les stridulations d'un grillon ou le coassement d'un ouaouaron — qu'Olivier avait confondu avec une vache la première fois qu'il en avait entendu un pousser son cri!

Sans doute inspirée et encouragée par toute cette musique, Amélie fredonnait tout doucement; jusqu'à ce que, entamant une chanson de son cru, elle se mit à chanter un peu plus fort.

Prêtant l'oreille malgré elle aux élucubrations sonores de sa fille, Elizabeth, étonnée, l'entendit brailler à tue-tête: «Je suis une fâ- â-â-me... j'ai des ovu-u-les... et des spre-ma-to-zoï-ï-ï-des... comme mon papa... et ma... ma-a-man...»

Olivier, hilare, tira sur sa pipe et murmura:

— Heureusement qu'on est au fond du bois... Personne ne saura jamais que je suis le père d'un petit monstre hybride aux yeux verts.

Inexplicablement, Elizabeth se sentait triste soudain, mal à l'aise, réagissant comme si Olivier avait voulu l'offenser ou la blesser. Elle se traita d'idiote, de paranoïaque, mais c'était trop tard. Le charme était rompu. Incapable de rester en place, elle se leva et se pencha pour récupérer le plateau et les tasses en disant:

— Je vais préparer le souper. Tu surveilles Amélie?

— Je ne la quitte pas des yeux, répondit Olivier qui n'avait rien remarqué du changement d'humeur de sa femme.

Elle prépara une salade de tomates pour accompagner le poulet froid et mit rapidement la table, essayant de se concentrer sur ce qu'elle faisait, s'interdisant de réfléchir, de donner libre cours à son imagination, de laisser son esprit fouiller et décortiquer le mécanisme de ses émotions. Elle ne tenait pas à connaître ni à s'expliquer les raisons de sa réaction. Elle voulait juste l'oublier, l'effacer de sa mémoire, comme tout ce qui s'était passé depuis le lundi après-midi. Rayer de sa vie une centaine d'heures qui iraient rejoindre toutes celles déjà stockées depuis longtemps dans l'entrepôt de son subconscient.

Ils mangèrent de bon appétit, après quoi Olivier se proposa gentiment pour faire la vaisselle — proposition ô combien surprenante, voire hétérodoxe, de la part d'un phallocrate invétéré... mais personne n'est parfait! — pendant qu'Elizabeth et Amélie joueraient aux cartes dans le salon. Elles terminèrent leur partie vers 19 h 30, Elizabeth ayant triché sans vergogne dans les dernières minutes pour laisser gagner la fillette qui, fatiguée, maussade et mauvaise perdante surtout, commençait à s'énerver, donnant à la partie de bataille des allures de vraie bagarre.

Déclarant en regardant sa montre que c'était l'heure pour les petites filles d'aller au lit, Elizabeth déroula un sac de couchage sur le divan et aida la fillette à s'y glisser, après avoir vérifié qu'elle s'était brossé les dents et avait dit bonsoir à son père qui s'était retiré dans la chambre avec une pile de magazines. Elle éteignit toutes les lampes du salon — la lumière provenant de la cuisine et de la chambre dont la porte était ouverte éclairait suffisamment la pièce — puis, tirant le fauteuil plus près du divan, elle s'y laissa tomber et demanda:

— Tu as choisi ton histoire?

— *Le Petit Chaperon rouge*, lança Amélie d'une voix enthousiaste.

Génial! jubila intérieurement Elizabeth qui avait, elle aussi, une affection particulière pour ce conte de Perrault et qui ne se lassait pas du plaisir d'en écouter tous les soirs, depuis plus d'un mois maintenant — depuis qu'Amélie l'avait arbitrairement, mais à son grand soulagement, libérée de son rôle de narratrice —, une nouvelle version dont elle essayait tout le temps, mais sans succès, de prévoir la trame, de deviner la fin... Souvent stupéfiantes, quelquefois même ahurissantes mais toujours attendrissantes, les histoires d'Amélie avaient pour Elizabeth, chaque fois, invariablement, le charme et la saveur d'un bonbon acidulé que l'on goûte pour la première fois.

Elle releva ses jambes et se carra dans son fauteuil, savourant d'avance ce qu'elle estimait mentalement être environ la trente-deuxième version qu'elle allait entendre.

— Vas-y, ma poulette, annonça-t-elle. Je suis prête.

Amélie ferma les yeux pour mieux se concentrer puis, de sa petite voix flûtée, se mit à déclamer:

— Il était une fois le Petit Chaperon rouge qui marchait dans la Forêt Enchantée... Elle voulait aller voir sa mère... sa mère-grand...

Doutant de la justesse du terme utilisé, elle ouvrit les yeux et quêta du regard l'approbation de sa mère qui acquiesça aussitôt d'un sourire et d'un léger hochement de tête. Rassurée, elle porta un doigt à sa bouche et reprit:

— ... de sa mère-grand qui habitait très loin, de l'autre côté de la forêt... Alors, elle était très fatiguée de marcher et aussi, elle avait très peur du grand méchant loup qui la guettait dans le noir... (Même quand l'histoire se passait en plein jour, Amélie utilisait toujours les mots «guetter» et «noir» ensemble, surtout quand elle parlait du méchant loup, associant de toute évidence la méchanceté, l'obscurité et le fait d'être aux aguets.) Elle courait un peu même parce qu'elle voulait pas que la saleté de méchant loup l'attrape... Et le loup courait lui aussi, avec ses grandes jambes. Des fois, il tombait quand il mettait ses pieds dans les trous des fourmis... Il essayait de les attraper pour les punir, mais il pouvait pas parce que les fourmis couraient plus vite que lui... et fallait qu'il attrape le Petit Chaperon rouge aussi, alors...

— Les fourmis couraient plus vite que le loup? fit Elizabeth qui, amusée et intriguée, se demandait quelle pouvait bien en être la raison.

Amélie la toisa comme si elle avait affaire à un simple d'esprit incapable de comprendre ce qui semblait évident et s'exclama:

— Ben oui!... Les fourmis, elles, elles avaient des *running shoes* dans leurs pieds!

Connaissant la susceptibilité de sa fille, Elizabeth se

mordit les lèvres, réprimant de justesse un éclat de rire qui fusa finalement non pas de sa gorge mais de celle d'Olivier.

— Tout le monde sait bien qu'on court plus vite que les autres, quand on a des *running shoes* aux pieds! cria-t-il du fond de la chambre en s'esclaffant comme une baleine.

Amélie, le visage fermé, bougonna:

— Il rit de moi.

— Mais non, ma chérie, la rassura Elizabeth. (Elle se pencha et du bout des doigts écarta la mèche brune et bouclée qui obscurcissait davantage le regard d'émeraude déjà assombri par la colère.) Il rit parce qu'il trouve ça amusant d'imaginer des fourmis avec des chaussures... Allez, continue ton histoire.

Amélie reprit sa version là où elle l'avait laissée, mais le cœur n'y était plus. En moins de deux minutes, elle en arriva à la fin — qui n'était pas une des plus brillantes de son répertoire — en concluant d'une voix lasse:

— ... Et la mère-grand qui était partie chez son oncle avec le Roi et le Petit Prince avait fermé sa maison... Alors le Petit Chaperon rouge était repartie très fâchée en disant: «Puisque c'est comme ça, nous reviendrons vendredi!»

— Bravo, ma chérie! lança Elizabeth. C'était une belle histoire. Tu racontes très bien, tu sais.

Elle se leva, remit le fauteuil à sa place, remonta le sac de couchage jusque sous le cou d'Amélie et l'embrassa en lui souhaitant une bonne nuit. Elle fit un tour dans la cuisine pour s'assurer que la porte était bien verrouillée, vérifia les clés du poêle où il n'y avait plus que quelques braises, éteignit la lumière et revint au salon.

Amélie était couchée sur le côté, une main sous la joue et l'autre sur le toit de sa petite maison de poupée.

Elizabeth se pencha sur la fillette et ramena son bras sous le duvet avant de se diriger vers la chambre. Fatiguée, un peu engourdie, elle étouffa un bâillement et s'étonna d'avoir une telle envie de dormir alors que la soirée débutait à peine.

C'est l'air de la campagne, se dit-elle, ça assomme...

Elle referma doucement la porte après un dernier regard sur l'enfant qu'elle croyait profondément endormie.

Amélie ouvrit les yeux.

Allongeant le bras, elle reposa sa main sur la maison de Nellie, impatiente déjà de libérer son araignée, de la prendre dans ses mains, de jouer avec elle. Elle savait qu'il lui fallait attendre encore un peu, attendre que la lumière qu'elle voyait filtrer sous la porte de la chambre se soit éteinte, attendre que son père et sa mère dorment.

* *
*

Nellie vagabondait sur le vieux plancher de bois, suivie de loin par le regard angoissé d'Amélie qui tremblait à l'idée que sa mère pourrait se réveiller et les surprendre.

Dès qu'elle avait été à peu près certaine que ses parents étaient endormis, elle avait fait sortir l'araignée de son abri et l'avait posée sur son oreiller. Mais Nellie n'y était pas restée très longtemps. Après avoir fait le tour du sac de couchage, elle était vite descendue sur le plancher pour continuer l'exploration de ce nouvel environnement qui recelait des vibrations inconnues, mystérieuses et très attirantes.

Quand Amélie la vit se diriger vers la cuisine, elle descendit vivement du divan et se précipita derrière elle. Elle ne voulait pas que Nellie sorte du salon de peur de la perdre de vue.

S'agenouillant à côté de l'animal, elle lui présenta la paume de sa main en chuchotant:

— Viens, Nellie... Allez... Viens...

S'approchant de la main offerte, Nellie la touchait presque lorsqu'elle s'immobilisa soudain. Son système nerveux venait d'enregistrer des vibrations particulières sur le plancher.

Amélie tendit l'oreille. Elle aussi avait entendu du bruit et se demandait d'où il provenait.

Elles restèrent immobiles toutes les deux. Le bruit cessa quelques minutes puis reprit. Il venait du fond de la cuisine.

Amélie se mit à ramper vers la table, scrutant l'obscurité de la pièce dans l'espoir d'apercevoir quelque chose. Le bruit s'arrêtait, recommençait puis s'arrêtait de nouveau. On aurait dit une sorte de grattement sur le bois.

Nellie fonça brusquement vers les armoires avant même que la fillette ait pu esquisser un geste pour l'en empêcher. Elle escalada rapidement les portes, les tiroirs et le dessus du comptoir où elle demeura un moment, dressée sur ses pattes postérieures, frottant nerveusement ses chélicères l'une contre l'autre.

Les grattements résonnèrent de nouveau. Nellie contourna l'évier et se dirigea vers l'extrême bord du comptoir, là où venait s'encastrer le garde-manger. La source des vibrations était très proche maintenant. Juste en dessous.

Amélie s'était suffisamment approchée pour distinguer nettement deux petits yeux noirs et brillants qui la fixaient.

Paralysé par la peur, ramassé sur lui-même, un mulot observait la fillette, concentrant toute son attention sur elle, ignorant totalement le véritable danger qui le menaçait: suspendue par le fil de sécurité qu'elle avait tissé au fur et à mesure de sa descente, l'araignée se balançait dans le vide à quelque vingt centimètres de sa tête.

Estimant qu'elle était maintenant assez proche de sa proie, Nellie se laissa tomber sur le mulot, plantant aussitôt ses crochets venimeux dans la nuque du rongeur.

Amélie étouffa un cri.

Le mulot couinait et bondissait en l'air, tel un cheval rétif essayant de désarçonner son cavalier. Nellie tenait bon et s'agrippait à sa monture de toute la force de ses griffes.

Dans sa course éperdue, le mulot se dirigea vers Amélie qui, le voyant arriver sur elle, se releva d'un bond et le regarda, effrayée, fascinée, passer à toute vitesse entre ses pieds. Elle se retourna pour le suivre des yeux. Il buta contre un mur, revint vers elle puis stoppa brutalement en plein milieu de la pièce. Ses pattes semblèrent se raidir, s'allonger. Il tomba sur le flanc. Ses petits yeux noirs chavirèrent et roulèrent dans leur orbite. Une dernière convulsion, un dernier frisson parcourut le poil gris fauve, le ventre blanc et rond. Il était mort avant même d'avoir compris ce qui lui arrivait. La scène n'avait pas duré trois minutes.

Nellie s'était dégagée avant que le mulot ne tombe. Sous le regard intrigué d'Amélie, elle entreprit d'emmailloter sa proie. S'étant attachée au rongeur par un fil, elle essaya de le tirer derrière elle pour l'amener à son repaire. Le fil se cassa net sous le poids. Elle retourna sur ses pas et décida alors de le consommer sur place.

À l'aide de ses chélicères, et du bord tranchant de ses lames-maxillaires, elle commença à dilacérer la tête du mulot tout en l'inondant copieusement de sucs digestifs. Elle n'eut pas le temps cependant de pomper les tissus liquéfiés. La saisissant prestement par le milieu du corps, Amélie la souleva en grondant à voix basse:

— Nellie... Ça suffit! Lâche-le!

Elle la déposa au creux de sa main.

— On va finir par se faire prendre, reprit-elle plus doucement en lui caressant le dos d'un doigt léger. Il faut aller se coucher maintenant.

Après l'avoir installée dans sa maison, Amélie regagna la cuisine. Du bout du pied, elle poussa le mulot pour s'assurer qu'il ne bougeait plus... qu'il était bien mort. Et cette mort n'éveilla chez elle aucun sentiment d'aucune sorte. C'était une simple constatation.

Elle souleva le mulot par le bout de sa queue et le jeta

dans la poubelle. Puis elle revint au salon et souhaita une bonne nuit à Nellie en réintégrant son lit d'un bond souple.

La tête à peine posée sur l'oreiller, elle sombra dans un sommeil profond.

* *
*

Elizabeth ouvrit les yeux. Quelque peu désorientée, l'esprit encore engourdi par le sommeil, il lui fallut quelques secondes pour reconnaître la pièce où elle se trouvait. Elle se laissa rouler sur le dos et tourna la tête vers la fenêtre. L'aube naissante teintait le ciel d'une couleur nébuleuse, oscillant entre le noir et le bleu, lui donnant l'aspect d'une immense feuille de métal.

Elle referma les yeux et s'étira longuement, voluptueusement. Un léger tiraillement au niveau du nombril lui fit soudain baisser les bras et poser les mains sur son ventre. Bien que le docteur Déry lui ait précisé que le bébé ne se manifesterait pas avant deux ou trois semaines, elle retint sa respiration et resta immobile, dans l'attente d'un autre mouvement. Rien. Déçue, elle palpa d'abord doucement la peau de son abdomen et attendit quelques secondes avant d'appuyer davantage, enfonçant de plus en plus profondément ses doigts dans sa chair. Toujours rien. Elle relâcha la pression et poussa un long soupir en se tournant vers Olivier. Couché sur le côté, une main sur la joue, il avait, dans le sommeil, un air d'enfant sage.

Émue, elle sourit, approcha ses lèvres de son front et y déposa un baiser en chuchotant:

— Ce sera un fils, mon amour. J'en suis sûre.

Il leva la main comme pour chasser une mouche et changea de position. Ne voulant pas le réveiller, Elizabeth le laissa et se leva. Le soleil baignait déjà la chambre d'une douce lumière rose et or.

Malgré son pyjama de coton ouaté, elle frissonna en quittant la chaleur du lit. À la faveur de la nuit, l'humidité s'était réinstallée dans le chalet. Elle enfila son peignoir et sortit de la chambre en laissant la porte entrouverte.

Elle alluma un feu dans le foyer du salon, en faisant attention de ne pas réveiller Amélie, et un autre dans le poêle de la cuisine. Elle vérifia la chaleur des plaques de métal avant d'y déposer la cafetière puis fit rapidement sa toilette et alla ensuite prendre l'air sur la galerie en attendant que le café soit prêt.

Une brume épaisse s'élevait lentement au-dessus de la rivière. Elizabeth leva les yeux. Le soleil brillait dans un ciel tout bleu, sans nuages.

Un vent du sud-ouest, doux et chaud, lui caressa le visage, traînant dans son sillage une fraîche odeur d'herbe mouillée de rosée qu'elle respira avec délectation. Un moustique la tira brutalement de son euphorie en la piquant au bras. Elle bougea instinctivement la main, pulvérisant en un claquement retentissant et foudroyant le pauvre malheureux, avant même qu'il n'ait eu le temps de se remplir la panse.

Elle rentra dans la cuisine, prit un citron dans le réfrigérateur, en découpa une tranche et frictionna la petite bosse qui était apparue, là où l'insecte avait planté son dard. La démangeaison se calma presque aussitôt. L'enflure disparaîtrait en moins d'une heure. Elle ne savait pas pourquoi, ni comment, mais elle le savait. Elle tenait ça de son père, fanatique de médecines naturelles, qui lui avait enseigné comment soigner certains petits problèmes de santé avec du citron, de l'argile, du vinaigre ou parfois simplement avec de l'huile d'amande douce.

S'approchant de la poubelle, elle se pencha pour en

soulever le couvercle et y jeta sa tranche de citron. Elle se redressa, sans se rendre compte qu'elle avait malencontreusement coincé la ceinture de son peignoir en replaçant le couvercle. Au premier pas qu'elle fit, le seau en plastique se renversa, répandant les restes du souper à ses pieds.

— Et merde! s'exclama-t-elle en repoussant brusquement la chose innommable qui était venue atterrir sur sa pantoufle.

Elle empoigna le balai d'un geste rageur et rassembla les ordures qu'elle ramassa ensuite avec le porte-poussière. Elle dut s'accroupir pour faciliter l'opération et c'est alors que la *chose* attira son attention. Elle repéra d'abord la queue puis l'espèce de cocon blanc et filandreux qui enserrait le petit corps. À la vue de la tête dont les chairs avaient fondu pratiquement jusqu'à l'os, une vague de nausées lui chavira le cœur.

Elle siffla entre ses dents:

— Quelle horreur!

Les narines pincées, le bord des lèvres frémissant de dégoût, elle poussa à l'aide de son balai ce qu'elle devinait être le corps d'un mulot ou d'une souris dans son porte-poussière. Toujours accroupie, elle jeta le tout en détournant la tête. Une nausée la secoua de nouveau. Elle ferma les yeux et prit une longue inspiration. Des questions se bouculaient dans sa tête, des questions auxquelles elle s'interdisait de réfléchir. De toute façon, même si elle l'avait voulu, elle en aurait été incapable. La tête lui tournait comme si elle venait de descendre d'un manège. Sa respiration s'accéléra et elle sentit un long frisson lui parcourir la colonne vertébrale.

Elle se releva d'un bond et se précipita vers l'évier, la main sur la bouche. Les battements de son cœur résonnaient à ses oreilles. Son front et son dos étaient couverts d'une sueur froide. Luttant contre la désagréable impression que les murs de la cuisine se rapprochaient d'elle, allaient l'étouffer, elle s'agrippa au bord du comptoir, se pencha au-dessus de l'évier et laissa son estomac se soulager.

Elle s'aspergea le visage d'eau froide en se répétant mentalement, sans trop y croire, que n'importe quelle femme, enceinte ou non, aurait, elle aussi, été prise de nausées en ayant sous les yeux ce truc dégueulasse... Qu'il existait sûrement une explication tout à fait logique et banale quant à la mort de cet animal.

Quand Olivier se leva, il lui donna une explication de son cru... Illogique, peu banale, tout à fait nébuleuse et relevant de la plus haute fantaisie.

— Il cherchait de la nourriture, déclara-t-il. Normal qu'il se soit retrouvé dans la poubelle.

— Enfin, Olivier... Il n'a pas pu ouvrir le couvercle tout seul quand même!

— On avait dû oublier de le fermer, c'est tout.

Elizabeth laissa passer quelques minutes puis revint à la charge, insistant pour connaître son opinion sur la matière gluante qui emprisonnait le corps du petit rongeur. Délaissant sa tasse de café, Olivier quitta la table, s'approcha d'elle en souriant et la prit dans ses bras.

Elle le dévisagea et devina, à son air narquois, qu'il allait lui sortir une connerie monumentale.

— Supposons, dit-il en traînant la voix, que ce mulot ait craqué devant les restes de ton succulent repas, d'accord?... Et supposons encore qu'il se soit mis alors à baver comme un fou... Tu me suis?

— Oui... Et alors?

— Alors, j'imagine que, manque de pot, cette petite bête trop excitée est tombée dans sa salive visqueuse et s'est enlisée dedans. Voilà! Il est mort dans sa bave. C'est pas plus compliqué que ça... On est puni par où l'on a péché, non?

— Tu dis n'importe quoi, répliqua Elizabeth. Et sa tête?... Tu as vu sa tête?

Olivier haussa les épaules.

— Bouffée par les fourmis, sans doute.

Elizabeth le regardait avec une telle lueur d'incrédulité

dans les yeux qu'il ajouta aussitôt, sur un ton à la fois penaud et légèrement irrité:

— Que veux-tu que je te dise d'autre? Je ne sais pas moi... Je ne suis pas un spécialiste des mulots! Tu crois peut-être que je me lève la nuit pour voir ce qu'ils trafiquent dans les poubelles? Très franchement, je ne vois pas ce qui te tracasse là-dedans. Tu fais des montagnes de rien. Je pense qu'on devrait arrêter d'en parler, maintenant... Y a des choses plus intéressantes à faire que de philosopher sur la vie ou la mort des mulots, tu ne crois pas... De toute façon, le fait d'en parler ne va rien y changer.

Il l'embrassa sur le front, comme pour clore la discussion, puis se dirigea vers la porte de la cuisine en ajoutant:

— Fais-moi plaisir et oublie ça, tu veux? Viens plutôt dehors profiter de l'air pur et du soleil... Ça te changera les idées.

Elizabeth poussa un soupir et lui emboîta le pas.

Elle n'était pas du tout convaincue par ses explications... pas même rassurée, et tout à fait incapable d'exprimer l'angoisse qui l'étreignait.

Le virus de la peur, sournois, insidieux, venait d'atteindre une autre phase de sa croissance.

Chapitre 12

La matinée du samedi passa tout doucement, sans autres découvertes macabres pour Elizabeth. D'humeur plutôt maussade après sa discussion avec Olivier, elle décida impulsivement d'aller faire un tour au village pour se changer les idées, remettant au lendemain la visite qu'elle avait eu l'intention de faire à Mme Garnier — elle ne se sentait pas d'humeur assez sociable pour une rencontre de courtoisie.

Les clés de la voiture à la main, elle s'approcha d'Olivier qui, allongé dans le hamac, avait le nez plongé dans un magazine spécialisé sur la pêche, et s'enquit:

— Tu n'as besoin de rien?

— Si, répondit-il tout en continuant à lire. J'aimerais bien que tu me rapportes une boîte de vers.

— De quelle couleur tu les veux? ironisa-t-elle, légèrement agacée soudain par son calme, sa tranquillité, la douce sérénité dans laquelle il baignait et qu'elle interprétait plutôt comme une sorte de placidité, voire d'indifférence à tout ce qui l'entourait, elle comprise.

Je tomberais raide morte à ses pieds qu'il ne s'en rendrait même pas compte, songeait-elle en l'observant, guettant sa réaction à la manière d'un psychiatre qui croit avoir stimulé un cerveau apparemment végétatif par une question piège dont il attend impatiemment et fébrilement la répercussion, à l'affût d'une manifestation quelconque, intelligible ou pas, de son patient.

Olivier tourna rapidement deux ou trois pages, l'air de rien, feignant une impassibilité qu'il était loin d'éprouver. Quand il fut certain de pouvoir maîtriser le fou rire qui l'agitait intérieurement, il leva les yeux sur Elizabeth, lui sourit simplement, gentiment, et répondit d'une voix naturelle, comme si la question lui eut paru tout à fait banale:

— La couleur n'a pas vraiment d'importance, ma chérie. Assure-toi seulement qu'ils sont en bon état.

— Oh!... Et à quoi reconnaît-on qu'ils sont en bon état? enchaîna Elizabeth, radoucie et entrant dans le jeu malgré elle.

— Il faut qu'ils tortillent du... (Il hésita, jetant un œil du côté d'Amélie qui, debout à côté de sa mère, posait sur lui un regard qui lui semblait très attentif.) des hanches, comme une danseuse hawaïenne!

— Je n'ai pas l'impression qu'on importe ce genre de vers à Vendée, mon chéri, fit-elle imperturbable. Ici, ce serait plutôt le genre «danseuse squaw»... Ça saute au lieu de tortiller!

Olivier, abandonnant son air sérieux, éclata franchement de rire en rétorquant:

— Parfait! L'important, c'est que ça grouille!

Elizabeth le regarda. Ses yeux bleu ciel brillaient de plaisir et de soleil, et il n'avait jamais été aussi beau. Elle esquissa un sourire, toute sa mauvaise humeur subitement envolée.

Elle ne resta que dix minutes au village, le temps de faire

le plein d'essence, d'acheter le journal du matin et une boîte de vers bien «grouillants».

* *
*

Une heure à peine après le dîner, Olivier était déjà installé sur la plage avec tout son attirail de pêche, bien qu'Elizabeth — qui avait quand même quelques idées sur la question, son père l'ayant souvent emmenée à la pêche avec lui — lui ait dit qu'il faisait trop chaud, qu'il n'attraperait rien en plein soleil et qu'il ferait mieux d'attendre la fin de la journée s'il voulait vraiment, comme il le disait «... sortir de cette putain de rivière le plus gros poisson qu'on y ait jamais trouvé!»

Un coup brutal se répercutant à travers la canne jusque dans son poignet le fit soudain sursauter. Il ramena vivement sa ligne vers lui, sûr d'avoir une touche. Son visage s'allongea. Déçu, il contemplait l'hameçon où il n'y avait plus qu'un gros morceau de ver à moitié arraché... et pas de poisson. Réprimant le juron qui lui venait, il s'empara avec brusquerie de l'hameçon pour y rectifier la position du morceau qui restait. Ses doigts glissèrent sur le mince objet de métal dont la pointe acérée pénétra sa peau juste au-dessus de la deuxième phalange de son index gauche.

— Nom de Dieu de bordel de merde de saloperie d'invention! grommela-t-il entre ses dents serrées sous le coup de la surprise et de la douleur.

Il retira précautionneusement l'hameçon de son doigt qu'il frotta sur la couture de ses jeans pour enlever le sang et la saleté et essaya à nouveau de renfiler son morceau de ver. La bête se tordait dans tous les sens. Incapable d'immobiliser suffisamment le corps tout gluant afin de pouvoir le harponner comme il le voulait, excédé et à bout de patience, il resserra un peu trop rudement sa prise. Une bouillie infecte lui dégoulina aussitôt entre les doigts.

Stoïque, il déposa lentement sa canne à pêche sur le sable et immergea ses deux mains dans l'eau froide de la rivière.

Amélie avait suivi toute la scène sans dire un mot. Elle l'avait vaguement entendu marmotter quelque chose mais n'avait pas vraiment fait attention, plus préoccupée par l'air mécontent qu'il affichait que par les propos qu'il se tenait à lui-même. Elle tendit la main vers la boîte en carton où grouillaient les appâts et enfonça ses doigts dans la terre noire et grasse.

— Attends papa, je vais t'en donner un plus gros, dit-elle en lui adressant un sourire d'encouragement.

Elle avait été promue assistante gardienne des vers et s'acquittait de sa tâche avec beaucoup de conscience professionnelle.

— T'as vu! s'écria-t-elle, ravie, en brandissant dans les airs un lombric quasi aussi gros que ses doigts.

Olivier tendait déjà la main pour se saisir du ver lorsque la fillette, mue par une impulsion subite, se pencha vivement au dessus de l'eau et y plongea l'animal.

— Amélie!... Nooon! Mais qu'est-ce que tu fais? lança-t-il d'un ton où perçait à la fois l'agacement et l'amusement.

— Je le lave!

Elle agitait son bras énergiquement, provoquant la formation de centaines de petites bulles qui venaient crever à la surface de l'eau.

— Donne-moi ça, dit-il en s'accroupissant à côté d'elle.

Il lui enleva le ver des mains et le roula aussitôt dans le sable, sous le regard effaré de l'enfant.

— Il est de nouveau tout sale! s'exclama-t-elle.

— Eh bien, c'est comme ça qu'il doit être. Autrement, on

ne peut pas le tenir. (À l'aide d'un canif, il sectionna la bête en deux, rejeta une moitié dans la boîte et enfila l'autre sur l'hameçon.) Tu comprends?

— Yarkee!... Si j'étais un poisson, j'avalerais jamais cette saleté.

— Moi non plus. Mais on n'est pas des poissons. Tu vas voir... Ils adorent ça.

Il lança sa ligne le plus loin qu'il put.

Amélie, le nez plissé de dégoût, ajouta:

— Peut-être qu'un poisson va l'avaler, mais après... y va tout dégueuler, c'est sûr.

— Aaah... Écoute... Ça suffit maintenant, hein? Fous-moi la paix et laisse-moi pêcher comme j'en ai envie, tu veux!

Nullement troublée en apparence par le fait d'avoir été rabrouée par son père — il faut dire qu'elle avait pour lui une incommensurable indulgence doublée d'une indéfectible admiration —, Amélie attendit quelques minutes et reprit:

— Dis, papa...

— Mmmmm...

— Ils ont des bébés, les vers?

— Quelle question!... Bien sûr qu'ils ont des bébés!

— Tu sais comment ils font ça, toi?

— Eh bien... Pas vraiment, ma chérie. J'avoue que je ne m'y connais pas beaucoup en vers, pas plus qu'en mulots, d'ailleurs.

Il se tourna vers elle et lui sourit, priant intérieurement pour qu'elle se contente de cette réponse. Jetant à tout hasard un coup d'œil derrière lui pour s'assurer que sa femme pourrait l'aider en cas de besoin, il comprit, en la voyant dormir, qu'il ne devait espérer aucun renfort... Il lui faudrait se sortir du pétrin tout seul si jamais Amélie avait dans l'idée d'élargir le champ de ses investigations anatomiques.

Que Dieu me vienne en aide! gémit-il silencieusement en ramenant son regard sur le flotteur en plastique rouge et blanc qui pendait mollement au bout de sa ligne.

Contrairement à ce que croyait Olivier, Elizabeth ne dormait pas. Confortablement installée dans le hamac, les yeux mi-clos, elle les observait depuis un bon moment déjà et n'avait rien perdu de leur conversation. Quand elle le vit se tourner vers elle, elle s'obligea à rester immobile, riant en douce rien qu'à l'idée d'imaginer la suite. Elle savait qu'Amélie n'abandonnerait pas aussi facilement.

Olivier tira sa ligne vers lui, vérifia que le ver y était encore accroché, puis la lança de nouveau. Amélie s'était quelque peu éloignée de lui et jouait dans le sable avec un bâton, semblant s'être totalement désintéressée de la manière dont les vers pouvaient s'y prendre pour avoir des bébés. Rassuré, voire soulagé par ce désistement inespéré, il s'installa à califourchon sur la souche qu'il avait choisie pour banc, cala le manche de la canne sous son bras et s'alluma une pipe. Le soleil lui chauffait la figure et les bras. Fermant les yeux, il poussa un grand soupir de satisfaction.

Un petit corps tout chaud vint se blottir contre sa cuisse.

— Comment t'as fait toi, avec maman?

— Fait quoi, ma chérie?

— Eh ben... le bébé!

Olivier sentit ses doigts de pieds se recroqueviller. Les paupières à demi relevées, il considéra le petit visage avidement tendu vers lui. Les yeux verts, immenses, le scrutaient attentivement, lui fouillaient désagréablement le cerveau. Il sut immédiatement qu'il ne pourrait s'en sortir sans une explication... cohérente cette fois.

Il tira une longue bouffée de sa pipe pour se donner le temps de la réflexion. Le regard fixé sur la ligne d'horizon, comme pour implorer le ciel de l'inspirer, il dit:

— Tu vas voir, ma poulette... c'est tout simple. Quand on veut voir pousser une fleur, par exemple, on fait un petit trou dans la terre, on dépose une graine dans le fond, on remet de la terre dessus, on verse un peu d'eau et puis... ma foi, après on attend que ça pousse. Et si on a de la chance, on a un beau bébé-fleur. Voilà!

Il sourit, pas trop mécontent de lui, et tira une nouvelle bouffée de sa pipe avant de regarder Amélie. Son sourire s'effaça aussitôt devant l'expression d'épouvante qui bouleversait les traits de la fillette. La bouche ouverte sur un cri silencieux, elle était immobile, étonnamment figée, comme statufiée. Il y avait dans ses yeux démesurément agrandis une telle frayeur, et une telle horreur aussi, qu'il en eut froid dans le dos. Il se retourna subitement pour suivre son regard étrangement fixe, certain qu'il allait découvrir la cause de son effroi. Rien! Aucun animal féroce, aucun monstre, pas la moindre manifestation de quoi que ce soit d'épeurant. Il ne voyait absolument rien, et cela ne faisait que l'inquiéter davantage.

Ne songeant nullement à se demander si son petit discours était relié d'une façon ou d'une autre à la frayeur d'Amélie — en fait, cette idée ne l'effleurait même pas —, il posa la main sur les boucles brunes et s'enquit doucement:

— Qu'y-a-t-il, Amélie?

— Elle a beaucoup saigné, maman, quand t'as fait le trou dans son ventre?

— Seigneur Dieu... non... Écoute...

Olivier était soufflé. Il en lâcha sa canne à pêche et saisit sa fille dans ses bras.

Imperturbable, Amélie continuait:

— Avec quoi tu lui as fait ça?... Avec un couteau?

— Mais non... Amélie... Qu'est-ce que tu vas imaginer... C'est pas ça du tout. Mon petit cœur... (Il étreignait l'enfant, l'embrassant, la regardant, la serrant contre lui, fou d'inquiétude, malade à l'idée d'avoir pu créer dans le cerveau de cette petite fille une image aussi insoutenable. Comment renverser la vapeur maintenant?) On ne fait pas de trou dans le ventre des mamans, voyons...

— Comment on fait, alors? insista Amélie d'une voix excédée, impatiente.

Il lui fallait une réponse. Tout de suite. Sa frayeur s'était envolée aussi vite qu'elle était venue, laissant toute la place à son insatiable curiosité,... à son esprit froid, logique, cartésien et presque aussi solide qu'une assise de béton armé.

Elizabeth s'était bien gardée d'intervenir, persuadée qu'Olivier saurait s'en tirer tout seul. Dans le silence qui suivit, elle les considéra attentivement tous les deux. Boucles blondes et boucles brunes emmêlées, corps enlacés, tels deux lutteurs s'affrontant dans un combat insolite et, pour le moins, singulier... l'amour et la tendresse d'Olivier se heurtant à l'obstination et à l'intransigeance d'Amélie. La lutte semblait d'ores et déjà perdue, sans issue, pour Olivier. Il n'était pas de taille. Aussi bien mettre un serin face à un char d'assaut!... Il fallait instaurer une trêve. Maintenant! Elle se redressa et quitta son hamac.

Amélie la vit venir vers eux. Elle devina instinctivement qu'elle n'aurait pas de réponse à sa question. Pas tout de suite en tout cas. Elle en ressentit du dépit. De la rancœur aussi.

* *
*

La vaisselle et les restes d'un copieux dîner traînaient encore sur la table. Le regard errant rêveusement sur la rivière, Elizabeth terminait son dessert. Elle s'était levée très tôt, presque à l'aube encore une fois, et se sentait somnolente.

Elle détourna les yeux de la fenêtre et secoua ses épaules, comme pour se débarrasser de cette torpeur qui l'envahissait tout doucement. Réagir. Bouger. Faire quelque chose... Elle se leva, débarrassa la table et entreprit de faire la vaisselle, aidée par un Olivier (Deux fois en trois jours, c'était extraordinaire et ça devenait même inquiétant!) maladroit et dormant presque debout.

— Toi, tu es mûr pour une petite sieste, fit observer Elizabeth en lui enlevant prestement une assiette qui menaçait de glisser vers le sol. Je vais finir ça, et...

— Et tout de suite après, tu vas venir faire la sieste avec moi, enchaîna Olivier en l'enlaçant.

— Non, mon amour. J'aimerais bien, mais je ne peux pas.

— Et pourquoi non?... (Il fit glisser la paume de ses mains, en un mouvement à la fois doux et appuyé, de la taille d'Elizabeth à la chute de ses reins et il la plaqua contre lui.) Tu as quelque chose de plus excitant à faire qu'une sieste avec ton petit mari?

— D'excitant non, mais d'important, oui!

— Ah! On peut savoir?...

— Une visite à Mme Garnier.

Olivier sourit et reprit d'un ton mielleux:

— Et alors, ma chérie? Rien ne t'empêche d'y aller plus tard. On ne va pas dormir tout l'après-midi.

— Si ça se trouve, on va même ne pas dormir du tout, rétorqua-t-elle en riant. Je les connais tes siestes, moi... Et n'essaie surtout pas de me faire croire qu'il me restera assez d'énergie, après, pour me farcir une marche de deux kilomètres.

— Honnêtement, je dirais qu'il ne devrait même pas t'en rester assez pour lever un doigt, répondit-il en resserrant son étreinte.

— Olivier... Elle saura qu'on est venus ici et ne comprendra pas que je ne sois pas allée la voir. Allez, sois gentil. Lâche-moi.

Elle s'était exprimée d'une voix douce, presque plaintive, mais le regard qu'elle posait sur lui était suffisamment éloquent pour qu'il ne s'y trompe pas... Il n'arriverait pas à la faire changer d'avis. Il se composa un air résigné, l'embrassa sur le front puis, relâchant doucement la pression de ses bras, il la libéra en soupirant:

— Eh bien soit!... Que mon dard s'incline devant ta robe!

Elizabeth éclata de rire tout en s'exclamant d'un ton faussement indigné:

— Olivier!

— Quoi, Olivier? Je ne fais qu'emprunter la célèbre repartie de mon copain Jules César à sa Cléopâtre qui n'en faisait toujours qu'à sa tête,... et qui ne voulait pas non plus faire la sieste avec lui. *Cedant arma togea!* qu'il lui avait balancé, comme ça, calmement, histoire de lui montrer qu'à son humble avis elle avait tort mais qu'il ne ferait rien pour lui prouver le contraire.

Elizabeth ne riait pas... elle pleurait de rire. Pliée en deux, à bout de souffle, elle s'écroula sur une chaise sous l'œil réjoui d'Olivier qui s'amusait comme un fou — rien ne le mettait autant en joie que les plaisanteries grivoises, voire salaces. Il continua, impassible:

— Il avait de la classe ce type, non?

— C'était pas lui! lança Elizabeth entre deux hoquets.

— Ah, non!... Qui alors?

Elizabeth s'essuya les yeux, se moucha, continua à rire pendant quelques secondes encore, la figure enfouie dans une tonne de mouchoirs en papier, avant de répondre:

— Ton autre copain, mon amour... Cicéron!

— Tu en es sûre? dit Olivier qui avait du mal à imaginer cette phrase, telle qu'il l'entendait, dans la bouche du célèbre consul.

— Absolument! fit-elle en se mouchant de nouveau.

Puis, elle se leva, vint près de lui et mit ses bras autour de son cou en ajoutant:

— Quant à la traduction que tu fais de sa poésie...

— Ouiii...

— Je crois que mon prof de latin en aurait eu une attaque.

— Elle était vierge et bonne sœur?

— Évidemment... Et puis, après? Ça ne l'a jamais empêchée d'être un crack en langues mortes, tu sais.

Il se pencha sur elle et lui lécha un œil en murmurant:

— Moi aussi, j'ai le don des langues... Tu veux que je te montre?

— Ah! Olivier, arrête! s'écria-t-elle en lui donnant une claque retentissante sur le bras. Ça t'arrive d'être sérieux des fois?

— Bon! Soyons sérieux... Tu viens faire la sieste ou tu vas voir cette charmante vieille peau?

Elizabeth secoua la tête en signe de découragement et répondit en soupirant:

— Je... m'en... vais!

— Bon, bon, d'accord. Je n'insiste pas.

Il l'embrassa tendrement sur la joue et se dirigea vers la chambre. Elizabeth le suivit des yeux et le vit subitement faire volte-face en plein milieu du salon.

— Tu prends Amélie avec toi? s'enquit-il.

— Oui, mon amour.

— Soyez prudentes toutes les deux. Il y a des saletés de méchants loups dans les bois.

— Il n'y en a qu'un seul qui m'inquiète pour le moment, mais j'ai entendu dire qu'il allait faire la sieste, rétorqua-t-elle en lui souriant.

Pris de court — ça lui arrivait parfois, surtout avec Elizabeth —, il sourit à son tour, lui envoya un baiser du bout des doigts et disparut dans la chambre.

Chapitre 13

Pour atteindre la maison de Mme Garnier, il leur fallait marcher environ un kilomètre sur la route municipale en direction du village.

Transpirant à grosses gouttes malgré la légèreté de la robe en vichy bleu et blanc dont le bas lui collait au creux des genoux à chaque pas qu'elle faisait, Elizabeth s'était arrêtée un moment pour reprendre son souffle et essuyer la sueur qui coulait de son front jusque dans son cou. Elle avait à peine entamé son parcours et se sentait déjà épuisée. Le ciel, bas, brouillé, parcouru de longues traînées de nuages qui s'effilochaient comme des cheveux d'ange, pesait lourdement sur ses épaules, lui donnant l'impression d'avoir à supporter le poids d'un gigantesque wok qu'on aurait renversé sur sa tête. L'orage de l'avant-veille n'avait rafraîchi l'atmosphère que pendant quelques heures seulement, et l'air était à nouveau lourd, irrespirable, chargé d'humidité.

Regrettant subitement ce ridicule sens des convenances qui la poussait presque toujours à se mettre sur le dos des responsabilités ou des obligations qui devenaient très vite des corvées, elle se disait qu'elle aurait peut-être mieux fait de rester avec son petit mari — il faisait quand même plus frais à l'intérieur du chalet qu'à l'extérieur —, même pour une sieste non conformiste, voire quelque peu hérétique, telle que les aimait Olivier finalement: agitées, mouvementées, un rien épuisantes.

Elle s'était péniblement farci les cent-cinquante mètres du sentier qui montait en pente raide jusqu'à la route, traînant derrière elle une Amélie qui n'y mettait pas beaucoup de bonne volonté et se demandant au moins dix fois s'il ne valait pas mieux retourner au chalet pour remettre le tee-shirt et le short qu'elle avait portés toute la matinée — et par la même occasion bien sûr, laisser sa fille grognon aux bons soins de son père. Elle sentait, rien qu'à voir la tête de la fillette, que la promenade ne serait pas de tout repos. Amélie avait son visage des mauvais jours, celui qui indiquait en général à son entourage, de la même façon qu'un drapeau rouge sur une plage, qu'elle n'était pas «sécuritaire» et qu'il fallait se tenir à distance pour éviter le danger: un retour de vague, une lame de fond ou, pire, un raz de marée.

Elle rangea dans l'énorme poche de coton qu'elle portait en bandoulière le mouchoir trempé dont elle s'était servi pour essuyer sa figure et son cou, et se remit en route, marchant dans le sens contraire des voitures — elle préférait les voir arriver de face — tout en s'assurant d'un œil vigilant que la fillette restait bien à sa gauche. Amélie avait catégoriquement refusé de lui donner la main, trouvant toutes sortes de prétextes plus ou moins fantaisistes: elle avait trop chaud aux doigts, elle n'était pas un bébé pour qu'on la tienne par la main, sa mère la serrait tellement fort qu'elle allait sûrement lui casser la main, etc.

Elizabeth avait également trop chaud — et pas seulement aux doigts — pour se sentir le courage d'argumenter, et ce d'autant plus qu'Amélie restant sagement à côté d'elle, elle ne voyait pas vraiment l'utilité d'insister pour «lui casser la main», comme elle disait.

Elles avaient à peine parcouru deux cents mètres qu'Amélie s'arrêtait brusquement en geignant:

— Maman, j'ai mal aux jambes!

— À ton âge, on n'a pas mal aux jambes de marcher, Amélie. Tu me racontes des histoires.

— Non, c'est vrai!

— Alors c'est que tu manques d'exercice, ma puce. Tu sais ce qu'il faut faire dans ces cas-là?... Des petites promenades! C'est le meilleur remède que je connaisse. (Elle se pencha vers la fillette qui s'était accroupie sur ses talons et lui tendit la main.) Allez, viens Amélie... Tu ne vas quand même pas rester là toute la journée, ajouta-t-elle sur un ton qu'elle s'efforçait de garder calme malgré son agacement.

Dédaignant la main tendue, Amélie se releva lentement en poussant un long soupir de résignation. Une fois debout, elle donna un coup de pied dans un caillou puis, sans avoir prononcé un seul mot, elle se remit en marche, la tête baissée, les mains croisées derrière le dos. Deux cent cinquante mètres plus loin, elle s'arrêta de nouveau et se retourna vers sa mère en bougonnant:

— Maman, je meurs de chaud!

Les mains sur les hanches, une lueur de scepticisme dans le regard, Elizabeth la considéra de la tête aux pieds avant de se rapprocher pour examiner de plus près ces joues qui lui paraissaient non pas rouges de chaleur, mais roses et légèrement hâlées. Elle tendit la main vers le visage d'Amélie. Sa peau était douce et sèche au toucher, même sous la mèche épaisse et sombre qui lui couvrait le front. Elle effleura du bout des doigts les bras et les jambes de la fillette. Pas une goutte de sueur non plus, pas la moindre trace de moiteur sur ce petit corps potelé mais ferme et... sec. De toute évidence, Amélie semblait s'accommoder, en apparence du moins, de la chaleur, aussi bien qu'un Esquimau du froid.

Pas loin d'éprouver un sentiment d'envie pour ce qu'elle estimait être un état de grâce par rapport à l'état de son propre corps — elle était littéralement en nage —, Elizabeth se redressa et fouilla dans son sac à la recherche de son mouchoir en demandant d'une voix un peu narquoise:

— Où est-ce que tu as chaud?

— Partout! s'écria la fillette, furieuse de sentir que sa mère ne la croyait pas.

— Amélie, regarde mon visage, dit Elizabeth avant d'y passer le mouchoir qu'elle tenait à la main. Tu vois toute la sueur qui coule de mon front? C'est parce que, moi, j'ai vraiment très chaud. Quand on meurt de chaleur, ma chérie, on est mouillé comme ça... partout, comme si on venait de prendre une douche. Et toi, tu n'es pas mouillée du tout. Alors, j'ai beaucoup de mal à croire que tu meurs de chaleur, tu comprends?

Amélie lui jeta un regard hargneux mais ne répondit rien.

Deux cent cinquante mètres plus loin...

— Maman, j'ai soif!

Elizabeth fouilla de nouveau dans son sac et en ressortit une petite boîte de jus de pomme avec une paille. Elle avait prévu le coup.

— Tiens, ma chérie. Bois ça, dit-elle en lui tendant le jus. (Sa voix s'était faite doucereuse bien que son agacement se soit entre temps insensiblement modifié, ayant progressé de quelques crans sur l'échelle de l'énervement pour s'arrêter quelque part entre l'irritation et l'exaspération.) Je suis sûre que tu te sentiras mieux après.

Amélie s'enfonça la paille dans la bouche, aspira goulûment... et recracha la gorgée.

— Yarkeee!... C'est tout chaud! On dirait du pipi de chat.

— Pfff... Comme si tu en avais déjà bu! fit Elizabeth en haussant les épaules. Si tu n'aimes pas, tu ne bois pas, Amélie. C'est simple, non?

La fillette leva sur sa mère des yeux assombris par la colère. Si elle avait pu, elle lui aurait crié toutes les bêtises qui lui passaient par la tête. Elle en connaissait de très méchantes, comme celles qui avaient fait pleurer Rosa. Mais sa mère, contrairement à Rosa, n'hésiterait pas à lui flanquer une paire de claques.

— T'es méchante, se risqua-t-elle dans une sorte de murmure prudent. Tu veux que je meure de soif.

— Bon! Troisième drame! s'exclama Elizabeth en levant les yeux au ciel. Non, ma chérie, je ne tiens pas du tout à ce que tu meures de soif. Allez, sois gentille... Bois ton jus et arrête de faire des histoires, tu veux.

D'un geste de défi, avec tout l'aplomb que lui donnait l'inconscience de ses cinq ans, Amélie jeta sa boîte dans le fossé en déclarant:

— J'ai plus soif, maintenant.

Excédée, Elizabeth l'attrapa par le bras.

— Écoute-moi bien, articula-t-elle d'une voix dangereusement douce, parce qu'il n'y aura pas d'autres avertissements. J'en ai marre de tes caprices... J'en ai jusque-là! (Elle traça brusquement, de son autre main dont les doigts étaient raides et tendus, une ligne horizontale et bien nette au-dessus de sa tête.) Je commence à m'énerver sérieusement, et je sens que la main me démange tellement qu'elle pourrait bien finir par atterrir sur tes fesses... et pas doucement, j'aime autant te le dire. Alors, ne me pousse pas à bout parce que ça va mal finir pour toi. Est-ce que c'est clair?

Amélie se tortillait, cherchant à se libérer de la poigne qui la tenait fermement.

— Est-ce que tu as bien compris ce que je t'ai dit? insista Elizabeth en essayant de capter le regard que sa fille gardait obstinément fixé sur le sol.

Entendant obtenir une réponse, elle resserra sa prise sur le bras en le secouant légèrement.

— Amélie, je te parle...

La fillette releva la tête et affronta le regard de sa mère pendant quelques secondes. Sans ciller. Puis elle détourna les yeux et, effleurant des doigts la main qui retenait son bras, elle dit, simplement:

— Tu me fais mal.

Son visage était fermé, lisse, tout à fait dénué d'expression et aussi insondable que l'étaient ses yeux dont le reflet avait plus que jamais l'éclat, la pureté et la dureté d'une émeraude.

Dans le silence qui s'éternisait, Elizabeth prit soudain conscience d'une légère accélération des battements de son cœur, tandis que l'air ambiant semblait tout à coup se refroidir. Une sensation étrange de froid, puis de chaud, puis de froid à nouveau, lui enveloppa la tête. Elle respira profondément et relâcha lentement la pression qu'elle exerçait sur le bras d'Amélie.

Incapable de déchiffrer de façon précise le message qu'elle avait perçu dans les yeux de sa fille, Elizabeth était cependant trop intuitive et trop réceptive pour ne pas avoir senti les vibrations négatives qui s'en dégageaient. Ce qu'elle considérait — et voulait voir — comme de la simple rancœur, ou de l'amertume, ou peut-être un mélange de colère rentrée et d'hostilité, n'était en réalité que de la haine... certes voilée, sourde, totalement dépourvue d'un besoin immédiat d'action, de vengeance ou d'assouvissement, mais néanmoins intense, démesurée, excessivement violente et disproportionnée, une haine comme seuls les enfants sont capables d'en éprouver.

* *
*

Alice Garnier leur ouvrit la porte.

Son visage patiné par le temps s'éclaira d'un sourire chaleureux à la vue des visiteuses. Elle les fit pénétrer dans le vestibule et, après les salutations d'usage, les précéda le long d'un couloir assez étroit mais bien éclairé au bout duquel se trouvait la cuisine.

Elizabeth avait les yeux rivés aux mollets qu'elle suivait, s'étonnant une fois de plus de constater que, sous son éternelle robe noire, cette alerte septuagénaire avait toujours, malgré son âge, sa vie laborieuse et ses quinze grossesses, des jambes de jeune fille. Elle sourit intérieurement en sentant resurgir la même petite pointe de jalousie qu'elle avait ressentie les deux ou trois autres fois où elle s'était livrée à cette indiscrète observation, et résista de nouveau à l'envie de l'interroger à propos de sa recette miracle.

En la voyant accumuler sur la table des monceaux de gâteaux, de biscuits, de sucreries de toutes sortes, elle protesta gentiment:

— Non, non, c'est beaucoup trop, madame Garnier. Je vous assure... On sort à peine de table.

Un sourire énigmatique relevant les coins de sa bouche — dont le dessin était resté ferme, énergique et harmonieux malgré le vieillissement qui avait, presque tragiquement, flétri ce visage autrefois d'une grande beauté —, Alice Garnier lui servit une énorme part de tarte au sucre et posa sur elle, très brièvement, son regard noir, vif et extraordinairement enveloppant. Puis elle soupira et rétorqua, de sa voix aux inflexions chantantes:

— Une femme enceinte, ça doit manger pour deux!

— Comment avez-vous deviné! ne put s'empêcher de s'exclamer Elizabeth, surprise. Ça ne se voit pas encore, pourtant.

— Moi, je le vois...

Déçue et frustrée par cette réponse pour le moins laconique, Elizabeth la regarda silencieusement porter sa tasse de thé à ses lèvres. Elle espérait que la vieille femme compléterait sa phrase d'une manière ou d'une autre, après avoir avalé sa gorgée. Mais elle sut, en voyant ses yeux étrangement fixés sur Amélie, qu'elle avait dit tout ce qu'elle avait à dire sur le sujet et n'ajouterait, apparemment, rien de plus.

Qu'est-ce qu'elle a à regarder ma fille comme ça?... À quoi pense-t-elle? se demandait Elizabeth en scrutant les traits aigus — hérités d'ancêtres indiens — dont l'expression lui paraissait, aujourd'hui comme avant, aussi impénétrable que les secrets du Vatican.

Elle n'arrivait pas à définir ce qu'elle éprouvait pour cette insolite petite vieille. D'aussi loin qu'elle puisse se souvenir, elle ne l'avait jamais trouvée ni sympathique, ni antipathique, mais plutôt particulière, un peu bizarre, et ne s'était jamais sentie ni tout à fait bien, ni tout à fait mal en sa compagnie, mais plutôt perplexe, vaguement troublée. Il émanait d'elle quelque chose qu'elle était incapable d'identifier et qui l'impressionnait énormément... Une sorte de fluide magique, mystérieux, qui filtrait à travers son regard ténébreux, telle la lumière à travers des volets mi-clos, et semblait receler une connaissance et une expérience de la vie qui allaient au-delà de sa propre vie, comme une sagesse millénaire enfouie dans les profondeurs d'une mémoire ancestrale.

Voulant rompre le silence qui s'était installé et qui la mettait un peu mal à l'aise, Elizabeth s'éclaircit la gorge et dit:

— Je sais que vous habitez depuis longtemps dans la région, mais je me demandais...

Le regard sombre abandonna comme à regret le visage d'Amélie pour se poser, attentif, sur celui d'Elizabeth. Alice Garnier sourit de nouveau et enchaîna:

— ... Si j'ai toujours vécu ici?

— Oui, fit Elizabeth en détournant les yeux, déconcertée par la facilité avec laquelle cette femme pouvait lire dans ses pensées.

— Toujours, déclara la voix chantante de Mme Garnier.

Je suis née ici et je mourrai ici, comme mon père et mon grand-père avant moi.

Elizabeth avait du mal à s'imaginer elle-même vivant toute sa vie dans un coin aussi retiré du monde. Ramenant son regard sur la vieille femme, elle était sur le point de lui demander si elle n'avait jamais eu envie parfois d'aller s'installer en ville lorsque celle-ci la devança en expliquant:

— C'est la terre de mes ancêtres et c'est là que je veux être enterrée. Je suis chez moi ici, et je ne pourrais pas être heureuse ailleurs, contrairement à mes enfants. Ils sont tous partis, vous savez. Tous! En ville! J'ai jamais compris pourquoi mais,... des fois je me dis que c'est peut-être la superstition finalement qui les a poussés à s'en aller, comme les autres. Faut croire que ça a pas donné grand-chose de changer le nom du village.

— Quelle superstition? fit Elizabeth, intriguée.

— Oh, c'est vieux tout ça. Ça remonte loin...

Elle fit une pause, le temps d'avaler une autre gorgée de thé et reprit:

— Ça fait plus de soixante ans déjà. Dans ce temps-là, le village s'appelait «Windigo».

— Windigo? C'est joli comme nom.

— C'est un mot indien qui veut dire: Là où règne le mauvais esprit. D'après une vieille légende des Cris, Windigo, c'était un géant de la forêt qui se nourrissait de chair humaine.

— Oh! Pas très réjouissant, en effet. Et alors? Qu'est-ce qui s'est passé?

— Rien. Rien d'extraordinaire en tout cas. Sauf que les fermiers qui débarquaient ici, eh ben... y restaient pas longtemps dans le coin. Trois ou quatre ans maximum. Après, ils vendaient tout ce qu'ils avaient et partaient vivre ailleurs. Comme s'ils avaient eu le diable aux trousses.

— Pourquoi? De quoi avaient-ils peur?

— De Windigo! Ils croyaient dur comme fer que c'était un mauvais esprit et qu'il leur jetait des sorts. Chaque fois qu'un homme ou un animal mourait, chaque fois qu'une récolte était perdue, les gens disaient toujours que c'était la faute à Windigo. Alors, on a décidé un jour de rebaptiser le village, de l'appeler «Vendée» au lieu de «Windigo»... Y a juste le lac qui a gardé le même nom.

— Ça a changé quelque chose, finalement?

— Pas vraiment. Les gens ne restent pas plus longtemps ici qu'avant. Beaucoup pensent que ce n'est pas en changeant le nom d'un endroit qu'on se débarrasse pour autant des mauvais esprits.

— Et vous?... Qu'est-ce que vous en pensez? demanda Elizabeth qui était plus troublée maintenant qu'intriguée par cette histoire inattendue.

Alice Garnier leva vers elle un regard légèrement voilé.

— L'esprit va où il veut, répondit-elle énigmatiquement.

Elle se pencha brusquement vers Elizabeth et ajouta, d'une voix altérée:

— Il faut que vous partiez.

Déconcertée, sentant le rouge de la confusion lui monter aux joues, Elizabeth reposa sa fourchette — elle n'avait même pas entamé sa tarte — et se leva.

— Oh... vous avez raison, balbutia-t-elle. Il se fait tard. Excusez-moi, madame Garnier. Je n'avais pas l'intention de rester si longtemps.

La vieille femme posa sa main noueuse, calleuse, sur son bras.

— Vous ne comprenez pas, Elizabeth. Vous devez partir de Vendée... Quitter la région... Partir et ne plus jamais revenir. Jamais!

Puis, jetant un bref coup d'œil vers Amélie qui était restée inhabituellement calme et silencieuse depuis qu'elle était là, elle ajouta:

— Je vous en prie. Partez et emmenez votre fille loin d'ici.

Elle avait reporté son regard, intense, presque hypnotique, sur Elizabeth, comme pour lui dire avec ses yeux ce qu'elle était incapable d'exprimer autrement, même dans un murmure. Quand Elizabeth émergea quelques secondes plus tard de son plongeon dans ces eaux noires et profondes, elle avait pris brutalement conscience de cette peur qu'elle nourrissait à son insu, depuis des semaines déjà.

* *
*

Plus tard, dans la soirée...

— À quoi penses-tu? demanda Olivier.

Ils étaient dans la chambre tous les deux, lui, allongé sur le lit et feuilletant un magazine d'actualités, elle, appuyée contre la fenêtre et admirant le paysage éclairé par la douce lumière d'une pleine lune, s'attardant avec une certaine mélancolie sur la course folle des rayons blanchâtres qui glissaient en cascade le long des pentes abruptes de la montagne pour se jeter dans la rivière dont ils percutaient là surface obscure en l'éclaboussant de leur sang pâle, argenté et lumineux.

Elle tourna légèrement la tête vers lui en répondant avec humour:

— Je trouve cette question tout à fait inconvenante, mon amour.

— Grand Dieu! Ne me dis pas, ma chérie, que tu as, toi, si pure et si naïve, ce genre de pensées,... lascives, libidineuses, et tout, et tout?

Détendu, souriant, il la regarda marcher vers lui.

— Je ne vois pas ce qu'il y a de surprenant là-dedans, dit-elle en s'asseyant face à lui, les jambes pliées et croisées sous elle. À force de vivre avec un être parfaitement lubrique et charnel, on finit par lui ressembler! (Elle s'était penchée et lui avait assené, en même temps que sa réplique, une petite tape sur la cuisse.) Regarde ce que tu as fait de moi! conclut-elle en se redressant. Un pauvre petit être mimétique et concupiscent!

— Eh bien, je te regarde, ma chérie, rétorqua-t-il joyeusement, et, très franchement, j'estime que ça ne t'a pas trop mal réussi, finalement, de vivre avec moi. Tu es jeune, belle, intelligente, éblouissante, absolument irrésistible... Tu as la chance incroyable de pouvoir «mimétiser» un être, certes lubrique et charnel, mais plutôt bien fait de sa personne,... pas un vieux croûton tout desséché. Alors, de quoi te plains-tu?

À bout d'arguments, mi-amusée, mi-agacée de constater qu'il avait, encore une fois, réussi à tourner la situation à son avantage, elle attrapa d'une main preste un de ses oreillers et le lui jeta à la figure. Il éclata de rire et, la saisissant par la taille, il la renversa sur le lit puis se coucha sur elle.

— Je t'aime, dit-il en couvrant son visage de baisers.

— Non, moi je t'aime, répliqua Elizabeth, narquoise. Et toi, tu m'adores.

— Exact!

Il l'embrassa encore, roula sur le dos en la maintenant serrée contre lui, et ajouta avec un soupir de satisfaction dans la voix:

— Je me sens tellement bien... Je trouve que c'était une bonne idée de venir ici. On devrait faire ça plus souvent, tu ne crois pas?

Elizabeth frissonna, comme si une main glaciale venait de lui effleurer la nuque.

— Si... bien sûr. Pourquoi pas? murmura-t-elle, le regard tout à coup singulièrement fixe et brillant.

Pourquoi pas... Pourquoi pas... Pourquoi pas? hurlait rageusement une petite voix à l'intérieur de sa tête, défiant avec une amère ironie le visage de Mme Garnier qui tentait à nouveau de s'imposer à son esprit en lui répétant les mêmes terribles paroles: «Vous devez partir... Ne plus jamais revenir... Jamais... Je vous en prie...»

Elle n'avait rien dit à Olivier de cet étrange avertissement, convaincue qu'il s'énerverait à l'idée qu'elle ait pu se laisser effrayer par ce qu'il appellerait — elle l'entendait d'ici — «les propos séniles d'une vieille tordue», tout comme elle avait gardé pour elle la formidable, irrépressible et déraisonnable envie qu'elle avait soudain de vendre le chalet pour lequel elle éprouvait à présent une sorte de répulsion engendrée, elle le savait, par cette peur qui l'avait brusquement submergée et dont elle sentait encore le goût âcre dans sa bouche. Elle n'en ressentait pas moins le besoin d'en parler, ne serait-ce que pour se soulager, mais ne voyait pas comment s'y prendre sans déclencher automatiquement une polémique. Elle n'avait pas de raison logique et rationnelle à lui fournir pour expliquer son angoisse, pas plus qu'elle n'en avait pour justifier son envie soudaine de se débarrasser du chalet, et elle ne s'en sortirait pas avec un élémentaire «Parce que», c'était évident. Il voudrait savoir pourquoi et, à défaut d'obtenir ce qu'il estimerait être une réponse satisfaisante, il l'acculerait probablement au pied du mur jusqu'à ce qu'elle s'énerve, jusqu'à ce qu'elle craque, jusqu'à ce qu'elle bafouille finalement, à bout de patience et d'arguments, qu'elle n'en savait rien... Comment le convaincre que tout ça n'était pas uniquement le fruit de son imagination? Lui dire qu'elle ne connaissait pas la raison, pas au sens propre du terme, en tout cas, mais que cette raison existait pourtant, et représentait pour elle quelque chose de concret, de réel?... Qu'elle la pressentait, tel un animal flairant le gibier, qu'elle la devinait d'une manière aveugle, comme un objet dont elle pourrait sentir la présence dans le noir sans en voir la couleur, ni la forme, sans pouvoir le décrire? Elle imaginait aisément le regard sceptique et narquois qu'il ne manquerait pas de lui jeter.

Oublie ça, ma grande! Pense à autre chose. De toute façon, tu sais très bien que cette discussion ne vous mènerait nulle part, alors...

Les ronflements inattendus d'Olivier vinrent rompre subitement le fil de ses pensées. Elle se dégagea doucement pour éteindre la lumière sur la table de nuit puis, après avoir remonté le drap sur eux, elle lui pinça sournoisement les narines pour qu'il cesse de ronfler — ça marchait à tous les coups. Il émit un faible grognement et se tourna sur le côté. Elle se colla de nouveau contre lui, l'enlaça et mêla ses jambes aux siennes. Ainsi soudée à la peau d'Olivier, elle fit le vide dans son esprit et se laissa envahir par la douce chaleur qui se dégageait de son corps, se nourrissant, telle une sangsue, de ses forces vitales, aspirant un peu de cette sérénité, de cette tranquille quiétude dont il regorgeait. Repue, apaisée, elle s'endormit aussitôt.

Cette nuit-là, elle fit un rêve étrange.

Elle pénétrait dans une pièce silencieuse et sombre, terriblement glaciale. De prime abord, elle ne voyait rien, rien d'autre que cette obscurité inquiétante qui l'enveloppait. Puis, à mesure que ses yeux s'habituaient, elle distinguait peu à peu dans la pénombre la silhouette de ce qui lui semblait être une femme à genoux auprès d'un lit d'enfant.

Une force irrésistible la poussait en avant. Elle marchait jusqu'au berceau, jusqu'à toucher le fin tissu noir dont il était habillé et voilé, tout comme la femme agenouillée à ses côtés. Elle restait immobile un moment puis, sans l'avoir vraiment décidé, elle relevait doucement le voile qui lui cachait l'enfant... celui qu'elle savait trouver dans ce berceau: couchée sur le dos, le corps et le visage couverts d'un enduit noir, Amélie la regardait, fixant sur elle des iris aussi noirs que sa peau, froids et vides, sans âme, sans expression, qui ne reflétaient ni émotion ni sentiment d'aucune sorte.

Incapable de prononcer un mot, incapable de bouger, elle restait là à contempler sa fille en essayant en vain de se persuader que tout ça n'était qu'un cauchemar, qu'elle allait se réveiller, que ce... cette chose qu'elle avait sous les yeux ne pouvait pas être Amélie.

Une goutte de sang perlait soudain à la racine des sourcils de la fillette, juste au-dessus de son œil gauche, puis une autre encore, et encore, jusqu'à former un mince filet qui suivait la courbe de l'arcade sourcilière, se coulait dans le creux de la tempe et se perdait dans les cheveux, tout près de l'oreille.

Sortant de sa torpeur, elle se penchait sur l'enfant pour écarter d'une main hésitante, tremblante, la mèche de son front, découvrant avec consternation une abominable blessure, une longue et profonde entaille en forme de cercle au fond de laquelle luisait faiblement le blanc de l'os. Horrifiée, elle voyait la peau à l'intérieur du cercle se plisser, puis s'étirer, se boursoufler et se fendre enfin en une série de trois marques sanglantes, à la fois distinctes et pareilles. Des marques qui reproduisaient le chiffre 7 trois fois.

Frappée de stupeur par cette vision hallucinante et terrifiante, anéantie par un sentiment d'impuissance, de détresse extrême, elle se tournait alors vers la femme agenouillée en pleurant et en gémissant : *Pourquoi... Pourquoi... Pourquoi...*

Des mains noueuses relevaient lentement les voiles sur un visage ridé aux pommettes saillantes.

Haussant insensiblement les épaules, Alice Garnier la regardait avec, au fond des yeux, une infinie tristesse.

Chapitre 14

Le lundi matin, ils se levèrent à 5 h 30 — Olivier devait être au bureau à 9 heures sans faute. Ils avalèrent rapidement et silencieusement leur petit déjeuner, après quoi Olivier transporta les bagages dans la voiture pendant qu'Elizabeth finissait de ranger la cuisine et faisait le tour du chalet pour fermer les fenêtres, éteindre les lumières, et s'assurer qu'ils n'avaient rien oublié.

Elle verrouilla la porte d'entrée et, alors qu'elle marchait vers la voiture pour rejoindre Olivier et Amélie qui l'y attendaient déjà, elle sentit un étrange soulagement l'envahir, comme si elle laissait derrière elle quelque chose de lourd, d'oppressant, d'inexplicablement menaçant. Elle fut tentée de s'arrêter et de se retourner pour jeter un dernier regard derrière elle, mais n'en fit rien. Au contraire. Elle accéléra le pas et baissa les yeux, s'appliquant à observer le mouvement de ses pieds et maîtrisant une soudaine envie de rire parce qu'elle venait de se rappeler, involontairement mais fort à propos, un passage de la Bible — celui, bien sûr, où il est question de la pauvre femme de Loth et de son terrible châtiment, imaginé, pensait-elle avec ironie, par un esprit subtilement voluptueux, imperceptiblement frénétique et délicieusement tordu.

Une statue de sel... Quelle idée! Ça devait pas être triste à voir, ça... Manquait pas d'humour, quand même, ce type-là, ironisa-t-elle encore en gravissant les marches de l'escalier qui menait au terre-plein. Autres temps, autres mœurs, comme on dit. Hier, c'était du sel... Aujourd'hui, ce serait quoi? Du béton, peut-être?

Dans son incertitude, elle leva tout naturellement les yeux vers Olivier — seul et unique spécialiste des matériaux à portée de la main. Il regardait dans sa direction en tambourinant nerveusement des doigts sur la portière d'un air de dire: «Alors, ça vient?»

— J'arrive, mon amour, j'arrive! lui cria-t-elle en lui souriant innocemment.

Lui, il me répondrait sûrement que tous les nouveaux édifices de Montréal reposent sur des pieux qui sont en réalité d'innocentes petites madames n'ayant pas pu résister à la tentation de se retourner pour voir...

Elle monta rapidement dans la voiture et boucla sa ceinture de sécurité tout en continuant à fixer obstinément le bout de ses pieds, bien décidée à ne relever la tête que lorsque le véhicule aurait quitté le chemin rocailleux pour s'engager sur la route de Vendée.

Et alors? Ça t'avance à quoi? se railla-t-elle intérieurement en se maudissant d'avoir cédé, une fois de plus, à une impulsion qu'elle trouvait puérile et, à vrai dire, complètement débile.

Pourquoi tenir absolument à ne garder pour dernière image du chalet que celle d'une porte fermée à double tour? Caprice, peur infantile, superstition? Elle n'en savait rien et ça l'agaçait prodigieusement. Elle secoua légèrement la tête et resserra les lèvres en une moue à la fois boudeuse et moqueuse.

Un handicap émotif, ça se surmonte quand même. Comment se fait-il que moi, je n'y arrive pas? Sûr que je dois avoir quelque chose de coincé quelque part dans le crâne... (Elle croisa les bras sur son ventre et laissa son regard errer sur le paysage qui défilait sous ses yeux.) *Dommage que personne n'ait encore pensé à mettre au point des greffes de tête. «Bonjour, docteur. Ma tête est défectueuse. Pouvez-vous me la réparer? —Pas de problème, chère madame... Allez, hop! Une tête pour madame De Blieck! Et une!...»*

Elle soupira puis se pencha pour jeter un coup d'œil à sa fille — Amélie dormait comme un ange, confortablement allongée sur la banquette arrière —, attirant sans l'avoir voulu l'attention d'Olivier sur elle.

— Je donnerais cher pour savoir à quoi tu penses, dit-il, intrigué par son expression qui lui paraissait curieusement osciller entre la gaieté et le désenchantement.

— À mon humble avis, ce serait une dépense extravagante, plaisanta-t-elle. Tu me surprends, mon amour. Je ne te savais pas si prodigue avec ton fric.

— Oui. J'admets que je suis un être assez excentrique parfois, mais là n'est pas la question. Allez, dis-moi à quoi tu pensais.

— À rien d'extraordinaire, tu sais... Je me disais simplement qu'un changement de tête me ferait le plus grand bien.

— Tu ne songes pas à faire couper tes cheveux, j'espère, protesta Olivier qui avait horreur des nuques rasées. Ni à les teindre en blond?

Elle lui sourit. Lui pressa la main.

S'il savait...

— Mais non, le rassura-t-elle. Qu'est-ce que tu vas imaginer? Tu sais bien que je ne ferais jamais une chose pareille.

Il lui sourit à son tour, perplexe, ne sachant s'il devait la prendre au sérieux ou non.

Un silence suivit pendant lequel Elizabeth se cala contre le dossier de son siège et ferma les yeux, renouant le fil de ses pensées et laissant Olivier retourner à ses propres préoccupations — qui n'étaient pas, contrairement à ce qu'elle aurait pu s'imaginer, d'ordre professionnel mais personnel.

Bien qu'ils aient volontairement évité tous les deux, pendant le week-end, toute allusion au terrible accident de la petite Diane Cormier, Olivier, lui, n'avait pas cessé d'y penser.

Que va-t-il se passer maintenant? se demandait-il en réfléchissant aux répercussions qu'aurait sur eux cette mort accidentelle qui était survenue sous leur toit.

Bien sûr, il se reprochait amèrement sa négligence et sa stupidité (S'il s'était résigné à couper ces maudites branches avant...!) mais il se disait en même temps que ça ne servait à rien de se faire des reproches, que ça ne ramènerait pas la gamine à la vie et que, de toute façon, seul ce qui devait arriver était arrivé... Son esprit était ainsi fait qu'il ne pouvait, et ne voulait pas non plus, envisager ou concevoir, ne serait-ce qu'une seule minute, qu'il puisse être responsable de cet accident. Il n'aurait pas pu vivre le reste de ses jours avec cette idée en tête. Il en serait devenu fou. Il était à la fois fort et faible, comme tous les êtres humains, et sa faiblesse le poussait, lui qui ne croyait pourtant ni en Dieu ni en Diable, à s'incliner devant le plus grand mythe de tous les temps, à s'accrocher de toutes ses forces à l'idée que cette fillette était morte parce que son heure était venue, tout simplement... Que si ça ne s'était pas passé dans son jardin, ça se serait passé ailleurs. La fatalité était responsable. Pas lui.

Il avait téléphoné à leur agent d'assurances pour le mettre au courant de la situation mais n'en avait pas parlé à Elizabeth. D'abord parce qu'elle était déjà suffisamment bouleversée comme ça par cette histoire, ensuite parce qu'elle avait déjà eu plus que sa part d'émotions ces derniers temps:

l'incendie du mois de juin, la mort de la gamine, sa grossesse... Ce n'était pas la peine d'en rajouter en lui apprenant qu'ils allaient devoir faire face à une réclamation en dommages-intérêts. «Jusqu'où ça peut aller?» avait-il demandé à son agent qui lui avait prudemment répondu qu'il l'ignorait, qu'il fallait s'armer de patience et attendre que la mère de l'enfant se manifeste, probablement par la voie de ses avocats.

S'armer de patience, se répéta-t-il en serrant insensiblement ses mains sur le volant. Facile à dire...

Il n'avait vu Carole Cormier que deux ou trois fois, mais ça lui avait suffi pour se faire une idée de la bonne femme, et cette idée était loin de le rassurer.

Elle est assez folle pour nous poursuivre. Elle va réclamer une somme astronomique... Nous mettre sur la paille. Mais non... Elle ne ferait pas ça, quand même. À quoi ça lui servirait? À assouvir sa vengeance? Mais oui... C'est possible. Tout est possible avec les fous... Arrête, Olivier. Tu te fais des peurs pour rien, mon vieux. De toute façon, ça ne sert à rien de se tracasser à l'avance. Oublie ça. Pense à autre chose.

Il se mit alors à penser à son fils — il était sûr que ce serait un garçon — et cette pensée le réconforta. Pour un peu, il se serait mis à siffler de bonheur.

Quoi qu'elle fasse cette Mme Cormier, se dit-il, on passera au travers. L'argent... y a pas que ça dans la vie. On en gagne, on en perd... On n'a jamais manqué de rien et c'est pas demain que ça va commencer.

Il était non seulement d'une nature irrémédiablement optimiste, mais il savait en plus, dans les moments difficiles, discerner avec une facilité déconcertante les choses importantes de celles qui ne l'étaient pas, ou l'étaient moins. Et le plus important à ses yeux pour le moment restait Elizabeth, Amélie et... ce fils qu'il attendait avec tant d'impatience et dont l'arrivée prochaine le remplissait, quand il y songeait, d'une douce euphorie. Il anticipait déjà les joies de cet avenir qu'il croyait connaître, sans se douter un seul instant que sous le masque de cette promesse de bonheur se cachait en réalité une terrible descente aux enfers.

Il était environ 8 h 15 quand ils arrivèrent chez eux. Après avoir déchargé les bagages, Olivier prit une douche, se changea et avala un café en vitesse avant de remonter en voiture. À 8 h 55 précises, il entrait dans son bureau comme prévu, affichant un large sourire de satisfaction à la manière d'un sportif qui vient d'accomplir un exploit.

* *
*

Elizabeth ouvrit les yeux.

Elle s'était affalée quelques minutes dans le fauteuil du salon en cherchant à récupérer son souffle — qu'elle avait perdu en s'escrimant à passer l'aspirateur — et s'était légèrement assoupie. Les pétarades d'une moto dans la rue l'avait fait sursauter.

Elle se leva, empoigna son aspirateur et allait le remettre en marche lorsqu'elle entendit une voiture ralentir et se garer devant la maison. Elle jeta un coup d'oeil à sa montre: 11 h 10. Se pouvait-il qu'Olivier ait décidé de rentrer pour le dîner? Elle s'approcha de la fenêtre pour voir. Et ce qu'elle vit la fit sourire: Gilberte, vêtue d'une salopette d'un jaune éclatant, affublée d'une énorme casquette et de gigantesques verres fumés — assortis, bien sûr, à la couleur de la salopette —, refermait d'un coup sec la portière d'une *Rabbit* citron.

Elizabeth se précipita vers le hall d'entrée et ouvrit la porte à la volée. Le bras tendu, Gilberte allait appuyer son doigt sur la sonnette. Prise au dépourvu, elle s'exclama:

— Dis donc, toi... Tu as des antennes ou quoi?

— Ne le dis à personne, surtout, murmura Elizabeth sur le ton de la confidence en se penchant vers Gilberte pour lui faire la bise. Je n'aimerais pas qu'on sache que je suis un insecte déguisé... J'y perdrais une partie de mon charme, tu comprends? (Elle referma la porte et la précéda dans le salon.) À propos de déguisement, ajouta-t-elle malicieusement, tu arrives à passer inaperçue comme ça?

— Non, pas vraiment, répondit Gilberte avec un sourire éblouissant en s'asseyant sur le divan.

De la bouche d'Elizabeth qui l'observait d'un œil critique fusa un rire à la fois tendre et moqueur.

— Un peu tôt pour l'Halloween, non? dit-elle. C'est quoi, ton truc... Un serin obèse ou une abeille éléphantesque?

— Oh... C'est si moche que ça? protesta Gilberte avec un soupçon d'inquiétude dans la voix.

— Pas du tout. Ça te va à ravir. C'est juste un peu... disons un peu surprenant, quoi.

Elle laissa Gilberte enlever sa casquette, ses verres fumés et s'enquit:

— Tu as soif? Tu veux boire quelque chose?

— Volontiers. Un jus d'orange frais, ou... non, tiens, fais-moi plutôt du thé glacé. J'adore.

Elizabeth se leva et se dirigea vers la cuisine, non sans s'être assurée que Gilberte lui emboîtait le pas.

Ouvrant la porte du réfrigérateur, elle tendit la main vers un pot en verre rempli d'un liquide doré et s'empressa de le brandir sous le nez de Gilberte en déclarant d'un air légèrement triomphant:

— Vos désirs sont des ordres, madame. Tiens... Je l'ai fait ce matin en arrivant. Tu vois comme je suis? À peine revenue de ma campagne, je me préoccupe de tes petits plaisirs.

— Super! s'exclama Gilberte, surprise autant que ravie. Tu avais deviné que je viendrais?

— Eh bien, disons que j'espérais ta visite.

— Alors... C'était bien Vendée?

— Calme et reposant.

Elle tendit son verre à Gilberte et prit une gorgée du sien avant d'enchaîner:

— Tu ne m'avais pas dit que tu allais changer de voiture.

— C'est une voiture louée, expliqua Gilberte en posant son verre sur la table et en tirant une chaise pour s'asseoir. La mienne est au garage. Pour un bon moment, je crois. Les freins sont foutus, le radiateur pisse l'eau, le différentiel débloque,... (Elle énumérait ses griefs sur ses doigts comme pour être sûre de ne pas en oublier.) le moteur tousse, le tuyau d'échappement traîne par terre...

— Quelle angoisse! l'interrompit Elizabeth en affichant une mine faussement catastrophée. Et les essuie-glace?

— Coincés.

— Les phares? Ils fonctionnent au moins les phares, non?

Comme Gilberte poussait un profond soupir et hochait la tête en signe de négation, elle reprit:

— Elle est complètement foutue, on dirait... Pourquoi tu ne t'en débarrasses pas au lieu d'essayer de la faire réparer? Elle va te coûter la peau des fesses, cette vieille horreur! Tant qu'à faire, autant en acheter une nouvelle, non?

— Plus facile à dire qu'à faire, rétorqua Gilberte en souriant perfidement. Je ne suis pas comme toi, moi. J'ai de l'affection pour mes «vieilles horreurs» comme tu dis, et je n'arrive pas à m'en défaire facilement. Tu en sais quelque chose d'ailleurs... Ça fait plus de vingt ans que je m'accroche à toi, alors...

— Méchante! s'exclama Elizabeth en riant. Je me doutais bien que tu finirais par me lâcher une vacherie. Même que je commençais à me demander ce qui n'allait pas avec toi... En général, c'est dans les deux premières minutes que tu mords.

— Oui, je sais... Y a des jours comme ça où on ne tient pas la forme. En tout cas, pour en revenir à ma voiture,... le mécanicien doit me donner un devis demain. Si ça doit effectivement me coûter la peau des fesses, tu peux être sûre que je vais m'asseoir sur mon affection et m'en offrir une nouvelle.

— Très raisonnable, admit Elizabeth. Bon, puisque tu es là, je présume que tu vas manger avec nous? Ne dis pas non. Tu me dois bien ça.

— Pourquoi?

— Pour la *vieille horreur*! Ça me reste en travers de la gorge.

— Menteuse, fit Gilberte d'une voix railleuse. Tu me bluffes et tu me fais du chantage, en plus. Belle mentalité!

— Tu as raison. Je suis prête à toutes les bassesses pour te garder. Alors accepte... ne serait-ce que pour me faire plaisir, d'accord?

Gilberte se leva, rigide et sévère, s'appuya d'une main sur la table et affronta Elizabeth du regard en déclarant d'un ton grave:

— Tu veux que je te dise? Le plus grand drame de ma vie, c'est de n'avoir jamais su te dire non.

Malgré l'air très sérieux qu'elle affichait, Elizabeth, qui la connaissait trop bien pour ne pas se méfier, avait détecté comme une lueur de malice dans ses yeux.

— Et c'est pas aujourd'hui que ça va changer! s'exclamèrent-elles toutes les deux en même temps, en un synchronisme parfait, éclatant de rire et se tombant dans les bras l'une de l'autre.

Le repas fut prêt en moins de dix minutes.

Les deux jeunes femmes, attablées, attendaient Amélie qui, arrivant du jardin, entra en courant dans la cuisine et passa en trombe derrière sa mère pour foncer vers sa chambre. Elle voulait y déposer la boîte en métal joliment colorée qu'elle tenait dans ses mains avant de passer à table. Dans cette boîte, il y avait le produit de sa chasse pour Nellie: quelques mouches mortes — sur lesquelles Nellie lèverait probablement le nez, car les araignées ne s'intéressent, en général, qu'aux proies qu'elles ont elles-mêmes tuées — et deux papillons dont elle avait arraché les ailes pour les empêcher de voler.

Un bras l'arrêta dans son élan.

— Alors, on ne dit plus bonjour? fit Gilberte en attirant la fillette vers elle.

Amélie se pencha de mauvaise grâce et déposa un baiser sec et rapide sur la joue tendue. En se redressant, elle surprit immédiatement le regard de la jeune femme fixé avec curiosité sur la boîte en métal et son cœur se mit à battre plus vite. Elle recula d'un pas.

Gilberte resserra son étreinte.

— C'est joli ça. Qu'est-ce que c'est? (Elle tendit la main et effleura du bout des doigts le couvercle de la boîte.) On peut voir?

— Non! répondit vivement Amélie en essayant de se libérer.

— Pourquoi non?

— Parce que...

Étonnée, intriguée, Elizabeth regardait sa fille.

Qu'est-ce qui lui prend tout à coup? se demanda-t-elle en observant la pâleur étrange et soudaine du petit visage.

Amélie adorait, d'habitude, être le centre d'attraction lorsqu'elle se trouvait en présence d'adultes. Elle ne reculait devant rien pour y arriver, étalant avec empressement ses jouets devant toute grande personne qui avait franchi la porte d'entrée. Cela avait parfois le don d'exaspérer Elizabeth. Surtout quand l'entreprise de séduction de sa fille avait pour cible le facteur, le livreur ou le voyageur de commerce.

Elle posa sa main sur le bras de l'enfant. Le contact la fit frémir. La peau d'Amélie était froide et sèche sous ses doigts et les muscles, contractés à l'extrême, révélaient une tension anormale, une volonté presque animale de... protéger quelque chose. De protéger quoi?...

— Amélie! Qu'est-ce que tu caches là-dedans? demanda Elizabeth d'une voix légèrement rauque.

Elle fixait la boîte comme si elle avait voulu voir au travers des parois de métal. Amélie ne bougeait pas. Puisque la réponse ne venait pas, Elizabeth leva les yeux vers sa fille, les lèvres ouvertes sur la question qu'elle s'apprêtait à réitérer. Aucun son ne sortit de sa gorge.

Les regards de la mère et de l'enfant s'étaient croisés, puis solidement accrochés l'un à l'autre. Le temps s'était arrêté. Le vide s'était fait, soudain, dans la tête d'Elizabeth. Elle ne pensait à rien, ne sentait rien, ne voyait rien. Rien d'autre que ces prunelles vertes qui la fouillaient, qui la sondaient doucement mais résolument, et dont elle ne pouvait se détacher. Une bouffée de chaleur lui monta à la tête, suivie d'une sensation de froid intense. Un étau se referma autour de sa poitrine, faisant résonner dans ses tympans les battements de son cœur en un écho assourdissant bientôt remplacé par un sifflement aigu, insupportable. Elle ne pouvait plus respirer. Elle étouffait... Dans un geste réflexe, elle lança ses bras en avant. Ses mains butèrent contre quelque chose de mou. Ses doigts s'y agrippèrent instinctivement, s'enfonçant dans une matière chaude et molle. Il y eut un hurlement. Puis un bruit de course.

Elizabeth, sortant de sa transe, eut à peine le temps de saisir l'image fugitive de sa fille qui disparaissait au fond du couloir.

Hébétée, elle se tourna vers Gilberte. D'une voix mal assurée, elle demanda:

— Qu'est-ce qui s'est passé?

Gilberte haussa les épaules, ne sachant que répondre. Elle avait pourtant assisté à toute la scène mais n'y avait strictement rien compris. Elle prit doucement les mains jointes d'Elizabeth entre les siennes. Elles étaient glacées.

— Liza, murmura-t-elle, il ne s'est rien passé. Rien de grave en tout cas. Vous vous êtes regardées toutes les deux un bon moment, et puis... tu l'as empoignée par les épaules. Tu as dû la serrer un peu trop fort et... (Elle observait

Elizabeth dont le visage avait pris une teinte grise et terreuse. Les immenses prunelles bleues exprimaient le doute et l'incompréhension.) Liza, est-ce que tu te sens bien?

Elizabeth détourna son regard brouillé de larmes en gémissant, d'une voix à peine audible:

— Qu'est-ce que j'ai... Qu'est-ce qui m'arrive?

Elle porta les mains à sa gorge, essayant d'atténuer la douleur provoquée par le «blocage» d'une puissante envie de hurler.

Déconcertée, Gilberte poussa un léger soupir d'irritation. Elle se sentait impuissante face à ce désarroi qu'elle ne comprenait pas d'ailleurs.

— Tiens, bois ça! dit-elle en poussant un verre d'eau vers la jeune femme. Ça fera passer la boule.

Tandis qu'Elizabeth avalait le liquide par petites gorgées, Gilberte l'examinait plus attentivement.

C'est vrai qu'elle n'a pas l'air en forme. Elle a maigri. Pas beaucoup, mais quand même... Elle n'est plus la même depuis le mois de juin. Elle a perdu un peu de son éclat, de son exubérance aussi. C'est vrai qu'avec l'incendie, la mort de cette gamine et le bébé en plus... Non. C'est pas ça. C'est autre chose... On dirait qu'elle a peur. Mais de quoi, bon sang! De quoi pourrait-elle avoir peur?

Trop intuitive pour ne pas sentir l'appel au secours d'Elizabeth, elle n'arrivait pas cependant à se l'expliquer. Il lui semblait que sa réaction était disproportionnée, excessive. Comme si elle avait crié: «Je me noie!» assise bien au sec sur la plage, à trois mètres de l'eau.

Gilberte soupira de nouveau.

— Liza, tu te fais du mauvais sang pour rien. Ce qui t'arrive est tout à fait normal. Tu vas avoir un bébé. Toutes les femmes qui attendent un bébé sont plus émotives, plus sensibles, plus susceptibles... Plus inquiètes aussi. Tout le monde sait ça, sauf toi on dirait. Pourquoi est-ce que tu t'angoisses comme ça? Je suis sûre que tout va bien se passer. Et puis, je suis là, moi. (Elle avait posé sa main brune et légère, chaleureuse, sur le bras d'Elizabeth.) Tu sais que tu peux compter sur moi, non? Tu peux tout me dire, tout me demander... Me faire des scènes si ça peut te défouler. Je suis prête à tout supporter, sauf les coups, évidemment. Allez, souris-moi. Dis-moi quelque chose, n'importe quoi... Par exemple qu'en reconnaissance de tout ce que je suis prête à faire pour toi, c'est moi qui serai la marraine de ton bébé... Non?

Une ébauche de sourire se dessina sur les lèvres d'Elizabeth.

— C'est pas de jeu, balbutia-t-elle, tu savais déjà que ce serait toi.

— Ah oui? fit Gilberte faussement étonnée. Eh bien, je suis ravie de t'entendre confirmer cette promesse que je t'avais arrachée, si je me souviens bien, après un troisième verre de vin. J'étais certaine que tu l'avais oubliée. Bon... faut que je me sauve maintenant, moi.

Elle se leva d'un bond et déposa un baiser sur la joue encore mouillée de larmes.

— Je veux bien t'aider, mais je dois aussi penser à gagner ma vie de temps en temps. Ce n'est pas en te tenant la main, ajouta-t-elle d'une voix tendrement narquoise, que je vais payer mon studio, n'est-ce pas?

Elle se dirigea, légère, aérienne, vers la porte de la cuisine.

— Ne te dérange pas, dit-elle en se retournant. Je connais la sortie. Je t'appelle demain à la première heure, et je veux que tu sois charmante, et de bonne humeur, et gaie, et rieuse, et tout, et tout... Délirante de béatitude, quoi. Tu as tout l'après-midi et toute la soirée pour te conditionner. Alors si tu ne l'es pas, je te promets que ça va barder... Bye-bye!

Le claquement de la porte d'entrée fit sursauter Elizabeth.

Elle ferma les yeux, respira profondément et sourit. Un

sourire de dérision face à l'absurdité de sa situation. Elle avait tout pour être heureuse: un mari aimant, tendre et passionné, une amie fidèle et dévouée, une fille débordante de santé, une maison super confortable... Ça, c'était la vision de Gilberte, la vision du monde extérieur. C'était la sienne aussi, avant...

Elle se sentait seule, abandonnée, livrée à elle-même. Incapable de traduire pour Olivier, ou pour Gilberte, l'angoisse qui l'habitait. Comment auraient-ils pu comprendre? Elle ne comprenait pas elle-même. Elle sentait confusément que la scène qu'elle venait de vivre avec Amélie avait un lien avec son angoisse. Mais quel lien? C'était comme un mot cent fois répété, comme un visage cent fois revu, qu'on n'arrive pas à se rappeler. Comme si sa mémoire avait enregistré une information qu'elle refusait de livrer à son conscient. Elle avait, quelque part, emmagasiné les éléments d'une énigme dont elle ne trouverait probablement jamais la clé.

Dans ce marécage d'incertitude où la plaçait cette bataille entre sa raison et son intuition, elle n'était sûre que d'une chose: cette peur qui l'habitait, elle ne l'avait pas inventée. Ne ressemblant en rien à celles qu'elle avait déjà connues, elle avait ses propres racines, de même qu'une odeur particulière, différente, et un mécanisme de croissance puissant, impossible à stopper. Et cette peur allait grandir, et grandir encore... Elle ne savait pas pourquoi mais elle en était convaincue.

* *
*

L'après-midi, lourd pour Elizabeth de sombres pensées, tirait à sa fin.

Elle fit souper Amélie mais fut elle-même incapable

d'avaler quoi que ce soit. Elle échangea à peine quelques mots avec la fillette. Elles évitaient toutes les deux de se regarder dans les yeux.

Amélie était plutôt calme. Elle mangea tout ce qu'il y avait dans son assiette, sans faire d'histoires, et retourna ensuite jouer dans sa chambre.

Elizabeth rangea la cuisine et s'installa au salon en essayant en vain de se concentrer sur la lecture d'un magazine. À 19 h 30, elle fit le tour du rez-de-chaussée pour en éteindre toutes les lumières, à l'exception de celle du hall d'entrée qu'elle laissa allumée pour Olivier. C'était encore une de ces journées où il serait retenu très tard au bureau et ne rentrerait pas avant la fin de la soirée. Il lui avait téléphoné peu après le départ de Gilberte, lui recommandant de ne pas l'attendre pour le souper. Il s'était inquiété quelque peu de son ton qu'il trouvait maussade mais sans plus. Elle avait prétexté la fatigue du voyage de retour, la chaleur. Il lui avait conseillé de ne pas se coucher trop tard. Elle allait effectivement monter dire au revoir à sa fille, prendre un bon bain chaud et se coucher.

Amélie avait déjà mis sa robe de nuit et lisait sagement dans son lit. La lumière de la lampe de chevet l'enveloppait tout entière, faisant briller le lustre de ses boucles brunes plus désordonnées que jamais.

Les yeux bleus et les yeux verts se croisèrent. Elizabeth fut la première à détourner son regard.

— C'est l'heure de dormir, ma poulette, murmura-t-elle doucement, d'une voix débordante de tendresse.

Elle s'approcha du lit et tendit la main vers le livre qu'Amélie venait de refermer, après avoir marqué la page d'un signet.

Ignorant la main tendue, la fillette se tourna sur le côté et déposa elle-même son livre sur la table de nuit. Elle se remit ensuite sur le dos et ferma les yeux sans dire un mot.

Décontenancée, Elizabeth la regardait en mordillant le bout de son pouce.

— Je suppose qu'il n'y aura pas d'histoire, ce soir? s'enquit-elle pour la forme.

Comme Amélie ne disait toujours pas un mot et n'ouvrait pas les yeux non plus, Elizabeth se résigna à éteindre la lampe puis se pencha pour l'embrasser. Elle perçut nettement le mouvement de recul de l'enfant. Cela lui fit l'effet d'une gifle et elle fut tentée aussitôt de s'enfuir en courant. Elle s'obligea au contraire à s'asseoir sur le bord du lit, se raisonnant, essayant de refouler sa peine, se disant qu'elle ne pouvait pas partir comme ça, qu'il fallait qu'elle fasse ou qu'elle dise quelque chose. Elle n'ouvrit la bouche que lorsqu'elle fut certaine de pouvoir maîtriser sa voix. Joignant les mains et les serrant entre ses genoux, elle dit:

— Amélie, je sais ce que tu ressens. Je sais que tu es en colère contre moi et je te comprends. Tu as raison. Tout le monde a le droit d'avoir des secrets. Toi aussi, ma chérie. Je n'aurais pas dû insister, c'est vrai. J'ai eu tort et je t'en demande pardon... Tu sais, il arrive parfois que les mamans fassent des erreurs, elles aussi, des bêtises, tout comme les petites filles. Mais ce n'est pas pour ça qu'on doit se forcer à ne plus les aimer. Quand ça t'arrive à toi de faire des bêtises, je m'énerve, je me mets en colère. Mais je te pardonne parce que je t'aime, et je continue à t'aimer... Amélie, est-ce que tu m'écoutes? Est-ce que tu comprends ce que j'essaie de t'expliquer? (Elle avait posé sa main sur le bras frêle qui reposait, inerte, sur les draps. La fillette ne bougea pas. Ne répondit pas non plus.) On ne doit pas garder la colère qu'on a dans le cœur, Amélie. Ça empêche d'être heureux. Et je voudrais tellement que tu sois heureuse, ma chérie. Je t'aime très fort, tu sais...

Elle se pencha de nouveau vers sa fille et déposa sur son front un baiser qui ne provoqua, cette fois, aucun mouvement de recul.

Elle n'était pas certaine que sa fille l'ait écoutée, ni même, si c'était le cas, qu'elle ait compris tout ce qu'elle lui avait expliqué.

Elle ne s'est pas jetée à mon cou, songeait-elle en quittant la chambre, mais elle ne m'a pas repoussée non plus. C'est déjà ça... Faut juste lui donner le temps. Quelques heures encore...

Bien que triste et désemparée — elle ne supportait pas les rejets, les silences affectifs, que sa fille lui faisait subir quand elles se bagarraient toutes les deux —, Elizabeth avait cependant la conviction que cet affrontement n'était pas plus grave que ceux qu'elles avaient vécus auparavant. Elle ignorait bien sûr que quelque chose d'important avait changé dans l'univers d'Amélie... Elle n'était plus le centre, le pivot autour duquel s'articulait la vie de sa fille; elle avait perdu sa place au profit de *quelqu'un d'autre*...

Chapitre 15

Les yeux fixés sur le plafonnier dont les néons fluorescents éclairaient la petite salle d'examen d'une lumière blanche et crue, Elizabeth essayait de rester impassible malgré la pression des doigts qu'elle sentait sur son abdomen.

C'était le dernier vendredi du mois d'août et elle s'était présentée au bureau du docteur Déry pour son examen de contrôle mensuel.

Un point plus sensible dans la région de l'aine lui fit lâcher un petit cri.

Se méprenant sur la raison de son cri, le vieux médecin jeta vers elle un regard interrogateur.

— Douloureux? demanda-t-il tout en continuant son investigation.

— Pas du tout, docteur. Je suis juste un peu chatouilleuse, répondit-elle en gloussant de nouveau, ayant l'impression qu'elle finirait par hurler de rire si l'examen se poursuivait trop longtemps.

Le docteur Déry exerça une dernière pression, nota quel que chose dans son dossier et annonça gentiment:

— Voilà. C'est tout pour aujourd'hui. Tu peux te rhabiller.

Il s'apprêtait à quitter la salle d'examen, tirant le rideau d'une main derrière lui, lorsque Elizabeth le retint en lui demandant:

— Est-ce que tout va bien, docteur?

Il se tourna vers elle en souriant, comme s'il s'attendait à cette question.

— Mais oui, tout va bien. (Il avait ouvert le dossier qu'il avait dans les mains et parcourait les notes prises au cours de l'examen.) Le poids est normal... les urines aussi... En fait, je te trouve bien meilleure mine que le mois dernier, ajouta-t-il en refermant son dossier.

— Rien ne cloche alors? insista Elizabeth en finissant de rajuster sa robe.

Le docteur Déry lui sourit de nouveau.

— Eh bien, si tu veux tout savoir,... ta tension est légèrement au-dessus de la normale, mais rien de grave, rassure-toi. Peut-être un peu trop de nervosité, ou de fatigue... Essaie de prendre le plus de repos que tu pourras.

Elizabeth l'avait rejoint près du rideau séparant la salle d'examen du bureau.

— J'essaie docteur, affirma-t-elle d'une voix de petite fille quêtant l'approbation d'un adulte. J'essaie... Je fais la sieste tous les après-midi.

— Très bien, dit-il en lui posant une main sur la nuque dans un geste d'encouragement affectueux. Continue comme ça, et reviens me voir dans un mois.

Elizabeth quitta l'immeuble d'un pas léger, heureuse, confiante en l'avenir.

Sur le trottoir, elle tendit son visage vers le soleil qui

brillait dans un ciel sans nuages. Le temps s'était rafraîchi depuis quelques jours et l'air, déchargé de son excès d'humidité, lui parut doux à respirer.

Il faisait tellement beau qu'elle décida de marcher un peu.

L'angoisse qu'elle avait ressentie ces dernières semaines, lui donnant par moments l'impression de vivre en état d'urgence, s'était estompée pour faire place à une bienheureuse euphorie. Elle ne se posait pas de questions et savourait cette nouvelle paix intérieure en s'efforçant de croire que ce qu'elle considérait en quelque sorte comme une accalmie allait durer très longtemps. Elle ne voulait pas penser, ne voulait rien analyser... seulement se délecter de cette sensation de bien-être.

Elle descendit la rue Saint-Denis jusqu'au boulevard de Maisonneuve et, plutôt que de prendre un taxi pour rentrer chez elle — ce qui avait été sa première intention —, elle continua à marcher en direction de la rue Sainte-Catherine. Elle se disait que Gilberte accepterait sans doute de garder Amélie une heure de plus que prévu si elle lui avouait qu'elle avait envie de profiter de cette heure de liberté pour faire un peu de lèche-vitrines.

Elle pénétra dans un restaurant, repéra le téléphone public et composa son numéro. Gilberte répondit à la troisième sonnerie.

— Résidence De Blieck, bonjour. Madame est sortie... Si vous voulez bien laisser votre nom...

— Je sais qu'elle est sortie, l'interrompit Elizabeth en riant, prise au dépourvu. Hé, Patate... C'est moi! Qu'est-ce que c'est que cette façon de répondre au téléphone?

— Oh! s'exclama Gilberte, étonnée elle aussi, et mêlant son rire en cascade à celui d'Elizabeth. Je ne pensais pas que... Écoute, le téléphone n'arrête pas de sonner ici. Alors, je prends mon rôle de réceptionniste au sérieux, moi... Y a ton mari qui a appelé... et puis ton dentiste... Attends voir,... Oh, un certain M. Lacasse, aussi... plombier de son état... Il a dit qu'il serait là mardi matin, à neuf heures, pour vérifier le chauffage et l'état des...

— Je sais, je sais, l'interrompit de nouveau Elizabeth. Qu'est-ce qu'il voulait Olivier?

— Te dire qu'il t'adore.

— Ah oui?... Je suppose qu'il n'a pas téléphoné juste pour me dire ça, quand même, lança-t-elle d'une voix méfiante, ennuyée soudain à l'idée de s'entendre confirmer que son mari ne rentrerait pas pour le souper.

— Non ma chère, répondit Gilberte d'une voix mielleuse. Je t'annonce très officiellement que ton tendre époux désire t'emmener au restaurant. Je lui ai promis de garder votre bien-aimé rejeton toute la soirée.

— Et tout l'après-midi aussi?... Faut que je m'achète une robe. Je n'ai plus rien à me mettre sur le dos.

— Tu es comme ta fille, toi, hein? On te donne une main et tu prends tout un bras. Pffft... C'est bien parce que c'est toi, et parce que je suis d'humeur plutôt bienveillante aujourd'hui, et parce que...

— Et parce que tu as promis, de toute façon, de rester ce soir, continua Elizabeth en éclatant de rire. Tu es un amour! Qu'est-ce que je ferais sans toi?

— On se le demande, rétorqua Gilberte, moqueuse. Au fait... Tu n'as pas envie d'avoir des nouvelles de ta fille?

— J'allais t'en demander justement... Elle est sage?

— Comme une image, ma chère. Remarque, elle n'a pas le choix. Je l'ai ficelée avec une corde de vingt mètres de long et enchaînée aux pieds de ma chaise... dans le jardin, quand même, pour qu'elle puisse prendre l'air... Elle n'a pas bougé un orteil... Non, finit-elle par avouer, en réalité, on joue au Monopoly.

— Quelle idée... Elle ne sait même pas compter.

— Et alors? C'est probablement la seule et unique chance que j'aurai jamais de pouvoir gagner au moins une fois dans ma vie à ce maudit jeu. Tu crois que je vais me gêner, peut-être? s'insurgea Gilberte en riant. Bon... si on continue à discuter, tu n'auras pas le temps de te trouver une robe, et ta fille va en profiter pour tricher, en plus. Allez, je t'embrasse. À tout à l'heure!

Il y eut un léger déclic suivi d'un bourdonnement... Un rien déconcertée, Elizabeth éloigna d'abord le récepteur de son oreille, puis raccrocha en souriant et sortit de la cabine téléphonique, surprise mais nullement offusquée que Gilberte lui ait coupé la ligne au nez sans lui laisser le temps de dire au revoir. Elles étaient d'ailleurs trop complices, et depuis trop longtemps, pour s'offusquer aussi bien l'une que l'autre de leurs faits et gestes. Pour Elizabeth, leur amitié allait bien au-delà de la tendresse, de la confiance et de l'affection: Gilberte faisait partie de sa vie, intrinsèquement. Elle y était attachée autant qu'elle pouvait l'être à Olivier ou à Amélie.

Oui, c'est vrai, songeait-elle en marchant sur la rue Sainte-Catherine. Je ne sais pas ce que je deviendrais sans elle...

Comme chaque fois qu'elle prenait brusquement conscience de l'importance de quelqu'un dans sa vie, elle éprouva aussitôt de la peur, celle de perdre Gilberte, de la voir disparaître brutalement dans un accident de voiture ou d'avion, de la voir mourir d'un cancer ou d'une crise cardiaque.

Arrête... Tu te fais encore peur pour rien, se dit-elle, réagissant immédiatement, comme chaque fois aussi, contre cette sourde angoisse qui lui faisait battre le cœur plus vite. D'ailleurs, Gilberte a toujours affirmé qu'elle mourrait très vieille, et dans son lit en plus. Même qu'elle l'a promis. Alors?...

Seul l'avenir aurait pu lui répondre que cette promesse de Gilberte, contrairement à toutes celles qu'elle avait faites, ne serait pas tenue... Son destin en avait décidé autrement.

* *
*

Dans une boutique du Complexe Desjardins, Elizabeth trouva une petite robe en coton toute simple, mais bien coupée, dont la couleur — un bleu électrique parsemé de minuscules fleurs blanches — accentuait celle de ses yeux et leur donnait de l'éclat.

Elle paya avec sa carte *Chargex*, remercia la vendeuse; puis, sur le pas de la porte, elle s'arrêta un moment. Elle examinait la galerie, cherchant à repérer la sortie vers la rue Sainte-Catherine, lorsqu'elle se sentit soudain irrésistiblement attirée par la devanture d'une boutique de chaussures: une paire d'escarpins du même bleu que sa nouvelle robe avait accroché son regard.

Elle se dirigea vers la vitrine d'une démarche hésitante, se sentant coupable tout à coup de dépenser autant d'argent pour elle. Elle dépensait sans le moindre remords pour Olivier, pour Amélie, ou pour la maison; mais quand elle achetait des choses pour elle-même, il lui fallait, la plupart du temps, lutter contre un très déplaisant sentiment de culpabilité: on n'a pas le droit... on ne mérite pas de se faire plaisir... la récompense doit venir après l'effort. Elle râlait chaque fois, pestant contre son éducation judéo-chrétienne, se disant qu'on n'a pas idée de se laisser influencer si bêtement. Elle essayait toujours d'enrayer le mécanisme qu'elle connaissait bien mais y arrivait très rarement, les principes étant trop profondément enracinés.

Elle dut presque recourir au lavage de cerveau pour se convaincre qu'elle avait absolument besoin de cette paire de chaussures... que le prix était fort raisonnable... que ce n'était pas du tout un caprice de sa part... bref, qu'elle ne se faisait pas uniquement plaisir et que, par conséquent, elle n'avait pas à se sentir coupable.

Elle paya de nouveau avec sa carte et sortit de la boutique avec son sac de chaussures sous le bras. Elle traversa la galerie rapidement, évitant exprès de laisser son regard errer sur les devantures des boutiques devant lesquelles elle passait. Dès qu'elle fut à l'extérieur, elle héla un taxi.

La voiture stoppa net le long du trottoir, en double file, non sans provoquer un concert de klaxons impatients. Le chauffeur se pencha pour lui ouvrir la portière. Il affichait un sourire éblouissant, un air de décontraction totale, sur un visage noir comme un pruneau, nullement troublé apparemment par le bouleversement qu'il venait de créer dans la circulation.

Elizabeth eut un mouvement d'hésitation. Toutes les fois qu'elle était tombée sur un chauffeur de taxi d'origine haïtienne, elle s'était tellement énervée pendant le trajet qu'elle était presque toujours arrivée à destination dans un état nerveux déplorable, aux bords de la crise de nerfs.

Elle prit place dans le véhicule, agacée déjà à l'idée de revivre une expérience désagréable: elle lui indiquerait clairement l'adresse, lui expliquerait savamment le parcours à suivre... Il ne manquerait pas de l'interrompre pour lui affirmer, inévitablement, avec aplomb et avec un accent tout à fait charmant: «Ne vous inquiétez pas, madame, je sais où c'est!» Il roulerait ensuite dans la bonne direction en lui racontant — comme à une vieille amie — ses misères, son travail, sa famille. Comme d'habitude, s'enfermant dans ses pensées, elle l'écouterait d'une oreille distraite, réaliserait subitement et trop tard qu'il ne roulait plus dans la bonne direction, qu'en fait il avait compris l'adresse de travers et qu'il était loin d'avoir suivi le parcours établi au départ. Elle se rendrait vite à l'évidence qu'il ne connaissait pas du tout la ville, en plus. Elle serait obligée de réfléchir et de lui donner rapidement, calmement, mais fermement — en lui dissimulant, si possible, l'irrésistible envie qu'elle aurait sûrement de lui foutre son sac sur le crâne —, de nouvelles explications quant au chemin à prendre en exigeant, tout en le surveillant étroitement cette fois, qu'il suive ses directives à la lettre. Avec de la chance et beaucoup de patience, elle arriverait chez elle après avoir vécu quinze ou vingt minutes de sa vie de plus que prévu dans un taxi dégageant une abominable odeur de désinfectant bon marché, et elle serait tellement épuisée qu'elle se sentirait incapable, sans l'ombre d'un doute, de se bagarrer en plus sur le prix de la course, n'ayant qu'une seule — mais terriblement obsédante — envie: s'extraire au plus vite de cette voiture. Elle rentrerait chez elle en se disant, encore une fois, que c'était fini, qu'on ne l'y reprendrait plus... que dorénavant, elle ferait gaffe avant de s'embarquer avec un chauffeur haïtien.

Contrairement à tout ce qu'elle avait imaginé, Elizabeth se retrouva chez elle en moins d'un quart d'heure, dans un état de nerfs impeccable, sans avoir eu à se battre, à discuter ou à s'énerver. Ravie, elle paya le prix de la course en y ajoutant un généreux pourboire. Elle descendit de la voiture en souriant et monta les marches jusqu'à la porte d'entrée d'un pas léger.

Jetant un coup d'œil par-dessus son épaule, elle put voir le chauffeur lui sourire et la saluer d'un geste gracieux de la main.

Elle referma la porte derrière elle et s'y adossa un moment.

Dieu est bon pour moi, aujourd'hui, se dit-elle en riant doucement.

* *
*

La table était un peu à l'écart des autres, juste à côté d'une fenêtre donnant sur l'avenue du Parc.

Elizabeth était ravissante dans sa robe bleue. Elle avait relevé ses cheveux en un souple chignon dont quelques mèches folles s'étaient échappées, auréolant son visage et adoucissant ses traits.

Le serveur s'était approché avec un plateau sur lequel se dressaient deux flûtes de kir royal. Il servit les apéritifs, retourna vers le bar — qui longeait tout le mur gauche de l'entrée —, déposa son plateau sur le comptoir, puis revint vers leur table.

Sortant un crayon et un carnet de son tablier vert, il s'inclina vers Olivier:

— Vous êtes prêt à commander, monsieur?

Olivier s'empara de nouveau du menu qu'il avait déposé pour trinquer avec Elizabeth.

— Oui... hum... Alors, deux coquilles Saint-Jacques marinées aux pommes et grenades, deux salades aux lardons et deux filets de veau au citron vert, dit-il en laissant glisser son doigt sur la feuille recouverte de papier glacé et en pointant, systématiquement, chacun des plats choisis.

— Vous prendrez du vin? demanda le garçon en lui tendant la carte des vins.

— Rouge ou blanc? fit Olivier en s'adressant à Elizabeth.

— Je préfère le blanc, lui répondit-elle avec une moue charmante.

— D'accord... Alors un chablis...

Puis se tournant vers le serveur:

— Un Bichot, précisa-t-il.

— Bien, monsieur.

Le serveur reprit la carte que lui tendait Olivier et les débarrassa prestement des menus.

Olivier se pencha au-dessus de la table et prit les mains d'Elizabeth dans les siennes.

— Tu es dans une forme éblouissante, ma chérie.

— Tu n'es pas mal non plus, enchaîna-t-elle avec un sourire moqueur.

— Je crois que je vous épouserais, madame, si vous n'étiez pas déjà mariée.

— Ça peut s'arranger, chuchota-t-elle, les yeux pétillants de malice. On n'a qu'à flinguer le mari...

— Dis donc... C'est de moi que tu parles là, précisa Olivier en se composant un air outragé.

— Aah... Faudrait savoir! Tu joues le rôle de mon mari ou de mon amant?

— Eh bien... Je joue le rôle qui me plaît, quand ça me plaît, affirma-t-il en riant.

— Tricheur! lança-t-elle en joignant son rire au sien.

Le serveur venait d'apporter les coquilles Saint-Jacques. Ils entamèrent leur plat avec appétit, échangeant plus de regards amoureux que de paroles.

Ils en étaient au filet de veau quand Olivier commanda une autre bouteille.

— Tu vas me soûler, protesta Elizabeth en portant sa coupe à ses lèvres.

— Comme ça, je serai sûr d'avoir le dernier mot.

— Tu vas soûler notre bébé, aussi.

— Tu sembles oublier, ma chérie, que cet enfant a du sang de Belge dans les veines, dit-il en vidant sa coupe d'une traite. Par conséquent, quelques gouttes de vin ne vont pas l'effrayer... encore moins le soûler. Et puis,... faut bien lui préparer le terrain à ce môme.

— Grand Dieu! s'exclama Elizabeth en riant. Tu veux en faire un alcoolique ou quoi?

— Allons, allons... Tout de suite les grands mots. Tu lis trop de livres de médecine, ma chérie. Suis-je devenu un alcoolique, moi?

— Non. Effectivement... Tu as tous les défauts, mais pas celui-là, précisa Elizabeth en riant de plus belle. C'est parce que tu as eu l'incroyable chance de me trouver sur ton chemin. J'ai un effet modérateur sur toi, sur ta soif, surtout.

— C'est vrai, admit Olivier en lui touchant la joue d'un

geste doux et tendre. Tu es ma conscience... Alors, faisons confiance à l'avenir. Cet enfant aura sûrement autant de chance que son père.

— Je l'espère, répondit Elizabeth, redevenue soudain sérieuse.

Elle avait baissé les yeux, et son regard semblait s'être concentré sur un motif qu'elle traçait du bout de l'ongle dans le tissu de la nappe.

Olivier, surpris par son changement d'humeur, s'en inquiéta.

— Qu'est-ce que tu as, Elizabeth? demanda-t-il d'une voix grave. Tu ne te sens pas bien?

— Mais si... Pourquoi? répliqua-t-elle sans lever les yeux.

— Tu me caches quelques chose... Est-ce que ça aurait un rapport avec la lettre de cette folle, par hasard?

Il faisait allusion à la mise en demeure que les avocats de Carole Cormier leur avaient envoyée la semaine précédente. On y accusait Elizabeth de négligence et on leur réclamait plus de sept cent mille dollars en dommages-intérêts. Elizabeth s'était évidemment énervée avec cette histoire. Il lui avait fallu des trésors de patience pour la calmer, la rassurer, en lui expliquant que cette procédure était tout à fait normale et qu'ils n'avaient pas vraiment à s'en préoccuper: leur avocat et leur agent d'assurances étaient là pour ça. C'était à eux de négocier avec les avocats de Mme Cormier. Il avait bien entendu gardé pour lui ses propres inquiétudes quant à la possibilité que leurs représentants n'arrivent pas à faire baisser le montant de la réclamation: leur couverture pour responsabilité civile n'était que de cinq cent mille dollars...

Elizabeth leva la tête et le regarda.

— Absolument aucun rapport, mon chéri, protesta-t-elle. Qu'est-ce qui te fait croire ça?

— Rien, mais je vois bien que tu te fais du souci et je pensais que c'était peut-être à cause de cette lettre.

— Pas du tout.

— Pour le bébé, alors?

— Oui... et non. En fait, je m'inquiète surtout des réactions d'Amélie.

Olivier tendit ses deux bras sur la table et reprit les mains d'Elizabeth entre les siennes.

— Pourquoi?... Je suis sûr qu'elle est ravie à l'idée d'avoir un petit frère.

— Je ne sais pas... peut-être. Elle est tellement possessive, exclusive... Elle a beaucoup changé ces dernières semaines.

— Changé?

— Elle est plus secrète, plus distante... bizarre, quoi. Elle passe des heures enfermée dans sa chambre... Tu trouves ça normal, toi? ajouta-t-elle en libérant ses mains.

Elle reprit sa coupe de vin et la porta à ses lèvres.

Olivier la regardait.

— Mais enfin, chérie... faut bien qu'elle grandisse la puce. Tu voudrais qu'elle reste dans tes jupes tout le temps?

— Non. Bien sûr que non. (Elle poussa un soupir en se laissant aller contre le dossier de sa chaise.) Olivier, j'ai peur que l'accident de Diane n'ait marqué Amélie beaucoup plus qu'on ne le croit. J'ai l'impression que ça a modifié son caractère.

— Elizabeth... (Il avait prononcé son nom doucement, lentement, comme on le fait quand on veut attirer l'attention de quelqu'un pour l'obliger à écouter un propos qu'on espère suffisamment convaincant pour ne pas avoir à y revenir.) Le médecin l'a examinée. Elle a subi un choc nerveux... léger, qu'il a dit le toubib. Tu te rappelles? Alors?... Compte tenu des circonstances, elle est tout ce qu'il y a de plus normal, cette gamine. Crois-moi... Tu t'inquiètes pour rien.

— Tu as peut-être raison, fit Elizabeth d'un ton peu convaincu.

— *J'ai* raison, ma chérie, affirma Olivier d'un ton qui, lui ne laissait aucun doute quant à son désir de clore cette discussion.

Elle le regarda payer l'addition d'un œil perplexe, maîtrisant l'envie qu'elle éprouvait de lui rétorquer: «Comment peux-tu être aussi sûr de toi?» Elle hésitait, devinant par expérience que son insistance ne ferait que gâcher la soirée: il avait dit tout ce qu'il avait à dire sur le sujet et s'énerverait à coup sûr si elle relançait le débat... Elle aurait aimé avoir la même assurance que lui. Elle aurait voulu pouvoir lui prouver que non, finalement, ce n'était pas lui qui avait raison, mais elle. Quelque chose clochait avec Amélie, elle en était persuadée. Mais comme elle n'avait aucune idée de ce que c'était, elle pouvait difficilement en convaincre qui que ce soit, à commencer par Olivier... qui venait juste de lui démontrer en plus qu'il ne fallait pas compter sur lui pour l'aider à trouver...

Chapitre 16

On sonnait à la porte d'entrée.

Elizabeth sortit de la cuisine où elle était en train de ranger la vaisselle du petit déjeuner et alla ouvrir la porte.

Le ciel était noir, lourd de nuages de pluie.

Un homme vêtu d'une chemise bleue et d'un blue-jeans se tenait sur le palier. Sa petite taille — 1,65 m — et la minceur de son corps lui donnaient une allure juvénile, mais les deux énormes plis creusés comme au burin autour de sa bouche aux lèvres quasi inexistantes trahissaient la quarantaine qu'il trimballait plutôt tristement. Mis à part les rides, tout le haut de son corps, de la naissance de ses cheveux épais et ternes jusqu'à ses épaules tombantes, était en accent circonflexe, si bien qu'il avait l'air d'afficher une permanente perplexité face à la vie. Il était de ceux dont on pouvait dire: «Le pauvre type... Il doit sûrement être effrayé quand il sent, par hasard, que son cerveau commence à penser.»

Sans dire un mot, il salua Elizabeth d'un signe de la tête et se pencha pour prendre la boîte à outils posée à ses pieds.

— Ah, monsieur Lacasse, dit Elizabeth d'une voix qui trahissait sa surprise. (Elle avait complètement oublié que le plombier devait passer ce matin-là.) Bonjour... Entrez...

Joe Lacasse pénétra dans le vestibule et attendit qu'elle ait refermé la porte.

— Je vais commencer par la cave, annonca-t-il de sa voix grave et bourrue, surprenante chez un homme à l'aspect aussi fluet. Il s'exprimait avec réticence, en pesant chacun de ses mots. En fait, il lui arrivait rarement d'avoir à prononcer plus d'une douzaine de phrases par jour — des petits mots gentils plutôt, qu'il adressait à son chat; c'était un homme qui vivait seul, sans famille, et assumait très bien sa solitude.

Sans attendre, Joe Lacasse se dirigea vers la porte menant au sous-sol. Il connaissait bien la maison. C'était lui qui en avait refait toute la plomberie peu avant qu'Elizabeth et Olivier n'y emménagent. C'était lui aussi qui entretenait le système de chauffage central; il venait chaque année, toujours au début du mois de septembre, afin de purger les radiateurs et vérifier le bon fonctionnement de la chaudière.

— Je ferai les chambres après, ajouta-t-il en descendant pesamment les marches de l'escalier.

— Si vous avez besoin de moi, je serai dans la cuisine, lança Elizabeth en fermant la porte derrière lui.

Une petite voix lui parvint de l'étage supérieur.

— Qui c'est, maman?

Elizabeth s'approcha de l'escalier menant au premier et aperçut la tête de sa fille penchée au-dessus de la rampe.

— C'est le plombier, ma chérie.

— Qu'est-ce qu'il fait? insista Amélie, curieuse.

— Il vérifie le système de chauffage, répondit Elizabeth, s'appuyant à son tour sur la rampe.

Elle réfléchissait à toute vitesse, cherchant un moyen d'éloigner Amélie de sa chambre avant que le plombier ne s'y rende, sachant que la fillette abrutirait le bonhomme de questions et l'empêcherait de travailler tranquillement.

— Tu viens m'aider à faire des tartes? proposa-t-elle joyeusement, convaincue que sa fille ne saurait résister à pareil plaisir.

Amélie poussa un cri d'enthousiasme et dévala prestement l'escalier.

— Eh, là... doucement, gronda gentiment Elizabeth en la rattrapant au bas des marches.

Elle l'entraîna vers la cuisine et ferma la porte derrière elles; comme ça, Amélie ne verrait pas le plombier sortir du sous-sol et ne serait donc pas tentée de le suivre.

Elle l'installa sur un tabouret à côté d'elle, puis elle dégagea et nettoya rapidement le comptoir sur lequel elle déposa ensuite tous les ingrédients nécessaires à la préparation de sa pâte à tarte. Elle enfila son tablier et noua un essuie-main autour de la taille de l'enfant; elle sortit enfin le grand bol en acier inoxydable dans lequel elle mélangerait la farine et la graisse.

Amélie la suivait des yeux et n'avait perdu aucun de ses gestes.

— T'as pas lavé tes mains, maman, lui rappela-t-elle soudain, au moment où Elizabeth allait plonger ses doigts dans la farine, imitant parfaitement et malicieusement le ton que prenait parfois sa mère pour lui faire remarquer: «Tu n'as pas brossé tes dents, Amélie.»

Elizabeth, les doigts largement écartés au-dessus du bol, jeta un coup d'œil étonné sur sa fille; elle ne s'était pas imaginé que la fillette pouvait l'observer aussi soigneusement.

— Tu as raison, ma poulette, dit-elle en lui souriant. Tu as bien fait de me le dire... Tu devrais laver les tiennes aussi, non? ajouta-t-elle en lui tendant les bras pour l'aider à descendre du tabouret.

Se tenant derrière Amélie, elle fit couler du savon liquide dans le creux de ses petites mains tendues et l'aida à le faire mousser en y mêlant un peu d'eau tiède, prenant plaisir à savonner la chair tendre et potelée abandonnée entre ses mains. Le contact de son corps tout chaud contre le sien la bouleversait. Il y avait tellement longtemps qu'elle ne s'était pas sentie aussi proche — dans tous les sens du terme — de sa fille. Elle goûtait pleinement ce moment privilégié dont la rare douceur mobilisait, anesthésiait complètement son esprit et ses sens, l'empêchant de pressentir le danger qui planait audessus de leur tête.

* *
*

Accroupi devant la chaudière, un genou sur le sol pour maintenir son équilibre, Joe Lacasse finissait de ranger ses outils dans son énorme coffre de métal rouge.

Jetant un dernier regard autour de lui pour s'assurer qu'il n'avait rien oublié, il referma le couvercle du coffre d'un geste un peu sec et en vérifia soigneusement les attaches. Son genou reposant à même le ciment plutôt froid commençait à devenir douloureux. Il se releva en grimaçant et massa énergiquement, au travers du tissu rugueux de son jeans, la petite surface de peau qui avait été pressée entre deux masses presque aussi dures l'une que l'autre, un peu comme entre un marteau (la rotule) et une enclume (le ciment).

La douleur s'estompa, ne laissant qu'une légère sensation d'engourdissement. Joe empoigna fermement son coffre d'une main, ramassa un seau en plastique de l'autre, et se dirigea vers les escaliers en élaborant son plan de travail pour la suite: premièrement, se disait-il, il allait purger les radiateurs du premier et deuxièmement, il finirait par ceux du rez-de-chaussée.

Le mécanisme de réflexion chez lui ressemblait à son corps par la taille, soit peu d'étendue ou de volume, était inversement proportionnel à son poids, soit lourd et compact, et réagissait — contrairement à son tempérament — d'une manière peu agitée, nullement fébrile, en fait avec une extrême lenteur. L'expression «Après mûre réflexion» devenait, dans le cas de Joe Lacasse, un doux euphémisme. Le résultat de ses cogitations était plus proche de la décomposition que du mûrissement — carrément pourri —, quand son cerveau transmettait finalement à ses muscles l'ordre de se mettre en branle.

Arrivé au premier étage, un peu essoufflé par l'escalade des deux escaliers — rien ne le pressait pourtant —, il se dirigea vers la chambre d'Amélie.

Ayant ouvert la porte, il s'arrêta un moment sur le seuil, frappé par la chaleur qui régnait dans la pièce. Il s'approcha du radiateur qui se trouvait sous la fenêtre. La pluie se heurtait avec violence contre les carreaux, ce qui lui fit abandonner à regret son projet d'aérer, de rafraîchir la chambre. Un air de résignation accroché sur son visage en accent circonflexe, il se mit à l'ouvrage.

Nellie était aux aguets. Elle avait détecté une présence étrangère auprès d'elle: son système nerveux avait enregistré les vibrations émises par le choc des pas de Joe sur le parquet. Effrayée, elle avait reculé jusqu'au fond de sa maison et s'était dressée sur ses pattes postérieures, en position d'attaque.

Il posa son coffre à côté de lui, après avoir repoussé du bout du pied les quelques jouets qui le gênaient: une Barbie, des animaux en peluche et une petite maison en bois avec un toit rouge dont le mur de façade s'était écroulé sous l'effet de la poussée. Il remit le mur en place rapidement. Ensuite, il installa le seau sous le robinet du radiateur.

Nellie avait senti sa maison bouger... le panneau tomber... Les crochets pointés vers l'avant, elle s'était élancée droit devant elle, stoppée net dans sa course par le panneau qui s'était brusquement refermé.

Au bout d'un moment, Joe s'aperçut que son coffre, trop près de lui, le gênait dans ses mouvements. Il l'écarta d'un geste brusque et nerveux, les yeux toujours fixés sur le radiateur qu'il avait commencé à purger. Le coffre vint buter contre la maison de poupée dont le mur de façade retomba.

Affolée par la nouvelle secousse imprimée à sa maison, Nellie se mit à en parcourir les murs, le plancher et le plafond dans une course démente, complètement désordonnée. Elle s'arrêta, suspendue au plafond, longtemps après que les vibrations produites par la secousse aient cessé... Cest à ce moment-là seulement qu'elle distingua les flots de lumière que le panneau avait laissés pénétrer en s'abattant de nouveau.

Joe jeta un regard par-dessus son épaule en entendant le claquement sec du panneau de bois contre le parquet. Il vit que le petit mur avait basculé et haussa les épaules en se disant qu'il le remettrait en place avant de quitter la chambre. Il ignorait que par ce bref haussement d'épaules, il venait de sceller son destin d'une manière horrible...

La sonnerie stridente du téléphone résonna dans la maison.

Elizabeth sursauta malgré elle.

— Zut! s'écria-t-elle, agacée, en abandonnant son rouleau à pâte pour se précipiter vers l'évier. Amélie, enchaîna-t-elle, tu veux bien répondre pour moi? (Elle avait ouvert les robinets et se frottait énergiquement les mains, essayant de se défaire de la farine qui tournait en colle au contact de l'eau.) Tu décroches, et tu demandes qui c'est... D'accord?

Amélie décrocha le récepteur avant la quatrième sonnerie.

— Allô! Qui c'est? demanda-t-elle d'une voix claire et forte, suivant à la lettre les instructions de sa mère. Gilberte?... Maman! s'écria-t-elle en regardant sa mère, c'est Gilberte.

— Je sais, chérie. J'ai entendu. Dis-lui que j'arrive tout de suite.

Elizabeth referma les robinets et attrapa un torchon.

— Elle a dit qu'elle arrive tout de suite, fit Amélie. Au revoir, ajouta-t-elle en éloignant le récepteur de sa figure.

Elle allait raccrocher quand Elizabeth prévint son geste.

— Non, chérie, attends!... s'exclama-t-elle en se précipitant vers Amélie.

Elle lui prit le récepteur des mains en lui souriant et en lui caressant la tête d'un geste tendre.

— C'est très bien, ma poulette. Merci. (Elle tira un tabouret près du téléphone et s'assit.) Allô, Gilberte... Oui... Excuse-moi, une seconde...

Amélie, debout à côté d'elle, semblait vouloir prendre racine.

— Ne reste pas plantée là comme une souche, lui dit Elizabeth à voix basse. Va jouer dans le jardin. Je t'appellerai quand j'en aurai fini avec le téléphone. D'accord?

— Maman... Je peux aller aux toilettes?

Elizabeth déplora intérieurement pour la millième fois qu'il n'y ait pas de salle de bain au rez-de-chaussée. Ça l'embêtait de laisser monter Amélie en sachant que le plombier était sûrement occupé dans l'une des pièces du haut.

— Bon... Vas-y mais redescends tout de suite après... Compris? Tu ne traînes pas, hein...

Amélie courait déjà vers la porte de la cuisine.

— Je ne traîne pas, maman, répliqua-t-elle sans se retourner. Promis!

Elle grimpa les marches de l'escalier à toute vitesse. En réalité, elle n'avait pas fort envie; ce n'était évidemment qu'un prétexte pour aller voir ce qui se passait en haut. Depuis un bon moment déjà, elle entendait toutes sortes de bruits qui l'intriguaient.

Arrivée sur le palier, elle vit que la porte de sa chambre était ouverte. Elle resta un moment immobile, indécise. Devait-elle quand même faire semblant d'aller aux toilettes? Un sifflement aigu attira son attention, puis un bruit d'eau qui coulait. Curieuse, elle s'approcha de sa chambre sur la pointe des pieds et s'arrêta sur le seuil, frappée soudain d'inertie par la scène que son regard venait de surprendre: un homme était agenouillé devant le radiateur tandis que, derrière lui, Nellie avançait lentement vers une espèce de morceau de métal qui se trouvait tout près du pied de cet homme. Comment était-elle sortie de sa maison?

Il va la trouver, pensa-t-elle, affolée, et va le dire à maman...

Joe Lacasse avait fini de purger le radiateur. Il referma la valve tout en songeant qu'il ferait bien de lui donner un dernier petit tour avec la clé à molette. Se rappelant l'avoir déposée derrière lui, il tendit les doigts à l'aveuglette.

Comme dans un rêve, les yeux agrandis par l'angoisse, Amélie vit l'homme porter la main vers le morceau de métal sur lequel Nellie reposait à plat ventre. Voyant l'araignée se dresser sur ses pattes postérieures, elle eut envie de crier: «Cache-toi, Nellie!» mais aucun son ne sortit de sa bouche.

Joe toucha l'outil et allait s'en saisir lorsqu'il sentit une vive douleur lui brûler le poignet et lui traverser le bras. Il lâcha un hurlement et se retourna brusquement. Son regard se posa, incrédule, sur Nellie.

— Baptême!... C'est quoi ça? s'écria-t-il en pâlissant, à la fois sidéré et terrifié.

Sa mémoire avait enregistré l'image d'une forme noire et son mécanisme de réflexion l'amenait tout doucement à réaliser qu'il se trouvait dans la même pièce qu'une énorme araignée, bien que son esprit refusa encore de l'admettre.

Ce n'était pas possible! D'où est-ce qu'elle sortait!

Dans sa panique, il réagit en lançant son pied vers la clé à molette sur laquelle Nellie reposait toujours.

L'outil fut projeté jusqu'au milieu de la pièce mais Nellie avait déjà bondi sur le coffre, une fraction de seconde avant que le pied de Joe n'ait atteint la clé.

Joe se mit aussitôt debout, le dos contre le radiateur, cherchant des yeux, tout près de lui, un objet quelconque avec lequel il aurait pu frapper l'araignée. Tout ce qui aurait pu lui servir d'arme se trouvait dans sa boîte à outils. *Et l'araignée était dessus!*

Découragé, il laissa son regard errer dans la pièce. C'est alors qu'il s'aperçut de la présence d'Amélie. Elle était appuyée contre le chambranle de la porte, le visage pâle comme de la craie.

— Sauve-toi! lui jeta-t-il dans une sorte de croassement.

La fillette ne semblait pas l'avoir entendu...

Joe se passa une main sur le front pour repousser la sueur qui lui coulait dans les yeux. Il se sentait bizarre, ayant un peu de mal à respirer, mais n'éprouvait aucune douleur... Juste un léger picotement le long de son bras. Sa tête lui semblait aussi vide que le dedans d'un ballon.

Il était épouvanté à l'idée que l'araignée puisse s'approcher de lui et le toucher — ignorant sans doute que Nellie lui avait déjà fait tout le mal (enfin presque!) qu'elle pouvait lui faire —, alors qu'il aurait dû être terrorisé plutôt par l'idée même de sa mort. Mais, en fait, il ne s'était pas encore rendu compte qu'il était en train de mourir.

Il avisa soudain la clé à molette au centre de la pièce. Il avança prudemment un pied, puis l'autre... L'araignée ne bougeant toujours pas, il fit encore deux ou trois pas et plongea d'un bond — plutôt d'un faible saut — vers l'outil convoité.

Les picotements s'étaient propagés tout le long de son corps et il ne sentait presque plus ses jambes. Il se releva péniblement et marcha — tituba plutôt comme un homme ivre — vers Nellie en brandissant mollement la clé au-dessus de sa tête.

Amélie poussa un cri quand elle vit s'abattre l'outil sur le coffre. Mais le geste manquait de précision, et le cri de la fillette se noya dans le fracas des métaux qui se heurtaient.

Nellie avait de nouveau bondi en avant et s'était solidement agriffée à un entrelacement de fils très serrés qu'elle tâtait du bout de ses chélicères. Ayant assuré son équilibre, elle amorça une lente escalade...

Ahuri, Joe vit l'araignée grimper sur son jeans. Sa main qui tenait toujours la clé se leva brusquement malgré lui et s'abaissa d'un coup sec sur le devant de sa jambe.

Il n'eut pas conscience des cris d'Amélie, ni de sa fuite... Totalement absorbé par l'intense douleur qui irradiait dans sa chair et dans ses os, il lâcha son arme de fortune et ouvrit la bouche comme pour pousser un hurlement... Il n'avait plus de voix et ne réussit qu'à émettre un étrange gargouillis provoqué par l'épaississement de sa salive. Des larmes de désespoir coulaient le long de ses joues, liées comme des sœurs siamoises aux gouttes de sueur qu'elles avaient rencontrées. Dans son affolement et sa souffrance, il se mit à faire des bonds sur lui-même.

Nellie, terriblement secouée, décida subitement de lâcher prise. Elle sauta sur le parquet avec la grâce d'une libellule et se réfugia aussitôt dans sa maison.

Joe ne s'en était même pas aperçu. Persuadé que

l'araignée était toujours accrochée après lui, il continuait à sauter. Chacun de ses sauts l'amenait un peu plus près de la fenêtre, un peu plus près de son destin...

* *
*

Elizabeth riait aux éclats.

— Et celle-là, glissa-t-elle en reprenant haleine, je suis sûre que tu ne la connais pas... Comment appelle-t-on un Chinois écrasé au milieu de la rue?... Une ligne jaune! balbutia-t-elle en s'esclaffant.

Elle s'interrompit soudain pour écouter les hurlements, puis les bruits sourds qui provenaient de la chambre d'Amélie, juste au-dessus de sa tête.

— Gilberte... je ne sais pas ce qui se passe, mais il faut que j'aille voir, dit-elle précipitamment. Je te rappelle plus tard, d'accord?

Elle raccrocha et se rua dans le couloir. Elle pouvait entendre les cris d'Amélie et le bruit de sa course sur le palier.

Il va la tuer... Maman! ... Vite... Nellie!

Elizabeth arriva au pied de l'escalier et reçut la fillette dans ses bras comme un boulet de canon. Elle en eut le souffle coupé.

Amélie avait l'air complètement hystérique. Les joues congestionnées et mouillées de larmes, elle hurla:

— Viens, maman... Vite!

Elle s'accrocha au tablier d'Elizabeth en essayant de la tirer vers les marches.

— Amélie, calme-toi, fit Elizabeth en l'empoignant par les épaules. Je ne comprends rien de ce que...

La phrase d'Elizabeth resta en suspens.

La mère et la fille s'étaient figées dans une immobilité de statue, le regard fixé vers le haut...

Joe Lacasse, la figure bleuie par le manque d'oxygène, buta soudain contre son coffre à outils et tomba à la renverse. Son dos heurta la fenêtre. Il entendit le craquement du bois et sentit la vitre céder sous son poids. Pour la première et dernière fois de sa vie, son mécanisme de réflexion lui imposa, à une vitesse foudroyante, une idée incroyablement évidente: il allait mourir. La terreur lui gela le cerveau alors qu'il basculait dans le vide.

... Elles avaient entendu comme une explosion, suivie d'un bruit cristallin de vitre qui éclate, puis... une sorte de bruit mat, pareil à celui d'un melon s'écrasant sur le sol.

Elizabeth fut prise de tremblements. Son visage était exsangue. Elle savait, sans l'avoir vu, que Joe Lacasse venait de passer au travers de la fenêtre. Sans même réfléchir, elle se précipita vers le téléphone de la cuisine.

Amélie attendit que sa mère disparaisse au fond du couloir. Elle grimpa les marches de l'escalier aussi vite que ses courtes jambes le lui permettaient et fonça vers sa chambre. Il fallait qu'elle retrouve Nellie.

Elle vit le trou béant laissé par la fenêtre défoncée, la pluie qui tombait en fines gouttelettes sur le parquet, mais de Nellie... nulle trace.

— Nellie, où es-tu? demanda-t-elle en chuchotant du seuil de la porte.

Elle commençait à penser que Nellie s'était enfuie par le trou de la fenêtre, lorsque son regard s'arrêta un moment sur la petite maison au toit rouge: une patte longue et fine, noire comme la nuit, venait d'apparaître sur le mur de façade renversé.

Amélie courut vers elle, la cajola, lui disant doucement

son plaisir de l'avoir retrouvée. Puis, après lui avoir expliqué qu'elle devait l'attendre sagement, elle remit Nellie dans sa maison, referma le panneau et rangea le jouet à sa place, sur l'étagère de sa bibliothèque.

Avant de quitter sa chambre, elle jeta un rapide coup d'œil par la fenêtre. Elle vit le corps de Joe Lacasse en bas, dans le jardin. Il ne bougeait plus.

Il doit être mort, se dit-elle, songeuse, en redescendant prestement.

Elle s'assit sur la dernière marche, devinant instinctivement que sa mère voudrait la trouver là où elle l'avait laissée. En l'attendant, elle se mit à réfléchir à ce qui était arrivé au plombier après que Nellie l'eut mordu — Nellie avait mordu Diane aussi — et dans sa logique enfantine, ignorant que son araignée injectait un poison mortel à ses victimes, elle se disait que peut-être ça leur faisait tellement mal quand Nellie les mordait que les gens devenaient fous... Qu'ils faisaient toutes sortes de choses bizarres, et qu'après ça, ils mouraient.

D'une main dont elle n'arrivait pas à contrôler le tremblement, Elizabeth composa le 911. Elle dut s'y reprendre à deux fois. Elle entendit la sonnerie, et espéra que quelqu'un y réponde vite. Elle attendait, frémissante d'impatience, quand, levant les yeux en une prière muette, son regard rencontra le corps de Joe: il reposait sur les dalles du patio et, sous sa tête, une mare de sang commençait à s'élargir en se mêlant aux flaques de pluie.

Sa nuque se noua et elle eut soudain la sensation atroce que son cœur allait brusquement s'arrêter de battre.

La peur venait de franchir une autre étape...

Chapitre 17

La salle d'urgence de l'Hôpital général de Montréal ressemblait à un champ de bataille: des râles, des cris, des pleurs, du sang... Beaucoup de sang et beaucoup de gens.

Une terrible collision s'était produite sur l'autoroute Décarie à cause de la pluie qui avait rendu la chaussée très glissante. Bilan de la tragédie: trois morts, deux «coma profond», cinq blessés graves et six légers (coupures et blessures multiples, spectaculaires mais sans gravité), soit seize victimes en tout.

Le docteur Philippe Beauregard était débordé de travail, exténué de fatigue. Il leva les yeux vers le cadran de l'horloge murale: 9 h 45. Il mit quelques secondes à prendre pleinement conscience du fait qu'il était debout depuis plus de vingt-quatre heures. Normalement, il n'assurait que la garde de jour au service des urgences. S'il s'était chargé cette fois du service de nuit en plus, c'était uniquement pour rendre service à un copain qui lui avait affirmé que les nuits du lundi au mardi étaient assez calmes en général.

Sacré fils de pute! lança-t-il intérieurement à l'adresse de son copain en songeant à la nuit éprouvante qu'il venait de passer: il avait vu défiler, entre autres, deux accidentés de la route, une bagarre de rue — le gars s'était fait ouvrir le ventre à coups de couteau —, une femme sauvagement battue et, enfin, un enfant martyrisé — le gamin de six ans avait une jambe cassée et des brûlures de cigarette sur tout le corps.

La journée promettait d'être rude aussi... Depuis qu'on avait commencé à leur amener, vers 8 heures, tous ces blessés de la collision, il n'avait pas eu une minute à lui.

Philippe repoussa la mèche de cheveux blonds qui lui tombait sur les yeux avant d'entreprendre la réduction d'une fracture du bras, assez délicate, sur une jeune femme blessée dans le carambolage. Il sentit plus qu'il ne vit le mouvement à l'entrée des urgences. Jetant un bref coup d'œil, il poussa un soupir d'exaspération en voyant arriver deux policiers aux côtés d'une civière sur laquelle reposait un homme qui, même de loin, avait l'air plutôt mal en point.

— Bon sang! Est-ce qu'on ne va jamais en finir, grogna-t-il entre ses lèvres serrées en remettant d'un geste rapide, sûr et précis, les os en place.

Il abandonna la jeune femme aux mains d'une infirmière encore plus jeune et se dirigea vers les policiers qui attendaient dans l'entrée.

Laissant son regard errer sur l'homme auprès duquel s'affairait déjà Mlle Desjardins, assistante expérimentée et d'une grande efficacité, il remarqua la plaie qu'il avait à la tête et la teinte bleue de son visage.

Crise cardiaque, overdose peut-être, pensa-t-il.

Il s'adressa au plus âgé des deux policiers:

— Où est-ce que vous l'avez ramassé celui-là?

— Dans un jardin, répondit l'homme, imperturbable.

C'est pas vrai!... Il se fout de ma gueule, ce type, maugréa Philippe intérieurement en s'appuyant de l'épaule contre le mur à proximité. Il se massa, d'une main énergique, les paupières et l'arête du nez pendant quelques secondes, le temps de recouvrer son sang-froid, puis riposta d'un ton neutre, un léger sourire flottant sur ses lèvres:

— Beau spécimen de légume, hein? (S'apercevant que sa plaisanterie tombait à plat, il enchaîna rapidement.) Bon!... Hum... Crise cardiaque, drogue, suicide? Vous savez quelque chose?

— Un accident... Une défenestration, bougonna le policier, faisant passer dans sa voix toute l'antipathie qu'il ressentait pour Philippe.

— Il est tombé de haut?

— Du premier...

Interloqué, Philippe marmonna de brefs remerciements et, se retournant, s'approcha du corps.

On ne meurt pas, se dit-il, pensif, d'une chute d'un premier étage.

Or l'homme, manifestement, était en train de mourir.

Philippe consulta rapidement le dossier que lui tendait Mlle Desjardins et enregistra au passage le nom du patient: Joe Lacasse.

— Accroche-toi, Joe, murmura-t-il, on va essayer de te sortir de là.

Joe n'entendait pas. Il s'était écoulé un peu plus de quinze minutes depuis qu'il avait été mordu par Nellie. Il aurait dû être mort déjà... De constitution frêle mais solide — un cœur de taureau et des poumons de sportif, lui avait-on déjà dit —, il luttait avec acharnement contre les effets du poison, prolongeant inutilement son agonie.

L'infirmière avait mis en place un cathéter nasal afin d'améliorer l'oxygénation. À l'aide d'un autre cathéter branché sur un aspirateur, elle essayait maintenant de dégager la gorge et la bouche de Joe des mucosités épaisses qui s'y trouvaient.

Philippe examina la blessure à la tête et posa ensuite son stéthoscope sur la poitrine de l'homme. Le rythme cardiaque était rapide et régulier, mais très faible. L'examen des pupilles ne permettait pas un diagnostic certain: leur taille anormale pouvait provenir aussi bien d'un traumatisme crânien que d'un excès de drogue dans l'organisme. Quoi que puissent révéler les analyses de sang et les radios du crâne, l'homme ne tiendrait pas jusque-là. Il respirait trop faiblement.

Il effleura de la main la poitrine de Joe et sentit aussitôt que les muscles du diaphragme ne fonctionnaient pas normalement.

— Apportez un respirateur, ordonna-t-il à l'infirmière. Vite!

Mlle Desjardins revint quelques secondes plus tard avec une canule d'intubation trachéale et un ballon de respirateur qu'elle s'empressa de brancher sur l'arrivée d'oxygène du mur.

Elle allait tendre le laryngoscope au docteur Beauregard lorsqu'elle le vit retirer brusquement son stéthoscope et frapper du poing la poitrine du patient.

— Arrêt cardiaque... Bon Dieu, non! s'écria Philippe en grimpant tout à coup sur la civière.

Il entreprit un massage du cœur en comprimant des deux mains le sternum de Joe.

— Épinéphrine! aboya-t-il vers l'infirmière, le visage rougi par la tension et l'effort qu'il déployait pour réanimer son patient.

Il s'empara de la seringue vivement préparée et vérifia d'un coup d'œil que les bulles d'air en avaient été chassées avant de l'enfoncer dans la cage thoracique inerte. Tirant sur le piston pour s'assurer que l'aiguille était bien dans le cœur, il appuya et injecta le liquide.

Ajustant de nouveau son stéthoscope, il ne put que constater ce qu'il pressentait déjà: le cœur de Joe refusait de se remettre à battre.

Philippe repoussa l'idée qu'il n'y avait plus rien à faire. Il continua de s'affairer sur la poitrine de Joe, massant, appuyant, tentant l'impossible jusqu'à ce que la voix de Mlle Desjardins le ramène doucement à la réalité:

— Ça ne sert à rien, docteur, souffla-t-elle en lui touchant le bras. C'est fini... Il est mort!

Frustré, anéanti, Philippe demeura un moment immobile à côté du corps de Joe, la paume de ses mains tendues vers lui comme pour lui dire: «Désolé, vieux... j'ai fait ce que j'ai pu.»

Il ramena ses mains sur son visage, se frotta les yeux du bout des doigts et sentit sur ses joues les poils rugueux d'une barbe qu'il n'avait pas eu le temps de faire entre ses deux services de garde.

L'infirmière l'observait d'un œil embarrassé. Le jeune médecin lui semblait avoir du mal à se tenir debout, submergé par la fatigue et le découragement.

— Allez donc prendre un café, docteur, suggéra-t-elle d'une voix chaude et maternelle. Je m'occupe du reste... Pendant que vous y serez, vous devriez en profiter pour vous raser. Vous avez une tête à récurer les casseroles.

Philippe la regarda, ébahi, incapable pour une fois de répondre quoi que ce soit. Comme s'il avait perdu son sens de l'humour en perdant son patient. Silencieusement, il prit le dossier de Joe sur lequel il nota: «Défaillance cardio-respiratoire. Causes inconnues.»

Il tourna subitement les talons et sortit de la salle sans avoir dit un mot, maudissant intérieurement le jour où il avait décidé de s'inscrire à la faculté de médecine.

* *
*

La salle d'autopsie de l'Institut médico-légal que dirigeait le docteur Charles Lindsay était vaste et ultra-moderne, scintillante de blancheur et de propreté. Sur le sol entièrement recouvert de carrelage reposaient six chariots en acier inoxydable. Des tiroirs frigorifiques creusaient le mur du fond, de bas en haut, et des cloisons à hauteur de regard délimitaient les différentes aires de travail.

Dans l'atmosphère de la salle chargée des relents de l'aldéhyde formique qu'il ne sentait plus depuis bien longtemps, Charles Lindsay, qui portait pesamment ses cinquante ans — 1,88 m et 119 kg —, manœuvra son énorme carcasse pour s'approcher de la table en acier sur laquelle on avait déposé le cadavre de Joe Lacasse.

La mort de Joe n'était pas à proprement parler une mort suspecte, mais l'institut était tenu de procéder à une autopsie chaque fois que le pathologiste avait de bonnes raisons de soupçonner une erreur de diagnostic, et chaque fois également que la cause du décès était inconnue. Ce qui était le cas pour Joe Lacasse.

Pendant que le maître de ces lieux enfilait des gants et un tablier en caoutchouc, son assistant, qui avait déjà pesé et mesuré le corps, lui fit le résumé du dossier médical de Joe.

— Bien, Morelli... Qui a signé le dossier? demanda Charles, sans avoir l'air d'y attacher beaucoup d'importance.

— Le docteur Philippe Beauregard, répondit le jeune homme en lui coulant un regard de côté, sachant que Philippe était son neveu.

— Tiens, tiens... (Charles eut une pensée affectueuse pour le fils de sa sœur. Aucun médecin n'aime perdre son patient et Philippe était de ceux qui encaissent plutôt mal.) Bon, la fiche signalétique est prête?

— Oui, docteur, acquiesça Morelli.

Charles appuya sur une pédale qui se trouvait sous la table pour actionner le magnétophone. Lisant la feuille que lui tendait son assistant, il parla dans le micro suspendu au-dessus de sa tête:

— Sujet de race blanche. Sexe: masculin. Âge: quarante-trois ans. Poids: soixante-deux kilos. Taille: un mètre soixante-cinq.

Il fit une pose, le temps de se remémorer les «faits saillants» du dossier médical et d'en faire une synthèse. Sa connaissance quasi encyclopédique du corps humain, alliée à une mémoire phénoménale et à une intuition presque féminine, faisait de lui l'un des meilleurs pathologistes du pays.

L'air songeur, il regarda longuement le cadavre de la tête aux pieds. Toussant pour s'éclaircir la voix, il reprit son monologue d'un ton dépourvu d'émotion, comme s'il décrivait les caractéristiques d'un objet quelconque:

— Cyanose prononcée du visage et des extrémités. Priapisme antérieur au décès... (Ses yeux se posèrent un moment, involontairement, sur le pénis tumescent dressé vers le ciel en un grotesque simulacre de la vie.) et persistant, ajouta-t-il sur le même ton froid et impersonnel, avant de lâcher la pédale du magnétophone.

Il se pencha sur le corps pour en examiner la peau, cherchant à l'intérieur des cuisses et des avant-bras des traces de piqûres qui auraient pu justifier une overdose. Il n'en trouva aucune. Par contre, la peau du dos, des épaules, des poignets et des mains était coupée en plusieurs endroits — il s'y attendait —, et un hématome impressionnant gonflait le coude gauche. La blessure du crâne semblait superficielle mais il n'en connaîtrait la nature exacte qu'un peu plus tard, lorsqu'il aurait dégagé le cerveau de la boîte crânienne.

Il remit le magnétophone en marche et résuma ses dernières observations. Il sentait confusément que cette autopsie avait quelque chose de particulier et cette impression l'agaçait et l'excitait à la fois.

— Bon... (Il tendit la main droite vers son assistant.) Allons-y, Morelli... Bistouri.

Le contact de l'outil plaqué contre la paume de sa main déclencha une onde de plaisir, un long frisson, qui démarra entre les omoplates, suivit la colonne vertébrale jusqu'au coccyx pour exploser dans son bas-ventre en y répandant une chaleur irradiante.

Ce n'était pas la première fois... En fait, chaque fois qu'il s'apprêtait à découper un cadavre, il avait toujours cette impression magique d'une main douce et chaude le caressant de l'intérieur, lui massant les entrailles. Avec le temps — et la quantité incroyable de chairs à dépecer —, il en était venu à attendre ce plaisir, à le guetter. Charles ne l'aurait pas avoué à qui que ce soit, mais il savait qu'il ne pourrait jamais se passer de cette sensation, plus forte et plus riche en volupté que tout ce qu'il avait jamais connu au lit avec sa femme, ou avec n'importe quelle autre femme d'ailleurs.

Tenant le scalpel d'une main ferme, il entama la peau par une incision en Y, tirant un trait sur la poitrine puis descendant le long du sternum jusqu'au pubis. Il souleva et rabattit ensuite la peau et les tissus sous-jacents pour dégager la cage thoracique et les organes abdominaux. Ses mains relativement épaisses et courtes avaient des gestes précis, mesurés, d'une délicatesse extrême que ses yeux bruns aux reflets dorés ne quittaient pas, ne serait-ce qu'une seconde.

Il préleva les organes, les déposant un à un dans un récipient creux en forme de haricot que lui tendait son assistant.

— Morelli, tu me fais plusieurs coupes du foie, et tu mets en route les analyses préliminaires. Tout de suite, grogna Charles, de plus en plus préoccupé par ce qu'il trouvait — ou plutôt ne trouvait pas.

L'examen du contenu de l'estomac n'avait rien donné, parce qu'il n'y avait rien dans cet estomac. Absolument vide. À croire que Joe Lacasse n'avait pas mangé le matin, ni même la veille. Donc, aucune ingestion récente de drogue par voie buccale. Le muscle du cœur ne révélait pas d'anomalie ayant pu être responsable d'une défaillance cardiaque. Le poumon gauche était atteint d'un œdème aigu, inexplicable pour le moment.

Charles découpa le cuir chevelu à l'aide du bistouri. Soigneusement. Parce qu'il faudrait le recoudre après. Il espérait secrètement qu'il découvrirait dans le cerveau de Joe Lacasse la raison de son décès.

Il s'empara nerveusement de la scie, identique à celle utilisée en neurochirurgie pour les craniotomies. Il appliqua le métal sur le haut du crâne. Une odeur d'os brûlé lui pénétra les narines et le fit tousser.

Il déposa sa scie sur un plateau. D'un geste vif, il enleva la calotte crânienne, mettant à nu la dure-mère. Avec des pinces, il tira la membrane vers le haut pour la découper plus facilement. Il extirpa ensuite la masse grise et luisante du cerveau.

Il scruta attentivement le tissu encéphalique, le sonda à fond. Rien. Poids, normal. Texture, extérieure et intérieure, normale... Un cerveau en apparence tout à fait «normal», débordant de santé même. Pas la plus petite trace d'hémorragie pouvant justifier la dilatation des pupilles.

Déçu, il enleva ses gants de caoutchouc ainsi que son tablier et les jeta dans un seau près de la table... Il fallait maintenant attendre le résultat des analyses et celui des examens histologiques.

* *
*

Elizabeth attendait impatiemment l'arrivée de Gilberte.

Après avoir prévenu la police, elle avait essayé de joindre Olivier, mais il n'était ni au bureau, ni sur le chantier de construction. Elle avait laissé un message lui demandant de la rappeler... D'urgence.

Des ambulanciers étaient arrivés, accompagnés d'une voiture de police. On avait rapidement emporté le corps sur une civière. Les policiers lui avaient posé quelques questions. Elle ne savait plus lesquelles. Elle avait déjà oublié non seulement leurs questions mais également les réponses qu'elle leur avait données. Tout était tellement confus dans sa tête.

Elle se rappelait seulement que, se sentant incapable de passer le reste de la journée toute seule, elle avait téléphoné à Gilberte pour lui enjoindre de venir la retrouver. Quand Gilberte, surprise par son ton, lui avait demandé pourquoi, elle s'était mise à pleurer dans le récepteur en disant d'une voix suppliante cette fois: «Viens... Je t'en prie.» Gilberte avait lançé un: «J'arrive...» et avait raccroché.

Elizabeth avait l'impression d'attendre depuis une éternité, et cette attente ne faisait qu'amplifier sa nervosité. Profitant d'une embellie, elle avait, pour s'occuper les mains et l'esprit, nettoyé les dalles du patio des débris de verre qui les jonchaient et permis ensuite à Amélie d'aller jouer à l'extérieur — elle ne supportait plus de voir la fillette lui tourner autour.

Assise dans la cuisine, elle regardait dehors et il lui semblait incroyable qu'une chose aussi horrible soit arrivée dans ce jardin qui lui paraissait si calme et si paisible.

Quand la sonnette résonna dans la maison, elle se précipita dans le hall d'entrée, mue par le besoin irrépressible d'une présence humaine amicale, tendre et chaleureuse.

Elle ouvrit la porte à toute volée. Son regard se fixa sur la masse compacte et grise qui se trouvait devant elle. Une lueur d'incompréhension passa dans ses yeux. Un léger tremblement s'empara de ses jambes. D'une voix où perçaient l'agacement et l'anxiété, elle soupira:

— Tiens!... Inspecteur Santini. Je ne m'attendais pas à vous revoir si tôt.

— Moi non plus, madame, fit-il en souriant.

— Que voulez-vous?

— Juste vous poser deux ou trois questions. Ce ne sera pas long.

— À quel sujet?

— Vous me surprenez, madame De Blieck...

— Bon sang... Ne me dites pas que c'est au sujet de Joe Lacasse! explosa Elizabeth. On m'a déjà posé des tas de questions ce matin!

— Je sais, reprit l'inspecteur d'un ton calme et posé. Mais dans les cas de décès accidentel...

— Il n'est pas mort!?

— Si, malheureusement... Dès son arrivée à l'hôpital. (Il vit le visage de la jeune femme pâlir brusquement.) Oh... je suis désolé. Vous ne le saviez pas?

Elizabeth était catastrophée.

— Comment aurais-je pu le savoir?... Joe Lacasse était vivant, inspecteur, quand les ambulanciers l'ont emmené, dit-elle d'une voix mal assurée.

— Écoutez... Je voudrais juste éclaircir certains détails... m'assurer que mes hommes n'ont rien oublié. Puis-je entrer quelques minutes?

Elizabeth acquiesça silencieusement. Posant, par un réflexe instinctif sans doute, les mains sur son ventre légèrement rebondi, elle recula en poussant la porte derrière elle, laissant l'inspecteur pénétrer dans le hall d'entrée.

Il était assis devant elle, sur le bord du divan, mains jointes et coudes appuyés sur les genoux.

— Je vois que vous attendez un heureux événement, dit-il d'un ton jovial. C'est pour quand?

Elizabeth sonda l'expression apparemment bon enfant de ce visage qui se tendait vers elle. Elle inspira profondément, expira, inspira à nouveau, puis répondit d'une traite:

— Inspecteur, je suppose que vous n'êtes pas venu pour me parler de mon état. Alors, venons-en au fait, voulez-vous.

— D'accord, soupira-t-il, refroidi soudain par le ton agressif d'Elizabeth. (Le reflet des yeux gris se fit aussitôt plus métallique.) Le rapport de police mentionne que Joe Lacasse est tombé de la fenêtre d'une chambre. Puis-je voir cette chambre?

Elizabeth fut sur le point de refuser. Elle pouvait exiger de voir son mandat de perquisition. Elle aurait parié sa dernière robe qu'il n'en avait pas. Mais tout compte fait... Elle n'avait rien à cacher. Pourquoi envenimer inutilement les choses?

Montrons-nous coopérative, se dit-elle. Finissons-en au plus vite.

— Suivez-moi, lança-t-elle en se levant.

Appuyée contre le mur, Elizabeth désignait d'un geste de la main la porte fermée de la chambre d'Amélie.

— C'est là, inspecteur.

Il ouvrit la porte doucement et resta un moment sur le seuil. Son regard se posa sur la vitre éclatée... le coffre à outils... les jouets d'enfant.

— C'est la chambre de votre fille?

Elizabeth le confirma d'un hochement de tête.

Gabriel Santini fit quelques pas, ramassa la clé à molette au milieu de la pièce et s'approcha de la fenêtre. Il aperçut Amélie qui s'amusait dans le jardin.

— Où était-elle quand c'est arrivé?

Elizabeth semblait perdue dans la contemplation de ses ongles. Elle hésita très peu avant de déclarer:

— Avec moi... Dans la cuisine. On faisait des tartes.

Elle leva la tête et le regarda avec attention, essayant de savoir s'il devinait qu'elle avait menti. Son instinct lui avait permis d'anticiper la question... lui avait soufflé la réponse. Son esprit refusait d'admettre que sa fille soit mêlée d'une façon ou d'une autre à cette horrible histoire. Elle mentirait encore s'il le fallait.

L'inspecteur ne put soutenir le regard d'Elizabeth. Ses yeux bleus — presque violets — légèrement larmoyants le troublaient. Il détourna la tête et enchaîna d'une voix bourrue en tortillant sa moustache du bout des doigts:

— Vous n'avez touché à rien, ici, depuis l'accident? Vous... ou votre fille?

— Non, répondit Elizabeth.

Elle était de bonne foi, ignorant qu'Amélie était montée dans sa chambre pendait qu'elle téléphonait pour avoir de l'aide.

Intrigué par une trace noire sur le parquet, près du coffre, laissée manifestement par un talon de chaussure, il s'était accroupi. Il y en avait deux autres, juste en dessous de la fenêtre.

Il se releva et regarda de nouveau la fenêtre. Les bras croisés, le menton appuyé sur une main, il caressait sa moustache du petit doigt tout en réfléchissant. Il récapitula pour lui-même ce qu'il savait de l'accident.

Bon... Éliminons d'abord l'hypothèse d'un meurtre, se dit-il. Il n'y avait ici qu'une femme, une petite fille... et le plombier, bien sûr, au moment du drame... Aucun motif valable de tuer ce plombier. Et puis, de toute façon, ça n'a pas de sens de vouloir tuer quelqu'un en le poussant de la fenêtre d'un premier étage. Il y a des moyens plus faciles et plus sûrs... Donc, il s'agit d'un réel accident, mais... Hum, bizarre quand même... Voyons... Petit a: le bonhomme se prend les pieds dans son coffre à outils. Petit b: il se plante dans la fenêtre. De dos... sûrement. Mais pourquoi de dos? D'après la description de la position du corps qu'en ont faite les policiers, il est tombé de dos. Ça me semble évident. Et puis, s'il avait été de face...

L'inspecteur Santini se promenait de long en large dans la

chambre, les mains jointes maintenant derrière le dos. Totalement plongé dans ses réflexions, il ne semblait nullement incommodé par la présence de la jeune femme qui, manifestement intriguée par son manège, l'observait d'un œil curieux et moqueur.

Donc, il trébuche sur son coffre en reculant, continua-t-il, et tombe en arrière dans la fenêtre... Logique. Le coffre est tellement près de la fenêtre que s'il l'avait accroché en avançant plutôt qu'en reculant, il n'aurait jamais eu le temps de se retourner pour tomber de dos... Bien. Alors, il reculait dans la pièce... toute son attention captée par quelqu'un ou quelque chose, puisqu'il n'a pas *vu* le coffre... Un malaise, peut-être? L'autopsie nous le dira, mais en attendant... Non, peu probable. Il se serait précipité vers le palier pour chercher de l'aide... Question: Pourquoi un homme recule-t-il dans la vie? Parce qu'il a peur. Alors? De quoi a-t-il eu peur, le plombier? De qui? Qu'est-ce qui l'a effrayé...

Elizabeth toussa pour le tirer de sa réflexion.

— Ça va durer combien de temps votre marathon? demanda-t-elle, moqueuse.

L'inspecteur s'arrêta pile et regarda Elizabeth comme s'il la voyait pour la première fois.

— Oh... excusez-moi, dit-il. Je ne me rendais pas compte... Quelle heure est-il?

— Je ne sais pas. (Elle jeta un coup d'œil à son poignet et se rappela avoir laissé sa montre dans la cuisine.) En tout cas, ça fait un bon moment que vous marchez. Vous devez avoir des mollets en béton, vous.

Il sourit en pensant à sa femme qui lui faisait souvent le même genre de réflexion à propos de son estomac. Tout naturellement, il répliqua:

— Il n'y a pas que les mollets chez moi qui soient en béton...

Prenant soudain conscience de l'ambiguïté de cette repartie — qui la mettait mal à l'aise et lui faisait éprouver une irrésistible envie de quitter la chambre au plus vite — Elizabeth l'interrompit d'un ton sec:

— Bon, si vous n'avez pas besoin de moi, je vous attends en bas.

Elle lui tourna le dos et se dirigea vers l'escalier avant qu'il n'ait pu répondre quoi que ce soit.

L'inspecteur Santini était dans le hall d'entrée et s'apprêtait à prendre congé d'Elizabeth.

— J'aurai peut-être d'autres questions à vous poser après l'autopsie, déclara-t-il.

— L'autopsie! s'écria Elizabeth, atterrée, choquée par les images qu'évoquait ce mot: la chair de Joe Lacasse qu'on allait découper en petits morceaux...

— Oui. Toute mort violente, expliqua-t-il en se gardant, sans bien comprendre pourquoi d'ailleurs, de spécifier: «et suspecte», doit obligatoirement être suivie d'une autopsie. C'est la loi.

Elizabeth ne put s'empêcher de demander:

— La petite Diane,... on lui a fait une autopsie aussi?

— Non. Mais son cas était différent. La cause de sa mort était évidente et... faut dire que la mère s'était fortement opposée à cette idée.

— Qu'auriez-vous fait à sa place, inspecteur?

— La même chose, sans doute, répondit-il dans un murmure en songeant à ses propres enfants.

Il prit congé d'Elizabeth, la laissant rêveuse, désemparée.

Qu'est-ce qu'elle fait Gilberte? se demanda-t-elle en refermant la porte, inquiète soudain du retard de son amie.

Elle retourna à la cuisine, fit dîner Amélie, mais ne prit elle-même qu'un verre de jus de fruit en guise de repas. Elle se sentait incapable d'avaler autre chose.

Elle contemplait les tartes inachevées et abandonnées sur la table quand la sonnerie de la porte d'entrée résonna de nouveau dans la maison.

Chapitre 18

— Heureusement que tu m'avais dit que tu venais tout de suite! s'exclama Elizabeth en précédant Gilberte dans la cuisine. (Elle regarda brièvement sa montre et en pointa le cadran du doigt.) Non, mais tu te rends compte? ajouta-t-elle en haussant la voix. Ça fait plus de deux heures que je t'attends!

Gilberte se laissa tomber sur une chaise et se plaqua les mains sur les oreilles.

— Liza... ne crie pas, s'il te plaît.

— Je ne crie pas... Je mets de l'emphase, c'est différent, continua Elizabeth d'une voix haut perchée.

— Tu m'engueules.

— Non! Je ne t'engueule pas, comme tu dis. Mais figure-toi que je commençais à m'inquiéter. Tu aurais pu me téléphoner, quand même... Normal que je sois un peu énervée.

— Tu n'es pas *énervée*... Tu es au bord de l'hystérie. Assieds-toi.

Elizabeth se laissa tomber à son tour sur une chaise.

— Excuse-moi, dit-elle d'un ton radouci.

En guise de réponse, Gilberte lui fit un sourire signifiant qu'elle ne lui en voulait pas.

— Liza, je te jure que je t'aurais téléphoné si j'avais pu... Impossible! J'étais coincée sur l'autoroute Ville-Marie. Ma voiture est tombée en panne...

— Évidemment! fit Elizabeth, moqueuse.

— Évidemment, répéta Gilberte. Alors, le temps d'attendre la dépanneuse... le temps de trouver un taxi...

Son regard se posa, étonné, sur la table. Elle se doutait bien qu'il s'était passé quelque chose de grave — elle l'avait d'abord senti quand Elizabeth l'avait appelée, puis en entrant dans la maison —, mais en voyant la pâte à tarte en train de se dessécher sur la table, elle ne put résister à l'envie de plaisanter.

— C'est vrai qu'elle a l'air bizarre, ta pâte, reprit-elle en touchant l'abaisse du bout des doigts. Ceci dit, je ne comprends pas pourquoi tu voulais me voir de toute urgence... Je ne suis pas experte en pâtisserie, moi, tu sais.

— Ah, Gilberte... c'est pas le moment de faire des blagues. Si tu savais...

Sa voix se cassa soudain et se mua en un long sanglot qui déconcerta totalement la petite Haïtienne.

Le téléphone sonna avant que Gilberte ait pu dire ou faire quoi que ce soit. Elle se leva et alla décrocher le combiné tout en surveillant Elizabeth du coin de l'œil.

C'était Olivier.

— Oui, c'est moi, répondit-elle. Comment?... Non, ça va même assez mal, merci. Je crois que les tartes sont foutues... Une seconde...

Elle fit signe de la main à Elizabeth qui pleurait en se mouchant bruyamment.

— C'est l'Architecte, annonça-t-elle après avoir posé sa main sur le récepteur. Tu veux lui parler?

Allongées l'une à côté de l'autre sur des transats, bien à l'abri des rayons du soleil sous le parasol que Gilberte avait ouvert et tiré près d'elles, les deux jeunes femmes regardaient distraitement Amélie — qu'elles avaient installée sur une couverture au milieu du jardin, juste assez loin d'elles pour que la petite fille ne puisse pas suivre leur conversation — jouer avec sa Barbie.

Elizabeth acheva de conter toute l'histoire à Gilberte, puis elle prit une gorgée de limonade et ferma les yeux en poussant un profond soupir. Elle se sentait fatiguée, vidée, complètement à plat, comme si elle n'avait pas dormi depuis plus de trois jours.

— Comment ça se fait qu'elle était là, Amélie? demanda soudain Gilberte en regardant toujours vers la fillette. Je croyais qu'elle devait commencer la maternelle aujourd'hui.

— Elle était un peu enrhumée ce matin, répondit Elizabeth sans ouvrir les yeux. J'ai pensé qu'il valait mieux la garder à la maison. Si j'avais su...

Gilberte observa encore un moment l'enfant qui habillait et déshabillait inlassablement sa poupée, chassant de temps en temps du revers de la main une mouche ou un moustique qui lui tournait probablement autour. Puis, elle laissa son regard s'abîmer dans la contemplation du jardin,... si bien entretenu, si calme et si paisible.

— C'est fou, dit-elle presque dans un murmure. Je regarde ta fille s'amuser tranquillement et j'ai du mal à imaginer qu'un homme s'est tué ici même ce matin. Ça me paraît...

— Incompatible, enchaîna Elizabeth. Je sais. J'ai moi-même l'impression d'avoir rêvé... Qu'il ne s'est rien passé, ou plutôt que c'est arrivé il y a des semaines... des mois. Ça m'a fait le même effet quand Diane est morte.

— Dis donc... Je trouve que tu mènes une vie assez mouvementée ces derniers temps, non?

— Je trouve aussi, dit Elizabeth en ouvrant enfin les yeux.

Elle regarda Gilberte en souriant.

Ce qu'elle appréciait le plus dans le caractère de cette fille du soleil, c'est qu'elle ne perdait jamais son sens de l'humour, quelles que soient les circonstances. La nature l'avait douée d'une incroyable aptitude au rire, d'un incompréhensible talent qui lui permettait de dédramatiser les situations,... toutes les situations.

La voix de Gilberte la tira de ses réflexions:

— Alors? Quand est-ce qu'il revient, l'Architecte?

Depuis environ quinze jours, Olivier partageait son temps entre le chantier de Montréal et un autre qui avait été ouvert à Québec.

— Il prend l'avion de quatre heures, répondit Elizabeth. Il sera là pour le souper.

— Tu devrais lui demander comment il fait.

— Quoi?

— Comment il fait pour n'être jamais là au bon moment. Il arrive toujours après... Si j'avais une femme qui fait dans le rocambolesque, moi, je ne la quitterais pas d'une semelle. Je la suivrais pas à pas, avec une caméra en plus. Et je prendrais mon pied en vendant des reportages fabuleux dans le monde entier, au lieu de m'esquinter à construire des saloperies d'immeubles en acier, et...

— Et tu vivrais pauvrement, la coupa Elizabeth, légèrement agacée par ses sarcasmes. Parce que la mort de monsieur Tout le Monde n'intéresse vraiment personne. C'est triste mais c'est banal... quotidien. (Elle agitait les mains en parlant, comme pour s'aider à mieux exprimer ce qu'elle ressentait.) L'horreur, la violence, la misère... tout ça fait partie du quotidien de bien des gens. Et personne n'en parle.

— Mais enfin, Liza! s'insurgea Gilberte en la toisant

comme si elle eut été un Surikate de 300 kg baragouinant le mandarin. Qui essaies-tu de convaincre? Tu voudrais me faire croire que ce qui t'arrive est... banal!?

Gilberte hésita un moment avant de poursuivre, ayant peur de choquer Elizabeth. Mais c'était plus fort qu'elle.

— Une gamine de cinq ans qui s'embroche dans ton jardin, c'est *banal*? Un plombier qui s'écrase sur ta pelouse, c'est *banal*?

Elizabeth encaissa l'évocation des images atroces sans broncher, comme s'il s'agissait d'événements qui ne la concernaient en rien. Seul un léger pincement de ses narines révéla à Gilberte le trouble qu'elle ressentait. Elle aspira une longue goulée d'air avant de répondre d'une voix calme et grave:

— Banal? Ça ne l'est pas pour moi,... ni pour toi, je suppose, ou Olivier, ou même les gens du quartier. Mais pour les autres, oui. Les gens s'intéressent davantage aux liaisons sordides d'une vedette de cinéma ou d'un homme politique qu'à la mort injuste d'un enfant,... ou de centaines d'enfants, d'hommes et de femmes, à moins évidemment qu'ils ne soient tous morts en même temps... genre hécatombe ou holocauste.

Elizabeth se tut, et le silence dura quelques minutes. Puis, elle reprit d'un ton plus léger:

— Pour en revenir à mon architecte,... (Elle souriait, malicieuse.) je te ferai remarquer que premièrement, il adore construire des saloperies d'immeubles en acier, et que deuxièmement, il n'est pas de ceux qui peuvent prendre leur pied n'importe comment et à n'importe quel prix. C'est un optimiste, lui, pas un hédoniste comme toi.

— Hédoniste, moi? s'écria Gilberte en prenant un air faussement outragé. Qu'est-ce que... (Elle ne put s'empêcher d'éclater de rire.) C'est quoi au juste? On dirait le nom d'une nouvelle maladie vénérienne. Ça se soigne, j'espère... Non?

— Plus facilement que le Sida, en tout cas.

— Ouf! fit Gilberte en riant toujours. Tu m'as fait peur.

Elle était prise d'un fou rire incontrôlable. Pliée en deux, elle reprit dans un souffle:

— Je nous trouve un peu sombres toutes les deux...

— Parle pour toi, s'esclaffa Elizabeth à son tour.

* *
*

Charles Lindsay rejeta le rapport qu'il tenait sur son bureau et se laissa tomber contre le dossier de son fauteuil qui grinça sous le choc. Il se passa les mains sur la figure, puis se frotta longuement les paupières comme pour se désembrouiller la vue.

— Saint Sulfate! jura-t-il entre ses dents en songeant au rapport qu'il venait de lire. Ça a pas de maudit bon sens!

Levant ses bras vers le plafond, il s'étira voluptueusement jusqu'à ce que sa colonne vertébrale retentisse d'un craquement sinistre, suivi d'un long bâillement non moins sinistre et encore plus bruyant.

Il était 21 heures et il était toujours au labo, n'étant sorti que le temps d'avaler une assiette d'un pâté chinois complètement infect — il n'était pas le seul de cet avis — à la cafétéria de l'institut.

Morelli avait dû faire des heures supplémentaires lui aussi. Il venait de partir, après lui avoir remis le résultat des analyses concernant Joe Lacasse. Charles les avait lues et relues, estimées, évaluées et comparées, bref, étudiées très attentivement; il était cependant obligé d'admettre, pour la deuxième fois de sa vie, qu'il était perplexe. (La première fois remontait à sa nuit de noces: sa femme pesait à peine 45 kg — lui, faisait déjà plus du double — et mesurait quelque 30 cm de moins que lui.) Rien dans les résultats dont il venait de prendre connaissance ne lui permettait d'établir avec certitude la cause du décès.

Il était énervé, fatigué, déçu, ayant espéré secrètement que les analyses révéleraient une petite maladie bien banale et, surtout, bien foudroyante.

De quoi peut-il bien être mort, ce maudit plombier? se demandait-il, refusant de s'avouer vaincu, repoussant l'idée de clore le dossier de Joe Lacasse avec la mention: Causes inconnues.

Il entendit frapper à la porte de son bureau.

— Oui! lança-t-il de sa grosse voix bourrue.

— C'est moi, annonça Philippe Beauregard en poussant le battant de la porte. Je peux te voir deux minutes?

Il avait changé ses vêtements d'interne contre un jeans et un tee-shirt qui lui donnaient l'air d'un adolescent. Il pénétra plus avant dans la pièce et s'installa sur un siège en face de son oncle, sans attendre d'y être invité.

Charles Lindsay regardait son neveu avec, au fond des yeux, une lueur amusée.

— Ça va fiston? J'ai cru comprendre que tu avais assuré deux services de garde successifs aux urgences? (Il enregistra l'air surpris de Philippe et sourit.) J'ai eu ta mère au téléphone tout à l'heure... Je voulais te parler mais elle m'a dit que tu n'étais pas rentré. Tu ne devrais pas être couché en ce moment?

— Non. Ça va. Je ne suis pas fatigué, protesta-t-il d'une voix qui trahissait cependant sa lassitude et son découragement. Tu voulais me parler?

— Oui. En fait, j'aurais aimé éclaircir certains détails...

— Au sujet de Joe Lacasse... C'est ça? demanda vivement Philippe. (Il toussa, essayant de se libérer de la boule qui lui écrasait la gorge.) Ça tombe bien. Moi aussi, je voulais t'en parler.

Charles l'observa un moment: il semblait étrangement

absent, s'abîmant dans la contemplation de la lampe qui trônait sur le bureau, comme s'il venait de la découvrir. Trop intuitif pour ne pas avoir saisi immédiatement le désarroi du jeune homme, il murmura d'une voix affectueuse:

— Je sais, fils. Quand on laisse un patient sur une table, ça fait toujours un effet bœuf,... un choc. C'est dur à encaisser, c'est sûr. Mais tu t'en remettras, fais-moi confiance.

Il s'était levé et, contournant son bureau, s'était approché de Philippe, lui plaquant sa main épaisse et chaude sur la nuque.

— Faut te secouer un peu, mon garçon, ajouta-t-il en imprimant à la tête blonde un léger mouvement de balancier. Avec le métier que tu fais, tu devais quand même bien t'attendre à ce que ça t'arrive un jour, non?

Philippe haussa les épaules en soupirant, plus encore en signe de fatalité que de réel acquiescement.

Charles lui ébouriffa les cheveux d'un geste rude et retourna s'asseoir. Les mains jointes, les coudes en appui sur son bureau, il se pencha et reprit:

— Les deux ou trois premiers qu'on perd, c'est catastrophique... Les suivants, ça devient des statistiques. (Il surprit le regard que Philippe posait sur lui et ne sut pas vraiment déterminer s'il était éberlué, ou simplement embarrassé, ou les deux à la fois.) Fais pas cette tête-là. Tu verras que j'ai raison. Bon!... Si on en revenait au décès de Joe Lacasse.

Philippe adorait son oncle, mais détestait par-dessus tout son cynisme qui avait le don de l'exaspérer. Il lui arrivait aussi de faire de l'esprit sur le dos de certains patients, mais jamais il ne s'égarait au point d'oublier qu'il avait affaire à des êtres humains. Ce qui ne semblait pas être le cas de son oncle.

Une image le frappa soudain, claire et précise, qui le fit sourire malgré la fureur qu'il ressentait. Il a un côté ogre, se dit-il en considérant l'énorme amas de chair animée qui le fixait d'un œil interrogatif et affectueux.

Il maîtrisa à grand-peine une subite envie de rire et demanda:

— Tu sais de quoi il est mort?

— Non, dit Charles en portant ses mains jointes sous son menton.

— Non?... Allons, tu dois bien avoir une idée quand même, insista Philippe, convaincu que son oncle le faisait marcher.

— Aucune. Fouille-moi... j'ai pas la moindre idée de ce qui a tué ton patient.

— Les policiers qui l'ont amené ont dit qu'il était tombé d'une fenêtre.

— Je sais. J'ai eu la visite de l'inspecteur Santini cet après-midi. Il a l'air sacrément intrigué, lui aussi, par cet accident. Il ne croit pas, et je suis d'accord avec lui, que Joe Lacasse soit mort des suites de sa chute.

— Je ne le croyais pas non plus. Alors?

-- Alors!... J'avoue que j'y comprends rien. L'autopsie en elle-même n'a rien révélé d'extraordinaire, si ce n'est que cet homme avait des organes quasi aussi neufs que ceux d'un nouveau-né.

— Donc pas de crise cardiaque. Drogues, alors?

— Aucune trace de piqûre... Rien dans l'estomac et rien non plus dans le sang.

— Pas de traumatisme crânien? s'enquit Philippe pour la forme.

— Pas le moindre... En apparence du moins, ajouta Charles d'une voix malicieuse.

L'ironie de sa réponse n'échappa nullement au jeune homme qui leva ses yeux gris pâle au plafond en poussant un soupir d'exaspération, ayant du mal à contrôler la colère qu'il sentait de nouveau monter en lui. Il porta les mains à son visage, se massa les paupières et l'arête du nez, geste symptomatique chez lui d'une grande agitation intérieure. Il se calma avant de résumer d'un ton plutôt froid:

— Bon! Si je comprends bien, tu es en train de me dire qu'il n'y a aucune raison pour qu'il soit mort, ce type.

— *Aucune raison* ... C'est idiot ce que tu me dis là, fit Charles, incapable de s'empêcher de plaisanter. On ne parle pas d'un suicidé, que je sache. En tout cas, s'il en avait, des raisons de mourir, il les a gardées pour lui.

À voir la tête de son neveu qui semblait fulminer intérieurement contre lui, il se décida à redevenir sérieux. Il s'excusa et reprit:

— J'ai quelques indices... Qui ne collent d'ailleurs à rien de ce que je connais. Et j'en connais un bout, fils. Écoute ça... (Il s'interrompit, le temps de prendre une feuille de notes sur son bureau.) Cyanose, priapisme, œdème aigu du poumon gauche, dilatation excessive des pupilles, hyperthermie et sécrétions organiques très abondantes, notamment au niveau des bronches.

— Et la formule sanguine? demanda Philippe, à la fois excité et impatient.

— J'y arrive, fils, j'y arrive... Les analyses de sang nous démontrent une appréciable augmentation des globules blancs. Du type polynucléaires neutrophiles.

Charles rejeta la feuille d'un geste théâtral et conclut:

— Voilà! Tu sais tout!

Philippe lança la première idée qui lui vint à l'esprit:

— Un virus!

— Qui l'aurait tué en moins de vingt minutes?

— Une piqûre de guêpe?... D'abeille?

— Ou d'une saloperie du même genre, continua Charles. Non. J'y ai pensé mais ça ne colle pas non plus. J'aurais trouvé au moins un œdème au niveau de la peau, à l'endroit de la piqûre. De toute façon, c'est rarement local dans les cas graves. En général, c'est tout le membre qui enfle et, le plus souvent, dans les cas d'allergie par exemple, c'est tout le corps. De la tête aux pieds.

— Je me trompe peut-être, dit Philippe, mais les symptômes ressemblent à ceux d'un empoisonnement, non?

— Exact!... Ma tête à couper que ce christ-là s'est empoisonné! s'exclama Charles d'un ton véhément, donnant l'impression de considérer la chose comme une offense personnelle. Seulement, je ne peux pas le prouver. Je ne sais pas ce qu'il a pris, ni comment il l'a pris. Saint Sulfate! Je finirai bien par le savoir...

— Tu vas faire d'autres analyses? demanda Philippe, sceptique.

— Non! J'ai fait tout ce que j'avais à faire. Je vais juste envoyer une copie du dossier à quelques-uns de mes confrères dans l'ouest... et aux États-Unis aussi, pourquoi pas... Doit bien y avoir quelque part un type plus génial aue moi qui va nous prouver que j'ai raison.

* *
*

Il était 10 heures du soir.

Olivier se leva et éteignit le poste de télévision d'un geste rageur.

— Ben... Qu'est-ce que tu fais? s'étonna Elizabeth. Tu ne veux pas écouter les nouvelles?

— ... de Dieu! J'en ai marre de cette putain de télé! grogna-t-il. On ne peut pas regarder une émission sans se la faire tronçonner à tout bout de champ par des putains de publicités à la con.

Il était de mauvaise humeur, ayant remué toute la soirée de sombres pensées: les choses n'allaient pas comme il le voulait sur le chantier de Montréal. Pas du tout, même. Plus de quatre semaines de retard sur le programme! Retard délibérément provoqué? Comment savoir? Une rumeur circulait depuis peu à propos d'une grève possible dans la construction... Manquerait plus que ça! Et pour finir, il avait dû quitter le chantier de Québec en catastrophe parce qu'un enfoiré de plombier avait décidé de venir se tuer chez lui. Sous les yeux de sa fille et de sa femme enceinte, en plus!

Olivier avait besoin d'un exutoire; la télé était là, sous ses yeux, et rien n'allait l'empêcher de se vider le cœur...

Elizabeth le considéra un moment, incapable de déterminer s'il était sérieux ou pas. Elle se sentait lasse, nullement d'humeur à s'engager dans une polémique sur un sujet qui était, pour l'heure, fort loin de ses préoccupations.

— Olivier... tu charries! lança-t-elle d'un ton découragé. Écoute, ça fait plus de quatre ans que tu la regardes cette télé... Avec ses *putains* de publicité, en plus. Alors?

— Justement! Ça m'étonne d'avoir tenu le coup aussi longtemps. Tu n'as pas l'air de te rendre compte...

Il s'était mis à marcher de long en large dans le salon, passant et repassant devant Elizabeth, déplaçant tellement d'air avec son grand corps qu'il parvenait, à lui tout seul, à aérer la pièce.

Il s'arrêta brusquement devant sa femme, les mains sur les hanches, et croisa le regard moqueur qu'elle affichait intentionnellement. Ce qui eut pour effet de l'exciter davantage. Dans un mouvement complètement irréfléchi, il projeta soudain ses longs bras de chaque côté de lui — en signe de protestation sans doute —, légèrement vers l'arrière, tendant le tissu de sa chemise trop ajustée jusqu'à faire sauter un bouton qui partit en flèche pour atterrir de façon inattendue sur la joue d'Elizabeth. Ce qui ne manqua pas de déclencher une crise de fou rire chez la jeune femme. Lui, il ne riait pas.

— Non! s'écria-t-il, irrité. Tu ne te rends pas compte! C'est évident!

— Mais enfin mon chéri, calme-toi, dit-elle en riant de plus belle. C'est toi qui ne te rends pas compte. (Elle avait récupéré le bouton et le brandissait sous le nez d'Olivier.) Tu as failli me crever un œil avec ton truc!

— C'est bien la preuve que ce que je dis est vrai! déclara-t-il, penaud, tout en remarquant la petite tache rouge qui s'était effectivement formée sous l'œil gauche de sa femme.

— Comment? demanda Elizabeth qui ne comprenait pas où il voulait en venir.

— Ce bouton, justement... cette chemise... C'est de la merde! Qu'on nous vend à la télé! *Achetez de la qualité!* qu'ils nous disent... *La qualité d'aujourd'hui... Fait par nous autres!* Qualité mon cul, oui!

— Olivier!

— Quoi, *Olivier!* J'en ai marre qu'on me prenne pour un con! (Il reprit sa marche nerveuse, les mains croisées derrière le dos, foulant à grandes enjambées le tapis du salon.) Cette moquette, c'est de la merde, ça aussi. Regarde! Tous les poils sont aplatis! Elle gondole, en plus.

Il s'assit subitement dans le fauteuil qui se trouvait face à Elizabeth et pointa son index en direction du poste de télévision.

— Tu as déjà analysé les conneries qu'on nous débite là-dedans à longueur de journée? Fais-le une fois pour voir... Y en a de grosses, c'est moi qui te le dis. On nous prend vraiment pour des tarés. On essaie de nous convaincre qu'on a besoin de ci et de ça pour être plus heureux... voiture, bière, pizza, crème glacée, piscine, couche-culotte superabsorbante, déodorant supersec... C'est pas croyable la quantité de pubs rien que sur les soins corporels: la mauvaise haleine, les caries, l'acné, les odeurs de transpiration, les cheveux gras, les pellicules, les hémorroïdes, les pieds d'athlète, les maux de tête, l'arthrite, la sinusite, et j'en passe, et des meilleures... Putain! La déprime! On écoute ça pendant une soirée et on se dit: «Ça y est! Je suis moche. Je suis malade... et je pue certainement de quelque part.» C'est pour ça qu'on nous incite sans arrêt à boire de la bière! Pour oublier qu'on est pourris de la tête aux pieds, tiens!

— C'est tout? demanda Elizabeth, mi-figue, mi-raisin.

— Quoi, *c'est tout!* bougonna Olivier, s'enfonçant davantage dans le fauteuil. Tu n'es pas d'accord avec moi, peut-être?

— Olivier... la question n'est pas là, rétorqua-t-elle d'une manière un peu sèche. Tu es là... à t'exciter sur des problèmes de pubs. Tu sembles oublier qu'un homme est mort ici ce matin. Tu ne crois pas qu'on devrait en parler?

La question le ramena brutalement à la réalité. Il regarda la jeune femme, laissant son regard errer sur les traits pâles et tirés, sur l'ombre mauve qui soulignait les yeux. Il devina sa fatigue, à défaut de sentir la peur qui l'habitait.

Il se pencha vers elle, les coudes appuyés sur les genoux, et protesta d'une voix calme et radoucie:

— Chérie, on en a déjà parlé. On a dit tout ce qu'on avait à dire sur le sujet. C'est arrivé. On n'y peut rien. Et le fait d'en parler encore ne va rien y changer. Alors, le mieux qu'on puisse faire, maintenant, c'est d'oublier tout ça. Tourner la page,... et aller se coucher, ajouta-t-il après avoir jeté un coup d'œil à sa montre. Il est plus de onze heures et je dois me lever tôt, demain.

Il quitta le fauteuil et s'approcha d'elle.

— Allez, viens! dit-il en lui tendant la main pour l'aider à se lever. Au dodo!

Elizabeth soupira, refrénant l'envie qu'elle avait d'argumenter. Elle déclara simplement, avec un rien d'ironie dans la voix:

— *Acta est fabula!*

— Comme tu dis, ma chérie! répliqua Olivier en souriant, l'entraînant vers l'escalier après avoir éteint la lumière.

Olivier se glissa prestement sous les draps et s'allongea tout contre Elizabeth.

Il l'embrassa sur les cheveux, sur les yeux, caressant du

bout de ses doigts les longues cuisses fuselées. Sa main remonta lentement jusqu'au ventre rebondi.

— Tu crois qu'on peut le bousculer un peu? demanda-t-il d'une voix rendue rauque par le désir.

Elizabeth hésita avant de répondre. Elle n'avait pas envie de faire l'amour, et ne voulait pas non plus le blesser dans son amour-propre. Mais comment le lui dire? Comment lui faire comprendre qu'elle éprouvait, en ce moment précis, une sorte de répulsion?... Non pas envers lui, bien sûr, mais envers l'acte lui-même. Elle était de ces femmes qui dissocient parfois le cœur et la chair. Elle avait envie de tendresse, d'affection, de compréhension, pas de sexe.

— Chéri... Excuse-moi, murmura-t-elle enfin en l'embrassant tendrement sur la joue. J'ai... Je ne me sens pas très bien.

Olivier lui rendit son baiser, silencieusement. Puis il roula sur le dos en exhalant un long soupir, un bras replié sur les yeux. Il cachait mal sa frustration.

Au bout d'un moment, il chercha sa main, la serra et grommela:

— Dors bien, ma chérie.

Elizabeth resta encore longtemps éveillée, le cœur rempli d'une immense tristesse.

Chapitre 19

Cette nuit-là — la nuit qui suivit la mort de Joe Lacasse —, Elizabeth fit de nouveau un cauchemar.

Elle sentait une présence à ses côtés. Ouvrant les yeux, elle tournait la tête lentement, croyant trouver Olivier. Mais il n'était pas là. Elle regardait autour d'elle, inquiète. Elle ne voyait rien. Pas même les murs de la pièce où elle se trouvait. Tout était noyé dans les ténèbres. Tout, sauf le lit sur lequel elle était couchée.

Sa respiration devenait plus saccadée. Elle avait peur... Elle ne savait pas où elle était. Elle essayait de se lever mais son corps lourd comme du plomb ne lui obéissait pas. Elle ne pouvait bouger que sa tête.

Tout à coup, elle entendait un léger mouvement sur sa droite. Son pouls se faisait plus rapide. Elle fermait les yeux, serrant les paupières, se disant qu'elle rêvait... qu'elle allait se réveiller. Elle voulait se réveiller!

Son cœur cognait tellement fort dans sa poitrine... Elle n'était pas certaine d'avoir entendu quelque chose. Elle essayait de respirer lentement, profondément, tout en prêtant l'oreille.

Un bruit furtif, puis un chuchotement... Une voix d'enfant?

Les yeux brusquement écarquillés, elle fouillait l'obscurité en appelant:

— Amélie! Amélie!... C'est toi?

Un autre mouvement sur sa droite, suivi cette fois d'un rire cristallin.

Elle tournait de nouveau la tête lentement. Son regard se figeait. Ils étaient là...

Joe Lacasse était debout, près du lit, tenant dans ses bras maigres la petite Diane. L'enfant la regardait sournoisement en agitant entre ses mains fermées en conque un objet qui produisait un bruit mat, léger, presque gai. Elle connaissait ce bruit — elle était sûre de l'avoir entendu très souvent —, et pourtant elle n'arrivait pas à se rappeler...

— Oh, mon Dieu! Non! s'exclamait-elle soudain dans un souffle d'angoisse en voyant une lueur vaciller entre les mains de Diane.

Des allumettes! C'était ça le bruit qu'elle n'arrivait pas à se rappeler: des morceaux de bois se cognant les uns aux autres à l'intérieur d'une boîte de carton!

L'enfant souriait toujours en laissant tomber d'un geste gracieux l'allumette enflammée sur son ventre. Épouvantée, elle se mettait à crier. Une main surgie de l'ombre éteignait alors la flamme. C'était la main de Gilberte.

— Liza! Secoue-toi, bon Dieu! criait la petite Haïtienne en l'empoignant par le bras pour essayer de la tirer hors du lit. Ne reste pas là! Vite!

Elle essayait désespérément de bouger, de se lever.

Diane jetait une autre allumette sur elle. Elle hurlait

d'effroi et levait les yeux vers Gilberte pour demander secours. Mais Gilberte avait disparu, laissant la place à Mme Garnier. La vieille femme la regardait tristement en lui disant:

— Je vous avais dit de partir, madame De Blieck. Je vous l'avais dit, rappelez-vous! Demandez-lui... (Elle plongeait la main derrière elle et la ramenait en tenant Amélie par l'épaule, l'attirant doucement près du lit.) Demandez-lui! Vous verrez!

— Amélie! criait-elle, folle de terreur en voyant Diane jeter encore une allumette sur elle. Aide-moi, je t'en prie!

Amélie la regardait curieusement, la tête légèrement penchée de côté, l'air de ne pas comprendre ce que sa mère attendait d'elle.

— Pourquoi tu veux pas jouer? demandait-elle d'une voix capricieuse. Tu veux jamais jouer! T'es la plus méchante maman du monde!

Elle voyait avec horreur le tissu de sa robe de nuit s'enflammer.

— Mon Dieu! pleurait-elle en sentant sur son ventre la brûlure du feu. Je ne veux pas mourir! Je ne veux pas! Aidez-moi!... Est-ce que personne ne va m'aider?...

Olivier se réveilla en sursaut. Il entendait Elizabeth crier dans son sommeil. Elle se débattait tellement qu'il eut du mal à la maîtriser. Puis à la sortir de son cauchemar.

— Calme-toi, disait-il contre son oreille. Elizabeth! C'est moi... Je suis là! Calme-toi, chérie. C'est fini... chuuut...

Il était couché sur elle, ses mains enserrant les fragiles poignets, son visage appuyé contre le sien.

Elle ouvrit les yeux... Des yeux fous, égarés, affolés...

— Aidez-moi... aidez-moi...

Olivier la prit dans ses bras, la berçant comme un bébé.

— Chuuuut... C'est fini... Je suis là.

Elizabeth, à son tour, se réveilla tout à fait. Elle avait le cœur qui battait la chamade et le corps trempé de sueur.

— Tu m'as fait peur, dit Olivier en l'embrassant sur le front.

Il se rendit compte qu'elle était toute mouillée et tremblait de tous ses membres. Il tira la douillette qui était presque en bas du lit et l'en couvrit jusqu'au cou.

— Attends, poursuivit-il en se levant. Je reviens tout de suite.

Il se dirigea vers la salle de bain et en rapporta une grande serviette-éponge avec laquelle il frictionna son dos après lui avoir enlevé sa robe de nuit.

Elle se laissait faire, heureuse d'être dorlotée, s'abandonnant avec reconnaissance et confiance entre les mains d'Olivier.

Il lui demanda, d'une voix chargée de tendresse, et d'inquiétude aussi:

— Tu veux m'en parler?

— Non! balbutia-t-elle, le nez dans l'oreiller. Pas maintenant.

— D'accord... Mets-toi sur le dos, une fois, tu veux bien? dit-il avec un fort accent bruxellois.

Elizabeth éclata de rire. Ça marchait à tous coups.

— Allez, madame! reprit-il en lui claquant gentiment les fesses. On se bouge un peu pour voir... Allez!

Couchée moitié sur le flanc et moitié sur le ventre, elle riait toujours.

— Oh! s'exclama-t-elle tout à coup. Olivier!... Ça bouge!

— Mmmmm... (Il considérait le dos d'Elizabeth, attendant toujours qu'elle se tourne.) Qu'est-ce qui bouge, une fois, tu veux me dire? continua-t-il, toujours avec l'accent bruxellois.

— Arrête... Ça bouge, je te dis! (Elle se laissa rouler sur le dos.) Là-dedans! précisa-t-elle en pointant son index sur son ventre.

— Ça bouge? fit-il, incrédule.

— Ça bouge.

— Vraiment?

— Vraiment, assura-t-elle en hochant énergiquement la tête.

Elle lui prit la main et la posa sur le côté de son ventre, là où le bébé donnait des coups.

Olivier sentait la chaleur de sa peau. Rien d'autre.

— Je ne sens rien, dit-il.

— Attends...

Il perçut d'abord un léger frisson, puis un faible mouvement, si faible en fait qu'il douta d'avoir senti quelque chose. Il retint sa respiration, attendant que «ça» bouge de nouveau, impatient, tendu comme un arc.

Et le mouvement arriva soudain, plus fort, plus net. Une vraie secousse... là où sa main était posée.

— Nom de Dieu! Il bouge!... Mon fils bouge! s'écria-t-il, fou de joie, hilare, en se laissant tomber sur le dos. Qu'est-ce que tu dis de ça, hein?

Elizabeth se tourna vers lui et se coula contre son grand corps. Posant un bras en travers de sa poitrine et une jambe sur ses cuisses, elle l'embrassa dans le cou.

— Je dis que tu as l'air rassuré, en tout cas... Tu croyais qu'on avait engendré une sorte de pastèque ou quoi? demanda-t-elle en riant.

Olivier se redressa et se pencha sur elle. La fit glisser sous lui, inséra doucement une jambe entre les siennes. Il tenait sa tête entre ses mains et la regardait intensément, amoureusement.

— Tu crois qu'on peut le bousculer un peu?

— J'en suis sûre, répondit-elle en s'agrippant à ses épaules pour l'attirer plus près.

Le corps d'Olivier la couvrait complètement, créant comme un rempart à l'abri duquel elle se sentait en sécurité, protégée...

Il la pénétra lentement, profondément, provoquant à chaque mouvement des ondes de plaisir d'une incroyable intensité. Elizabeth eut l'impression de ne plus exister par elle-même, comme si elle s'était fondue, dissoute dans la chair d'Olivier. Elle se laissait engloutir, mourir... et cette mort lui était d'une douceur infinie.

* *
*

Elle se leva tôt, prit sa douche, s'habilla rapidement et descendit préparer le déjeuner, après avoir réveillé Olivier et Amélie.

Le soleil inondait la cuisine, créant dans la pièce une atmosphère gaie... chaleureuse.

Elizabeth était de bonne humeur et fredonnait une chanson de Lionel Richie en mettant la table. Elle n'entendit pas Olivier se glisser derrière elle et faillit lâcher la cafetière quand il passa ses bras autour de sa taille en la pressant contre lui.

— Bonjour, ma chérie, fit-il en l'embrassant dans le cou.

Elle se retourna et lui rendit son baiser.

— Bonjour, mon amour!

Elle déposa la cafetière sur la table, s'assit et laissa Olivier servir le café pendant qu'elle beurrait les toasts.

— Tu crois que tu pourras déposer Amélie à la maternelle avant d'aller à l'aéroport? demanda-t-elle.

Olivier jeta un coup d'œil à sa montre.

— Un peu juste, chérie, protesta-t-il gentiment.

— Bon... J'irai moi-même, alors. Ça me fera prendre un peu d'exercice.

— Ce qui ne te ferait pas de mal, fit observer Olivier, une lueur de malice au fond des yeux. J'ai remarqué, par hasard, que tu avais pris pas mal de poids ces derniers temps.

— Oh!... Par hasard, hein? répliqua-t-elle en éclatant de rire.

Elle le pinça vivement sous le bras — lui tirant un cri de douleur tellement exagéré qu'on aurait pu croire qu'elle lui avait arraché un morceau de peau — et reprit:

— Tu me trouves grosse?

— Un peu.

— Figure-toi que c'est un embonpoint normal. Parfaitement! Et tu y es pour quelque chose.

— C'est vrai, ma puce? rétorqua-t-il, hilare.

Il se penchait pour l'embrasser quand une petite tête brune se glissa subrepticement entre eux. De sorte que le baiser destiné à Elizabeth atterrit de façon imprévue sur le front d'Amélie.

— Bonjour papa!

Elle l'embrassa et se tourna aussitôt vers sa mère.

— Bonjour, dit-elle en déposant une bise légère sur la joue maternelle.

Elizabeth voulut l'enlacer mais Amélie s'échappa aussitôt, fit prestement le tour de la table et s'installa sur sa chaise, les coudes sur la table, les yeux rivés à son bol de céréales.

Elle a son visage des mauvais jours, constata Elizabeth en l'observant un moment.

Puis, après un bref coup d'œil à Olivier qui haussait les épaules, l'air de dire: «Je ne sais pas ce qu'elle a, moi!», elle s'adressa à sa fille de sa voix la plus douce:

— Amélie? Ça ne va pas?... Qu'est-ce qui se passe?

— Rien.

— Mais si, insista Elizabeth, commençant à deviner la raison de sa détestable humeur. C'est à cause de l'école?

Amélie lui jeta un regard sombre et lança:

— Je ne veux pas aller dans une saleté d'école!

Olivier gloussa, le visage enfoui dans sa serviette de table.

On y est! se dit Elizabeth, sentant l'énervement la gagner. Évidemment! Ça ne pouvait pas se passer normalement!

S'efforçant de maîtriser son agitation intérieure, elle protesta d'un ton relativement calme:

— Amélie... Ce n'est pas une *saleté* d'école. Tu trouvais ça très chouette l'année dernière, non?... Je suis sûre que tu vas encore t'y amuser cette année.

— Je ne veux pas y aller!

— Ne fais pas la bête, Amélie.

— Je ne fais pas la bête! répéta la fillette en criant.

Elizabeth préféra s'abstenir de toute réaction pour éviter que la situation, déjà tendue, ne tourne au drame. Elle crut à un caprice d'enfant; ignorant l'existence de Nellie, elle ne pouvait pas savoir que sa fille s'insurgeait simplement contre le fait d'être séparée de son araignée, ne serait-ce que quelques heures.

Olivier se préparait à partir. Elle le regarda faire, se sentant déjà un peu abandonnée.

Mon mari s'en va sur son maudit chantier, se disait-elle intérieurement, ma fille s'en va à sa maudite *saleté* d'école — ma foi, tant pis pour sa pauvre maîtresse, elle fera avec... —, et moi? Que vais-je bien pouvoir faire de cette maudite journée?

Elizabeth fit plein de choses qu'elle n'avait pas eu le temps — ou le goût — de faire depuis longtemps.

Elle accompagna d'abord sa fille boudeuse à l'école et passa ensuite chez l'épicier avant de rentrer.

Après avoir rangé les provisions, débarrassé les restes du déjeuner, nettoyé la cuisine, elle téléphona à plusieurs vitreries et finit par en trouver une qui voulait bien venir réparer la fenêtre dans la matinée. Elle leur donna les mesures et raccrocha, soulagée... Amélie avait dû passer la nuit dans le bureau de son père et elle l'avait très mal pris. C'était probable ment pour ça d'ailleurs, se disait Elizabeth, que sa fille était de si mauvaise humeur en se levant.

Appelant ensuite au bureau de son dentiste, elle confirma son rendez-vous du lendemain. Son dernier appel fut pour Gilberte qui était très occupée — elle n'avait pas le temps de discuter —, mais qui lui promit néanmoins de la rappeler dans la journée.

Elle grimpa l'escalier en tenant l'aspirateur à deux mains et commença le ménage par la chambre d'Amélie, évitant prudemment de réfléchir à ce qui s'y était passé la veille. Elle se disait qu'il lui faudrait sûrement y repasser l'aspirateur quand les ouvriers en auraient terminé avec la fenêtre, mais elle préférait par prudence enlever tout de suite les morceaux de verre.

Elle passa sa matinée à faire du ménage, des lessives, du repassage, du rangement, enfin ce genre de petites choses «qui rendent la vie bien agréable et qui font surtout qu'une femme se sent utile», comme le déclarait parfois Olivier, plus macho qu'un babouin. Il le disait toujours en riant, mais Elizabeth n'était pas loin de croire qu'il le pensait vraiment. D'autant plus qu'il n'avait pas du tout l'air d'apprécier, ni même de la prendre au sérieux, quand elle lui parlait de son intention de chercher un emploi après la naissance du bébé... Avec le bagage qu'elle avait en dessin, lui expliquait-elle, elle ne devrait pas avoir trop de mal à trouver. D'ailleurs, Gilberte lui avait souvent proposé de venir travailler à l'agence avec elle. Ce à quoi il répondait d'une manière laconique et volontairement évasive: «On verra...»

Ayant fini de ranger le salon, elle s'allongea un moment sur le divan le temps de laisser passer la douleur qui lui tiraillait le bas du dos.

Quand le bébé sera né, se dit-elle en songeant à la dernière conversation qu'elle avait eue avec Olivier à propos de ses projets de travail, on verra ce qu'on verra...

Elle souriait rien qu'à l'idée de la tête que son cher mari ferait le jour où elle lui annoncerait froidement: «Chéri! Je vais dessiner des putains de publicités à la con!» Le pied!

Elle ne savait pas, et n'aurait jamais pu deviner, que la vie avait d'autres projets pour elle.

* *
*

Elizabeth sortit de la douche et s'habilla à toute vitesse. Elle démêla ses cheveux mais ne prit pas le temps de les sécher convenablement: il était 14 h 45, ce qui lui laissait à peine un quart d'heure pour aller cueillir Amélie à sa sortie de l'école.

Elle descendit l'escalier rapidement, laissant courir une main sur la rampe et soutenant son ventre de l'autre.

Elle arriva devant l'école, essoufflée mais à l'heure, juste au moment en fait où Amélie se précipitait dans la cour.

La fillette la vit tout de suite et courut vers elle, sa boîte à lunch lui battant les mollets. Elle avait la mine rieuse, les yeux pétillants de vie.

— Eh bien! fit Elizabeth. On dirait que tu as passé une bonne journée. Tu t'es amusée?

— Oh, oui! ... Y a un garçon qui s'est renversé tout plein de peinture sur lui... Il a fait plein de cochonneries. C'était drôle! Tout le monde criait et riait!

— Je veux bien le croire... Qu'est-ce qu'elle a dit, la maîtresse?

— Rien!... Elle a fait venir la directrice. Après, elle est partie avec le garçon pour le nettoyer.

Elles marchaient main dans la main, Elizabeth accordant

son pas sur celui d'Amélie. Elles venaient de s'engager sur l'avenue Somerville, lorsque Elizabeth s'enquit, pour la forme:

— Et toi, Amélie? Tu as été sage? Tu n'as pas fait de bêtises?

— Non! répliqua l'enfant d'une voix ferme.

Elizabeth se demanda à laquelle de ses deux questions s'appliquait la réponse de sa fille. Elles gravirent les marches du perron, Elizabeth le nez dans son sac à la recherche de ses clés.

— Maman? C'est quoi un... *modempoi?*

— Un quoi, chérie? demanda Elizabeth, distraite.

Elle cherchait ses clés fébrilement. S'accroupissant tout à coup, elle entreprit de vider son sac sur le palier.

Et merde! Où est-ce que j'ai foutu ces putains de clés? jurait-elle intérieurement.

Amélie s'impatientait et s'exclama d'une voix agacée:

— Maman!

— Oui... excuse-moi, chérie. Un *modempoi*, tu dis? (Elle avait trouvé ses clés et remettait toutes ses affaires pêle-mêle dans son sac.) J'en sais rien, ma poulette, répondit-elle en regardant Amélie. Je n'ai... Où est-ce que tu as entendu ça?

— La maîtresse, elle a dit ça ce matin.

— Ah!... Et pourquoi elle a dit ça, la maîtresse? répliqua Elizabeth, curieuse.

— Parce que je voulais pas jouer au ballon.

— Pourquoi?

Les mains sur les hanches, Amélie regardait sa mère comme si elle était tombée sur la tête.

— Maman, tu sais bien, voyons... Je déteste les saletés de ballons... C'est niaiseux! précisa-t-elle, crachant le dernier mot sur un ton superbement méprisant.

— Oui, je sais, fit Elizabeth, maîtrisant le fou rire qui lui venait en imaginant la scène. Et alors, la maîtresse a dit... Qu'est-ce qu'elle a dit déjà?

Amélie ferma les yeux dans un intense effort de concentration et récita d'une voix monotone, comme s'il s'agissait d'un obscur poème appris par cœur:

— Elle a dit: «Certains parents devraient envoyer leurs enfants à l'école avec un... *mo-dem-poi.*»

— Ah! s'exclama Elizabeth, comprenant soudain. Un mode d'emploi, tu veux dire, corrigea-t-elle en souriant, essayant toujours de contenir son fou rire.

Elle riait doucement en ouvrant la porte, rigolait franchement en pénétrant dans le hall d'entrée — suivie d'une Amélie vexée et furieuse —, et hurlait carrément de rire en s'écroulant sur le divan du salon.

Elle éteignit les lumières du rez-de-chaussée, après avoir vérifié que les fenêtres du bas étaient toutes fermées et les portes — celle de la cuisine donnant sur le jardin et celle de l'entrée — bien verrouillées.

Épuisée par sa journée de ménage, elle avait décidé de se coucher tôt. Amélie était déjà dans son lit, l'attendant pour son histoire du soir.

Une toute petite histoire et après, dodo, se disait Elizabeth en montant l'escalier d'un pas lourd.

Olivier et Gilberte venaient de l'appeler, donc elle ne risquait plus d'être réveillée par le téléphone.

En entrant dans la chambre, Elizabeth jeta involontairement un coup d'œil vers la fenêtre. Le fait qu'elle soit maintenant réparée créait une douce impression sécurisante de «normalité», l'illusion parfaite que jamais rien d'extraordinaire, de spécial ou d'anormal ne s'était produit dans cette pièce.

Elle s'approcha du lit, s'allongea confortablement à côté d'Amélie qui se colla aussitôt contre elle.

— Alors, ma poulette, tu as choisi ton histoire? demanda Elizabeth, repoussant du doigt la frange qui retombait légèrement sur les yeux verts.

— *Le Petit Chaperon rouge*! fit Amélie d'une voix enthousiaste.

Bon, se dit Elizabeth, allons-y pour la cinquante-sixième version.

Elle rectifia la position de l'oreiller sous sa tête et annonça:

— Vas-y, ma chérie. Je t'écoute.

Amélie ferma les yeux un moment, cherchant l'inspiration, les rouvrit puis se lança:

— Alors... Il était une fois un Petit Chaperon rouge qui n'avait pas de maman... Elle avait juste un petit chat qu'elle essayait de cacher parce que la saleté de méchant loup voulait le manger, et alors...

— Comment ça se fait qu'elle n'avait pas de maman? ne put s'empêcher de demander Elizabeth, intriguée.

— Ben... je sais pas... peut-être qu'elle était morte? suggéra Amélie en écarquillant comiquement les yeux.

— Ah!... Elle devait être triste alors la petite fille, non?

— Ben... Y a une petite fille à l'école qui a pas de maman et elle est pas triste du tout!

— Tu ne serais pas triste, toi? rétorqua Elizabeth en lui caressant la joue.

— Maman! Tu me mélanges toute dans mon histoire, s'écria Amélie, énervée, éludant la question.

C'était une question idiote, pensa aussitôt Elizabeth en regrettant de l'avoir posée.

Elle sourit à sa fille et murmura:

— Excuse-moi... Je te promets de ne plus dire un mot. Vas-y. Continue.

— Alors... elle savait pas où cacher son petit chat... Il voulait pas rester dans sa boîte à lunch, mais elle l'a mis dedans quand même, parce qu'elle voulait aller voir sa mère-grand qui l'attendait dans la Forêt Enchantée, et sur la route, elle a rencontré une saleté de grand géant qui voulait prendre sa boîte à lunch, et alors le petit chat l'a mordu très très fort sur le doigt... qui saignait, qui saignait, qui saignait, et qui était devenu gros comme une banane. Alors le géant pouvait plus le mettre dans son nez...

Amélie éclata de rire. Elizabeth aussi, qui s'attendait depuis le début de l'histoire à ce que, à un moment ou à un autre, une partie — ou un détail — soit légèrement ou profondément scatologique.

— Le géant pleurait à cause de son doigt et il avait peur du chat, alors il s'est sauvé en courant dans la Forêt Enchantée, mais il courait très vite, alors il a pas vu la saleté de méchant loup et il a marché dessus sans le faire exprès, alors... le loup était très fâché parce qu'il avait tout plein de cheveux arrachés...

Elizabeth s'éveilla en sursaut et se demanda où elle était. Elle comprit vite qu'elle s'était endormie dans le lit d'Amélie: l'enfant avait éteint la lumière et dormait, nichée contre son ventre. Étrangement émue, elle déposa un baiser chargé de tendresse sur la tête de sa fille. Puis elle se dégagea tout doucement et sortit sur la pointe des pieds.

Cette nuit-là, elle dormit heureuse, sereine, confiante...

Chapitre 20

Le dernier week-end de septembre, ils partirent tous les trois à Vendée. Elizabeth avait fait avancer son rendez-vous mensuel chez le docteur Déry d'une journée et Olivier avait pris son vendredi. Il éprouvait, d'une part, le besoin de prendre un peu de repos et voulait, d'autre part, profiter des dernières belles journées de la saison.

C'était l'été des Indiens... L'ultime effort d'un soleil déjà très affaibli pour réchauffer la terre du Québec qui allait bientôt s'endormir, ensevelie sous les neiges, gelée par les froids mordants d'un long hiver.

Les Laurentides étaient en liesse, fêtant les épousailles de la forêt — mariage morganatique du sapin majestueux et de l'érable —, le vert sombre des conifères épousant, sous un ciel bleu d'outremer pareil à un immense tapis de fleurs de bleuets, les chaudes couleurs des feuillus et se noyant dans la fine dentelle des robes de mariée qui formaient une mer de camaïeux sang et or.

Elizabeth conduisait, un peu déçue de ne pouvoir se laisser aller à contempler le spectacle féérique qui s'offrait à ses yeux. Incapable de se détendre au volant d'une voiture (Un accident est si vite arrivé!), elle avait une façon de conduire attentive, prudente, intuitive et un peu nerveuse. Elle faisait partie — comme Olivier d'ailleurs — de la minorité des C.S.C. (chauffeurs super conscients), race malheureusement en voie d'extinction.

Olivier s'était endormi à ses côtés, épuisé par une semaine de travail épouvantable. Les possibilités d'une grève dans la construction avaient finalement été éliminées... Mais à quel prix? Il y avait eu, évidemment, de nombreuses discussions oiseuses qui tournaient principalement autour de sujets du genre: nous, les pauvres ouvriers affamés, épuisés (Travailler de 9 heures à 5 heures du soir en plein air avec, en plus, le droit de prendre seulement quinze minutes le matin et quinze autres l'après-midi pour son petit café, plus une heure le midi pour manger, c'est vraiment le bagne!), enfin bref, exploités... Vous, les christs de patrons bien gras, fainéants (On se la coule douce quand on a le privilège d'être patron, c'est bien connu!), enfin rebref, exploiteurs... Pourquoi ne pas discuter du sexe des anges, tant qu'à faire? s'était demandé Olivier plusieurs fois. C'est tout aussi inutile, mais au moins, c'est plus marrant!

Donc, en résumé, après quelques héroïques tentatives de générosité de la part du patronat, et quelques louables efforts de compréhension de la part du syndicat, les choses avaient repris leur cours normal — pas très différent de celui d'avant la crise d'ailleurs — et Olivier avait pu prendre une journée de congé.

Ils étaient arrivés en fin de matinée à Vendée. Le temps de rentrer les bagages, de dîner légèrement — poulet froid et salade —, il était quand même plus de 14 heures lorsqu'ils s'étaient retrouvés dans les bois après avoir décidé à l'unanimité de faire une longue promenade, «pour se décrasser les poumons», comme avait dit Olivier.

Au détour d'un sentier, ils étaient tombés en arrêt, béats d'admiration, devant un bosquet de bouleaux blancs. Leur feuillage aux reflets de jaunet donnait l'impression magique d'avoir été délicatement ciselé, patiemment assemblé et enchâssé pour composer une gigantesque pièce d'orfèvrerie qu'on aurait volontairement, et d'une manière insolite, érigée en plein milieu de la forêt.

Ils continuèrent à marcher et s'arrêtèrent un peu plus loin, au bord d'un ruisseau, le temps de faire une courte pause avant de prendre le chemin du retour.

Il y avait un arbre mort couché le long de la rive. Elizabeth et Olivier le choisirent pour banc, laissant Amélie qui ne voulait pas s'asseoir se vautrer joyeusement dans les feuilles et les aiguilles de pin qui recouvraient presque entièrement le sol.

La fillette ramassait les feuilles à pleine poignée et les jetait en l'air en poussant de petits cris. Au bout d'un moment, elle demanda:

— Maman?... Pourquoi ils perdent leurs feuilles, les arbres?

Elizabeth mâchouillait un brin d'herbe en suivant rêveusement des yeux le courant du ruisseau. Elle se sentait d'humeur poétique, aussi déclara-t-elle:

— Ils se déshabillent avant d'aller dormir, ma chérie. Comme toi. Sauf que ça leur prend un peu plus de temps. Le vent leur enlève leurs feuilles une à une, et ça dure des jours et des semaines... (Olivier s'étant penché vers elle pour lui murmurer dans l'oreille, d'une voix de velours: «C'est vachement érotique, ton truc! Ça me file des frissons!», Elizabeth avait protesté en lui donnant une petite tape sur la cuisse.) Quand ils sont enfin dépouillés, continua-t-elle, la neige tombe sur eux en leur faisant une robe de nuit toute blanche...

— Et scintillante, ajouta Olivier.

— Et froide! précisa Amélie.

— Exact! Vous avez tout compris! Allez... On rentre, maintenant, suggéra Elizabeth en se levant.

La chambre n'était éclairée que par les rayons de la lune.

Elizabeth entra et referma la porte sans bruit. Olivier était déjà couché. Il repoussa la couverture et tapa doucement sur le lit du plat de la main.

— Viens ici, toi, fit-il d'une voix tendre.

Il devina plus qu'il ne vit son sourire dans la pénombre. Elle s'étendit à ses côtés, encore habillée.

— Mon fils va bien? demanda-t-il en posant une main sur son ventre.

— Ton fils va bien... Je pense, précisa-t-elle, moqueuse, qu'on peut le bousculer un peu.

— Très bien! Et comme on a tout notre temps, on va pouvoir jouer à un nouveau jeu.

— Ah?

— On va jouer au vent et à l'arbre, fit-il en entreprenant de la déshabiller lentement. Je vais te faire perdre tes feuilles une à une...

Il lui caressait doucement les seins par-dessus son pull.

— J'espère que ça ne va pas durer des jours et des semaines, mon amour, l'interrompit Elizabeth en murmurant d'une voix gémissante de plaisir. Je ne tiendrais pas le coup... J'ai envie de toi. Tout de suite!

— Laisse-moi faire, répliqua-t-il en glissant ses mains avec une incroyable lenteur sous son pull.

Il défit adroitement les agrafes de son soutien-gorge. La chair d'Elizabeth se contractait sous ses caresses. Il se pencha sur elle et appliqua sa bouche sur la pointe dressée d'un sein, l'effleurant des lèvres, la titillant du bout de la langue.

Elizabeth haletait et se tordait sous lui, prise d'un désir d'une violence inouïe. Olivier sentait son propre désir lui brûler le bas-ventre, et il ne fut pas certain de pouvoir jouer au jeu du vent jusqu'au bout.

Elizabeth se réveilla.

Couché sur le dos, Olivier ronflait comme un bienheureux. Elle le poussa gentiment, cherchant à le faire changer de position. Il ne bougea pas d'un pouce et continua à ronfler. Alors elle lui pinça les narines et il roula enfin sur le côté en marmonnant quelque chose d'incompréhensible.

Incapable de se rendormir, elle sortit du lit et s'approcha de la fenêtre. Il faisait encore nuit, mais une lueur rose et or émergeait tout doucement derrière la montagne, lui signalant que le jour allait bientôt se lever.

Elle prit une couverture dans le coffre au pied du lit et s'installa confortablement dans le fauteuil devant la fenêtre.

Elle ne pensait à rien de précis, savourant simplement le calme paisible de ce moment particulier, goûtant le plaisir unique de veiller quand tout le monde dort.

Elle était bien, merveilleusement détendue, reposée malgré le manque de sommeil. Et elle s'étonna tout à coup d'éprouver autant de bien-être dans cette maison qu'elle se rappelait avoir voulu vendre justement parce qu'elle ne s'y sentait pas en sécurité. Elle avait le souvenir ténu, presque imperceptible, d'un sentiment de malaise, de menace... Menace pour elle, pour Amélie, ou pour Olivier? Elle ne savait plus... Qu'importe. Ce qu'elle savait en tout cas, c'est qu'elle se garderait bien, cette fois, d'aller rendre visite à Mme Garnier. Elle n'avait pas du tout envie de s'entendre encore raconter des histoires à dormir debout.

Quelle idée saugrenue, se dit-elle, en songeant qu'elle avait failli se défaire de ce qu'elle considérait maintenant comme un havre de paix.

Elle souriait, heureuse, croyant être enfin délivrée de la peur qui s'était installée en elle depuis la mort de la petite Diane.

Contrairement à ce que pouvait penser Elizabeth, la peur ne l'avait pas quittée. Elle était encore là, profonde et bien enracinée... momentanément anesthésiée par l'intense impression de bonheur que ressentait la jeune femme. Une sorte de sursis, somme toute.

* *
*

Le mardi 30 septembre, soit quatre semaines, jour pour jour, après la mort de Joe Lacasse, Charles Lindsay était assis dans son bureau et dépouillait sa correspondance.

— Saint Sulfate! s'exclama-t-il en découvrant une enveloppe qui portait l'estampille de Los Angeles. C'est pas trop tôt!

C'était la première réponse qu'il recevait, suite aux nombreuses missives qu'il avait envoyées un peu partout aux États-Unis et au Canada.

Il lut la lettre d'une traite, et la relut en sifflant entre ses dents d'un air découragé, s'attardant plus particulièrement sur le dernier paragraphe:

> *«En conclusion, cher confrère, tous les symptômes sont identiques à ceux d'une mort provoquée par un puissant poison neurotoxique. Dommage que vous n'ayez pas trouvé de traces de morsure. Et encore! D'après un médecin africain qui travaille avec nous, seul un cobra royal ou un mamba noir aurait pu injecter un venin qui entraîne une mort aussi rapide.»*

Ça se complique, pensa Charles avec agacement. La réponse qu'il avait reçue était loin d'être celle à laquelle il s'attendait. Il empoigna son téléphone d'un geste brusque et nerveux. Une voix graveleuse lui répondit à la troisième sonnerie:

— District vingt-trois. Sergent Lafontaine...

— Je voudrais parler à l'inspecteur Santini.

— De la part de qui?

— Docteur Charles Lindsay, de l'Institut médico-légal.

— Ne quittez pas.

Charles entendit quelques déclics. On le mettait en attente. Une musique d'ascenseur s'insinua bientôt sur la ligne. Il leva les yeux au plafond, impatienté, tambourinant du bout des doigts sur son bureau. Une autre série de déclics et, cette fois, une voix grave et basse se fit entendre.

— Lindsay?... Vous avez reçu des nouvelles? demanda Gabriel Santini.

— Oui. D'un pathologiste de Los Angeles.

— Bien. Alors?

— D'après lui, Joe Lacasse aurait été mordu par un serpent!

— C'est possible?

— Dites donc Santini, vous vous foutez de moi ou quoi? On est pas en Afrique ici... Vous en avez déjà vu, vous, des serpents qui se baladent tranquillement dans les rues de Montréal? C'est complètement débile.

— Mais admettons, pour les besoins de la cause, qu'on soit en Afrique, reprit l'inspecteur Santini, indifférent aux sarcasmes de Charles Lindsay. Est-ce que cette théorie tiendrait?

— Absolument pas... Aurait fallu que je trouve des traces de morsure sur le corps.

— Vous y aviez pensé?

— Écoutez, mon vieux... C'est pas à moi que vous allez apprendre à faire une autopsie! grogna Charles sur un ton furieux, saisissant l'insinuation et réagissant agressivement.

— Je vous trouve bien nerveux, docteur Lindsay, fit l'inspecteur en essayant de le calmer.

— Je ne suis pas nerveux! C'est vous qui m'énervez! rugit-il. Qu'est-ce que vous croyez?... Y a pas un centimètre carré de la peau de ce type qui n'ait été passé à la loupe. Même s'il avait été mordu par une limace, je l'aurais vu... Quand j'aurai du nouveau, je vous rappellerai.

L'inspecteur Santini entendit un déclic soudain et brutal. Son interlocuteur venait de lui raccrocher au nez.

D'un air maussade, préoccupé, le docteur Lindsay termina le dépouillement de sa correspondance. La réponse de Los Angeles l'avait troublé beaucoup plus qu'il n'aurait aimé l'admettre.

Il trouva une autre lettre provenant d'un laboratoire de pathologie de New York, mentionnant, elle aussi, la possibilité d'un poison neurotoxique comme cause du décès, mais ne donnant aucune explication quant à la façon dont ce poison aurait pu être administré.

Ils ne veulent pas se mouiller, les gars, pensa Charles avec un demi-sourire.

Il rejeta la lettre sur son bureau d'un geste dédaigneux.

Tirant le téléphone vers lui, il souleva le combiné, composa le numéro de l'Hôpital général de Montréal et réclama le service des urgences. Une voix chaude et féminine fusa aussitôt dans l'écouteur en annonçant:

— Urgences... Mlle Desjardins à l'appareil.

— Passez-moi le docteur Beauregard, articula Charles de sa grosse voix.

— Ne quittez pas. Je vais voir s'il est libre.

L'infirmière avait oublié de placer la ligne en attente, si bien que Charles pouvait entendre tout ce qui se passait: le service des urgences avait l'air, d'après le bruit et les quelques cris qu'il percevait, relativement calme...

— Docteur Beauregard. Qu'est-ce...

— Occupé, fils? lança Charles en interrompant son neveu.

Philippe reconnut sa voix et espéra qu'il avait des nouvelles au sujet de Joe Lacasse. Il répondit:

— Pas trop. Tu as du nouveau?

— J'ai reçu deux lettres ce matin. Tu peux venir?

— Donne-moi une heure, le temps de m'organiser et d'arriver, précisa Philippe. Ça te va comme ça?

— Je dois faire une autopsie… mais ça ne fait rien, répliqua Charles. Je peux la déplacer à cet après-midi. Mon client ne risque pas de s'impatienter, ajouta-t-il juste pour le plaisir de taquiner son neveu, sachant qu'il avait particulièrement horreur de ce genre de blague.

De fait, Philippe raccrocha un peu sèchement.

Cinquante minutes plus tard...

— Assieds-toi, fils, et regarde ça, déclara Charles en tendant au jeune homme les lettres dont il lui avait parlé.

Philippe s'absorba un moment dans une lecture attentive, pendant que son oncle le regardait en triturant fébrilement un crayon. Dès qu'il leva les yeux, Charles lui demanda vivement:

— Qu'est-ce que tu en penses?

— Je ne sais pas, avoua prudemment Philippe. D'après ce que je viens de lire, tous les indices concordent... sauf l'absence de morsure, évidemment.

Charles lui jeta un regard sceptique.

— Essaies-tu de me dire, par hasard, que tu crois à ces inepties? fit-il d'une voix bourrue.

— Si tu avais trouvé des traces de morsure, tu n'y aurais pas cru, toi?

Charles éclata de rire.

— Saint Sulfate!... Je vois déjà les titres des journaux, rétorqua-t-il, riant toujours: «UN PATHOLOGISTE RENOMMÉ DE MONTRÉAL DÉCLARE... Incroyable mais vrai! J'ai rencontré le type mordu par un serpent venimeux dans l'ouest de la ville! Il existe! Je l'ai autopsié!»

— Pourquoi pas! s'écria Philippe énervé par le ton arrogant de son oncle. N'importe quel cinglé peut se procurer un serpent assez facilement... même à Montréal. Dans un zoo, un laboratoire ou un magasin d'animaux exotiques. Alors? Je ne vois pas ce qu'il y a de si aberrant.

— Ce n'est pas aberrant. C'est parfaitement extravagant... Du délire! De toute façon,... (Il balaya l'air de la main comme pour chasser une mouche.) y a pas de traces de morsure. On va quand même pas en inventer pour les besoins de la cause, hein?

Charles se leva, vint près de Philippe et posa sa main sur son épaule.

— Bon. Oublions ça pour le moment, suggéra-t-il, sentant l'énervement et la frustration de son neveu. On ne va pas s'exciter sur deux lettres. Je propose qu'on attende d'avoir reçu d'autres réponses. On fera le point après. D'accord, fils?

Philippe acquiesça silencieusement.

* *
*

La première neige de l'hiver commença à tomber dans la matinée du dernier vendredi d'octobre, veille de la Toussaint.

Le ciel bas couvrait la ville d'une chape de nuages noirs, amenant prématurément sur elle les ténèbres de la nuit, créant ainsi sans le vouloir une ambiance tout à fait propice à la soirée de l'Halloween.

Assise dans le taxi qui la ramenait du cabinet du docteur Déry, Elizabeth regardait d'un air songeur les gros flocons qui venaient s'écraser sur les vitres de la voiture et se transformaient aussitôt en gouttes d'eau.

Elle pensait à son dernier week-end à Vendée. Trois jours d'une rare douceur, remplis de soleil, d'amour, de moments tendres et de rires... une halte de bonheur, en quelque sorte. Elle y avait vécu une espèce d'euphorie qui s'était prolongée tout au long de ces dernières semaines, malgré les absences fréquentes d'Olivier — à cause du chantier de Québec. Malgré aussi les innombrables accès de mauvaise humeur de sa fille, qu'elle n'arrivait pas à s'expliquer d'ailleurs, ignorant toujours l'existence de Nellie et la frustration insupportable que représentait pour Amélie le fait d'être séparée de son araignée les jours où elle devait aller à l'école.

Elle se fit déposer devant le dépanneur du coin pour y choisir la citrouille — attribut indispensable pour une soirée d'Halloween — qu'elle voulait à tout prix décorer avant d'aller chercher Amélie à l'école. Elle prit la plus grosse qu'elle put trouver.

À peine arrivée chez elle, elle s'installa dans la cuisine et plaça la citrouille au centre de la table. Elle découpa d'abord une calotte sur le dessus pour vider l'intérieur, puis deux trous: l'un en forme de triangle pour le nez et l'autre en forme de banane pour la bouche. À l'aide d'un feutre noir, elle dessina quelques dents et deux grands cercles pour les yeux, fixant en leur centre une rondelle d'olive pour donner l'illusion d'un iris. Après avoir calé une petite bougie au fond de la citrouille, de façon à pouvoir l'éclairer de l'intérieur, elle reposa le couvercle qu'elle avait découpé et entreprit de le garnir d'une botte de persil savamment défaite... Amélie avait déclaré le matin que ce serait bien si la citrouille avait une chevelure toute frisée.

Elizabeth prit un peu de recul pour contempler son œuvre. Elle sourit, se disant qu'elle ne s'en était pas trop mal sortie. C'était la première soirée d'Halloween de sa fille et elle tenait à ce que tout soit parfait.

Elle porta la citrouille devant la fenêtre du salon et revint dans la cuisine pour se faire un sandwich. C'était à peu près tout ce qu'elle avait le temps de manger parce qu'il lui restait encore à finir le costume d'Amélie sur lequel elle avait déjà travaillé toute la semaine. C'était la fillette elle-même qui en avait choisi le thème — une araignée — et les couleurs. Elizabeth avait trouvé l'idée un peu bizarre mais avait néanmoins promis à sa fille de le faire comme elle le voulait.

Elle se mit au travail et ne fut dérangée que par les coups de pied que lui donnait le bébé de temps en temps.

Amélie voulait s'habiller toute seule pour lui faire une surprise. Elizabeth lui donna le costume et le masque, après avoir choisi avec elle les pulls et les collants qu'elle devait mettre sous son déguisement pour ne pas avoir froid.

— Si tu as besoin d'aide, tu cries, lui précisa Elizabeth avant de descendre l'escalier.

Elle alla directement au salon et alluma la bougie à l'intérieur de la citrouille, s'assurant qu'il n'y avait absolument aucun danger d'incendie. Puis elle s'installa sur le divan avec un magazine, pour passer le temps en attendant que sa fille soit prête.

Un bruit de pas dans le corridor du premier lui fit lever les yeux. Elle essaya encore une fois d'imaginer, avant de la voir, l'allure qu'aurait Amélie revêtue de son costume. Mais les images refusaient de nouveau de s'assembler dans sa tête... Comme si elle avait eu toutes les pièces d'un puzzle sans pouvoir les mettre l'une à côté de l'autre, parce que ces pièces auraient toutes fait partie de jeux différents. C'était à la fois curieux et agaçant.

Quand elle entendit la fillette s'engager dans l'escalier, elle s'obligea à replonger son regard dans son magazine pour ne pas lui gâcher son effet de surprise.

— Maman... maman, fit Amélie d'une toute petite voix.

Elizabeth sourit en levant les yeux.

Elle vit l'enfant qui se tenait sur le seuil de la porte, les bras tendus vers elle: une apparition tout de noir vêtue affichant un énorme cœur rouge au milieu de la poitrine. Son sourire se figea et le sang se retira de son visage tout d'un coup. Elle contemplait Amélie, le regard fixe et un peu absent, ayant le sentiment étrange et très net d'avoir déjà vécu l'instant présent. Cette scène, elle se la rappelait... mais ne savait plus où, ni quand elle l'avait *vécue*.

L'angoisse lui étreignit le cœur. Elle respira à fond, essayant de se libérer de l'étau qui lui serrait la gorge.

La peur avait repris sa place et n'allait plus désormais lui laisser aucun répit.

Chapitre 21

Après de multiples discussions entre les époux, le bureau d'Olivier avait complètement changé d'aspect. C'était devenu «la future chambre du bébé» comme disait Olivier ou «la chambre du futur bébé» comme disait Elizabeth... Seul point sur lequel ils n'arrivaient pas à s'entendre.

Assise sur une chaise au beau milieu de la chambre du futur bébé, Elizabeth faisait des croquis et prenait de temps en temps des mesures, essayant de voir comment elle allait y placer tous les meubles indispensables au confort d'une maman et d'un nouveau-né.

Elle avait déjà repeint la fenêtre et la porte, tapissé les murs d'un joli papier aux teintes pastel, donnant à la pièce un air gai et frais.

Elle leva les yeux de sa feuille de dessin et son regard se posa par hasard sur la fenêtre. Elle se demandait quelle sorte de rideaux elle pourrait bien y accrocher lorsque le téléphone sonna, la tirant de sa rêverie. Elle laissa tomber sa tablette et son crayon par terre et se précipita dans sa chambre. Elle avait le corps incroyablement agile pour une femme enceinte de sept mois.

— Allô! fit-elle en décrochant le combiné.

— Elizabeth? Ça va? demanda Olivier d'une voix étrange.

— Ben... Oui, ça va. Et toi? rétorqua-t-elle, devinant qu'il allait lui apprendre quelque chose de désagréable.

— Écoute, chérie. On a une tempête de neige ici...

— Et tu ne seras pas là ce soir, acheva Elizabeth sur le ton de la déception.

— Je suis désolé... vraiment. On vient tout juste d'annoncer la fermeture de l'aéroport. Je ne crois pas que je pourrai rentrer avant demain matin... Y a pas de tempête à Montréal?

— Non, mon amour. Je suis sûre que ça tombe exprès sur toi, uniquement pour t'embêter.

Elle souriait malgré elle, sachant à quel point Olivier avait horreur de l'hiver.

— Tu m'en veux? reprit-il.

— Non... Bien sûr que non, répliqua Elizabeth. J'ai juste envie de te flanquer un coup de pied, ajouta-t-elle d'une voix moqueuse.

— Garde-le-moi bien au chaud. J'en meurs d'impatience... Comment vas-tu faire pour ton rendez-vous chez le médecin? Tu crois que tu pourras trouver une gardienne à temps?

— Je vais demander conseil à ma petite copine. Je suis sûre qu'elle a une nounou dans ses relations.

— C'est la grâce que je te souhaite, ma chérie.

— Tu me rappelles ce soir?

— Tu penses être revenue à quelle heure?

— Vers huit heures et demie.

— D'accord. Disons que je t'appelle à neuf heures... Faut que je te laisse maintenant.

Elizabeth entendit des bruits de baisers passionnés, puis

il raccrocha. Elle regarda sa montre, constata qu'elle avait encore le temps de trouver une gardienne et composa le numéro du bureau de Gilberte.

Une réceptionniste attentionnée lui répondit et lui demanda gentiment de patienter quelques minutes avant de la mettre en attente.

Il y eut quelques déclics sur la ligne, puis la voix de Gilberte, claire et joyeuse:

— Salut Beauté! Que puis-je faire pour toi?

— Me trouver une gardienne pour sept heures ce soir!

— Encore! s'exclama Gilberte. Mais qu'est-ce qu'elle en fait de ses gardiennes, ta fille... Elle les bouffe ou quoi?

— Pire! Elle les enferme dans la cave. C'est ce qu'elle a fait en tout cas avec celle que tu m'avais envoyée la semaine dernière. La pauvre est restée plus de deux heures dans «la noirceur du noir» comme dirait Amélie... L'ampoule était grillée.

Gilberte éclata de rire.

— Je n'avais pas d'idées comme ça, quand j'étais petite, moi. Elle est prodigieuse, ta fille!... Tu as su pourquoi elle l'avait enfermée?

— Je n'ai rien pu tirer d'Amélie. Quant à la jeune fille... elle a foutu le camp en me criant des bêtises. Alors, tu penses bien que...

— Dis donc, l'interrompit Gilberte, c'est pas l'Architecte qui devait te la garder, ta gamine?

— Il est à Québec, dans la neige jusqu'au nez.

— Celui-là, alors!... Bon, je vais voir ce que je peux faire. Si j'arrive pas à trouver, je viendrai moi-même. D'accord?

Elle raccrocha avant qu'Elizabeth n'ait pu lui dire au revoir.

Elle arriva à 18 h 50, avec son sourire, sa bonne humeur et quelques flocons de neige sur les épaules.

Elizabeth avait fait souper Amélie et finissait de s'habiller. Elle débarrassa Gilberte de son manteau.

— Te laisse pas mourir de faim, fit Elizabeth, maternelle, en s'asseyant sur le banc dans l'entrée pour enfiler ses bottes. Le frigo est plein à craquer. Fais comme chez toi.

— Comme d'habitude, répondit Gilberte.

Elle l'aida à mettre son manteau et ajouta:

— Allez... Sauve-toi vite.

— Je serai de retour dans une heure et demie au plus tard.

— Prends tout le temps qu'il te faudra. Je suis libre comme un oiseau.

— Amélie est dans sa chambre, précisa encore Elizabeth avant de partir.

Gilberte la regarda monter dans le taxi qui l'attendait depuis cinq bonnes minutes. Elle referma la porte et se dirigea vers l'escalier. Elle voulait dire bonjour à la fillette et s'assurer en même temps qu'elle ne faisait pas de bêtises.

Amélie était couchée à plat ventre sur son lit et regardait un livre d'images.

— Hello! fit Gilberte en entrant dans la chambre.

Elle marcha vers le lit et se pencha pour faire la bise à l'enfant qui lui tendait sa joue.

— Je vais dans la cuisine me préparer quelque chose à manger. J'ai faim, expliqua Gilberte. Tu viens avec moi ou tu restes là?

— Je reste, répondit Amélie.

— Très bien. Comme tu voudras.

Elle repoussa d'un doigt la mèche qui retombait sur les yeux d'Amélie, puis lui caressa tendrement la joue avant de s'éloigner. Sur le seuil de la porte, elle se retourna vers l'enfant qui ne l'avait pas quittée des yeux.

— Sois sage, recommanda-t-elle avant de quitter la pièce.

Amélie attendait impatiemment d'être enfin seule. Elle se leva,... referma doucement la porte. Prenant la maison de Nellie sur son étagère, elle la déposa sur le plancher, près du lit.

— Attends, dit-elle en chuchotant. Je vais t'ouvrir.

Dès qu'elle eut abaissé le panneau, Nellie sortit de son repaire. Elle resta un moment immobile, dressée sur ses pattes, puis, d'un bond prodigieux, elle sauta sur les genoux d'Amélie qui éclata de rire.

* *
*

Gilberte ouvrit les yeux brusquement. Elle s'était assoupie sur le divan du salon en lisant un magazine. Elle regarda sa montre. Il était 20 h 10. Elizabeth allait bientôt arriver.

Elle prêta l'oreille un moment. Rien. Pas un bruit. Le silence était tel, qu'il en devenait oppressant.

Elle porta une main à son cou. Sa gorge était complètement desséchée et elle avait du mal à déglutir. Elle se redressa avec l'intention d'aller dans la cuisine boire quelque chose. En passant près du thermostat, elle y jeta un coup d'œil: 22 °C. Elle leva la main et abaissa la température de deux degrés, souriant en songeant au discours qu'elle allait faire à Elizabeth sur le gaspillage de l'énergie.

En revenant de la cuisine, elle se dirigea vers l'escalier. La prudence lui conseillait d'aller voir ce que fabriquait Amélie.

Arrivée sur le palier, elle vit tout de suite que la porte de la chambre avait été refermée. Elle s'en approcha sur la pointe des pieds, ne voulant pas faire de bruit au cas où la fillette se serait endormie.

Collant son oreille contre le battant, elle entendit un murmure, une sorte de chuchotement, qui éveilla sa curiosité. Elle se demandait à qui l'enfant pouvait bien parler. Elle se sentit mal à l'aise, soudain. La main sur la poignée, elle hésitait à ouvrir. Cela lui rappela une boîte à surprise qu'elle avait, enfant, et la peur qu'elle ressentait chaque fois qu'elle était sur le point de l'ouvrir. C'était complètement idiot... elle savait parfaitement ce qu'il y avait dedans et pourtant, elle n'arrivait jamais à maîtriser son appréhension.

Elle se traita d'imbécile heureuse et se décida enfin à pousser la porte.

Amélie, tournant le dos à Gilberte, ne l'avait pas vue, ni entendue arriver. À plat ventre sur le plancher, elle jouait avec Nellie, totalement absorbée par le jeu — une course à obstacles — qu'elle avait inventé pour sa compagne. Elle l'encourageait de la voix en lui susurrant des paroles tendres, la poussant du bout de l'index pour l'obliger à franchir une boîte en métal contenant de l'eau et faisant office de ruisseau. Nellie montrait beaucoup de mauvaise volonté, n'ayant pas du tout envie de se mouiller.

L'araignée se dressa tout à coup sur ses pattes postérieures, en état d'alerte. Son cœur se mit à battre plus vite, le rythme de ses pulsations cardiaques atteignant une pointe de 150 à la minute. Affolée, elle tâtait l'air du bout de ses pattes antérieures. Elle sentait comme une menace... une présence étrangère.

Le comportement étrange de Nellie alerta Amélie. Devinant qu'il se passait quelque chose d'anormal, elle se retourna lentement. Gilberte était là, à dix pas, figée comme une statue de bois. Son visage avait pris une couleur de cendre, et ses yeux avaient l'air exorbités.

Elle l'a vue! pensa aussitôt Amélie.

La fillette resta sans bouger, sans dire un mot, ne sachant pas quoi faire. Il était trop tard maintenant pour cacher Nellie.

Gilberte leva la main lentement en pointant un doigt raidi en direction de l'araignée.

— Amélie, dit-elle en articulant péniblement. Qu'est-ce que...

Sa voix se cassa et elle se tut.

Oh, mon Dieu! gémissait-elle intérieurement, essayant de calmer son cœur qui battait à un rythme fou.

Glacée de peur, elle se rappelait les histoires cauchemardesques qu'elle avait entendu raconter dans son enfance sur les araignées de son pays d'origine,... sur son grand-père qui était mort des suites d'une morsure de mygale.

Elle laissa retomber son bras et reprit d'une voix dont elle s'efforçait de contrôler le tremblement:

— Qu'est-ce que c'est que ce... ce truc?

— Une araignée...

— Je vois bien que c'est une araignée, bon sang! D'où est-ce qu'elle sort?

— Je l'ai trouvée dans le jardin.

Seigneur! C'est pas vrai! Je rêve...

— Est-ce que ta mère sait que cette... araignée est dans ta chambre? demanda Gilberte en se rendant compte aussitôt de la stupidité de sa question.

Bien sûr que non, pensait-elle en regardant Amélie qui l'observait d'une manière étrange. Liza ne peut pas être au courant.

Amélie était tentée de lui répondre qu'elle l'avait dit à sa mère mais elle savait instinctivement que Gilberte ne la croirait pas.

— Non. Elle sait pas, la brava-t-elle au bout d'un moment. Et je veux pas qu'on lui dise!

— Mais enfin, Amélie!... Tu sais bien que ta mère te défendrait de garder cette horreur dans la maison, non?

— Justement, cria la fillette. Je veux pas qu'on me l'enlève. Je l'aime... et elle m'aime aussi, elle.

Interloquée par cette déclaration qui lui semblait pour le moins saugrenue, complètement dépassée par la situation, Gilberte porta les deux mains à son front, comme pour s'aider à mieux réfléchir. Elle considéra Amélie qui la regardait: les yeux verts, hostiles, étaient braqués sur elle, la sondant à la manière d'un instrument froid et lisse, cherchant sans doute à deviner ce qu'elle allait faire.

Malgré la peur et la répulsion qu'elle éprouvait envers l'araignée, elle s'approcha et s'agenouilla à côté de la fillette, restant tout de même à distance respectueuse de l'animal qu'elle ne quittait pas des yeux.

— Amélie... tu ne peux pas garder cette araignée ici sans le dire à ta mère. C'est de la folie... (Elle parlait le plus calmement et le moins fort qu'elle pouvait, de peur de provoquer un mouvement, quel qu'il soit, de l'araignée qui, dressée sur ses pattes, gardait une immobilité de statue.) Quand elle rentrera tout à l'heure, je veux que tu lui en parles toi-même, sinon je serai obligée de le faire à ta place.

La menace était claire. La réaction d'Amélie fut immédiate.

Si Nellie la mord, s'était dit Amélie en écoutant Gilberte d'une oreille distraite, ça va la faire devenir folle. Elle va se jeter par la fenêtre, comme le plombier, et après... elle sera morte... Comme ça, elle pourra plus rien bavasser à maman.

Avant même d'avoir fini sa phrase, Gilberte avait vu la main de l'enfant se saisir de l'araignée.

Non! Ne fais pas ça!

Elle pensait avoir crié mais aucun son n'était sorti de sa bouche. Les yeux agrandis d'horreur, pétrifiée, elle avait deviné ce que l'enfant allait faire une fraction de seconde avant... juste avant que la petite fille ne jette l'araignée sur elle.

Nellie était tombée sur la jupe de Gilberte. Elle avait immédiatement planté ses crochets, mais ne rencontrant que du vide sous le tissu tendu sur les cuisses de la jeune femme, elle avait gardé son venin et s'était mise aussitôt en mouvement.

— Noooon! hurla Gilberte en voyant l'animal s'agripper à son chemisier et grimper rapidement sur sa poitrine, vers son cou. Amélie! Enlève-la... Je t'en prie! Oh, mon Dieu... non... (Paralysée de peur, elle sentait les pattes de la bête sur sa chair, dans son cou.) Enlève-la!... Enlève-la!...

Impassible, Amélie la regardait. Une lueur étrange brillait au fond de ses prunelles. Gilberte sut, en accrochant son regard, que l'enfant ne l'aiderait pas.

Elle était terrifiée de savoir et de sentir l'araignée sur sa peau, mais elle l'était encore plus à l'idée de la toucher avec sa main. Sans réfléchir, elle attrapa le premier objet venu — une Barbie qui traînait par terre — pour s'en balayer le cou, espérant pouvoir se débarrasser de l'araignée du premier coup. Elle avait à peine levé le bras qu'elle sentit soudain une vive douleur au-dessus de sa clavicule.

Nellie, ayant perçu le remous de l'air, avait planté ses crochets droit devant elle avant d'être déséquilibrée et de tomber sur le plancher, à côté de Gilberte.

Comme dans un état second, la jeune femme abaissa son arme improvisée d'un coup sec et violent, manquant de peu l'araignée qui fit un bond de côté. Elle leva le bras de nouveau.

— Non! hurla Amélie en se dépêchant de ramasser Nellie pour la mettre à l'abri.

Déconcertée, hébétée, Gilberte porta une main à son cou. Elle n'avait plus mal. À peine une légère sensation de picotement. Elle sentait la sueur lui couler le long du dos. La tête lui tournait un peu et elle n'arrivait pas à rassembler ses idées. Un souvenir imprécis la taraudait pourtant... Quelque chose d'important. Il fallait qu'elle arrive à se rappeler.

Elle regarda Amélie sans vraiment la voir. Elle cherchait du regard sans savoir ce qu'elle cherchait. Mais c'était dans cette pièce. Elle en était sûre.

Ses yeux se posèrent un moment sur la fenêtre. Un déclic se produisit alors dans sa mémoire et le souvenir revint, clair et net: Joe Lacasse.

— Amélie? Le plombier... Il a été mordu par ton araignée lui aussi, hein? réussit-elle à articuler. (Elle avait du mal à respirer et sa voix sortait hachée, presque inaudible.) Réponds...

Elle aurait voulu prendre l'enfant par les épaules et la

secouer pour l'obliger à parler, mais elle n'osait pas la toucher à cause de l'araignée qu'elle tenait dans ses mains.

— Réponds! cria-t-elle.

Amélie restait silencieuse.

Folle d'angoisse, au bord de la démence, Gilberte se laissa aller à la fureur qui montait en elle, alimentée par le masque d'impassibilité de la fillette, et empoigna celle-ci par le bras, se disant que de toute façon l'araignée ne pouvait pas lui faire beaucoup plus de mal qu'elle ne lui en avait déjà fait.

— Elle l'a mordu oui ou merde? Tu vas me le dire ou je t'arrache le bras! hurla-t-elle dans un souffle à l'enfant épouvantée par sa violence.

— Oui! hurla Amélie à son tour. Oui!... Elle l'a mordu! Il voulait la tuer! acheva-t-elle en pleurant.

Gilberte la lâcha et se releva.

Seigneur Dieu! Un hôpital... Il faut que j'aille à l'hôpital, se dit-elle, sachant maintenant que sa vie en dépendait.

Elle sortit de la chambre aussi vite que ses jambes tremblantes le lui permettaient, faillit se rompre le cou dans l'escalier et déboucha dans le hall d'entrée à moitié assommée.

Enfilant son manteau de travers, elle attrapa son sac et ouvrit la porte à toute volée, bousculant Elizabeth au bas des marches du perron sans trop s'en apercevoir.

Elle perçut une voix lointaine qui l'appelait, mais elle n'avait pas le temps de s'arrêter. Elle n'avait qu'une seule idée en tête: l'hôpital.

Ses pieds lui faisaient très mal. Ce n'est qu'en ouvrant la porte de sa voiture qu'elle s'aperçut qu'elle n'avait pas mis ses bottes et que ses chaussettes étaient mouillées, glacées par la neige.

La sueur lui coulait dans les yeux et pourtant elle tremblait de froid. Elle dut s'y reprendre à trois fois pour faire démarrer la voiture. Elle dérapa en arrivant sur la rue Claremont et tourna à gauche pour éviter d'emboutir le véhicule qui allait s'engager sur Somerville. Au bout de la rue, elle tourna à droite sur le boulevard de Maisonneuve et fonça à toute allure, brûlant les feux rouges et les stops.

Sa respiration se faisait de plus en plus difficile. Elle aspirait l'air avidement, consternée par les bruits rauques qui provenaient de sa gorge.

Elle avait l'impression d'avoir le cerveau complètement gelé et n'arrivait plus à réfléchir. Elle ne se rappelait même plus sur quelle rue elle était. Elle savait qu'elle devait aller quelque part, mais avait oublié où.

Bientôt, elle ne sentit plus ni son pied sur l'accélérateur, ni ses mains sur le volant. Elle perdit le contrôle de son corps presque en même temps que celui du véhicule.

La voiture fit brusquement une embardée et escalada le talus qui bordait la voie ferrée. Un train de marchandises arrivait de l'ouest. Gilberte n'entendit rien, ne vit rien arriver... Elle ne sentait plus rien. Il y eut un fracas assourdissant de tôles s'entrechoquant quand la locomotive heurta l'aile avant droite de la voiture.

La force de l'impact la projeta au travers de la fenêtre. Elle tomba à plat ventre sur un rail, un bras et une jambe de chaque côté de la barre d'acier. Le train lui passa dessus, la découpant bien proprement par le milieu, ne laissant d'intacte que sa tête qui pendait, attachée à la moitié gauche de son corps.

* *
*

Assise sur le divan du salon, une tablette à dessin sur les genoux, Elizabeth fixait la lampe posée sur la table à côté d'elle. Elle n'arrivait pas à se concentrer sur ses croquis, l'esprit entièrement absorbé par son inquiétude au sujet de Gilberte.

Que lui est-il arrivé? se demandait-elle avec angoisse depuis la veille, depuis qu'elle l'avait vue sortir de chez elle dans un état épouvantable, courant comme si elle avait eu le diable aux trousses.

Elle avait questionné Amélie, mais l'enfant ne savait rien, n'avait rien vu. Pas moyen d'en tirer quoi que ce soit quant à ce qui avait pu se passer avant la fuite de Gilberte.

Elle avait téléphoné à son appartement trois ou quatre fois au cours de la soirée sans jamais obtenir de réponse. Elle avait aussi appelé à son bureau, sans trop d'espoir, et finalement chez ses parents en priant intérieurement pour qu'elle y soit. Ses parents ne l'avaient pas vue depuis plus de quinze jours. Elle avait raccroché en se traitant d'idiote, s'en voulant de les avoir peut-être inquiétés inutilement... Gilberte allait sûrement l'appeler dans la journée et lui raconter une histoire incroyable dont elles riraient toutes les deux. Elle s'accrochait à cette idée mais, au fond d'elle-même, n'y croyait pas vraiment.

Olivier était arrivé de Québec dans la matinée. Sa présence gaie et tendre l'avait réconfortée sans pourtant atténuer un tant soit peu la sensation de catastrophe qui l'habitait.

Toute la journée, elle avait erré comme une âme en peine dans la maison, tentant de distraire son esprit en s'occupant de diverses façons. Rien à faire. Elle avait l'impression de tourner en rond.

Elle épiait sa montre, inlassablement, et chaque fois que les aiguilles marquaient un changement d'heure, elle se précipitait sur le téléphone pour appeler chez Gilberte.

Bon sang! jurait-elle intérieurement. Est-ce que quelqu'un va enfin répondre à ce putain de téléphone. Gilberte, je t'en prie... Réponds!

Les battements de son cœur résonnaient à son oreille presque aussi fort que le bourdonnement qu'elle entendait dans le récepteur. Elle raccrochait brutalement après la dixième sonnerie,... le souffle court, les mains moites et une envie démesurée de hurler pour se libérer de cette intolérable angoisse qui augmentait au fur et à mesure que les heures s'égrenaient. Elle n'en pouvait plus d'attendre.

Elle regarda de nouveau sa montre. Il était 20 h 30. Encore une demi-heure...

Olivier revenait de la cuisine. Il lui tendit un verre de lait.

— Merci, chéri, fit-elle en essayant de lui sourire.

— Est-ce que tu ne crois pas que tu devrais...

La sonnerie du téléphone l'interrompit brutalement.

Elizabeth faillit en laisser échapper son verre. Elle leva les yeux vers Olivier dans une muette supplique.

— Ce doit être mon bureau, lança-t-il pour la rassurer avant de se diriger vers la cuisine.

Il décrocha.

— Allô!

— Olivier? demanda une voix féminine qu'il ne reconnaissait pas.

— Oui? Qu'est-ce que...

— C'est madame Dufort. La maman de Gilberte...

Olivier ne l'avait rencontrée que quelques fois et se demandait même s'il l'avait déjà eue au bout du fil.

— Ah! Justement, dit-il, on s'inquiétait...

Elle ne lui laissa pas le temps de finir sa phrase, balbutiant d'une voix entrecoupée de sanglots:

— Écoutez, je ne sais pas comment vous dire... (Elle se mit à gémir doucement et Olivier ne fut pas certain qu'elle pourrait achever sa phrase.) C'est au sujet de ma fille... Elle a eu un grave accident hier soir. Elle a perdu le contrôle de sa voiture... qui a heurté un train. Elle est... Elle est morte sur le coup.

Olivier eut le flash d'une Gilberte riant aux éclats. Il l'entendait encore crier: «Hé! l'Architecte!» Non. Elle ne pouvait pas être morte. C'était insensé...

Estomaqué par la nouvelle, anéanti, il ne sut que répondre et resta sans voix.

La femme reprit:

— Olivier? Vous êtes toujours là?

— Oui... je...

— Je voudrais que ce soit vous qui le disiez à Elizabeth. Vous comprenez... Je n'ai pas le courage... (Elle se remit à pleurer.) Je ne peux pas...

Nom de Dieu! jura Olivier intérieurement. Comment est-ce que je vais pouvoir annoncer ça à Elizabeth?

Il présenta ses condoléances d'une voix blanche, assura la mère de Gilberte de son soutien et raccrocha sans bruit, sans heurt.

Il resta dans la cuisine un bon moment, tournant en rond, essayant de se calmer, essayant de trouver les mots...

Elizabeth leva la tête vers lui. Il était d'une pâleur inhabituelle et ses yeux semblaient étrangement brillants. Était-ce des larmes qu'elle voyait affleurer au bord de ses paupières?

Son cœur se mit à battre plus vite. Elle eut l'impression d'un refroidissement soudain de l'atmosphère quand il s'assit à côté d'elle.

Olivier prit ses mains qu'il trouva glacées. Le regard baissé, comme accroché aux longs doigts fuselés dont il pouvait sentir le tremblement, il se mordit les lèvres.

— Elizabeth... (Il respira profondément et, levant soudain les yeux, il s'abîma dans les eaux bleues et sombres de ceux qui l'interrogeaient.) Je t'aime si fort, et j'ai... Oh, Dieu que c'est difficile! Je voudrais être la dernière personne au monde à te faire du mal... Tu le sais, ça, n'est-ce pas?... (Il ne put s'empêcher de serrer plus fort les doigts qu'il retenait.) J'ai besoin que tu m'aides, mon amour. Parce que je ne trouve pas les mots. Je ne sais pas comment te dire...

Il l'entendit à peine murmurer:

— Gilberte?

— Oui. Elle... Elle a eu un accident, hier soir. Elle a perdu le contrôle de sa voiture, et...

— Elle est blessée? hasarda Elizabeth.

Comme il ne répondait pas, elle ajouta, presque malgré elle:

— C'est grave?

Olivier hocha lentement la tête en avalant sa salive, cherchant un répit, cherchant les mots...

— Elle est... morte, balbutia-t-il après quelques secondes de silence qui lui avaient paru une éternité.

Elizabeth retira vivement ses mains de celles d'Olivier pour les porter à ses oreilles une fraction de seconde trop tard.

— Non, fit-elle d'une toute petite voix. Je ne te crois pas. Tu dis n'importe quoi... Pas Gilberte. Non... Je ne veux pas.

Olivier lui saisit les poignets, l'attira doucement contre lui et referma ses bras autour d'elle.

Elle gémit faiblement. Une plainte sourde, basse et lointaine.

— Gilberte... Gilberte...

Il la serra plus étroitement contre sa poitrine. Cette peine était tellement grande pour elle, beaucoup trop grande. Pourquoi ne pouvait-il s'en charger, la lui épargner?

— Chuuuut... Je suis là, chérie... Je suis là...

— Gilberte!... cria-t-elle soudain en se débattant et en essayant de se dégager de ses bras. Je ne veux pas! Pas Gilberte! Non! hurla-t-elle encore en lui martelant la poitrine de ses poings.

Ses cris se muèrent en sanglots déchirants. Elle cessa de se débattre et s'effondra contre lui.

— Pleure, ma chérie, dit Olivier en la berçant. Laisse-toi aller...

Il sentit soudain une secousse parcourir le corps

d'Elizabeth. Elle poussa un cri de douleur et se recroquevilla sur elle-même.

— Elizabeth? fit-il, fou d'inquiétude, en la repoussant à bout de bras.

Son visage mouillé de larmes était d'une pâleur effrayante. Elle crispa ses mâchoires et porta les mains à son ventre.

— Le bébé, dit-elle dans un souffle. C'est le bébé... Il va arriver. (Elle avait les yeux écarquillés de surprise et d'angoisse, rivés au regard d'Olivier comme pour implorer son aide.) Olivier... C'est trop tôt. Je ne veux pas qu'il vienne. Pas maintenant, s'écria-t-elle encore avant de se raidir sous une nouvelle contraction.

Pétrifié, Olivier mit du temps à réagir. Il regardait sa femme, refusant d'admettre l'idée qui s'insinuait tout doucement dans son esprit.

Quand il réalisa enfin ce que ces douleurs signifiaient, il éleva brusquement les mains à sa bouche et s'exclama à son tour:

— Non... Pas maintenant! Nom de Dieu! Pas maintenant!

Chapitre 22

Michel-Olivier Alexandre De Blieck vit le jour à l'aube du dimanche 30 novembre. Pesant 1150 g et mesurant à peine 26 cm, il était atteint d'une grave insuffisance respiratoire, et sa vie semblait aussi faible que le pâle soleil d'automne qui se levait sur la ville au moment de sa venue au monde.

Elizabeth émergea lentement des brumes de l'anesthésie, attirée par le murmure d'une voix féminine qui lui semblait très lointaine: «Madame De Blieck... Réveillez-vous. Madame De Blieck, est-ce que vous m'entendez?»

Perdue, désorientée, elle sentit tout d'abord le léger tremblement qui agitait ses jambes tendues,... sensation identique à celle qu'elle avait perçue en salle d'opération juste avant d'être endormie. Puis une douleur intense, comme une brûlure, lui fit porter instinctivement les mains à son ventre.

— J'ai mal, gémit-elle en ouvrant les yeux.

Son regard accrocha celui de l'infirmière qui se penchait vers elle. C'était une femme âgée d'une cinquantaine d'années dont le visage reflétait la douceur réconfortante de ceux qui comprennent la douleur et consacrent leur vie à essayer de l'apaiser.

— Dans un moment vous vous sentirez mieux, lui répondit celle-ci. Je vais vous faire une piqûre qui va vous soulager tout de suite et on vous reconduira ensuite dans votre chambre.

— Où est mon bébé? s'enquit Elizabeth d'une voix mal assurée.

L'infirmière lui expliqua gentiment qu'on avait dû installer l'enfant — un beau petit garçon! s'était-elle exclamée — dans un incubateur, que c'était la règle pour tous les prématurés. Elle passa volontairement sous silence le fait qu'il présentait de sérieuses difficultés respiratoires et qu'il se trouvait pour le moment aux soins intensifs entre les mains du meilleur pédiatre de l'hôpital et d'une armée de puéricultrices qui unissaient leurs efforts pour lui sauver la vie.

— Quand pourrai-je le voir? demanda encore Elizabeth.

— Aussitôt que vous pourrez vous lever, promit la femme en lui souriant.

Pendant qu'on roulait sa civière dans les couloirs qui séparaient la salle de réveil de sa chambre, Elizabeth se rappelait la panique qui l'avait saisie quand le docteur Déry lui avait annoncé qu'on allait devoir lui faire une césarienne.

Elle n'avait jamais été opérée, ni même anesthésiée, et n'avait jamais non plus associé les mots «opération» et «accouchement». La naissance d'Amélie s'était faite en douceur, sans piqûre d'aucune sorte, sans coupure, sans déchirure, et elle avait toujours cru, tout au long de sa grossesse, que l'arrivée de ce deuxième enfant serait aussi facile, sinon plus encore, que celle du premier. Elle s'était mise à trembler de peur, moins à l'idée d'être coupée qu'à celle d'être plongée dans un profond sommeil artificiel, une sorte de coma dont elle craignait de ne pouvoir être ramenée.

Olivier l'attendait dans sa chambre.

— Bonjour toi, fit-il d'une voix joyeuse en la voyant arriver.

Il s'approcha d'elle et se pencha pour l'embrasser, suivant le mouvement de la civière que l'on continuait à pousser.

La soulevant délicatement, les infirmiers la déposèrent sur son lit en douceur, comme une plume, en lui demandant de lever légèrement la tête au moment du transfert qui ne prit que quelques secondes.

Elizabeth était sous sédatif et cet effort ne réveilla aucune douleur au niveau de sa plaie, provoquant seulement une grande fatigue, comme si elle avait dû faire cet exercice plus de cinquante fois. Elle sentit la sueur lui mouiller le front et le dos.

L'infirmière lui épongea la figure avec un linge humide et frais, changea en un tour de main sa blouse d'hôpital (sorte de robe de nuit inesthétique qui descend à mi-cuisse, s'attache derrière et vous serre le cou). Elle prit ensuite sa température ainsi que sa tension artérielle et, après avoir jeté un coup d'œil professionnel sur son pansement, elle déclara:

— Je vous laisse, maintenant. Si vous avez besoin de quelque chose,... (Elle prit la sonnette sur la table de nuit et l'épingla à l'extrémité de la taie d'oreiller.) vous n'avez qu'à sonner.

— Merci, madame Dagenais, dit Olivier qui avait déchiffré le nom de la femme sur la plaque d'identification accrochée à son uniforme.

— Ne restez pas trop longtemps. Elle a besoin de repos, fit observer l'infirmière en souriant à Olivier qui acquiesça silencieusement.

Elle sortit de la chambre et ferma la porte derrière elle.

Après avoir tiré une chaise près du lit, Olivier s'assit et prit une des mains d'Elizabeth entre les siennes en murmurant:

— Eh bien, madame... Tu nous as fait une belle peur, tu sais?

— Est-ce que tu l'as vu? demanda Elizabeth d'une voix qui cachait mal son angoisse.

Ne voulant pas l'inquiéter, Olivier mentit quelque peu en lui affirmant:

— Bien sûr que je l'ai vu! Je l'ai trouvé un peu maigrichon,... (Il se sentit soulagé soudain en voyant un léger sourire apparaître sur ses lèvres.) mais absolument magnifique. Rassure-toi, ma chérie. Il ne lui manque absolument rien... Pas même un ongle d'orteil.

En réalité, Olivier avait à peine entrevu le bébé au moment où on le sortait de la salle d'obstétrique. À travers les parois vitrées de la couveuse, il avait vu le petit visage bleui par le manque d'oxygène et s'était demandé comment un être humain aussi minuscule pourrait trouver la force de vivre. Son fils était si petit qu'il aurait pu le tenir au creux de sa main.

Elizabeth se sentait somnolente. Elle avait une terrible envie de dormir et luttait pour garder les yeux ouverts.

— De quelle couleur sont ses cheveux? reprit-elle en réprimant un bâillement.

— Oh, tu sais... difficile à dire. Pour le moment, il n'a pas un poil sur le caillou, le fiston. Remarque, j'étais comme ça à ma naissance aussi, hein. Alors, on peut raisonnablement supposer que ce sera un petit blond... Comme son père. Tu n'as rien contre, j'espère?

Elle ne répondit pas. Elle avait fermé les yeux et s'était endormie au son de sa voix.

Olivier se leva et déposa un baiser sur son front.

— Je t'aime, chuchota-t-il tendrement. Dors bien, ma chérie.

Elizabeth ne bougea pas, plongée dans un sommeil profond, réparateur, neutre... sans rêve et sans cauchemar.

Olivier en fut à la fois soulagé et heureux, ayant redouté plus que tout que l'ombre de Gilberte ne vienne les hanter dans cette chambre d'hôpital... Son absence paraissait encore plus lourde maintenant que son filleul posthume était né.

Une vie s'en va, une autre arrive...

Il quitta la chambre sur la pointe des pieds. Dans l'ascenseur qui l'emportait vers le rez-de-chaussée, il songeait à la fois au décès de la petite Haïtienne et à la naissance de son fils. Il ne put s'empêcher d'établir un rapprochement entre les deux événements, d'y voir une certaine ressemblance: il y avait, dans ce départ et dans cette arrivée, un élément brutal, violent, inattendu,... une charge émotive d'une exceptionnelle puissance, d'une extraordinaire intensité.

N'étant pas loin de penser que quelqu'un, quelque part, détenait le pouvoir de régler le ballet de la vie et de la mort et avait mis au point pour Gilberte et Alexandre une chorégraphie d'une effroyable précision, d'une diabolique synchronisation, il haussa les épaules comme pour chasser ces images qui le troublaient et sortit de l'hôpital en grimaçant, sans s'en rendre compte, un sourire d'amère dérision.

* *
*

Le lundi matin, Charles Lindsay s'approcha de la table en acier sur laquelle reposait la dépouille mortelle de Gilberte Dufort dont il devait faire l'autopsie. Le corps avait été placé dans un caisson réfrigéré dès son arrivée à l'Institut médico-légal et y avait passé le week-end.

Charles retira la couverture plastifiée qui recouvrait le cadavre.

— Saint Sulfate! s'exclama-t-il, ahuri, en posant les yeux sur le corps mutilé.

Il jeta un coup d'œil vers son assistant qui avait détourné la tête. Morelli était aussi blanc que les murs de la pièce. La pâleur de son visage faisait ressortir ses boutons d'acné qui lui donnaient l'allure d'un adolescent attardé et rendaient encore plus ingrats ses traits totalement dépourvus de charme.

Pauvre garçon, songea Charles en enfilant son tablier et ses gants de caoutchouc. Il n'a pas dû voir beaucoup de femmes nues dans sa vie celui-là... C'est sûrement la première qu'il voit, en tout cas, fendue en deux sur toute la longueur.

Charles toussa pour s'éclaircir la voix et grogna à l'adresse de son assistant:

— Bon! Allons-y, Morelli! On n'a pas toute la journée devant nous.

— Oui, monsieur, répondit le jeune homme sans bouger pour autant, figé par la vision dantesque qu'il avait sous les yeux, ne se rappelant pas avoir vu, depuis le début de son stage de formation — il n'était là en fait que depuis quelques mois seulement —, quelque chose d'aussi impressionnant.

Devinant, à la tête de Morelli, qu'il y avait de fortes chances pour qu'il se retrouve avec un assistant sans connaissance sur les bras s'il le laissait peser et mesurer le cadavre, Charles préféra s'en occuper lui-même. Actionnant ensuite la pédale du magnétophone, il articula de sa grosse voix:

— Sujet de race noire. Sexe féminin. Âge...

Il fit une pose dans l'attente que son assistant lui donne les informations déjà notées par les policiers qui avaient amené le corps à la morgue de l'institut.

— Allons, Morelli! Secoue-toi, bon sang! explosa-t-il soudain.

— Excusez-moi, monsieur...

Il relut rapidement le dossier de Gilberte.

— Trente ans... Elle avait trente ans, monsieur.

— Bien, dit Charles d'un ton sec en actionnant de nouveau la pédale du magnétophone. Âge: trente ans. Poids: quarante-huit kilos et six cents grammes. Taille: un mètre cinquante-neuf.

Il jeta sur le cadavre un regard froid et scrutateur, nota mentalement la cyanose prononcée du visage et des extrémités dont la peau avait viré au gris et se différenciait nettement du ton caramel des autres parties du corps, puis tendit la main vers son assistant.

— Achevons le travail, maintenant, annonça-t-il en s'emparant du bistouri que lui présentait le jeune homme.

Le claquement sec de l'outil contre sa paume ne déclencha pas l'onde de plaisir habituelle.

— Quel gâchis! ne put s'empêcher de s'exclamer Charles en écartant légèrement les deux moitiés du cadavre.

Morelli, bien que travaillant depuis peu avec le docteur Lindsay, avait tout de même découvert certains de ses petits travers... Il ne put cependant déterminer si l'exclamation venait de la frustration d'un plaisir attendu en vain ou de la découverte des organes qui paraissaient très abîmés; les roues de la locomotive n'avaient évidemment pas le même tranchant que la fine lame du bistouri.

En retirant délicatement les organes un à un, il remarqua l'absence de la rate de même que celle d'un rein et lâcha un juron, qu'il renouvela d'ailleurs quand, voulant faire un prélèvement de sang, il fut obligé de pomper le cœur parce que les veines et les artères principales étaient pratiquement exsangues.

Il sut, avant d'avoir fini l'autopsie, que Gilberte Dufort était déjà morte quand la locomotive était passée sur elle: l'examen du crâne et des vertèbres cervicales était suffisamment éloquent.

Les vertèbres ont dû se rompre au moment de l'impact, songeait-il, juste avant que le corps ne passe au travers de la fenêtre — d'où les fractures du crâne — pour atterrir sur les rails.

Un détail restait à éclaircir: qu'était-il arrivé avant l'accident? Pourquoi avait-elle perdu le contrôle de son véhicule?

Comme il ne pouvait être question d'une maladie ou d'un malaise cardiaque, il était possible qu'il s'agisse d'alcool, d'une drogue quelconque... Il le saurait après les analyses.

Morelli lui apporta le résultat des analyses vers la fin de l'après-midi. En lisant le dossier, une note concernant plus particulièrement la formule sanguine attira son attention.

Il réfléchit un moment puis se leva d'un bond, comme s'il avait été poussé par quelqu'un hors de son fauteuil.

Il s'approcha d'une série de classeurs en métal qui longeaient un des murs de la pièce. Tirant brusquement un des tiroirs identifié K-L vers lui, il parcourut fiévreusement les chemises classées par ordre alphabétique. Il commença directement par le fond du tiroir et en sortit bientôt le dossier qu'il cherchait.

Revenu à son bureau, il le parcourut rapidement, puis le compara avec celui de Gilberte Dufort.

Il s'empara fébrilement de son téléphone, composa le numéro du poste de police de Westmount et demanda à parler à l'inspecteur Santini.

— Docteur Lindsay? Je vous écoute, annonça celui-ci de sa belle voix grave.

— Je viens de faire l'autopsie d'une femme de race noire, expliqua Charles. Elle s'appelle Gilberte Dufort. Est-ce que ce nom vous dit quelque chose?

— Vaguement... Pourquoi? demanda Gabriel Santini d'un ton méfiant.

— Vous vous rappelez ce type qui est mort après être tombé d'une fenêtre... Il y a presque trois mois de ça... Un certain Joe Lacasse. Vous vous rappelez?

— Oui... oui... Ça me revient maintenant. Mais je ne vois pas...

— Est-ce qu'il y a, pour vous, un rapport quelconque

entre ces deux personnes? l'interrompit brusquement Charles.

— Oui et non, répondit Gabriel qui se rappelait maintenant avoir rencontré Gilberte au domicile des De Blieck, là où Joe Lacasse avait eu son accident. Bon sang! enchaîna-t-il d'une voix un peu brusque. Si vous alliez droit au but, Lindsay! Qu'essayez-vous de me dire au juste?

— Écoutez, Santini... Écoutez-moi bien. J'ai pratiqué moi-même les deux autopsies. J'ai comparé les dossiers et je peux affirmer, sans l'ombre d'un doute, que ces deux personnes sont mortes de la même chose.

— De quoi?

— D'une absorption massive de poison neurotoxique.

Se souvenant de la dernière conversation qu'ils avaient eue au sujet de Joe Lacasse, l'inspecteur Santini demanda vivement:

— Est-ce que vous avez découvert des traces de morsure?

Charles s'attendait plus ou moins à cette question et répondit aussitôt:

— Non! Pas plus que sur l'autre... Je ne sais pas d'où vient ce poison, ni comment il s'est retrouvé dans leur organisme, déclara-t-il, mais je suis sûr en tout cas que c'est ça qui les a tués tous les deux.

— Est-ce qu'on a suffisamment d'éléments de preuve pour ouvrir une enquête?

— Santini... je vous ai dit que j'en étais sûr, pas que j'en avais la preuve... Je vous vois venir avec vos gros sabots. Ne vous imaginez surtout pas que je vais aller trouver le coroner ou le procureur pour leur expliquer que je soupçonne ces deux personnes d'avoir été mordues par un serpent. Saint Sulfate!... Comment est-ce que je pourrais prouver une chose pareille? Je n'y crois même pas moi-même, alors...

— Si ça ne vient pas d'un serpent, qu'est-ce que c'est alors? insista l'inspecteur. Une drogue? Un médicament? Un poison industriel?

— Je n'en sais rien! tonna Charles qui commençait à

s'énerver. Bon sang! Vous n'avez pas écouté un mot de ce j'ai dit, ou quoi? Je... Ne... Sais... Pas... d'où vient ce poison. C'est clair?

— Pourquoi m'avez-vous appelé, alors? gronda Gabriel à son tour.

— Je ne sais pas non plus. J'avoue que je n'ai pas réfléchi avant… J'aurais mieux fait de me manger la main ou d'aller boire une bière!

Il raccrocha d'une manière abrupte au nez d'un Santini qui hésitait entre l'éclat de rire et l'envie de lancer son téléphone par la fenêtre.

* *
*

Le lendemain, l'inspecteur se présenta rue Somerville, après avoir obtenu un mandat de perquisition en bonne et due forme: il pouvait prouver, avec les rapports d'autopsie, que les deux personnes avaient absorbé le même poison et qu'elles s'étaient également trouvées au même endroit quelques minutes avant leur mort: au domicile des De Blieck. C'était mince comme élément de preuve mais le procureur lui avait quand même accordé son mandat. Parce qu'il était conciliant d'une part et que, connaissant bien la ténacité de Santini d'autre part, il avait dû penser qu'il était préférable de lui donner ce qu'il voulait plutôt que de le voir assiéger son bureau... Une mauvaise langue en aurait conclu que le procureur désirant se voir reconduit dans ses fonctions à la fin de l'année pour un second terme était peut-être à la recherche d'une affaire judiciaire bien juteuse et qu'il comptait sur le flair de ce brave détective pour la lui apporter.

Gabriel Santini allait sonner quand la porte s'ouvrit brusquement sur Olivier qui partait à l'hôpital.

Sidéré, Olivier regarda le mandat de perquisition, puis les policiers qui pénétraient dans sa maison et, enfin, l'inspecteur Santini qui, le prenant par le bras, l'obligea à rentrer à l'intérieur en déclarant d'une voix impersonnelle:

— Vous êtes monsieur De Blieck, n'est-ce pas?... Ne vous inquiétez pas, ajouta-t-il en voyant le regard anxieux d'Olivier. Mes hommes ont l'habitude de ce genre de boulot. Ils ne vont rien casser... Tout ce qui aura été déplacé sera remis en place avant notre départ.

Les deux hommes se dirigèrent vers le salon.

Olivier se laissa tomber sur le divan en demandant:

— Qu'est-ce que vous cherchez?

— Votre femme n'est pas là? s'enquit l'inspecteur feignant de ne pas avoir entendu la question d'Olivier.

— Non.... Elle est à l'hôpital. Elle vient d'accoucher. Mais allez-vous me dire...

— Et votre fille?

— Elle est chez des amis... des collègues de bureau qui la gardent depuis samedi soir. Inspecteur, j'ai le droit de savoir ce qui se passe. (Il se leva et commença à marcher de long en large dans le salon.) Qu'est-ce que c'est que cette histoire? Qu'est-ce que vous faites, ici?

— Asseyez-vous, monsieur De Blieck, ordonna Gabriel d'une voix douce mais ferme. Je vous en prie...

Il attendit qu'Olivier se soit réinstallé sur le divan et reprit:

— Je vais tout vous expliquer. Ma présence chez vous a un rapport avec la mort de Gilberte Dufort... et avec celle de Joe Lacasse aussi.

— Quel rapport? fit Olivier d'une voix étranglée.

— On a trouvé dans leur corps des traces d'un poison qu'ils auraient... (Il hésita sur le choix du mot avant de continuer.) absorbé, peu de temps avant leur mort. On a des raisons de penser que ce poison pourrait se trouver ici, dans votre maison.

— Quoi? s'écria Olivier en se relevant d'un bond. Nom de Dieu!... Mais qu'est-ce que c'est que cette invention! Du poison!... Ici!... Avec une gamine de cinq ans qui fouille partout. Non, mais ça va pas votre truc... Vous êtes malade, ou quoi?

— Calmez-vous, monsieur De Blieck. Ça ne sert à rien de vous mettre dans cet état... Il est possible que ce poison soit quelque part dans cette maison sans même que vous le sachiez. Pour votre propre sécurité, il est important qu'on vérifie. Vous comprenez?

Olivier ne répondit pas. Il poussa simplement un soupir d'énervement en se laissant, de nouveau, tomber sur le divan.

— Excusez-moi, fit l'inspecteur en se levant. Je vais aller jeter un coup d'œil à ce que font mes hommes.

Olivier le regarda quitter la pièce, puis se passa une main sur la figure et ferma les yeux; il avait le sentiment étrange de rêver tout éveillé.

Heureusement, pensait-il, qu'Elizabeth est à l'hôpital. Comment est-ce qu'elle aurait pris ça? Il était convaincu que si elle n'avait pas déjà eu le bébé, cette histoire délirante aurait été suffisante pour la faire accoucher prématurément.

Nom de Dieu... J'espère que personne n'aura la bonne idée de la mettre au courant, se dit-il en marchant vers le bar pour se préparer le scotch dont il avait tout à coup un urgent besoin.

Gabriel Santini était monté à l'étage pour s'assurer que les quatre policiers qu'il avait amenés avec lui suivaient bien les consignes d'usage de même que les recommandations particulières qui leur avaient été faites pour l'occasion.

Les policiers fouillèrent la maison de fond en comble, sans trouver la moindre trace de quoi que ce soit d'anormal, sans relever la plus petite indication quant à l'objet de leurs recherches. Ils vidèrent la pharmacie des médicaments qui n'étaient pas d'usage courant et examinèrent tous les produits d'entretien que contenaient la cuisine et le sous-sol.

Après s'être attardé un moment dans la chambre d'Amélie, parce qu'il avait la vague impression qu'il y manquait quelque chose, l'inspecteur Santini rejoignit ses hommes qui l'attendaient au rez-de-chaussée. Il salua Olivier après lui avoir remis la liste des médicaments qu'il emportait avec lui et quitta la maison.

Un coup pour rien, songea-t-il en montant dans sa voiture.

La vague impression qu'il avait ressentie dans la chambre d'Amélie allait se transformer plus tard en certitude. Bien plus tard... et beaucoup trop tard!

Chapitre 23

Le mois de décembre fut l'un des plus sombres qu'Elizabeth ait jamais vécus.

À peine remise de son opération, encore pâle et faible, elle faisait tous les jours le trajet jusqu'à l'hôpital pour voir Alexandre, passait des heures assise près de l'incubateur à contempler le bébé au travers des parois vitrées. Le reste du temps, elle errait comme une âme en peine dans la maison, comptant les jours qui la séparaient encore de son fils... Jours qui lui semblaient longs et sans fin, tristes et gris.

Les fêtes de fin d'année arrivèrent, assombries par le temps — un brusque redoux, deux jours avant Noël, avait amené des chutes de neige fondante puis de véritables trombes d'eau qui tombaient sur la ville en faisant fondre les bancs de neige que la dernière tempête avait laissés le long des trottoirs —, assombries aussi, et plus encore, par cette double absence qu'Elizabeth, épuisée moralement autant que physiquement, ressentait durement: l'intolérable, obsédante et douloureuse absence de Gilberte et celle, terriblement physique et tout aussi intolérable, de ce fils qui lui avait été donné et aussitôt enlevé.

La mort de Gilberte l'avait brisée. Elle se sentait déchirée intérieurement, amputée d'une partie de son corps et de son âme... de sa vie. Jamais plus elle n'entendrait son rire en cascade, jamais plus elle ne verrait ses prunelles sombres la fixant avec une malicieuse tendresse, jamais plus elle ne sentirait la chaleur de sa main sur son épaule.

*«Ne pleure pas sur les morts, qui ne sont plus que des cages dont les oiseaux sont partis**.»

... Avec Gilberte s'étaient envolés quelques-uns des moments les plus heureux de son existence et peut-être aussi, se disait-elle certains jours, sa liberté de pouvoir désormais goûter pleinement les instants de bonheur.

Le 9 janvier au matin, elle se présenta à l'hôpital avec Olivier et Amélie. Après six semaines d'une attente éprouvante — sur les six, le bébé en avait passé plus de trois aux soins intensifs —, on allait enfin lui rendre son fils.

Quand elle prit Alexandre dans ses bras et le serra contre elle, elle eut l'impression de le mettre au monde une seconde fois.

Son euphorie fut de courte durée. Le docteur Samson, le pédiatre qui avait suivi Alexandre depuis les toutes premières heures, vint les trouver et leur proposa un bref entretien pendant que l'infirmière préparerait le bébé pour sa sortie. Il leur annonça, d'une voix qui s'était faite extraordinairement douce,

---

* *Le Jardin des Fruits*, Trad. de Franz Toussaint, Le Mercure de France. SAADI.

qu'ils avaient découvert depuis peu que l'enfant, bien que vigoureux et en bonne santé, souffrait d'une légère malformation cardiaque.

Anticipant les questions qu'Elizabeth et Olivier, atterrés, allaient lui poser, il s'empressa d'ajouter:

— Bien sûr, nous ne nous en sommes pas aperçus ce matin, mais nous avons jugé préférable d'attendre le résultat des analyses confirmant le diagnostic avant de vous en parler. Nous ne voulions pas vous inquiéter inutilement... (En voyant le visage de la jeune femme pâlir subitement, il s'en voulut d'avoir prononcé cette dernière phrase qui lui paraissait tout à coup très maladroite.) Madame De Blieck, je veux que vous compreniez bien que cette malformation ne menace nullement la vie de votre enfant, reprit-il aussitôt. Soyez-en certaine...

Il leur expliqua encore que cette malformation pouvait facilement être corrigée par une opération qui serait pratiquée dans quelques mois, quand le bébé aurait atteint un rythme de croissance normal et un poids satisfaisant.

Elizabeth quitta l'hôpital avec un certain empressement, angoissée par la sinistre perspective de cette opération qui planait comme une menace, lui semblait-il, sur la vie d'Alexandre. Les propos du pédiatre ne l'avaient pas entièrement rassurée. Loin de là.

* *
*

Après lui avoir donné son biberon, elle recoucha Alexandre dans son berceau. Il s'était endormi, complètement épuisé, avant de l'avoir fini.

Elle l'avait ramené depuis quelques jours seulement et, contrairement à ce qu'elle avait ressenti durant sa convalescence, elle trouvait maintenant que les journées passaient trop vite. On lui volait des heures... elle n'avait jamais le temps de se rassasier du bébé.

S'agenouillant près du petit lit, elle caressa du bout des doigts la tête de l'enfant. Il n'avait pas encore de cheveux, et c'était pour Elizabeth un doux émerveillement que de contempler, toucher délicatement, la vie qui affleurait en battements réguliers sous la fine membrane de la fontanelle.

Elle ne se lassait pas de le regarder, comme si elle essayait de rattraper le temps perdu... On l'avait privée de son fils pendant de si longues semaines, et il était là depuis si peu de temps. Depuis exactement sept jours, en fait.

Elle se releva et quitta la pièce lentement, comme à regret. Elle n'aimait pas s'éloigner d'Alexandre, exagérant sa fragilité apparente et ayant toujours peur qu'il ne lui arrive quelque chose d'épouvantable. Elle devait se faire violence pour éviter de passer tout son temps près de lui. Amélie et Olivier avaient besoin d'elle eux aussi.

Elle descendit à la cuisine pour préparer le dîner de sa fille. Elle avait fait installer un système d'intercom qui lui permettait, où qu'elle soit, de toujours entendre ce qui se passait dans la chambre du bébé.

Après s'être assurée que le volume de l'appareil était correctement réglé, elle mit à chauffer le reste du pâté chinois qu'elle avait fait la veille tout en se demandant ce qu'elle allait préparer pour le soir. Olivier lui avait promis d'être là pour le souper.

Elle finissait de mettre le couvert quand elle crut percevoir un faible bruit provenant de l'intercom. Puis des pleurs lui parvinrent soudain, clairs et forts.

Se précipitant vers la cuisinière, elle retira la casserole, éteignit le feu d'un geste vif, puis fonça vers l'escalier sans perdre une seconde, le cœur étreint d'une indicible angoisse.

Amélie était là, debout à côté du berceau, la main dans la poche de sa robe.

— Qu'est-ce que tu fais là? s'écria Elizabeth en la voyant, convaincue que la fillette avait réveillé le bébé.

— Il pleurait, maman... Je suis venue voir pourquoi. Tu n'étais pas là, et...

— Je sais. Je sais, répliqua Elizabeth d'une voix un peu plus calme en s'approchant du berceau. Excuse-moi ma poulette... Je ne voulais pas crier après toi, ajouta-t-elle, honteuse de s'être emportée contre sa fille qui semblait avoir seulement voulu l'aider.

Ce n'est que lorsqu'elle fut tout près d'Alexandre qu'elle s'aperçut qu'il avait le visage d'une inquiétante couleur bleue.

— Oh, mon Dieu, non! gémit-elle en prenant l'enfant dans ses bras.

Pendant qu'Elizabeth le portait précipitamment sur la table à langer pour s'assurer qu'aucun objet n'obstruait sa gorge, Amélie s'éclipsa... Quand elle revint, quelques minutes plus tard, sa mère était en train d'envelopper le bébé dans une couverture. Alexandre respirait de plus en plus difficilement et n'avait même plus la force de pleurer.

Elizabeth souleva l'enfant et le cala au creux de son bras. Puis, le tenant serré contre elle d'une main, elle attrapa la fillette de l'autre et l'entraîna hors de la chambre en courant.

— Vite, ma chérie... Vite! Il faut aller à l'hôpital, balbutia-t-elle d'une voix complètement affolée.

Dans le taxi qui roulait à toute vitesse à travers les rues de la ville qui étaient pourtant enneigées, glissantes et dangereuses, Elizabeth priait silencieusement.

Mon Dieu, faites qu'on arrive à temps. Je vous en prie... Je vous en prie. Je ne veux pas que mon bébé meure. Je vous en prie...

Elle répéta cette prière inlassablement, tout au long du trajet qui ne dura guère plus de cinq minutes.

Elle la répétait encore quand, arrivée dans la salle des urgences, on lui prit l'enfant des bras.

Je vous en prie... Je ne veux pas qu'il meure. Je vous en prie...

Elle réitéra sa prière silencieuse une dernière fois, pendant qu'on délivrait le bébé de sa couverture, joignant les mains et les portant à sa bouche, ne se rendant même pas compte qu'elle se mordait jusqu'au sang.

Mon Dieu, je vous en prie... Sauvez-le... Je ne veux pas qu'il meure...

Sa prière silencieuse devint un gémissement sourd quand elle vit que l'enfant ne respirait plus. Sa figure, ses mains et ses pieds étaient devenus d'un bleu violacé. Elle sut qu'il était mort avant même qu'on le lui ait annoncé. Elle laissa échapper une plainte déchirante:

— Non! Je ne veux pas...

Puis, la tête brusquement renversée vers l'arrière, elle ferma les yeux en poussant un long cri de révolte:

— Nooooon!...

Et ce fut la nuit pour elle.

* *
*

Les obsèques du petit Alexandre eurent lieu trois jours plus tard en présence d'une assemblée fort réduite. Y assistaient Olivier, Elizabeth et Amélie, ainsi que les parents de Gilberte et le couple qui avait gardé la fillette au moment de la naissance du bébé.

Au dire du médecin qui avait délivré le certificat de décès, l'enfant était mort des suites d'une défaillance cardio-respiratoire qui n'avait absolument rien d'étrange, ni de suspect, vu les problèmes de santé qu'il présentait déjà en venant au monde.

Elizabeth s'était enfermée dans sa douleur. Son visage, d'une pâleur extrême, avait l'apparence du marbre. Seuls les yeux dont le bleu était légèrement assombri semblaient animés, brillant d'un éclat étrange et sauvage. Elle avait refusé de prendre des calmants sous quelque forme que ce soit, refusé de parler, refusé de pleurer, s'emmurant à l'intérieur de son propre corps.

Au cours des interminables heures écoulées depuis la mort de son fils, elle avait longuement réfléchi, s'efforçant de trouver une raison, une explication à tous ces drames, à toutes ces morts survenues autour d'elle en si peu de temps, la mort d'Alexandre restant pour elle la plus incompréhensible et la plus aberrante de toutes. Pourquoi cet enfant qui n'avait, au moment de sa naissance, que très peu de chances de survivre s'était-il accroché à la vie envers et contre tout? Pourquoi ces quelques semaines de sursis?... Des semaines intolérables pendant lesquelles elle avait vécu un enfer de frustrations et d'angoisses. C'était absurde, injuste, révoltant. Pourquoi ce tout petit bout de vie... sept semaines... Il n'avait vécu que sept petites semaines, et il était mort le jour où il aurait dû normalement venir au monde... Le 16 janvier (encore un 7). Le septième jour de son arrivée chez lui.

Trois fois le chiffre 7...

Elle avait tourné et retourné ce chiffre dans sa tête. Il évoquait pour elle des images ténues, imperceptibles... Des rêves? Non, des cauchemars plutôt dont les images encore floues lui revenaient en mémoire par bribes. Des images concernant le bébé et ce chiffre, et... Quoi d'autre? Il y avait autre chose, mais quoi? Chaque fois qu'elle essayait de forcer les portes de son subconscient, elle réveillait en elle une frayeur qui lui coupait le souffle et qui brouillait totalement l'écran de ses souvenirs. Elle avait l'impression que ces cauchemars dont elle n'arrivait pas à se rappeler avaient quelque chose de prémonitoire, qu'à travers eux, elle avait été prévenue d'un danger... Qui concernait uniquement son fils? Elle n'en savait rien, mais voulait le croire.

Dans son acharnement à essayer de comprendre et de justifier le pourquoi de cette existence trop vite fauchée, dans son acharnement à essayer de s'expliquer cette peur qui l'habitait depuis des mois, elle avait poussé dans ses derniers retranchements son esprit qui, épuisé, surchauffé, au bord de l'effondrement, lui avait insidieusement soufflé, pour l'apaiser, qu'elle n'avait plus rien à craindre maintenant. C'était fini... La mort de cet enfant était la dernière d'une longue suite de tragédies qui avaient commencé, ne se rappelait-elle pas? presque au moment de sa conception. Désormais, il n'y aurait plus d'accidents... plus de morts. La boucle était bouclée.

Le tapis roulant sur lequel reposait le minuscule cercueil blanc s'ébranla tout doucement. Elizabeth prit la main d'Amélie et se rapprocha d'Olivier, glissant insensiblement son autre main sous le bras de son mari en se serrant contre lui.

Elle se cramponnait inconsciemment à ces liens de chair, s'enchaînant physiquement comme pour mieux résister à l'immense désir qu'elle avait de s'emparer de son fils dont le corps s'acheminait irrémédiablement vers un gouffre où les flammes allaient bientôt le consumer.

* *
*

Ce fut la participation (bien involontaire) d'Olivier à une convention d'architectes devant se dérouler à Chicago les

12 et 13 février qui joua le rôle de détonateur dans la suite des événements. Qui fut, en quelque sorte, le début de la fin... Le premier maillon de la chaîne.

Le mercredi soir, la veille de son départ, il tournait en rond dans le salon, les mains dans les poches, l'air consterné.

— Mais enfin, chérie! protesta-t-il un peu nerveusement. Je *dois* y aller. Je n'ai pas le choix... Est-ce que tu comprends ça?

— Non, bougonna Elizabeth, recroquevillée au fond du divan.

— Parce que tu ne *veux* pas comprendre. (Il s'était arrêté devant elle et la toisait sévèrement du haut de ses 192 cm tout en ayant le désagréable sentiment de l'impressionner autant qu'un papillon qui se serait posé sur son bras.) Tu sais bien que ce n'est pas moi qui décide.

— À quoi ça te sert, alors, d'être un associé dans cette putain de boîte? demanda-t-elle, hargneuse et de mauvaise foi.

Interloqué, Olivier sortit les mains de ses poches, les écarta brusquement de son corps et les laissa retomber aussitôt à plat sur ses cuisses, dans un geste de colère et de découragement.

— Nom de Dieu!... Qu'est-ce que tu cherches, Elizabeth? La bagarre... C'est ça?

— Non! Je veux que tu restes... J'ai besoin de toi, ajouta-t-elle d'une voix presque inaudible.

Depuis le mois de décembre, Olivier rentrait tous les jours à la maison. Il avait été remplacé sur le chantier de Québec afin de pouvoir s'occuper d'un projet concernant la construction d'un immense centre commercial dans la banlieue de Montréal. Elizabeth s'était réhabituée à sa présence quotidienne, chaleureuse et réconfortante. Elle n'envisageait pas de gaieté de cœur d'en être privée, ne fût-ce que pour deux jours.

Désarmé, il s'assit à côté d'elle et la prit dans ses bras.

— Moi aussi, j'ai besoin de toi, dit-il d'un ton plus doux,

gêné de s'être laissé emporter. Écoute, ma chérie... Faut vraiment que j'aille là-bas. Je serai parti deux jours seulement Deux tout petits jours. Tu verras... Ça va passer très vite.

Elizabeth ne répondit pas tout de suite. Elle se colla juste un peu plus contre sa poitrine.

— À quoi penses-tu? demanda-t-il au bout d'un moment.

— Je pense que je vais partir moi aussi.

— Tiens, donc... Où ça?

— À Vendée! fit-elle, obéissant à une impulsion soudaine.

Elle venait, sans le savoir, d'enclencher le deuxième maillon de la chaîne.

Surpris, Olivier lança d'une voix incrédule:

— À Vendée!?... Qu'est-ce que tu veux aller faire là-bas?

— Je ne sais pas... Me reposer... Me changer les idées.

Olivier la repoussa doucement et la regarda dans les yeux. Elle ne cilla pas, bien déterminée à défendre son idée.

— Elizabeth... je ne pense pas que ce soit très raisonnable.

— Au contraire. J'ai besoin de partir... j'ai besoin de sortir d'ici. Je tourne en rond. Je ne sais pas quoi faire de mes dix doigts. J'aurais dû vider la chambre du... (Elle hésita quelques secondes, mais se reprit très rapidement.) ...la pièce du haut. Je n'en ai pas le courage. Je n'arrive même pas à m'approcher de la porte... Je dois me ressaisir, Olivier, tu comprends? Un changement d'atmosphère va m'aider. J'en suis sûre.

— Chérie... ça m'inquiète de te laisser partir à Vendée toute seule.

— Pourquoi?

— Il n'y a même pas de téléphone...

— Oh, Olivier... Tu t'inquiètes vraiment pour rien. D'abord, je ne serai pas seule; tu oublies Amélie. Et puis, Mme Garnier n'est pas bien loin, alors... Tu sais à quoi je pense?

— Non, mais je sens que tu vas me le dire, répliqua-t-il en souriant.

Elizabeth lui sourit à son tour, les yeux soudain brillants d'excitation.

— Je me disais que tu pourrais peut-être nous retrouver là-bas.

— Quand? Je rentre de Chicago vendredi soir.

— Alors tu passes la nuit à Montréal, et tu t'amènes le samedi matin à la première heure. Non?

— C'est une idée à considérer avec attention, approuva-t-il d'un clin d'œil.

— Comme ça, enchaîna Elizabeth, mystérieuse, on aura trois raisons de faire la fête.

— Ah oui?

Elle s'empara de la main d'Olivier et la leva à hauteur de ses yeux en riant doucement. Elle commença par en plier le petit doigt en annonçant, comme s'il s'agissait d'une charade:

— Premièrement, ton retour... bien sûr.

— Bien sûr, répéta-t-il d'un ton très convaincu.

— Deuxièmement, ajouta-t-elle en lui pliant l'index, l'anniversaire de...

Elle fit une pose, attendant qu'il achève sa phrase. Il lança la première chose qui lui vint à l'esprit:

— De notre rencontre?

— Non, de ta fille, espèce de père indigne. Elle va avoir six ans dimanche. Tu l'avais oublié? Bon, troisièmement... (Elle tordit un peu plus qu'elle ne plia son majeur, lui arrachant un cri de douleur exagéré.) Alors? Troisièmement?...

— Le... la Saint-Valentin!

— Bravo! Tu as gagné! s'écria-t-elle en lui plaquant un baiser sonore sur la joue.

— Ah, oui! J'ai gagné quoi? demanda-t-il en arrondissant la bouche.

— Moi!

Elle se leva d'un bond et reprit, en le tirant par les mains pour l'extraire du divan:

— Il y a un test d'habileté à subir, avant.

— Ah non!

— Ah si!... Les valises!

Ils passèrent l'épreuve en montrant beaucoup d'adresse, bouclant les valises en moins de dix minutes, poussés tous les deux par un irrépressible désir de se retrouver nus, soudés l'un à l'autre par le cœur et le corps. Ils s'étreignirent avec une passion renouvelée, sans pouvoir se rassasier, sans savoir qu'ils ne pourraient plus jamais se rassasier l'un de l'autre.

Au matin, Elizabeth l'accompagna à Dorval. Il faillit rater son avion parce qu'elle avait décidé de partir en même temps que lui. Elle voulait se rendre directement à Vendée après l'avoir déposé.

Le temps de déjeuner, d'embarquer les valises et la fille, de réchauffer le moteur de la voiture, de se faufiler au travers de la circulation matinale... il était 8 h 05 quand ils trouvèrent enfin une place sur le parking fort encombré de l'aéroport, et le décollage était prévu pour 8 h 30. C'était un peu juste...

La plupart des gens qui encombraient la salle des départs en ce jeudi matin, ensoleillé mais froid, partaient pour New York ou Miami. Il y avait un monde fou, un vacarme épouvantable, un mouvement continuel. Des gens qui riaient, parlaient, se bousculaient, criaient, couraient, des écrans vidéos et des voix en écho... On se serait cru à la Bourse de Montréal.

Olivier se dirigea rapidement vers le comptoir d'American Airlines pour faire enregistrer sa valise.

Ils n'eurent que quelques minutes pour se dire au revoir. Elizabeth s'assura de nouveau qu'il avait bien noté l'heure de son autobus pour Saint-Jovite où elle devait aller le chercher le samedi matin. Puis elle se serra contre lui. Elle avait envie de pleurer comme s'il s'en allait pour un long, un très long voyage. Mue par un étrange pressentiment, elle fut sur le point de lui crier: «Reste ici, Olivier!... Reste avec moi.»

Elle refoula ses larmes, se traitant d'idiote, et l'embrassa en lui disant simplement:

— Reviens vite. Je t'aime.

— Je t'aime, moi aussi, ajouta-t-il en desserrant son étreinte, lui donnant un dernier baiser avant de se précipiter vers la porte d'embarquement.

Il ne se retourna pas.

Elizabeth le regarda courir, les yeux pleins de larmes enfin libérées. Elle se sentait abandonnée, mutilée, et avait l'impression de voir sa vie s'échapper au fur et à mesure qu'Olivier s'éloignait d'elle.

Assise au volant de la voiture, elle hésita soudain, prise entre deux impulsions contradictoires: son instinct la poussait à retourner chez elle et sa raison l'encourageait à se mettre en route pour Vendée.

Si je rentre maintenant, se dit-elle, je pourrai voir Olivier plus tôt. Je ne serai pas obligée d'attendre jusqu'à samedi... mais j'ai tellement insisté pour qu'il me laisse partir. Ce serait ridicule de changer d'idée... J'aurais l'air de quoi...

Elle choisit finalement d'écouter sa raison. Elle venait de forger le troisième maillon de la chaîne.

Elle roulait depuis une bonne demi-heure sur l'autoroute, lorsque la voix d'Amélie lui parvint du fond de la banquette arrière:

— Maman?... J'ai faim.

— Ah, non! s'exclama Elizabeth d'un ton découragé. Amélie... On sort de table.

Tout en se disant que le voyage n'allait pas être de tout repos si sa fille avait décidé d'être d'humeur capricieuse, elle fouilla d'une main, à l'aveuglette, son sac qui se trouvait sur le siège à côté d'elle et en sortit une pomme qu'elle lui tendit.

— Tiens. Prends ça.

— J'ai faim pour manger des toasts, protesta la fillette en ignorant la main tendue.

— Amélie, je n'ai pas de grille-pain dans la voiture, répondit Elizabeth d'une voix qu'elle arrivait parfaitement à maîtriser malgré l'agacement qu'elle éprouvait... (Elle remit un peu brutalement la pomme dans son sac.) Va falloir que tu attendes qu'on soit arrivées.

Cinquante kilomètres plus loin...

— Maman?... Je m'ennuie. J'ai rien à faire.

— Eh bien, dors, ma chérie... Le temps passera plus vite.

— J'ai pas sommeil, déclara Amélie d'un ton boudeur.

Elizabeth ne répondit pas, serra juste un peu plus fort le volant entre ses mains déjà crispées d'énervement. Les plaques de verglas qui s'étalaient par endroits sur la route lui demandaient un intense effort de concentration. Elle commençait à sentir la fatigue.

Encore cinquante kilomètres plus loin, à l'entrée du village de Saint-Rémi-d'Amherst...

— Maman?... J'ai envie.

Et merde! s'exclama Elizabeth silencieusement.

— On est presque arrivées, Amélie. Est-ce que tu ne peux pas tenir encore dix minutes?

Voyant que sa mère ne s'arrêtait pas, Amélie lança d'une voix aiguë:

— J'ai mal au ventre... Je vais faire pipi dans la voiture.

Qu'est-ce qu'elle peut être chiante quand elle s'y met...

Elle repéra sur la droite un petit restaurant-café. Elle appuya sur la pédale de frein un peu trop brusquement et la voiture dérapa, ne s'arrêtant qu'à quelques centimètres à peine d'un poteau.

Bondissant hors de la voiture, elle ouvrit la portière arrière d'un mouvement nerveux, et en sortit sans trop de ménagement la fillette qui ne manqua pas de s'en plaindre, ce qui exacerba la colère qu'elle sentait monter en elle.

Le week-end calme, paisible et reposant qu'elle avait imaginé s'annonçait plutôt mal.

Chapitre 24

La voiture ralentit et bifurqua à droite, quittant la 323 Sud pour s'engager sur la route de Vendée.

Elizabeth se demandait avec inquiétude si le chemin qui descendait vers la rivière jusqu'au terre-plein avait été déneigé. Elle s'était rendu compte, mais trop tard — elle roulait déjà sur l'autoroute —, qu'elle avait oublié de téléphoner à Mme Garnier pour s'en assurer.

L'entrée du terrain, le parking ainsi que le sentier qui menait au chalet étaient parfaitement dégagés, comme si on s'attendait à sa venue.

Bien que rassurée, soulagée, Elizabeth esquissa à peine un mince sourire. N'ayant pas décoléré depuis la sortie de Saint-Rémi, il lui aurait fallu beaucoup plus que cette simple constatation pour lui rendre sa bonne humeur... Elle se sentait tellement lasse qu'elle n'avait pas, de toute façon, le cœur à se réjouir de quoi que ce soit. L'effort de concentration qu'elle avait dû fournir pour conduire sur les routes enneigées et glissantes l'avait littéralement exténuée. Au stress du voyage s'ajoutaient les sinistres effets de cette colère qu'elle s'était empêchée d'extérioriser et qui la consumait intérieurement.

Malgré son épuisement, elle trouva tout de même le courage de rentrer les bagages et de préparer le dîner.

À peine assise devant son assiette, Amélie plissa le nez de dégoût et lança d'un ton capricieux:

— J'aime pas les saletés d'épinards!

— Mange-les quand même, rétorqua Elizabeth sans lever les yeux, bien décidée cette fois à ne pas céder aux caprices de la fillette.

Elle était occupée à couper sa viande quand elle la vit du coin de l'œil repousser résolument les légumes sur le bord de son assiette... tellement près du bord que certains, dégoulinants de sauce, tombèrent sur la nappe.

Elizabeth sentit le sang se retirer subitement de son visage. Fermant les yeux et prenant une profonde inspiration, elle laissa tomber, plus qu'elle ne déposa, ses couverts sur la table puis s'agrippa des deux mains à sa chaise: une terrible et folle envie la démangeait soudain de battre sa fille comme du beurre.

Tendue comme un arc, au bord de la crise de nerfs, elle ouvrit les yeux et posa sur la fillette un regard froid et dur en déclarant d'une voix sans timbre:

— Très bien, Amélie. Parfait. Tu ne veux pas manger alors ne mange pas. Je m'en fous complètement. (Elle se pencha au-dessus de la table et lui retira son assiette.) Et maintenant, ajouta-t-elle en haussant légèrement le ton, va jouer ailleurs. File hors de ma vue... Tout de suite!

La tension qui l'habitait avait atteint une telle ampleur et contenait une telle charge d'électricité qu'elle en imprégnait les murs de la pièce autour d'elle, créant une atmosphère épaisse et lourde, d'une densité presque palpable, irrespirable.

Amélie lui jeta un regard hostile et s'en fut prestement dans le salon, sans dire un mot. À voir la tête de sa mère, elle savait qu'elle n'avait pas intérêt à insister.

Elizabeth, incapable de continuer à manger, débarrassa la table et se réinstalla ensuite sur la banquette, près de la fenêtre, pour boire son café. Elle laissa son regard errer sur la rivière qui était, par endroits, presque entièrement recouverte de neige et essaya de se calmer, de se laisser pénétrer par la sérénité qui se dégageait du paysage. Au bout d'un moment, elle ferma les yeux et poussa un long soupir. Elle n'arrivait pas à se détendre, à se défaire de cette fébrilité intérieure qui faisait trembler sa main quand elle portait la tasse de café à ses lèvres.

Les pensées qui l'assaillaient étaient sombres et moroses. Le souvenir des êtres qu'elle avait aimés la hantait.

Ils l'avaient quittée les uns après les autres, sans qu'elle ne puisse rien y faire. Sa mère, Gilberte, Alexandre,... chacun de ces noms appelés en silence réveillait aussitôt des images tragiques, douloureuses.

Dieu que c'était difficile d'accepter... Arriverait-elle jamais à oublier, à guérir enfin de cette blessure sans cesse fouillée, sans cesse ouverte, n'ayant pas même eu le temps de cicatriser entre les deux derniers départs? Arriverait-elle jamais à vivre avec ce terrible, exaspérant, étouffant sentiment de frustration physique, de dépossession totale, qu'elle éprouvait jusque dans la moindre de ses fibres... Ne plus pouvoir les toucher, ni les prendre dans ses bras... jamais.

Elle se leva en se disant qu'il fallait qu'elle se change les idées... Elle ne pouvait pas rester là à ressasser éternellement des souvenirs pénibles. Il fallait qu'elle bouge, qu'elle sorte, qu'elle respire un grand coup... Peut-être l'air frais arriverait-il à chasser ses angoisses, à l'apaiser.

À ce moment-là, il lui était encore possible d'enrayer le mécanisme du destin, de casser la chaîne infernale. Il était encore temps de faire machine arrière. Elle pouvait très bien faire autre chose: lire, se coucher,... ou sortir effectivement, mais toute seule. Simplement, elle ne savait pas...

— Amélie?... Viens mettre ton manteau! cria-t-elle à la fillette qui jouait toujours dans le salon. On va aller faire une promenade.

Ce fut le quatrième maillon de la chaîne.

Elle entendit un bruit étouffé, une sorte de claquement, puis la voix d'Amélie qui protestait.

— Oh, maman...

— Allez... Viens! reprit Elizabeth sur un ton impatient.

Amélie arriva dans la cuisine en traînant les pieds.

— J'ai pas envie de sortir, dit-elle d'un air buté.

— Tu vas mettre ça tout de suite... (Elizabeth lui tendit son manteau d'un geste brusque.) et tu vas me faire le plaisir de ne pas discuter, gronda-t-elle, sentant la colère s'emparer d'elle à nouveau.

Amélie la toisa un moment, une lueur mauvaise au fond des yeux. Elle lui arracha le vêtement des mains et le jeta sur le plancher.

Tremblant de rage, Elizabeth le ramassa sans mot dire puis elle attrapa sa fille par le bras et lui cria:

— Tu vas mettre ce putain de manteau... oui ou merde!

— Merde! lança aussitôt Amélie en lui répondant sur le même ton.

Elizabeth réagit comme si on l'avait brûlée au fer rouge. Sa main, comme indépendante du reste de son corps, lâcha le vêtement et partit dans les airs à toute volée pour s'arrêter sur la joue d'Amélie en une claque retentissante.

Ce fut le cinquième maillon de la chaîne.

La force du coup aurait dû renverser la fillette. Seul le fait qu'Elizabeth la tenait encore par le bras l'empêcha de tomber.

Amélie n'eut pas un cri. Fixant son regard sur celui de sa mère, elle dit simplement:

— Je ne t'aime plus.

Encore sous le choc du geste qu'elle venait de poser, Elizabeth ne l'entendit même pas.

Elle sentit à peine que l'enfant dégageait son bras d'une secousse. Elle ne vit pas non plus que les grands yeux verts, envahis de larmes, brillaient d'un éclat sauvage... L'éclat de la haine à l'état pur.

Amélie mit son manteau et ses bottes, sous le regard médusé de sa mère qui s'habilla à son tour avec des gestes d'automate.

Juste avant qu'elles ne sortent, la fillette lui demanda d'une voix basse et tremblante si elle pouvait prendre sa poupée.

— Vas-y, ma chérie. Je t'attends dehors, s'entendit répondre Elizabeth, surprise par le son de sa propre voix.

* *
*

Elle était sortie et attendait la fillette sur la galerie, émergeant peu à peu de son état de stupeur, se disant qu'elle avait sûrement rêvé ce qui venait de se passer. Elle ne pouvait pas avoir frappé sa fille. Elle ne l'avait jamais frappée... en tout cas, pas comme ça. Qu'est-ce qui lui avait pris? Taraudée par le remords, elle éprouvait un insupportable sentiment de honte.

Elle respira un bon coup, laissant l'air glacé lui pénétrer les poumons.

Amélie la rejoignit sans faire de bruit.

Quand elle vit sur la joue de l'enfant la marque rouge de ses doigts, Elizabeth faillit se mettre à pleurer. Elle aurait tout donné pour effacer ces cinq dernières minutes... rayer de leur mémoire son geste impulsif.

Elles marchèrent l'une à côté de l'autre sans se parler, sans se toucher, comme si elles avaient eu peur, toutes les deux, du moindre contact physique.

Au bout d'un moment, Elizabeth repéra dans les sous-bois un tronc d'arbre sur lequel la neige n'avait pas eu de prise.

Elle s'y installa. Voyant qu'Amélie restait debout, elle posa la main à plat sur le bois, à côté d'elle, et murmura:

— Viens t'asseoir, ma poulette. J'ai quelque chose à te dire.

Amélie grimpa sur le tronc, silencieuse, évitant soigneusement de regarder sa mère.

Elizabeth prit son courage à deux mains.

— Amélie, je te demande pardon. Je ne voulais pas te faire de mal. (Sentant les larmes couler sur ses joues, elle enleva son gant et prit un mouchoir dans sa poche. Elle essuya ses yeux et se moucha bruyamment.) Je ne sais pas ce qui m'a pris...

Elle jeta un coup d'œil sur le petit visage fermé, ayant la désagréable impression de s'adresser à un mur, puis enchaîna doucement:

— Amélie?... Est-ce que tu m'écoutes?

— Oui, maman, répondit la fillette d'une voix un peu sèche.

— Tu m'en veux beaucoup? s'enquit Elizabeth, embarrassée autant par la situation que par sa question qu'elle trouvait tout à coup complètement ridicule.

Amélie ne répondit pas. Immobile, silencieuse, elle continuait à fixer avec obstination le corps de sa Barbie qu'elle triturait nerveusement.

Comment l'atteindre? se demanda Elizabeth. Comment percer ce mur d'indifférence, de révolte intérieure... et peut-être de haine?

Désespérée, elle se mit à pleurer pour de bon.

Son mouchoir était trempé et comme elle n'en avait pas

d'autre, elle se tourna tout naturellement vers Amélie pour lui en demander un.

Surprise, elle s'entendit répondre par l'enfant:

— Je t'en donne un si tu fermes tes yeux.

Ne comprenant pas où elle voulait en venir, mais heureuse d'avoir ouvert enfin un semblant de dialogue, Elizabeth se prêta de bonne grâce à cette requête qui lui paraissait néanmoins bizarre. Elle ferma les yeux.

Elle sentit qu'Amélie lui touchait le bras.

— Donne-moi ta main, et laisse tes yeux fermés, lui dit la fillette.

Elizabeth tendit la main.

Ce fut le sixième maillon de la chaîne.

C'est à peine si elle perçut quelque chose tant l'objet déposé sur sa paume offerte était léger.

— Je peux regarder, maintenant? fit-elle, curieuse.

Comme elle n'obtenait pas de réponse, elle ouvrit les yeux. Incrédule, elle maintint un instant son regard sur l'énorme araignée noire et velue qui trônait au creux de sa main. Puis elle poussa un cri de frayeur et se leva d'un bond, faisant tomber l'animal qui roula sur la neige.

Se méprenant sur le sens de son cri, Amélie en conclut que Nellie l'avait mordue. Elle se pencha, ramassa vivement son araignée, l'installa sur ses genoux, et se mit à observer sa mère d'une manière curieuse, impassible, guettant les premiers signes des effets de la morsure.

Elizabeth attendit que les battements de son cœur reviennent à la normale. Elle s'en voulait de sa réaction de peur qu'elle trouvait idiote, convaincue que la fillette avait voulu lui jouer un très mauvais tour. Pas une minute elle ne crut que l'araignée pouvait être réelle.

Contre toute attente de sa fille, elle n'avait pas l'air de «devenir folle», mais plutôt furieuse.

Debout, face à l'enfant qui la scrutait, elle s'écria:

— Je ne trouve pas ça drôle, Amélie!

La petite fille continuait à l'observer, d'un regard à la fois intrigué et impatient.

C'est vrai que ma mère est une personne spéciale, pensa soudain Amélie. Peut-être que ça prend plus de temps dans ces cas-là.

Elizabeth pointa l'araignée du doigt.

— Où est-ce que tu as trouvé ce... cette saleté? gronda-t-elle.

— C'est pas une saleté! s'indigna Amélie. C'est Nellie!

— Nellie?... Nellie! répéta Elizabeth, ahurie.

Ce nom résonnait comme un écho au travers de ses souvenirs. Elle avait déjà entendu ce nom. Et elle l'avait entendu de la bouche d'Amélie...

— Je croyais que c'était le nom d'une poupée, ajouta-t-elle après un moment en se rasseyant à côté de sa fille pour regarder la chose de plus près.

Elle était fascinée par la robe de l'araignée... noire et brillante comme du cirage, avec, au milieu du dos, une tache rouge en forme de cœur. Cela lui fit penser au costume d'Halloween d'Amélie et cette association d'idées la fit soudain frissonner.

Amélie, elle, examinait l'animal qui reposait à plat ventre sur ses genoux. S'inquiétant tout à coup de son immobilité, elle toucha délicatement une de ses pattes du bout du doigt en guettant sa réaction. La patte resta raide comme une baguette de bois. L'araignée ne bougeait pas. Elle la toucha de nouveau. L'araignée ne bougeait toujours pas. Elle prit conscience soudain de ce que cela pouvait signifier mais repoussa cette idée de toutes ses forces... Non! Nellie ne pouvait pas être morte. Nellie n'était pas supposée mourir!

Elizabeth allait lui demander de nouveau où elle avait trouvé l'araignée quand elle entendit la petite fille balbutier, d'une voix stupéfaite et consternée:

— Pourquoi elle bouge pas?

— Comment ça... *elle bouge pas*? rétorqua Elizabeth, surprise, passant du frissonnement au tremblement.

Elle faillit ajouter: «Mais enfin, ma chérie, c'est normal...!»

Elle avait cru, et voulait absolument continuer à croire, que Nellie n'était pas réelle. Que par conséquent, elle ne pouvait pas bouger...

Son esprit refusait d'envisager la possibilité que l'araignée soit vivante avec autant de force et d'énergie que celui d'Amélie refusait, lui, d'envisager que l'araignée soit morte.

Essayant de contrôler le tremblement nerveux qui l'avait envahie, elle tendit la main vers Amélie et dit:

— Donne-la-moi. Je vais voir.

— Non, protesta la fillette, méfiante, qui couvrit aussitôt le corps de Nellie comme pour le protéger, se rappelant que le plombier et Gilberte avaient essayé de tuer son araignée après avoir été mordus.

Elle jeta un bref coup d'œil à sa mère, tout en réfléchissant intensément. Elle se rendait compte qu'elle ne réagissait pas comme les autres. Pourquoi?... Peut-être que Nellie ne l'avait pas mordue après tout. Que c'était pour ça qu'elle n'avait pas l'air de «devenir folle». Et si Nellie ne l'avait pas mordue...

Elle ignorait en fait que Nellie était morte depuis plusieurs heures déjà, depuis le moment où elle l'avait sortie le matin même pour monter dans la voiture. Bien qu'enfermée dans sa petite maison, l'araignée n'était nullement à l'abri du froid qui l'avait saisie et tuée.

C'est parce qu'elle est malade, se dit Amélie en se rappelant subitement que le jour où elle avait trouvé Nellie, elle ne bougeait pas non plus... Elle avait l'air morte aussi ce jour-là et pourtant, elle ne l'était pas.

Elle hésitait, ne sachant plus quoi faire. Sa haine pour Elizabeth et le désir qu'elle avait eu de la faire «devenir folle» s'étaient imperceptiblement évaporés, pour faire place à une angoisse indescriptible: Nellie semblait si malade... Il fallait la soigner tout de suite. Vers qui d'autre que sa mère pouvait-elle se tourner pour obtenir de l'aide?

Il fallait qu'elle vérifie avant...

— Maman?... Elle t'a fait mal, Nellie?

— Mais non, chérie, répondit Elizabeth, étonnée. Elle m'a... J'ai eu très peur, c'est tout. Pourquoi?

— Ben... des fois, elle mord... Ça doit faire mal.

— Elle mord! s'exclama Elizabeth avec un petit rire crispé, refusant toujours de croire à la réalité de Nellie.

Sa fille lui racontait encore une de ses histoires invraisemblables...

Qu'importe, se dit Elizabeth, toujours préoccupée par son désir de faire la paix avec la fillette. Faisons semblant d'y croire.

— Elle t'a déjà mordue, toi? s'enquit-elle pour la forme.

— Non, pas moi! s'exclama Amélie, indignée que sa mère puisse penser que Nellie ait pu être méchante avec elle. Elle mord juste les autres!

Ça va de soi, pensa Elizabeth, reprise par un tremblement nerveux. Elle mord juste les autres!

— Ah! Elle a mordu papa, alors?

— Non... (Amélie hésita, sur le point de dire: «Je voulais pas qu'il «devienne fou», mon papa.») les autres!

— Qui ça, les autres!? demanda Elizabeth, essayant de bloquer l'image qui s'insinuait tout doucement dans son esprit.

Elle ne savait pas pourquoi elle avait tout à coup une très forte envie de se boucher les oreilles pour ne pas entendre la suite.

Amélie continua, imperturbable:

— Ben... le plombier, lâcha-t-elle en surveillant la réaction de sa mère. Il a été très méchant avec Nellie... Il voulait la tuer.

Elizabeth s'agrippa au tronc d'arbre pour ne pas basculer dans le vide... dans la folie. Une petite voix résonnait dans sa tête en hurlant les mots un à un: *Il va la tuer... Maman! Vite!... Nellie!...*

L'araignée n'était pas un jouet. Elle avait mordu Joe Lacasse, et il en était mort!

Le sang se retira de son visage, faisant ressortir le bleu de ses yeux qui s'étaient démesurément agrandis. Toutes ces morts brutales et inexpliquées... Se pouvait-il que... Comme dans un rêve, elle s'entendit demander:

— Et Gilberte...?

Le silence d'Amélie était comme un aveu implicite.

— Pourquoi, Amélie? Pourquoi? demanda-t-elle encore d'une voix stridente, inclinant la tête sur sa poitrine comme pour mieux bloquer le hurlement qu'elle sentait monter en elle.

Une idée plus abominable encore venait de jaillir dans son esprit. Il fallait qu'elle sache.

— Et Alexandre...? Nellie l'a mordu, lui aussi? l'interrogea-t-elle dans une sorte de chuchotement étouffé.

— Il pleurait tout le temps... Fallait toujours que tu t'occupes de lui. Je détestais cette saleté de bébé, répondit Amélie, soulagée de se délivrer enfin de ses secrets trop lourds.

Elizabeth porta les mains à sa figure, pressant son front de ses doigts avec une telle force que ses ongles en pénétrèrent la peau. Elle ne sentait rien, rien d'autre que cette immense souffrance intérieure qui la submergeait, qui la déchirait, qui lui broyait le cœur et l'esprit.

Ce n'est pas possible! s'écria-t-elle silencieusement. Tout ça n'existe pas. C'est un cauchemar. Je vais me réveiller... Il faut que je me réveille!

Comment peut-on admettre que sa fille, qui n'est encore qu'un bébé, soit une meurtrière?... Qu'elle ait tué son propre frère?

Elizabeth ne voulait pas vraiment se réveiller. Elle aurait voulu plutôt être statufiée, mourir sur place,... sur le coup. N'avoir jamais existé. N'avoir jamais donné le jour à cette petite fille qui venait de détruire sa vie, aussi sûrement qu'elle avait détruit celle de Gilberte et celle d'Alexandre.

Elle s'enferma pendant un long moment dans son silence, dans sa douleur, insensible au vent, au froid, à tout ce qui était extérieur.

Amélie caressait délicatement le dos de Nellie. Quand elle comprit enfin que l'araignée était morte, son univers bascula aussi brusquement que celui de sa mère, et elle se mit à hurler en serrant le petit corps contre le sien.

— Nellie!... Nellie!... Noooon... Nelliiiie...

Elizabeth sortit de sa torpeur. De voir sa fille serrer contre elle cette chose abominable la fit bondir.

Comme prise de folie, ne contrôlant plus ses gestes, elle essayait de lui arracher l'araignée lorsque son esprit se focalisa soudain sur la plus inconcevable des idées. Elle lâcha prise et se recula comme si sa main avait effleuré une flamme.

— Tu voulais qu'elle me tue, moi aussi? hurla-t-elle à son tour en frappant Amélie du revers de la main.

Elle l'atteignit au bras, la faisant tomber par terre. Elle se jeta sur elle aussitôt, continuant à frapper du plat de la main le petit corps qui s'était roulé en boule. Les hurlements d'Amélie se mêlaient aux siens.

Au bout d'un moment, Elizabeth, épuisée, à bout de souffle, s'arrêta. À genoux dans la neige, échevelée, elle considérait, hagarde, le visage tuméfié d'Amélie. Son regard se fixa sur l'œil dont la paupière commençait à enfler. Amélie était couchée sur le côté, les yeux fermés, le corps secoué de sanglots.

— Oh Dieu, non, gémit-elle tout bas, au-delà du désespoir. Dites-moi que je n'ai pas fait ça.

Elle se pencha vers la fillette, la prit dans ses bras et se mit à la bercer en murmurant:

— Je ne voulais pas, Amélie... Je ne voulais pas...

— Maman... Maman, sanglotait Amélie dans son cou.

Elizabeth la serra un peu plus fort contre elle et se mit à pleurer doucement.

* *
*

Elle soigna l'œil d'Amélie, et lui donna un léger somnifère après lui avoir fait avaler un bol de soupe.

Puis elle la coucha et s'étendit à côté d'elle.

Elle ne voulait pas penser,... juste sentir le corps vivant et chaud de son enfant, respirer son odeur. Elle se sentait tellement lasse...

Elle finit par s'endormir.

Un gémissement d'Amélie la tira de son sommeil.

Se réveillant en sursaut, ayant perdu la notion du temps et des lieux, elle mit quelques minutes à reprendre ses esprits. Elle ne savait pas quelle heure il était, mais il faisait déjà noir dans la pièce.

Elle se leva et sortit de la chambre sur la pointe des pieds. Il faisait noir dans la cuisine aussi. Elle alluma la lampe au-dessus de la table et regarda sa montre qui affichait une heure bizarre: 22 h 10. Se pouvait-il qu'elle ait dormi aussi longtemps? Il était à peine 4 heures de l'après-midi quand elle s'était couchée à côté d'Amélie.

Ayant envie de café, elle s'en prépara une grande tasse qu'elle emporta avec elle dans le salon.

Elle s'installa sur le divan, buvant le liquide très chaud à petites gorgées. Elle ne voulait penser à rien mais son esprit indiscipliné lui rappelait sans cesse des images qu'elle aurait aimé oublier et qui se bousculaient dans sa tête. Il fallait pourtant qu'elle mette de l'ordre dans tout ça.

Elle ouvrit prudemment la porte à ses réflexions.

Curieusement, la première image qui se présenta à son esprit était celle d'Olivier.

Dieu qu'il me manque, se dit-elle en soupirant.

Elle posa sa tasse vide et s'allongea sur le divan. Un bras replié sur le visage, elle se demanda soudain comment il aurait réagi, lui, s'il s'était trouvé à sa place. Se serait-il laissé aller à frapper Amélie comme elle l'avait fait?

Elizabeth s'étonna un peu de pouvoir évoquer cette scène sans réveiller en elle aucune émotion d'aucune sorte. Elle ne ressentait rien, comme si la scène évoquée avait été tout ce qu'il y a de plus ordinaire.

Oui, se dit-elle, oui, il l'aurait sûrement frappée. D'abord, il n'aurait pas voulu le croire, bien sûr. Mais ensuite, il aurait été pris d'une telle fureur qu'il l'aurait frappée, comme moi...

Elle essaya un moment d'oublier le passé pour songer à l'avenir. Que faire maintenant? Comment annoncer à Olivier que sa fille était une meurtrière... Qu'elle avait tué Gilberte, et Joe Lacasse, et son frère... et Dieu sait qui encore. Peut-être aussi la petite Diane?

Amélie avait essayé de la tuer,... elle!

Elizabeth frissonna un peu.

Ce fut d'ailleurs le seul et unique moment où elle sentit le trouble la gagner. Mais elle enraya très vite le processus et se replongea dans une sorte d'insensibilité, de froideur. Elle ne voulait plus rien ressentir. Elle n'en avait plus la force. Elle voulait juste analyser.

Olivier... Comment lui dire sans le briser? Il en deviendrait fou, elle en était certaine. Il n'aurait ni le courage ni la force de faire face à une situation pareille... Il se casserait en morceaux... Il en mourrait.

Elizabeth passa le reste de la nuit à ressasser les sombres pensées qui l'assaillaient, cherchant à comprendre pourquoi sa destinée avait pris tout à coup ce tragique tournant.

Chapitre 25

Elle vit le jour se lever.

Des ombres presque noires soulignaient ses paupières inférieures. Son visage était pâle, défait, mais il y avait, au fond de ses yeux, une lueur étrange, faite de sérénité et de détermination.

Elle se leva et entreprit une journée normale, comme toutes celles qu'elle avait vécues avant...

Elle réveilla Amélie et renouvela le pansement sur son œil avant de la faire déjeuner. Elle lui donna ensuite un bain chaud pour calmer ses douleurs, l'emmitoufla dans une couverture et l'installa confortablement sur le divan du salon.

Après lui avoir donné un livre pour s'occuper, elle déclara, d'une voix tout à fait naturelle:

— Amélie, je dois sortir. Tu ne bouges pas de là. Tu m'attends bien sagement, d'accord?... Je reviens tout de suite.

Elle s'habilla et se dirigea vers la remise où elle fouilla pendant quelques minutes avant de trouver ce qu'elle cherchait... Deux grands bidons en plastique qu'elle enferma dans le coffre de la voiture. Puis elle se mit au volant, fit démarrer le moteur en douceur et prit la route en direction du village.

Elle revint une demi-heure plus tard.

Amélie n'avait pas bougé.

Elle s'installa à côté d'elle pour lui lire, sur sa demande, un conte de fées.

Elle ressortit dans l'après-midi pour faire une marche, laissant de nouveau la fillette toute seule. Elle marchait d'un bon pas, le regard clair et brillant, fixé sur la ligne d'horizon. Elle se sentait légère, comme délivrée d'un fardeau trop lourd.

Les heures s'égrenaient tout doucement, calmes et tranquilles.

Elle prépara le souper comme d'habitude. Elle ajouta simplement une dose massive de somnifères dans le verre de lait d'Amélie. La fillette s'endormit sur sa chaise. Elle la souleva délicatement et la porta sur le lit, dans la chambre.

Puis elle sortit, sans prendre la peine de mettre son manteau, ni ses bottes, et se dirigea vers le coffre de la voiture. Elle en retira les bidons qu'elle y avait placés au matin et qu'elle était allée remplir d'essence au village.

Revenant au chalet, elle commença à vider le contenu des jerricans sur le plancher de la cuisine, aspergeant les murs et les meubles à grands coups. Elle fit la même chose dans la salle de bain et dans le salon. Elle s'arrêta devant la porte de la chambre, sembla hésiter pendant un bref moment puis secoua la tête en se mordant les lèvres et, levant brusquement les bras, elle vida le reste de l'essence sur le chambranle et le battant de la porte.

Elle retourna sur ses pas pour déposer les bidons vides dans la cuisine et se dirigea ensuite vers la salle de bain, ouvrit la pharmacie et y prit un petit flacon qui contenait sa part de somnifères. Elle se fit couler un grand verre d'eau, respira un bon coup et commença à avaler les pilules en en prenant quatre ou cinq à la fois.

En sortant de la salle de bain, elle se dirigea vers le poêle à bois et, tendant la main vers l'étagère qu'il y avait juste au-dessus, elle s'empara d'une main ferme du bocal en verre qui contenait des boîtes d'allumettes.

Elle marcha vers l'entrée du salon. Sur le seuil, elle se retourna, enflamma calmement la boîte d'allumettes et la jeta de toutes ses forces vers le mur du fond.

Ce fut le septième maillon d'une chaîne qu'il était désormais impossible de rompre.

La flamme se propagea en un rien de temps, couvrant tout le mur, le garde-manger et le dessus du comptoir.

Satisfaite, elle s'en alla vers la chambre d'un pas légèrement engourdi... Elle commençait à sentir l'effet des somnifères.

Elle se coucha à côté d'Amélie.

Les mains de l'enfant étaient froides et inertes.

Très bien, se dit-elle en prenant le corps de sa fille entre ses bras pour le serrer contre elle.

Elle eut une pensée, une seule, avant de fermer les yeux: elle savait, elle avait toujours su au fond d'elle-même, qu'elle devait disparaître dans le feu. Comme sa mère et sa grand-mère avant elle.

La seule différence, pensa-t-elle avec une sinistre dérision, c'est que moi, j'ai choisi, en quelque sorte, le moment et la manière...

Elle sombra dans un profond sommeil, un sourire relevant, imperceptiblement, le coin de ses lèvres.

de soulagement [illegible] qu'un grand verre d'eau [illegible] un bon coup et [illegible] à avaler les pâtes et [illegible] pas mal [illegible] la [illegible]

En sortant de la salle de bain, elle se dirigea vers le [illegible] de [illegible] vers l'[illegible] qui y [illegible] elle s'empara d'une [illegible] comme [illegible] qui [illegible] des boîtes d'allumettes.

Elle marcha vers [illegible] sur le [illegible] elle [illegible] allumette [illegible] vers le [illegible]

Ce fut le [illegible] d'une chaîne qu'il était [illegible] impossible de [illegible]

[illegible] de temps [illegible] et le [illegible] du [illegible]

[illegible] elle [illegible] ses [illegible]

[illegible]

Elle [illegible]

[illegible]

L'inspecteur Gabriel Sangin [illegible]

[illegible]

Épilogue

Le dimanche 15 février parut, dans un quotidien de Montréal, un entrefilet dans la rubrique des faits divers:

«TRAGÉDIE À VENDÉE
Un vendredi macabre...

Le vendredi 13, veille de la Saint-Valentin, une femme et sa petite fille ont péri dans le feu qui a ravagé le chalet où elles devaient passer le week-end. D'après les premiers éléments de l'enquête, il semble que l'incendie qui a pris naissance tôt dans la soirée ne soit pas accidentel...»

L'inspecteur Gabriel Santini tomba, par hasard, sur le mini-article. Ce n'est qu'en voyant le nom des victimes mentionné dans les dernières lignes qu'il se rappela soudain cette vague impression qu'il avait éprouvée en quittant la chambre de la petite fille, le jour de la perquisition. Le déclic se fit dans sa mémoire et cette vague impression qu'il avait gardée se mua aussitôt en certitude... Oui, il y manquait bien quelque chose finalement dans cette chambre... Une drôle de petite maison en bois avec un toit rouge.

Mais pourquoi pensait-il à ça en lisant l'article, se demandait-il. Il n'y avait aucun rapport entre les deux...

Olivier s'accrocha de toutes ses forces à l'idée que sa femme et sa fille étaient mortes... accidentellement. Il ne pouvait en être autrement et ceux qui prétendaient le contraire n'étaient que des enfoirés.

Il fit comme les habitants de Windigo avaient fait des années avant lui: il vendit tout et repartit dans son pays, ignorant que le mauvais esprit était un jour entré dans sa vie sous la forme d'une adorable araignée...

Écrit à Vendée et à Montréal,
Achevé le 18 mars 1988.

Aubin Imprimeur
LIGUGÉ, POITIERS

Reproduit et achevé d'imprimer en novembre 1996
N° d'édition 96161 / N° d'impression L 52777
Dépôt légal décembre 1996
Imprimé en France

ISBN 2-73-8205951-0

33-5951-0